DROEMER

Über den Autor:
James Bailey, Jahrgang 1991, hat Hispanistik am Londoner King's College studiert und als Showbiz-Reporter gearbeitet. Wenn er nicht schreibt, gibt er Stadtführungen durch Bristol. Nach *Du kannst kein Zufall sein* folgt mit *Als Simon Brown sich ein Herz fasste* sein zweiter Roman.

James Bailey

ALS SIMON BROWN SICH EIN HERZ FASSTE

Roman

Aus dem Englischen
von Lene Kubis

DROEMER

Die englische Originalausgabe erschien 2022 unter dem Namen
»The Way Back to You« bei Penguin, London.

Besuchen Sie uns im Internet:
www.droemer-knaur.de

FSC
www.fsc.org
MIX
Papier | Fördert gute Waldnutzung
FSC® C014496

Deutsche Erstausgabe Juni 2024

Redaktion: Carina Heer
Das Gedicht »Sonnett 18« von William Shakespeare stammt aus:
William Shakespeare, *Shakspere's Sonette*, deutsch von Benno
Tschischwitz, Halle: G. Emil Barthel, 1870.
Covergestaltung: Sabine Schröder
Coverabbildung: Collage von Sabine Schröder unter
Verwendung mehrerer Motive von Shutterstock.com
Satz und Layout: Adobe InDesign im Verlag
Druck und Bindung: GGP Media GmbH, Pößneck
ISBN 978-3-426-30916-2

2 4 5 3 1

1. KAPiTEL

Manchmal frage ich mich, ob sich alle anstrengenden Gäste heimlich verabreden, um dann gleichzeitig hier zu übernachten.

In unserem kleinen B&B, das in einem verschlafenen Dorf in Dorset liegt – in einem Reiseführer würde es wahrscheinlich eher als »malerisch« bezeichnet werden –, gibt es Wochen, in denen wir keinen einzigen nervigen Gast zu Gesicht kriegen, nur um dann alle auf einen Schlag serviert zu bekommen.

Und ich meine wirklich auf einen Schlag.

Gäste dürfen zwischen fünfzehn und neunzehn Uhr einchecken, aber nein, diese fünf Pärchen haben sich dafür entschieden, unabhängig voneinander alle um Punkt 18 Uhr 55 an der Rezeption aufzutauchen, wobei das letzte Pärchen sich gerade keuchend und schnaufend am Ende der Schlange eingefunden hat.

Das ist garantiert alles Teil des Plans!

Ja, heute ist es mal wieder so weit.

Der Tag begann schon nicht gut. Unsere Köchin Mrs Cook hatte während des Frühstücks einen ihrer üblichen Wutausbrüche. Dabei war ich aufgrund ihres

Namens davon ausgegangen, dass der Job perfekt zu ihr passen würde. Aber mittlerweile habe ich den Eindruck, dass sie in Wahrheit gar nicht gerne kocht. Sie habe keine Zeit, sich um die individuellen Ernährungsformen der Gäste zu kümmern, sagt sie. Als sie heute Morgen also ein Ei auf den Teller eines unserer veganen Gäste knallte, musste ich in die Küche flitzen, um selbst eine Alternative zu zaubern.

Und dann tauchte unsere Reinigungskraft Daisy nicht auf. Wieder einmal.

Obwohl man sagen muss, dass das sogar von Vorteil sein kann. Wenn sie putzt, hinterlässt sie die Zimmer manchmal in einem noch unordentlicheren Zustand als die Gäste selbst. Ich habe ihr den Job nur gegeben, weil sie die Tochter von Sue aus der Post ist und Geld verdienen muss, ehe sie auf die Uni geht.

Meine Tochter Anna, mit der ich die Pension betreibe, hat sich das Wochenende freigenommen. Sie heiratet in ein paar Wochen, und sie und ihr Verlobter Ollie sind in die Stadt gefahren, um bei ein paar Blumenhändlern vorbeizuschauen. Da konnte ich sie wirklich nicht um Hilfe bitten.

Sobald ich das Frühstück gerettet und die Zimmer gereinigt hatte – das Pärchen in Zimmer 2 hatte mir netterweise Schlagsahne- und Ölspuren als Andenken hinterlassen –, traf eine Busladung Touristen ein, die ihren Nachmittagstee im Garten trinken wollten und Stein und Bein schworen, reserviert zu haben. Ich hatte nichts aufgeschrieben, also ließ mein Gedächtnis vielleicht langsam nach. Vielleicht haben sie die Buchung auch auf einer dieser modernen Websites gemacht, bei denen Anna uns angemeldet hat. Ich hatte Mrs Cook heute schon nach Hause geschickt, ich musste also alle vierundzwanzig Gäste allein versorgen – und hinterher den Abwasch machen.

Und da stehe ich jetzt und stelle fest, dass ich den ganzen Tag noch keine Gelegenheit hatte, mich hinzusetzen. Kein Wunder, dass ich immer mehr graue Haar bekomme!

»Willkommen im Castle Cottage B&B«, begrüße ich die Gäste seit dreißig Jahren wie im Schlaf mit den gleichen Worten. »Einen Moment bitte, ich checke Sie gleich ein. Hatten Sie eine angenehme Reise?«, sage ich, während ich hektisch versuche, den Computer zu starten und das Buchungssystem hochzufahren. Der PC schnauft und läuft sofort heiß angesichts all der gleichzeitig laufenden Programme, während die alte Mahagoni-Standuhr die Uhrzeit ein paar Minuten zu früh verkündet.

Ich blicke lächelnd auf, aber niemand antwortet. Stattdessen starren mich alle erwartungsvoll an. Niemand wirkt sonderlich glücklich über seinen bevorstehenden Urlaub. Es ist über zehn Jahre her, seit ich das letzte Mal verreist bin, aber ich könnte schwören, dass Urlaub früher mal ein Grund zur Freude war. Oder liege ich da falsch?

»Oh, bitte nicht jetzt«, murmele ich leise, als ich aus dem Augenwinkel sehe, wie einer unserer Stammgäste die Treppe herunterkommt. Mrs Leigh ist wirklich ganz reizend, aber gleichzeitig furchtbar taub. Deswegen ist mir in diesem Moment wirklich nicht nach einem Plausch mit ihr zumute.

»Meine Toilettenspülung funktioniert nicht!«, ruft sie allen zu, als hielte sie von der Treppe aus eine Willkommensrede.

»Das tut mir leid, Mrs Leigh. Ich schaue mir die Sache gleich an, sobald ich die neuen Gäste versorgt habe.« Ich lächle angespannt, um ihr zu signalisieren, dass es gerade nicht passt.

Leider kommt die Botschaft nicht bei ihr an.

»Nun, ich würde nicht …«

Die wartenden Gäste sehen alles andere als begeistert aus. Garantiert verfassen Mr Keuch und Mrs Schnauf am Ende der Schlange im Geiste schon vernichtende Bewertungen für TripAdvisor.

»Okay, Mrs Leigh, ich verstehe. Ich bin gleich bei Ihnen und bringe Ihnen dann auch Ihr Sandwich.«

Normalerweise servieren wir kein Abendessen, aber Mrs Leigh ist nun einmal Stammgast und verträgt den riesigen Teller Scampi und Pommes nicht, der im Pub um die Ecke serviert wird. Deswegen mache ich normalerweise eine Ausnahme und treibe abends ein Käsesandwich für sie auf.

»Entschuldigung, wo waren wir stehen geblieben?«, wende ich mich wieder an das Paar am Anfang der Schlange und versuche, mit meinem fröhlichsten Gesichtsausdruck und meiner muntersten Stimme gegen ihre finsteren Mienen anzukämpfen. Hoffentlich werden wir nicht wieder unterbrochen!

»Würden Sie mir bitte Ihre Namen verraten?«

»Mrs Jolly«, erwidert sie kurz angebunden.

Leider muss ich kurz prusten. Der Name, zu Deutsch »fröhlich«, passt aber auch wirklich wie die Faust aufs Auge!

»Ich dachte, Ihre Pension hätte vier Sterne?«, platzt es ganz schön direkt aus Mr Jolly heraus, während er auf das Drei-Sterne-Schild deutet, das hinter mir an der Wand hängt.

»Der vierte Stern bin ich«, sage ich grinsend, anstatt ihm die Feinheiten der unterschiedlichen Bewertungssysteme zu erklären.

Das findet er nicht besonders witzig. Seine Augenbrauen ziehen sich noch weiter zusammen.

Scheint nicht der richtige Moment für Späße zu sein.

»Ich bin Simon, und vielleicht begegnen Sie während Ihres Aufenthalts auch meiner Tochter Anna. Sollten Sie etwas brauchen, wenden Sie sich doch bitte an einen von …«

»Können wir die Speisekarte für den Zimmerservice bekommen?«, bellt er. Er ist so groß, dass er sich unter den dunklen Holzbalken, die nur wenige Zentimeter über seinem Kopf schweben, bücken muss und ein wenig fehl am Platz wirkt.

»Es tut mir leid, aber wir servieren kein Abendessen. Um die Ecke gibt es aber ein Pub, das sehr gutes Essen hat.«

»Aber Sie haben doch eben zu der Dame gesagt, dass Sie ihr ein Sandwich bringen?«

»Sie ist ein …« Ach, es hat keinen Sinn, es ihm zu erklären. *Danke auch, Mrs Leigh!* »Okay, ich kann Ihnen ein Sandwich machen, aber es wird nichts Besonderes. Käse, ja?«

»Prima.«

Danke.

»Sie sind in Zimmer 5, im obersten Stockwerk. Da hinten ist die Treppe.« Mit diesen Worten überreiche ich ihnen den Schlüssel.

»Gibt es einen Lift?«

Lift?! Das hier ist ein Cottage aus dem neunzehnten Jahrhundert!

»Nein, leider nicht.«

»Und einen Pagen?«

Heiliger Bimbam, wir sind doch hier nicht im Ritz.

»Tut mir leid. Hier gibt es nur mich.«

»Können Sie dann unsere Taschen nach oben tragen?«

Nur mit Mühe unterdrücke ich ein Seufzen.

»Ich bringe Sie Ihnen zusammen mit den Sandwiches, sobald ich die anderen Gäste empfangen habe, ja?«

Das Paar nickt unbeeindruckt, ehe es geräuschvoll die Treppe hinaufpoltert.

»Ich wünsche Ihnen einen angenehmen Aufenthalt!«, rufe ich ihnen nach und weiß jetzt schon, dass sie hundertprozentig ein Problem mit dem Zimmer haben werden.

Nachdem ich die restlichen Gäste versorgt habe, hole ich die Tafel herein, die vor dem Cottage steht, und bewundere kurz die leuchtend pinken Blumen im Garten und die hügelige, sattgrüne Landschaft, die das Cottage umgibt – und nicht zuletzt natürlich den blauen Meeresstreifen, der zwischen den Hügeln hervorlugt.

Die Natur, die Thomas Hardy und später Ian McEwan inspiriert hat, lenkt mich immer wieder von meinen Aufgaben ab!

Während der Hochsaison im Sommer geht es in der alten Schlossruine auf dem Hügel zu wie in einem Ameisenhaufen. Auf der Suche nach den spektakulärsten Fotomotiven klettern die Touristen überall hinauf. Vom Schloss aus hat man einen herrlichen Blick auf die Jurassic Coast und den Chesil Beach. Heute Abend aber ist dort niemand zu sehen. Ich schaue zu der leeren Bank auf dem Hügel, die früher einmal mein und Carolines Platz gewesen ist. Von dieser Bank aus haben wir die Sonnenuntergänge beobachtet, als wir von Cheltenham nach Dorset gezogen sind. Wir sahen auf die Baustelle unten am Cottage hinab und planten unser neues Leben – ein friedlicher Moment fernab des Trubels. Und kurze Zeit später, früher als geplant, gesellte Anna sich zu uns auf die Bank. In jenen Jahren trug ich sie huckepack den Hügel hinauf und wirbelte sie durch die Luft, ließ sie über meinem Kopf regelrecht fliegen. Bis sie zu schwer wurde und sich einen Ast suchte, um ihn als Wanderstock zu benutzen, so, wie sie es bei meinem Vater gesehen hatte. Als Anna größer wurde, veranstalteten wir drei hier oben regelmäßig Picknicks. Wir waren eine glückliche Familie. Doch dann wurden aus dreien wieder zwei. Caroline ging von uns. Und wenn ich jetzt hinaus auf die Landschaft blicke, befürchtet ein selbstsüchtiger Teil in mir, dass ich nach Annas Hochzeit ganz alleine hier sitzen werde.

Als ich hineingehe, um die Sandwiches zu machen, fällt mein Blick auf den gerahmten Zeitungsausschnitt neben der Tür, der zusammen mit anderen Auszeichnungen und Erinnerungen, die wir über die Jahre hinweg angesammelt haben, dort hängt. Der Artikel zeigt Caroline und mich bei der Eröffnung des Castle Cottage vor dreißig Jahren und stammt von der Titelseite der örtlichen *Gazette*. Zugegeben: Auf der Titelseite dieser Zeitung zu landen ist nicht sonderlich schwer. Letzte Woche ging es dort exklusiv um die Schlaglöcher auf der Hauptstraße.

»Ich wette, du lachst dort oben über mich«, denke ich.

Das hier war alles Carolines Traum. Ihre Idee. Ihr leidenschaftliches Projekt. Der Umzug, die Gegend, das B&B. Alles.

Als sie noch da war, fanden wir all die anstrengenden Gäste, die Probleme und Missgeschicke lustig. Wir konnten uns darüber gemeinsam beschweren und herzlich lachen.

Aber vor einem Jahrzehnt ist sie gegangen und nie zurückgekommen, und jetzt bin nur noch ich da.

Allein in einem Haus voller Fremder.

2. KAPiTEL

Ist das Brot glutenfrei?«, fragt Mr Jolly, als er die Tür öffnet und auf die Käsesandwiches herabblickt, die ich gemacht habe.

Ich gebe zu, dass ich eine Sekunde lang versucht bin zu lügen.

Das ist mein dritter Gang die Treppe hinauf. Einmal habe ich mit ihren schweren Taschen gekämpft (Weiß der Himmel, was die da drin haben, sie bleiben doch nur zwei Nächte!), und einmal musste ich mich um Mrs Leighs Toilettenprobleme kümmern. Ein Anblick, auf den ich liebend gern verzichtet hätte. Vielleicht sollte sie auch mal über glutenfreie Ernährung nachdenken?

»Entschuldigung, von Ihrer Zöliakie haben Sie gar nichts erwähnt?«, frage ich.

»Wir ziehen glutenfreie Ernährung einfach vor. Haben wir das nicht gesagt?« Mr Jolly dreht sich zu seiner Frau um.

»Nein, haben Sie nicht«, seufze ich.

In der Hoffnung, dass sie mir einfach diese ollen Sandwiches abnehmen, sage ich nichts mehr. Tun sie aber nicht. Stattdessen starren sie mich an.

»Bekommen wir stattdessen zwei glutenfreie Sandwiches?«

Ein »bitte« wäre nicht verkehrt.

»Sicher.«

»Haben Sie auch Kekse?«, ruft Mrs Jolly.

»Ich fürchte, glutenfreie haben wir nicht.«

»Das ist schon okay. Was auch immer da ist.«

Als ich gehe, beiße ich mir auf die Unterlippe und stelle fest, dass ich morgen ihr Frühstück machen muss. Toll.

»Eine Sache noch«, ruft Mr Jolly mir nach, als ich schon an der Treppe angelangt bin. Soll ich einfach so tun, als hätte ich ihn nicht gehört? »Das WLAN scheint nicht zu funktionieren!«

»Ich kümmere mich drum!«, rufe ich und presche die Stufen hinab, ehe ein weiterer Gast den Kopf aus der Tür streckt und mir mit einem Problem kommt. Im Laufe der Jahre habe ich sie alle gehört. Da war dieser Mann, der sich darüber beschwerte, dass der Ausblick auf den Fotos schöner ausgesehen habe, und dem ich erklären musste, dass es momentan eben neblig sei. Oder die Familie, die mich bat, ihre Wand zu streichen, weil sie kein Gelb mochte. Die Frau, die im Namen ihres Hundes eine Kostenerstattung verlangte …

Allerdings hat Mr Jolly nicht ganz unrecht, was das Internet betrifft. Der Empfang in unserem kleinen B&B ist ziemlich unbeständig, und den Gästen – besonders denen, die sich aus London herausgewagt haben – scheint nicht klar zu sein, dass das hier ein isoliertes, verschlafenes Dörfchen auf dem Lande ist. Und auch nicht, dass ich nicht der Betreiber der British Telecom bin.

Ich stelle die zwei Teller auf dem Rezeptionstresen ab und wende die einzige Methode an, die ich kenne, um das WLAN zu reparieren: Ich schalte den Router aus und wieder an. Während ich darauf warte, dass das grüne Licht aufleuchtet, knabbere ich an den verschmähten Sandwiches. Mein Arzt wird noch an mir verzweifeln. Er hat mir bereits Statine verschrieben, um meinen Cholesterinspiegel zu senken, und heute habe ich wieder jede Menge zurückgewiesener Würste, Scones und nun auch noch dieses Käsesandwich verdrückt.

Kauend knipse ich die Schreibtischlampe an und sehe durch meine Brille hinab auf die leuchtend bunten Post-it-Zettel, die den Tisch zu überschwemmen drohen.

- Mrs Leighs Toilette reparieren
- Drei Käsesandwiches machen
- Taschen in Zimmer 5 bringen
- Tafel aus dem Garten reinholen
- Zeitung lesen!

Fast geschafft. Ich knülle die Zettel mit den erledigten Aufgaben zusammen und will den orangefarbenen Knäuel lässig in den Papierkorb werfen. Er prallt aber von der Kante ab und fällt auf den Boden. Ist das nicht eine prima Zusammenfassung meines heutigen Tages?

Schließlich wird das Licht endlich grün, und der

Computer piept immer wieder lautstark, um den Eingang mehrerer E-Mails zu verkünden und zu beweisen, dass das WLAN funktioniert. Gott sei Dank. Immerhin eine Sache läuft.

Ehe ich Mr Jolly Bescheid gebe und die nächste Runde Sandwiches schmiere, überfliege ich rasch meine Mails. Der übliche Spam ist eingetroffen, außerdem ein paar Benachrichtigungen von booking.com und einige direkte Buchungen.

Es ist mal wieder Sale bei Ryanair – wann eigentlich nicht? Mein Energieversorger möchte den Zählerstand ablesen, und Facebook informiert mich über, nun ja, jedes Kinkerlitzchen.

Ich habe mich dort nur angemeldet, um Annas Fotos und Posts sehen zu können.

»*Wünsch Genny einen schönen Geburtstag.*«

Ich weiß nicht mal, wer das sein soll.

»*Kurz-Und-Fündig Dorset: Secondhand-Drehstuhl im Sonderangebot!*«

Nein danke.

»*Neuer Post in der Gruppe* QAB *Schule Alumni.*«

Ehe ich die Benachrichtigung lösche, fällt mein Blick auf einen Namen, den ich lang nicht mehr gelesen habe.

Der mir aber viel bedeutet.

Mein Herz bleibt stehen.

Wieder und wieder lese ich den Post, bis ich es kapiert habe.

»*Raj Sharma, der die Schule von 1970 bis 1975 besuchte, starb am Freitag, den 26. April, unerwartet mit sechzig Jahren. Am Montag, den 6. Mai, findet im Haus der Familie eine Trauerfeier statt. Alle sind willkommen. Bitte tragt Weiß. Weitere Details findet ihr hier.*

Raj.

Tot.

Ich kann es nicht fassen.

3. KAPiTEL

Damals

Juli 1975

»Wie weit ist es noch?«, ruft Raj Simon und Ian über den Verkehrslärm hinweg zu, während sie versuchen, einen weiteren steilen Hügel in Bristol nach oben zu strampeln. Ihre Beine schmerzen, sie sind fix und fertig.

Auch wenn der Rückweg angeblich immer kürzer erscheint, ist das hier nicht der Fall. Der Rückweg der Jungs von Bordeaux nach Hause kommt ihnen inzwischen wie eine halbe Ewigkeit vor, und die abgesagte Fährfahrt, ein Loch im Reifen und jede Menge Pech unterwegs haben es auch nicht besser gemacht. Die unpraktischen Glamrock-Outfits, in denen sie ihre Tour nach Frankreich vor drei Wochen begonnen haben, sehen jetzt schon viel weniger glamourös aus. Die glänzenden gestreiften Hosen sind jetzt matschbesprenkelt und müffeln. Tatsächlich ist das nasse und miese britische Sommerwetter, das ihnen jetzt ins Gesicht schlägt, ihre erste Dusche seit Tagen. Während sie im prasselnden Regen tapfer ihren Weg die Park Street hinauf zum Internat fortsetzen, suchen Fußgänger in den roten Telefonkabinen Schutz, und Frauen schubsen ihre Kinderwägen in die Läden. Jeder versucht, dem Wolkenbruch zu entkommen.

»Nur noch ein paar Minuten! Wenn wir uns beeilen, werden wir nicht erwischt! Los jetzt!« Simons Durchhalteparole wird von dem Knattern eines sie überholenden Mopeds übertönt. Das hektische Stadtzentrum bildet einen krassen Gegensatz zu der Stille des ländlichen Frankreichs.

»Wir dürfen uns nicht erwischen lassen …«, sagt Raj und versucht, Simons Tempo zu halten. Seine Stimme zittert, weil ein grüner Doppeldeckerbus durch eine der riesigen Pfützen rast und ihnen eine weitere Dusche verpasst. Der tiefschwarze ordentliche Seitenscheitel, den Raj normalerweise trägt, ist längst verschwunden. Stattdessen ist sein Haar jetzt genauso zerstrubbelt wie Simons und Ians lange Zotteln. Er ist klein, dünn und sieht am jüngsten aus, obwohl er der Älteste des Trios ist.

Ian Pratt – rothaarig und in jederlei Hinsicht massiv – bildet das Schlusslicht. Das Rad, das sie sich in der Schule »geborgt« haben, sieht unter ihm richtig winzig aus. Überhaupt eignen sich die Räder kaum für eine Fahrt durch die Stadt, geschweige denn für die um die tausend Kilometer, die sie gerade zurückgelegt haben.

Ihre Eltern denken, dass sie in Wales in dem Sommercamp der Schule waren. Die Schule denkt, dass sie vor drei Wochen nach Hause in die Ferien gefahren sind. Und in Wahrheit sind sie den ganzen beschwerlichen Weg nach Bordeaux geradelt, um Simons französische Brieffreundin zu besuchen.

Die Jungs haben die vergangenen Monate über die Korrespondenz zwischen Schule und Eltern abgefangen und abgewandelt und es so bis jetzt geschafft, sich mit ihrem raffinierten Plan durchzumogeln.

Sie dürfen nicht an der letzten Hürde scheitern!

Der erfolgreiche Abschluss ihrer Reise hängt davon ab, dass sie noch mittags im Internat ankommen und so genug Zeit bleibt, die Räder heimlich abzustellen und sich zu waschen. Sie haben ihre Eltern gebeten, sie um fünfzehn Uhr abzuholen, und gesagt, sie würden vor dem Schultor auf sie warten – um dann so zu tun, als hätte der Schulbus sie gerade abgesetzt. In Wirklichkeit soll der Bus um sechzehn Uhr ankommen, und um diese Zeit sind sie längst über alle Berge. Weder die Schule noch ihre Eltern werden je von dem Abenteuer erfahren!

Ein Klacks!

Wäre es nicht bereits zehn vor drei.

»Das wird echt knapp!«, ruft Raj nach einem Blick auf seine Uhr, nachdem sie endlich oben auf dem Hügel angekommen sind und an der Ampel halten müssen.

Die Schule – die Ziellinie – ist nur noch wenige Minuten entfernt.

»Wir sind fast da. Das kriegen wir hin!«, triumphiert Ian, als er heftig keuchend zu den anderen aufschließt. »Wir müssen nur schnell die Räder verstecken, dann wird niemand je davon erfahren.«

Er beginnt, David Bowies *Rebel, Rebel* zu summen, das die inoffizielle Hymne der Reise geworden ist. Sofort strahlen sich alle drei Jungs an, stolz, dass sie diese verrückte Reise zu Ende gebracht haben. Das ist für drei unsportliche sechzehnjährige Musiknerds, die noch nie zuvor das Land verlassen haben, eine gewaltige Leistung.

»Mach schon, doofe Ampel.« Simon starrt auf das rote Licht, das eine Ewigkeit braucht, um umzuspringen. Er fummelt an seiner großen Brille mit den dicken Gläsern herum und reibt an seinem Kinn, an dem die ersten Barthärchen sprießen.

Während sie warten, hören sie den lauten Auspuff eines Fahrzeugs, das sich ebenfalls den Hügel hinaufkämpft. Die schmutzige Abgasluft füllt ihre Lungen.

Simon dreht sich nach dem Fahrzeug um, das rechts neben ihnen zum Stehen kommt. Wohl wieder einer der vielen Lkws, die ihnen in den letzten Wochen auf den Straßen das Leben schwer gemacht haben.

»Shit.« Simons Gesichtszüge entgleisen.

»Das ist doch wohl ein Witz.«

Das kann nicht sein.

Leider doch.

Simon starrt seinen Klassenkameraden Mark Thompson an, der sie durch das Rückfenster des Schulbusses hindurch wissend angrinst.

Sobald es grün wird, fährt der Bus weiter, aber die Jungs bleiben wie angewurzelt stehen.

»War das …« Raj sieht dem Bus nach, der in der Ferne weiterzuckelt.

»Was macht der denn so früh hier?« Ian guckt perplex aus der Wäsche.

Simon hält sich die Hand an seine Stirn und sieht erst hinauf in den Himmel und dann hinüber zu den anderen.

»Wir. Sind. Im. Arsch.«

Sobald die Jungs am Schultor angekommen sind, strömen die anderen Schüler aus dem Bus und in die Autos ihrer Eltern.

Simon, Raj und Ian sehen einander an und wissen, dass sie aufgeflogen sind.

Sie steigen von den Rädern und schlurfen los, in Erwartung des anstehenden Donnerwetters. Simon schaut hinüber zu Raj und rechnet schon damit, ihn vor Sorge hyperventilieren zu sehen, aber er wirkt relativ gelassen.

»Ich würde sagen: Was auch immer jetzt passiert, es hat sich trotzdem gelohnt. Klar, es war nicht leicht, und wir haben öfter mal gestritten, aber ich danke euch für ein paar tolle Wochen. Das war vielleicht die beste Zeit meines Lebens. Also, na ja, vielen Dank«, nickt Raj Simon und Ian zu.

»Jepp, das finde ich auch. Ich hoffe, wir machen das eines Tages wieder«, sagt Ian eilig, während seine Blicke besorgt hin und her huschen.

»Ich hatte auch eine super Zeit. Danke, dass ihr mitgekommen seid. Allein hätte ich das nie geschafft!« Simon bringt ein Lächeln zustande, obwohl er weiß, was gleich passieren wird.

Als sie um die Ecke in die Schuleinfahrt biegen, linst Simon, der die Gruppe tapfer anführt, durch das Tor und sieht dort seine und Rajs Eltern mit dem Schulpersonal stehen.

»Pssst! Wartet!«, ruft er den anderen leise zu, woraufhin sie mitten im Schritt stehen bleiben. Sie lehnen ihre Räder vorn an die Schulmauer und lauschen den lauten Stimmen.

»Haben Sie etwa unsere Söhne verloren?«, fragt Rajs Dad besorgt.

»Nein, Mr Sharma. Gerade weiß ich nicht genau, wo sie sind, aber ich bin sicher, dass es eine logische Erklärung gibt und wir bald herausgefunden haben, wo sie stecken«, versucht der Schuldirektor die Situation zu entwirren.

»Haben Sie sie in Wales gelassen?«

»Nein, nein, selbstverständlich nicht! Sie sind definitiv nicht mit auf die Reise gegangen.«

»Aber wenn sie nicht dabei waren … Dann sind sie jetzt seit drei Wochen verschwunden?«

»Ich verstehe Ihre Sorge, aber ich bin sicher, dass sich bald alles aufgeklärt hat. Warten Sie doch bitte einen Moment, dann frage ich unsere Sekretärin nach unseren Akten.«

Simon späht erneut um die Ecke und sieht, wie der Direktor die Stufen hinaufeilt. Ob sie jetzt einfach auftauchen und reinen Tisch machen sollten?

»Deine Eltern sind noch nicht da«, flüstert Simon Ian zu.

»Typisch!« Ian verdreht die Augen, nicht sicher, ob er erleichtert oder enttäuscht sein soll. »Kann ich also einfach nach hinten gehen und mein Rad dort abstellen?«

»Was, und wir zwei sollen alles ausbaden? Das ist nicht fair!«

»Komm schon, Ian, wir haben das zusammen durchgezogen. Einer für alle, alle für einen ...«, sagt Raj.

Ian sieht ihn skeptisch an.

Noch ehe sie sich selbst stellen können, hören sie, wie Mr Jones die steinernen Stufen wieder hinabeilt.

»Wir wurden informiert, dass die Jungs zum Ende des Schuljahres nach Hause ...«, versucht Mr Jones zu erklären, doch er wird direkt unterbrochen.

»Nein, sie sind definitiv in das Camp gefahren. Das steht in den Briefen, ich habe das schwarz auf weiß«, erwidert Simons Vater wütend.

»Schauen Sie her, Mr Brown, Sie haben unterschrieben, dass Ihr Sohn zum Semesterende nach Hause fährt.«

»Wenn die Bengel aber nie zu Hause angekommen sind, wo stecken sie dann?«

Simon verzieht das Gesicht.

»Zeit, sich zu stellen?«

Zögernd laufen die Jungs durch das Tor und lassen die Fahrräder auf der Straße stehen.

»Brown! Sharma!«

Sobald die dröhnende Stimme des Direktors ertönt, sehen alle sofort zu den Jungs.

Simon fragt sich, weshalb Mr Jones nur zwei Namen genannt hat, und sieht sich um. Heiliger Bimbam, Ian hat sich aus dem Staub gemacht!

»Verdammter Mistkerl«, flüstert Simon.

»Gentlemen, wo waren Sie, wenn man fragen darf?«, erkundigt sich der Direktor, sobald sie näher kommen.

Simon und Raj sehen sich an und hoffen, dass dem anderen eine gute Erklärung einfällt. Aber es hat beiden die Sprache verschlagen. Aus der Nummer kommen sie so leicht nicht heraus.

Die Stille ist tausendmal unangenehmer, als drei Wochen auf einem zerklüfteten Fahrradsattel zu sitzen.

»Wir sind nach Frankreich gefahren«, murmelt Simon irgendwann, nachdem er sich mit einem Blick zu Raj die Erlaubnis für das Geständnis geholt hat.

Es ist nicht der Schuldirektor, vor dem er sich fürchtet. Viel mehr Angst hat er vor seinem Vater Reginald. Sein Gesicht ragt puterrot aus dem Anzug hervor. Doch er sieht nicht wütend aus, sondern, noch schlimmer, beschämt.

»Ihr wart wo?«

»In Frankreich.«

»Was zur Hölle wolltet ihr da?«

Reginald sieht auf Simon hinab.

»Wir wollten Sylvie besuchen.«

»Wer ist das?«, fragt Mr Sharma.

»Deine Brieffreundin?« Reginalds Gesichtsfarbe wechselt von Rot zu Violett. »Hatte ich dir nicht ausdrücklich untersagt, an diesem Austausch teilzunehmen? Ich habe doch mit deinem Lehrer Mr Sullivan darüber gesprochen. Wie kann es sein, dass er dich ohne meine Erlaubnis mitgenommen hat?«

»Die französische Austauschgruppe ist letzte Woche zurückgekehrt«, wirft der Direktor ein und sieht genauso verwirrt aus wie die Eltern.

»Wir … wir sind allein gefahren«, stammelt Raj.

»Was soll das heißen, ihr seid allein nach Frankreich gefahren?«, fragt Mr Sharma.

»Wir sind geradelt«, erwidert Simon und starrt auf den Boden.

Die vergangenen Wochen über haben sich die Teenager wie echte Erwachsene gefühlt – sie haben die Unabhängigkeit geschmeckt, die Welt erkundet –, aber jetzt, da sie in ihren durchnässten Klamotten in der Einfahrt stehen, kommen sie sich auf einen Schlag wieder wie ungezogene Kinder vor.

»Nur ihr zwei?«, fragt Mr Jones misstrauisch.

Die Jungs sehen sich an.

»Ja«, erwidern sie wie aus einem Munde.

»Solche Mätzchen hätte ich vielleicht von den anderen Schülern erwartet, aber nicht von euch.«

»Wie konnten Sie die Jungs bloß allein nach Frankreich fahren lassen? Bringen Sie ihnen hier überhaupt irgendetwas bei?!« Reginald dreht sich zum Schuldirektor um, der bis jetzt ruhig geblieben ist, nach dieser Provokation aber ebenfalls rot anläuft.

»Mr Brown, dieselbe Frage könnte ich Ihnen stellen. Ihr Sohn hat uns belogen. Er hat so viele Schulregeln gebrochen, dass ich sie nicht einmal alle aufzählen kann! Ich fürchte, für derart unehrliche Schüler ist an dieser Schule kein Platz.«

»Es tut mir sehr leid, wie Raj sich benommen hat, Mr Jones. Er wird bestraft werden und es im September wiedergutmachen«, entschuldigt sich Mr Sharma.

»Ich fürchte, dafür ist es zu spät. Keiner der beiden Jungs ist hier im September noch willkommen.«

»Was? Nein!«, keucht Simon. Er reißt den Blick von seinen Schuhen los und sieht hinüber zu Raj, der vollkommen fassungslos wirkt.

Mr und Mrs Sharma schütteln entsetzt den Kopf, während Reginald Simon anstarrt. Er ist sichtlich beschämt angesichts des Verhaltens seines Sohnes. »Pack deine Sachen und sei in fünf Minuten im Auto. Lass mich nicht warten«, sagt er in eisigem Tonfall.

Als Simon bedrückt in die Schule und in sein Zimmer trottet, um den Koffer zu holen, den er unter dem Bett versteckt hatte, bleibt ihm keine Zeit, in seinem Postfach nachzusehen. Er hat nicht einmal Gelegenheit, sich ordentlich von Raj zu verabschieden oder von Ian, wo auch immer der stecken mag.

Er geht zum letzten Mal aus der Schule und fragt sich, wie das alles nur so furchtbar schiefgehen konnte.

4. KAPiTEL

In dieser Nacht tue ich kaum ein Auge zu, weil in meinem Kopf immer wieder dieselben Worte herumwirbeln.

Raj. Tot.

Vollkommen fertig wache ich morgens auf und greife sofort nach meiner Brille, um einen Blick auf den Wecker zu werfen. Es ist erst sechs Uhr. Sofort laufen vor meinem inneren Auge die Jahre ab, die Raj und ich miteinander verbracht haben, und ich bin nicht sicher, ob ich schon so richtig wach bin oder noch schlafe.

Ich erinnere mich an Dinge, an die ich seit Jahren nicht mehr gedacht habe. Wieder und wieder, in Dauerschleife. Ich sehen ihn lächeln. Höre sein Lachen. Unser echtes Lachen. Das, das man nur in diesem Alter lacht.

Unsere Freundschaft wuchs während unserer fünf Jahre auf dem Internat, wo wir vierundzwanzig Stunden am Tag miteinander verbrachten, sieben Tage die Woche. Wir waren eher Brüder als Freunde.

Während ich mich anziehe, frage ich mich, ob ich überhaupt trauern darf. Immerhin habe ich Raj, seit unser Kontakt gezwungenermaßen abbrach, weder gesehen noch gehört. Dennoch macht die Nachricht von seinem Tod mich unendlich traurig.

Ich denke zurück an jene Reise. An die peinlichen Diskoabende in der Schule, an denen wir unbeholfen nebeneinanderstanden und von einem Fuß auf den anderen traten. An all die Diskussionen und Streits, an die Debatten über Musik, Bands und Künstler. Glamrock bildet den Soundtrack meiner Erinnerungen. Die Lyrics von T. Rex' *Teenage Dream* erscheinen mir passender denn je.

Tot. Mit gerade einmal sechzig Jahren.

Wenn ich mir Raj vorstelle, dann kann ich dabei nur an die Teenagerversion denken, die ich kannte. Ich überlege, ob ich Anna anrufen soll, aber die ist wahrscheinlich noch nicht wach. Außerdem will ich sie nicht bei ihren aufregenden Hochzeitsplanungen stören. Stattdessen beschließe ich, etwas zu suchen, das meine Erinnerungen lebendiger macht.

Ich stehe auf, schlüpfe in irgendwelche wahllosen Klamotten und gehe hinunter zur Rezeption, wo ich eine Notiz für Mrs Cook hinterlasse – damit sie für Zimmer 5 ein glutenfreies Frühstück zubereitet. Ich hoffe, sie kriegt das hin, ohne die beiden zu beleidigen.

Ich schlendere an Daisy vorbei, die sich auf wundersame Weise von ihrer mysteriösen Krankheit erholt hat und gerade den Frühstücksraum vorbereitet. Weil sie Kopfhörer trägt, hört sie mich nicht, als ich ihr zu sagen versuche, dass ich auf den Dachboden gehe.

Im engen Flur des obersten Stockwerks des Cottage ziehe ich die weiße Falltür von der Decke und klappe die silberne Metallleiter herunter. Sie ist steil und wacklig, und ich schwanke ein bisschen, als ich hinaufsteige, sodass ich mich an der Wand abstützen muss. Anna wird garantiert sauer sein, dass ich allein auf den Dachboden gehe. Wir haben jenes Alter erreicht, in dem sich die Dynamik unserer Beziehung ziemlich verändert hat.

Als wir nach Dorset gezogen sind, haben wir unsere alten Leben auf dem Dachboden verstaut und sie nie wieder hervorgeholt. In all den Jahren bin ich allenfalls nach oben gegangen, um unseren Reisekoffer zu holen oder die Weihnachtsdeko nach unten zu bringen, mit deren Hilfe ich das Cottage in ein Winterwunderland verwandelte.

Jetzt ist der Koffer längst im Ruhestand und fristet sein Dasein an diesem dunklen, finsteren Ort statt an sonnigen, fernen Reisezielen. Und zu Annas großer Enttäuschung hole ich mittlerweile nur noch eine kleine Auswahl an Weihnachtsdeko nach unten. Eigentlich gehe ich bloß noch auf den Dachboden, um mich um die gefürchteten Mäuse zu kümmern.

Als ich oben angekommen bin, drücke ich rechts auf den Lichtschalter und sehe mich um. Beinahe zucke ich zusammen, als mein Blick auf die Sammlung von Weihnachtsmännern in sämtlichen Größen und Formen fällt, die zu mir herüberstarren. Man könnte damit eine ganze Shoppingmall dekorieren! Hinter dem Weihnachtsschmuck baumelt eine einzelne nackte Glühbirne von der Decke und wirft ihr mattes Licht auf eine Ansammlung von Kartons und Plastikkisten.

Ich weiß noch, dass mir der Dachboden in meinem

Elternhaus als Junge immer wie ein mysteriöser Ort voller Geheimnisse erschien.

Heute ist die Situation ähnlich geheimnisvoll, weil ich keine Ahnung habe, ob die Beschriftungen auf den Kartons ihrem Inhalt tatsächlich entsprechen. Es ist eine Art Glücksspiel.

Ich hätte schon vor Jahren Ordnung schaffen sollen!

Ich schwinge meine Beine herum und stemme mich von den Stufen hinauf.

Autsch. Als ich mein Knie anstoße, stöhne ich auf und klemme mir beinahe einen Finger in einer Mäusefalle ein.

Ganz offensichtlich bin ich nicht mehr so fit wie früher. Extravorsichtig tappe ich über die Holzdielen. Während ich mich ganz auf den instabilen Boden konzentriere, vergesse ich mich zu bücken und stoße mir den Kopf an einem der niedrigen Holzbalken.

»Verdammt!«

Vielleicht war es keine gute Idee, hier hochzukommen.

Über mir höre ich die nervigen Möwen auf dem Dach herumhüpfen, und unten machen sich die ersten Gäste auf den Weg in den Frühstücksraum.

Ich öffne die erste Kiste und wische die Spinnweben und den Mäusedreck weg.

Darin befinden sich ein paar von Carolines Sachen. Irgendwie habe ich es nie übers Herz gebracht, sie wegzuwerfen. Ich stemme die Kiste komplett auf und fahre mit den Händen über ihre Klamotten. Dann greife ich nach einem marineblauen Cardigan, einem ihrer liebsten Kleidungsstücke, und halte ihn in die Luft. Selbst nach all den Jahren treten mir dabei die Tränen in die Augen. Ich halte die Jacke an meine Nase und hoffe, dass sie noch ein klein wenig nach Caroline riecht, aber ihr Duft hat sich längst verflüchtigt.

Plötzlich frage ich mich, ob Raj verheiratet war und wie schmerzhaft die Situation für seine Ehefrau sein muss, falls es eine gibt.

Es ist ein Schmerz, der ein Leben lang nicht verschwindet.

Die nächste Kiste ist voll mit Sachen von Anna. Als ich ein Foto von ihr in ihrem Netzball-Outfit hervorziehe, muss ich lächeln. Mir ist, als hätte ich sie erst gestern in der Kinderkrippe abgegeben! Ich ziehe ihre Zeichenhefte aus der Mittelstufe hervor und bewundere ihr Talent, während ich durch Seiten voller Gebäude und Häuser blättere. Sie hat mein Händchen für Mathematik und Carolines künstlerisches Talent geerbt und wollte Architektin werden, bis der Tod ihrer Mutter alles veränderte.

Mit jeder geöffneten Kiste werde ich tiefer in die Vergangenheit katapultiert, an einen bestimmten Ort oder in einen Moment hinein – ausgelöst durch ein Bild, einen Geruch oder Gegenstand. Es ist, als wanderte ich durch ein Museum, das unserem Leben gewidmet ist. Ich könnte den ganzen Tag damit verbringen, aber ich darf mich nicht ablenken lassen.

Da die Dachbalken so niedrig sind, krieche ich jetzt auf allen vieren. Meine Knie schmerzen, während ich sie über den rauen Holzboden schiebe. Je tiefer ich in den Dachboden hineinkrabble, desto weiter reichen die Erinnerungen zurück. Schließlich greife ich nach den Kisten ganz hinten – jene, die wir bei unserem Einzug als erste verstaut haben.

Ich öffne einen Karton voll von meinen alten *Melody Maker*-Heften und frage mich, ob ich sie einem Sammler verkaufen sollte, ehe die Motten und Mäuse die Musikzeitschriften vollkommen ruiniert haben. Kurz bin ich versucht, in ihnen zu blättern und mich an die glorreichen Zeiten der Musik zu erinnern. Aber als ich gerade nach einem der Hefte greifen will, fällt mein Blick endlich auf die Kiste, nach der ich gesucht habe. Reichlich unelegant und mühsam manövriere ich mich unter den Spinnweben hindurch über die Dielen in die tiefsten Untiefen des Dachbodens hinein.

»Simons Schulsachen« steht an der Seite der Kiste, und dieses Mal stimmt die Beschriftung.

»Hab ich dich«, rede ich mit mir selbst und reiße das Klebeband ab, um den Karton zu öffnen. Eine Schatzkiste voller Erinnerungen aus meiner Jugend. Ich hole meine Schulkrawatte hervor, aber bei dem schwachen Licht lässt sich der restliche Inhalt der Kiste kaum erkennen. Also beschließe ich, sie mit nach unten zu nehmen, ehe der Frühstücksbetrieb in vollem Gang ist.

Als ich den Deckel schließe, fällt mir ein einzelnes Foto auf, das in der Seite klemmt. Ich halte es dichter vor meine Augen. Es ist ein Bild von mir, Raj und Ian auf unseren Rädern in Bordeaux.

Ich starre Raj an.

Das ist der Raj, an den ich mich erinnere.

5. KAPiTEL

Hier kommt die brandneue Single des heißesten Newcomers, der mit der Realityshow auf ITV berühmt wurde …«

»Alexa – mach die Musik aus!«, rufe ich meinem Amazon-Gerät quer durch die Küche zu, um das Radio abzuwürgen. Seit wann spielt Radio 2 die ganze Zeit dieses moderne Zeug? Warum läuft nicht was Ordentliches, ist ihnen nicht klar, wie alt ihre Hörer sind?!

Ich gehe an der Kiste vorbei, die ich vom Dachboden geholt habe und die noch immer unberührt an einer Seite des Raums steht. Seit ich wieder hinuntergekommen bin, hat das tägliche Aufgabenbombardement eingesetzt – zum Beispiel hatte einer der Gäste eine Flasche Rotwein ausgekippt und mir das netterweise erst nach dem Auschecken mitgeteilt, wodurch ich jetzt mit der Vorbereitung des Abendessens in Verzug bin.

Mittlerweile ist es Tradition, dass Anna und Ollie und ich jeden Sonntagabend zusammen essen. Es ist der ruhigste Abend der Woche in der Pension, sodass wir es uns meist ohne allzu viele Unterbrechungen gemütlich machen können. Ich genieße es, beim Abendessen nicht nur den Fernseher als Gesellschaft zu haben, und nach diesem Wochenende freue ich mich besonders auf den Abend.

Mein Rücken knackst, als ich mich hinabbeuge, um nach dem Cottage Pie im Ofen zu schauen – ich mache die Gäste dafür verantwortlich, die mich ihre zehn Tonnen schweren Koffer die Treppe hinaufschleppen lassen haben. Währenddessen plärrt die Musik weiter aus dem kleinen Lautsprecher.

»Alexa! Die Musik! Mach sie aus!«, rufe ich wieder, als ich mich langsam aufrichte. Autsch. Wann wurde eigentlich schon das simple Aufstehen schmerzhaft? Mit jedem Ausruf werde ich lauter und frustrierter.

Dann fällt mir auf, dass ich meinen grauen Wollpulli mit Dosentomaten bekleckert habe. Ich hätte mich vor dem Kochen umziehen oder wenigstens Carolines alte Schürze benutzen sollen, die immer noch im Schrank hängt. Jetzt muss ich den Pulli waschen, und das geht nur per Hand.

»O Sch...peisestärke«, sage ich und halte mich gerade noch vom Fluchen ab, als ich merke, dass Anna und Ollie in die Küche kommen. Ich weiß, dass sie viel schlimmere Ausdrücke auf Lager hat, aber das habe ich noch aus ihrer Kindheit so drin. Da hat sie mal mitbekommen, wie mir »Scheißkerl« rausrutschte, und hat das dann eine Woche lang bei jeder Gelegenheit fröhlich wiederholt. Caroline fand das erst ziemlich witzig, war aber nicht mehr so begeistert, nachdem wir einen Anruf von der Lehrerin bekommen haben.

»Alles okay bei dir, Dad?«, fragt Anna und lacht, weil

ich mit mir selbst geredet habe. Jedes Mal, wenn sie lächelt, sehe ich Caroline vor mir. Anna hat ihr dunkles Haar zu einem Pferdeschwanz gebunden und trägt eine Jeans und ein weißes T-Shirt. Kann sein, dass ich voreingenommen bin, aber sie ist immer wunderschön.

»Ich glaube, Alexa mag mich nicht«, sage ich entnervt und schulterzuckend zu Ollie, der mir ein mitfühlendes Lächeln schenkt. Er hat die Statur eines Rugbyspielers, ist aber ein freundlicher Riese und außerdem ein Genie. Ollie arbeitet im KI-Bereich oder macht Programmierung, irgendwas in der Art. Ich weiß nur, dass seine Firma Niederlassungen auf der ganzen Welt hat. Er hat Dutzende Male versucht, mir seinen Job zu erklären, aber normalerweise steige ich an dem Punkt aus, an dem es um Programmiersprache geht. Ich bin mir nicht sicher, ob Anna seine Arbeit so ganz versteht.

»Kein Wunder, wenn du sie die ganze Zeit anschreist!«, witzelt Anna.

»Alexa, mach das Radio aus«, versuche ich es erneut.

»Entschuldigung, diesen Befehl kenne ich nicht«, erwidert die digitale Stimme. Der blaue Ring oben auf dem Gerät leuchtet auf.

Ich sehe flehend zu Anna.

»Alexa, bitte mach das Radio aus«, sagt Anna ruhig und deutlich.

Stille senkt sich über den Raum, und ich kann endlich wieder meine eigenen Gedanken hören.

»Danke«, sage ich zu Anna. »Ich weiß nicht, wieso du mir dieses Alexa-Dings geschenkt hast. Irgendwie funktioniert das nie.«

Ich weiß, weshalb sie es mir gekauft hat. Damit ich jemanden zum Reden habe.

»Aber egal. Wie geht es euch? Ich würde euch ja umarmen, aber ich will euch nicht auch noch mit Tomate besudeln! Wie liefen eure Hochzeitsvorbereitungen dieses Wochenende?«

»Na, ich denke, gut! Wir haben alles geregelt, was wir wollten, oder?« Ollie sieht hinüber zu Anna, die ein wenig gedämpft wirkt. »Zugegeben, mir war nicht klar, dass man so viele Entscheidungen treffen muss. Ich habe an einem Wochenende mehr über Blumen gelernt als in meinem ganzen Leben.«

Die beiden sind jetzt schon seit fünf Jahren zusammen, und so ist Ollie eine Art Ersatzsohn für mich geworden. Ich weiß, dass Väter oft ein Problem mit ihrem Schwiegersohn haben, aber Ollie war für Anna stets ein Fels in der Brandung.

»Wollt ihr ein Glas Rotwein?«

»Gern! Brauchst du Hilfe?«, bietet Ollie an, während Anna einfach nickt. So still ist sie eigentlich nur, wenn sie mir etwas sagen will.

Ich werfe einen Blick auf die grünen Bohnen, ehe ich drei Gläser aus dem Schrank hole.

»War hier alles okay?«, erkundigt sich Anna.

»Ach, nur die übliche Ansammlung spezieller Gäste. Du hast nix Spannendes verpasst«, erwidere ich. »Ihr habt sicher Aufregenderes zu berichten! Was habt ihr denn außer der Blumenauswahl noch erledigt?«

Anna ist zu beschäftigt damit, in dem Kalender neben dem Kühlschrank herumzuschnüffeln, in den ich bereits Rajs Beerdigungstermin eingetragen habe. Abgesehen von einem überfälligen Gang zum Optiker ist das diesen Monat mein einziger Termin. Obwohl sie schon seit Jahren nicht mehr hier lebt, hat sie immer noch eine eigene Spalte im Kalender, in die ich ihre Termine eintrage. Ihre Spalte ist viel voller als meine.

»Anna und ich wollten übrigens mit dir über etwas …«

»Wer ist Raj?«, unterbricht Anna ihn mitten im Satz und sieht aus, als versuche sie, sich an seinen Namen zu erinnern, ehe sie Ollie einen strafenden Blick zuwirft.

»Das war einer meiner besten Freunde in der Schule.« Ich entkorke den Wein und gieße uns allen ein Glas ein. »Leider habe ich gestern erfahren, dass er gestorben ist.«

»Oh, warum hast du denn nichts gesagt? Das tut mir leid, Dad. Wo findet die Trauerfeier statt?«

»In Chepstow, seinem Heimatort. Ich habe ihn seit Jahren nicht mehr gesehen, aber als Kinder standen wir uns sehr nah. Wir haben uns im Internat fünf Jahre lang ein Zimmer geteilt. Du weißt schon, das war einer der Freunde, mit denen ich nach Bordeaux geradelt bin.«

»Was? Du bist mit dem Rad nach Bordeaux gefahren?« Anna verzieht verwirrt das Gesicht.

»Komm schon, Anna, die Geschichte habe ich dir garantiert erzählt!«

»Nein, hast du garantiert nicht. Raj hast du mal erwähnt, glaube ich, aber du hast nie gesagt, dass du nach Bordeaux geradelt bist! Wusstest du das?« Sie wendet sich an Ollie.

»Nein, ich denke nicht«, sagt er und nimmt einen Schluck Wein.

»Ich bin mir ziemlich sicher, dass ich dir davon erzählt habe, als ich dir das Radfahren beigebracht habe«, sage ich zu Anna.

»Da dürfte ich etwa vier gewesen sein, das ist vierundzwanzig Jahre her, Dad! Das weiß ich nun wirklich nicht mehr!«, erwidert sie munter.

Wie kann das bloß vierundzwanzig Jahre her sein?

»Wie dem auch sei. Raj, ich und Ian, ein weiterer Kumpel, sind mit fünfzehn oder sechzehn zusammen nach Frankreich geradelt«, erkläre ich.

»Ganz schön abenteuerlich!« Ollie wirkt beeindruckt.

»Mit fünfzehn hast du mich nicht mal allein ausgehen lassen, geschweige denn nach Frankreich! Hätte ich das doch bloß gewusst und als Druckmittel benutzen können«, scherzt Anna.

»Ehrlich gesagt hätten deine Großeltern mir das auch nicht erlaubt. Sie waren alles andere als begeistert, als sie davon erfahren haben.«

»Du bist gefahren, ohne es ihnen zu sagen?«, lacht Anna. »Warum wolltet ihr überhaupt nach Frankreich?«

Der Timer am Ofen piept.

»Das ist eine lange Geschichte«, sage ich, als ich ihn ausstelle und die Ofenhandschuhe überziehe, um vorsichtig den dampfend heißen Cottage Pie herauszuholen.

»Wir haben den ganzen Abend Zeit!«

6. KAPITEL

Damals

Juli 1975
(Zehn Tage zuvor)

Ist das die Straße?«

»Ja! Wir haben sie gefunden!« Simon blickt hinauf zum Straßenschild und dann wieder auf die gekritzelte Adresse auf dem zerfetzten Zettel in seiner Hand, um sicherzugehen, dass sie wirklich richtig sind. Die drei Jungs sind die letzte Stunde über durch das Zentrum von Bordeaux gekurvt, dreimal vorbei am Opernhaus und an der Kathedrale – und haben versucht, diese kleine Nebenstraße zu finden. Die Stadt ist schmuddeliger und dreckiger, als Simon es sich vorgestellt hatte, aber er hatte auch keine Ahnung, wie es in Frankreich aussieht. Schließlich war er vorher noch nie im Ausland.

»Gott sei Dank!« Ian springt vom Rad und läuft die schmale Gasse entlang. Kein Wunder, dass es so lang gedauert hat, sie zu finden. Die ruhige Straße liegt hinter der Hauptstraße, und auf beiden Seiten stehen nur ein paar Steinhäuser.

»Wir suchen die Nummer zwölf.« Simon konsultiert erneut seinen Zettel, den er fest umklammert hält. Seine feuchten Finger, ganz feucht vor Aufregung, drohen die Schrift zu verschmieren.

Die Jungs gehen die Hausnummern durch, und ihre Köpfe schnellen hin und her, als würden sie ein Tennismatch verfolgen.

»Das ist die fünf … und das die sieben«, sagt Ian laut.

Als sie näher kommen und an einem hübschen Haus mit lichtblauer Tür, weißen Fensterläden und Blumen im Fenster vorbeilaufen, schlägt Simons Herz vor Aufregung und Beklemmung immer schneller.

»Auf der Seite sind die ungeraden Zahlen, also sind hier die geraden. Acht … zehn … zwölf! Das ist es! Das ist ihr Haus. Wir haben es geschafft!«, ruft Raj aufgeregt, als er vor einem Haus mit dunkelgrauer Tür stehen bleibt.

Trotz des unglaublichen Erfolgs, es in einem Stück bis nach Bordeaux und zu Sylvies Haus geschafft zu haben, bleibt Simon ziemlich still. In seinen Augen steht die größte Herausforderung nämlich noch bevor!

Ian und Raj sehen ihn erwartungsvoll an.

Simon aber steht reglos da und versucht, langsamer zu atmen – um nur noch schneller zu schnaufen. Sein Herz hämmert sogar noch heftiger als beim Radfahren.

»Was wirst du zu ihr sagen?«, fragt Raj.

»Ich bin mir nicht sicher, hab nicht wirklich drüber nachgedacht«, antwortet Simon, was nicht ganz stimmt. In Wahrheit hat er die vergangenen Monate über kaum an etwas anderes gedacht. Aber jetzt und hier ist sein Kopf völlig leer.

Was soll er also sagen?

Sylvie weiß nicht einmal, dass er kommt.

Was, wenn sie sich gar nicht über seinen Überraschungsbesuch freut?

»Sie freut sich bestimmt, dich zu sehen!«, sagt Raj, als hätte er seine Gedanken gelesen.

»Ja … das hoffe ich. Na, dann wollen wir mal«, sagt Simon zögernd, als er sein Rad ablegt.

Er war so wild darauf anzukommen, aber jetzt würde er am liebsten einfach weiter durch die Stadt gurken, um sich zu beruhigen.

»Viel Glück, du schaffst das schon«, sagt Raj ermutigend.

»Mach uns keine Schande!«, ruft Ian, als sie zurücktreten und auf der anderen Straßenseite stolz auf Simons erste Interaktion mit dem Mädchen seiner Träume warten.

Langsam geht Simon auf die Tür zu. Sein Mund ist trocken, und er beginnt, sich eine endlose Reihe von Szenarien vorzustellen, die alle mit schmachvoller Zurückweisung enden.

Während des ausgiebigen Briefwechsels sind seine Gefühle stärker geworden, und er glaubt, dass es Sylvie genauso geht.

Sie wird sich bestimmt freuen, ihn zu sehen. Es gibt da eine Verbindung zwischen ihnen, er hat die Zeichen nicht falsch gedeutet.

Oder?

Oder doch?

Als er an die Tür klopft, bleibt ihm das Herz stehen.

Ein paar Momente lang ist es still. Nervös dreht sich

Simon zu seinen Freunden um und fürchtet, dass niemand zu Hause ist. Da hört er plötzlich Schritte.

Er beginnt so schnell zu atmen, dass sein Körper von Sauerstoff regelrecht überflutet wird.

Die Tür geht auf.

Vor ihm steht ein großer, glatzköpfiger und recht beeindruckender Mann in einem abgenutzten marineblauen Arbeitsoverall, der über und über mit Öl befleckt ist. Er mustert Simon misstrauisch und scheint die Tür nicht weiter als unbedingt nötig öffnen zu wollen.

Simon tritt einen Schritt zurück. Ob das Sylvies Vater ist?

»Bon, qu'est-ce que vous voulez?«, fragt der Mann barsch.

»Ähhhmm bonjour … monsieur … Je cherche Sylvie?«, stottert Simon leise.

Der Mann starrt ihn an und versucht zu verstehen, was Simon meinen könnte.

»Vous êtes anglais?«

»Yes … sorry … oui, nous sommes anglais. Ummm, je suis ami avec Sylvie … Nous écrivons des lettres.« Schnell imitiert Simon eine Schreibbewegung mit der Hand.

»Il n'y a personne qui s'appelle Sylvie ici«, winkt der Mann ärgerlich ab und verschränkt die Arme. »Non, non, non.«

Mit diesen Worten knallt er die Tür zu.

»Was hat er gesagt?«, fragt Ian Raj. »Ist es das falsche Haus?«

»Er hat gesagt, dass hier keine Sylvie wohnt«, erklärt Simon verzweifelt, während er auf die Tür starrt, die ihm eben vor der Nase zugeschlagen wurde. Dann dreht er sich verwirrt zu Raj und Ian um.

»Ist es auch sicher die richtige Straße?«, fragt Raj.

»Ja, auf jeden Fall. Außer es gibt hier noch eine, die genauso heißt?« Simon starrt auf seinen Zettel, auf dem die Tinte bereits verläuft.

»Und ist es wirklich die Nummer zwölf?«

»Ja.« Eigentlich sollte Simon gar nicht nachschauen müssen, weil er die Adresse in den vergangenen sechs Monaten oft genug auf einen Umschlag geschrieben hat, aber weil er an sich selbst, seinem Gedächtnis und seinem Verstand zweifelt, überprüft er die Sache lieber noch einmal.

»Warum versuchst du es nicht mal bei den Nachbarn?«, schlägt Ian vor.

Simon geht schüchtern von Tür zu Tür, aber niemand öffnet. Ein Mann in Anzug mustert sie durch sein Fenster, kommt aber nicht heraus. Wenn man den Zustand ihrer Kleidung bedenkt, ist das wenig überraschend.

»Es ist hoffnungslos«, sagt Simon entmutigt, als Raj ihm den Zettel abnimmt.

»Schau, es ist definitiv das Haus. Versuch es einfach noch mal.«

Dieses Szenario hatte sich Simon vorher nicht ausgemalt. Widerstrebend klopft er erneut bei der Nummer zwölf. Die sich nähernden Schritte sind dieses Mal lauter.

»Kannst du ihn fragen, wo sie ist?«, wendet Simon sich an Raj, weil er nicht nur den Glauben an die Suche, sondern auch an sein Französisch verloren hat.

»Ouiii?«, fragt der Mann aggressiv. Er hat wohl wirklich keine Lust mehr auf die Jungs.

»Pardon monsieur, nous cherchons cette adresse – je crois qu'une fille qui s'appelle Sylvie habite là. C'est bonne, cette adresse?« Raj formuliert die Frage beinahe fließend, was den Mann überrascht. Jetzt wirft er doch einen Blick auf den Zettel.

»Oui, c'est la bonne adresse, mais j'ai emménagé dans cette maison hier. Votre amie n'habite plus ici.«

Simon sieht Raj an. Er hat grob verstanden, was der Mann gesagt hat, aber nicht jedes Wort. Sein Dialekt ist stark, und er spricht ziemlich schnell. Es ist viel schwerer, einen Franzosen im echten Leben zu verstehen als Mr Sullivan im Unterricht! Ist Sylvie tatsächlich weggezogen?

Ian steht komplett verwirrt hinter ihnen und versteht kein Wort. Er sieht zu ihnen und hofft, dass sie für ihn übersetzen, aber Raj spricht weiter mit dem Mann, der immer widerwilliger wirkt.

»Savez-vous où elle et sa famille sont allés?«

»Non, je n'ai aucune idée, je ne peux pas vous aider, désolé.«

Simon erbleicht.

»Tut mir leid, Si. Es klingt so, als wäre Sylvies Familie gestern ausgezogen, aber er weiß nicht, wohin. Ich kann es nicht fassen.«

Der Mann zuckt mit den Schultern und schließt

dann die Tür. Wieder steht Simon verdattert davor und starrt sie ungläubig an.

»Weiß er wirklich nicht, wohin sie gezogen sind?«, ruft Ian. »Du hast uns den ganzen Weg hierher umsonst fahren lassen? Soll das ein Witz sein?«

»Lass gut sein, Ian.« Raj sieht ihn streng an.

Simons Herz hämmert.

Wie kann das sein? Wie konnte das passieren?

Wieso hat Sylvie ihm nicht gesagt, dass sie umzieht?

Reglos steht er da.

»Gestern? Sie ist gestern umgezogen? Wenn wir nicht deinen bescheuerten Umweg gefahren wären, wären wir gestern schon hier gewesen!«, attackiert Simon seinerseits Ian. »Es ist nicht meine Schuld, sondern deine!«

»Hey, ihr beiden, Schluss jetzt!« Raj legt die Hand auf Simons Arm. »Könnten wir nicht zu ihrer Schule fahren?«

»Ich hab keinen Schimmer, wo die ist. Die Adresse habe ich nicht dabei. Außerdem hat die Schule im Sommer sowieso zu, das bringt also nichts, solange wir nicht zwei Monate hier warten wollen. Ich verstehe es einfach nicht. Warum hat sie mir nicht gesagt, dass sie umzieht?«

»Ich bin mir sicher, dass es eine Erklärung gibt. Wie könnten wir sie sonst finden?«

Die Jungs stehen auf der Straße, sehen einander an und denken an weitere tausend Kilometer zurück nach Bristol.

»Ich glaube nicht, dass wir noch irgendeine Chance haben.« Simons Optimismus ist vollkommen verpufft.

Trotz Rajs Bemühungen schwant ihm, dass ihn jetzt nichts aufheitern kann. Und so sauer er auf Ian sein mag, so weiß er doch, dass ein Streit jetzt auch nichts ändern wird.

Er denkt nicht an die Rückreise, die anstrengende Fahrt oder noch mehr Nächte in ihrem kaputten Zelt.

Er ist einfach nur verwirrt und verzweifelt.

Simon steigt zurück aufs Rad. Seine Träume haben sich aufgelöst, sein Herz ist gebrochen.

Dabei hat er die Herzensbrecherin nicht einmal kennengelernt.

7. KAPiTEL

Sorry, nur, damit ich das richtig verstehe … Du bist den ganzen Weg nach Frankreich geradelt, um deine Brieffreundin zu treffen. Ohne dass deine Eltern davon wussten. Und sie war nicht mal da?!« Anna sieht mich völlig verdutzt an.

»Ja, so könnte man es zusammenfassen«, erwidere ich und nehme das letzte Stück Pie, der mittlerweile schon fast kalt ist. Ich habe zwanzig Minuten lang durchgeredet, und Anna und Ollie haben mir gebannt gelauscht. Ich habe die Geschichte jahrelang nicht erzählt und werde gerade ganz schön nostalgisch.

»Das ist herzzerreißend! Ich kann nicht glauben, dass du die ganze Strecke gefahren bist, ohne sie zu treffen. Wieso hast du das nie erzählt? Das ist das Spannendste, was ich je von dir gehört habe.«

»Danke, Töchterchen!«

»Was ist bei deiner Rückkehr passiert? Du hast doch gesagt, dass Nana und Gramps es herausgefunden haben?«

»Ja, unser Plan war etwas eng getaktet. Als wir angekommen sind, wurden wir geschnappt, zumindest Raj und ich. Wir flogen von der Schule, und als meine Prüfungsergebnisse für die Mittlere Reife kamen, hat sich gezeigt, dass ich da nicht gerade brilliert hatte. Gramps war fuchsteufelswild, aber ich bin zurück nach Stroud gezogen, und er hat mir dort bei sich in der Bank einen Job besorgt.«

»Und was war mit Ian?« Ollie wirkt genauso fasziniert von der Geschichte wie Anna.

»Er hat sich aus dem Staub gemacht, ehe wir erwischt wurden, und blieb dann bis zur Oberstufe an der Schule.« Ich schüttle den Kopf und kann immer noch nicht fassen, dass er damit durchgekommen ist.

»Und nach dem Trip hast du die beiden nie wiedergesehen?«

»Nein, das war das letzte Mal. Ich war auch nicht besonders scharf drauf, Ian zu sehen, nachdem er uns hängen gelassen hat. Gramps hielt die beiden dann sowieso für einen schlechten Einfluss und hat mir verboten, sie zu treffen. Nachdem ich ihn mit dem Rauswurf so enttäuscht hatte, habe ich mich nicht mehr getraut, zu rebellieren. Kann sein, dass ich Raj ein paarmal angerufen oder ihm geschrieben habe. Ich weiß, dass er auf eine andere Schule gegangen ist. Aber als die beiden ihren Abschluss machten, hatte ich bereits zwei Jahre gearbeitet und ging davon aus, dass sie unsere gemeinsame Zeit längst hinter sich gelassen und neue Freunde gefunden hatten. Das waren einfach andere Zeiten, ihr könnt euch ein Leben ohne Internet und Mobiltelefone wahrscheinlich gar nicht vorstellen! Wir haben einfach den Kontakt verloren.«

»Ja, schade, oder? Ihr standet euch so nah und habt euch nie wiedergesehen«, meint Anna.

»Klar, und jetzt wünschte ich wirklich, ich hätte mich noch mal bei Raj gemeldet und es nicht so lange hinausgezögert, bis es zu spät war.« Plötzlich übermannen mich die Gefühle, und ich verstumme kurz.

»So vor fünfzehn Jahren gab es mal ein Klassentreffen, glaube ich, aber das überschnitt sich mit einem deiner Netzballspiele. Aber selbst das ist heute so anders. Damals ist man auf ein Klassentreffen gegangen und hat die Leute zum ersten Mal seit vielen Jahren wiedergesehen oder von ihnen gehört. Wenn ihr zwei heute zu einem solchen Treffen gehen würdet, wüsstet ihr dank Social Media vorher schon alles über eure ehemaligen Mitschüler. Wahrscheinlich wärt ihr sogar über jedes einzelne Frühstück im Bilde, das sie seitdem gegessen haben!«

»Definitiv«, lacht Ollie.

»Ich dagegen habe von Raj bis gestern nichts gehört. Von Ian weiß ich sogar noch weniger.«

»Und was ist mit Sylvie? Habt ihr euch weiter geschrieben? Hast du sie je getroffen oder herausgefunden, weshalb sie nicht da war?«, sprudelt es aus Anna heraus. Ich hätte gar nicht gedacht, dass sie sich so für meine Jugend interessiert.

»Nein, ich habe nie wieder von Sylvie gehört.«

»Sie hat dich geghostet?«

»Geghostet? Was heißt das?«, erwidere ich verwirrt.

»Ist egal, erzähl weiter.«

»Ehrlich gesagt weiß ich immer noch nicht, was passiert ist. Sie hat sich nie wieder gemeldet. Und weil ich keine Adresse hatte, war ich vollkommen machtlos. Wenn ich so drüber nachdenke, klingt es etwas bescheuert, aber damals war ich Wochen, sogar Monate völlig zerstört deswegen. Damals habe ich vermutet, dass sie einfach die Nase voll von mir hat …«

Ich verstumme erneut. Wie verrückt von uns, einfach vom Internat nach Frankreich abzuhauen, in einer Zeit, in der kaum jemand im Ausland Urlaub machte! Damals, als wir abgesehen von ein paar Klischees keinen blassen Schimmer von Frankreich hatten.

»Hast du denn noch ihre Briefe?« Anna springt aufgeregt auf.

»Wahrscheinlich schon. Warum?«

»Ich will sie sehen!«

»Hm, also …«

»Ach, komm schon, Dad!«

»Ich weiß nicht. Ich habe heute Morgen eine Kiste voller Schulkram vom Dachboden geholt.« Ich deute auf den Karton auf der anderen Seite des Zimmers. »Noch hatte ich keine Gelegenheit, richtig reinzuschauen. Vielleicht sind die Briefe da drin. Und weißt du, was ich noch gefunden habe? Jede Menge alter Zeichenhefte von dir, ich hab darin geblättert. Sie sind so gut! Ich weiß immer noch nicht, warum du nicht versuchst, was aus deinem Talent zu machen.«

»Das sollte sie wirklich, oder?«, meldet Ollie sich zu Wort und sieht mit nach oben gezogenen Augenbrauen zu Anna.

Jemand tritt mich versehentlich unter dem Tisch. Dann springt Anna auf, um die Kiste zu holen.

»Du weißt doch, dass wir dir gern helfen, wenn du was vom Dachboden brauchst!«, ruft sie und ignoriert Ollie, während sie in den Zeugnissen meiner Jugend wühlt. »O Gott, schau dir die hier an!«

Sie bringt die Kiste an den Tisch und reicht uns ein paar Fotos, nachdem sie Ollie noch einen gereizten Blick zugeworfen hat.

»Seht euch mal meine Frisur auf dem Foto an!«, versuche ich, das Thema zu wechseln, weil ich Angst habe, vorhin etwas Falsches gesagt zu haben.

»Wow, ich liebe diese Bilder. Nicht nur dein Haar, sondern auch diese Klamotten …« Ollie sieht bewundernd auf die Fotos, auf denen ich eine richtig lange Mähne habe und eine Sonnenbrille, ein T-Shirt mit tiefem V-Ausschnitt und Plateauschuhe trage.

Lächelnd betrachte ich dieses Ich aus einem anderen Leben. Während ich mich wegen der peinlichen Frisur innerlich ein wenig krümme, sehe ich, dass Anna eine Metalldose aus der Kiste geholt hat und jetzt versucht, den störrischen Deckel zu öffnen.

»Soll ich dir helfen?« Wahrscheinlich hat seit Jahren niemand in diese Büchse geschaut.

»Nein, ich kriege es schon hin.«

Sie kippt einen ganzen Stapel Briefe auf den Tisch. Die Briefe, die mir als Teenager so viel bedeutet haben. Bei ihrem Anblick muss ich daran denken, wie aufgeregt ich jedes Mal war, wenn ich einen bekommen habe. Wie ich sie in die Schublade meines Nachttischs gestopft habe, um sie immer wieder lesen zu können.

»Sind sie das? Kann ich sie anschauen?«

»Nur zu!« Meine Tochter kann sowieso nichts und niemand aufhalten.

Sie verstummt und beginnt lächelnd zu lesen.

Aufgeregt lange ich über den Tisch und schnappe mir ebenfalls einen Brief. Den Umschlag ziert Sylvies kurvige Handschrift, und eine Reihe von Gedenkbriefmarken mit dem Porträt von Präsident Pompidou klebt darauf.

Zögernd öffne ich den Umschlag und hole den Brief heraus.

Es ist das erste Mal seit Jahren, dass ich einen lese. Wahrscheinlich das erste Mal seit unserem Umzug. Oder seit der Schule.

Ich überfliege unseren Austausch und picke einzelne Zeilen heraus.

»Es ist sehr nett du sagst, ich sehe hübsch aus auf die Foto. Ich mag sie nicht so gern. Sie ist für meine Pass. Du sieht sehr gut aus auf deine Bild! Ich blinzle auch immer auf die Fotos! Sieht aus, als ob immer ich schlafe.«

»Ich liebe T. Rex auch! Ich glaube, das ist meine liebste Band von der Welt! Das ist sehr bizarr. Was ist deine Lieblingssong? Ich denke meine ist ›Hot Love‹, aber ich liebe sie alle. Ich höre viel Musik aus die Großbritannien. Ich mag auch David Bowie, The Rolling Stones und The Sweet.«

»In Bordeaux es gibt sehr gute Plattenladen, die hat viele, viele englisch Platten. Ich kann sie anhören, bevor ich kaufe. Ich glaube, auch du magst sie sehr.

Ich freue mich schon, wenn die neue T.-Rex-Album dort zu kaufen ist. Ich will es auch. Ich hoffe, du kannst Geld sparen.«

Beim Lesen ihrer Worte werde ich um Jahrzehnte zurückkatapultiert. Ich erinnere mich, wie eifersüchtig Raj war, dass ich eine Brieffreundin gefunden hatte, die unsere Leidenschaft für Musik teilte. Außerdem fallen mir wieder jene Monate ein, in denen ich so verzweifelt versucht habe, für die neue T.-Rex-Platte zu sparen. Ebenso die Aufregung, wenn es Neuigkeiten von Sylvie gab und sie mir von ihrem Leben in Frankreich berichtete – oder wenn ich mir den Plattenladen vorstellte, von dem sie so begeistert war.

Ich gluckse und bin froh, dass wir nur ihre Seite des Briefwechsels lesen können. Meine Briefe waren sicher bodenlos peinlich!

»Die Briefe sind so süß, Dad!« Anna reicht mir einen weiteren Umschlag. »Wow, du hast sogar noch ein Mixtape.«

»Ist das da drin?«, frage ich und lehne mich aufgeregt über den Tisch.

»Es sind sogar mehrere.« Sie holt zwei Kassetten aus der Büchse und bewundert die handgemachten Cover.

»Ja, eins davon hat Sylvie für mich aufgenommen, ich habe es wieder und wieder angehört. Und das da habe ich für sie gemacht.« Ich deute auf die jeweiligen Kassetten. »Ich hatte die Kassette mit auf unsere Tour genommen, um sie ihr persönlich zu überreichen. Also hat sie es nie bekommen.«

»10cc. Mott the Hoople. Slade. Sweet. Elton. Bowie. T. Rex ...« Anna liest die handgeschriebene Playlist auf der Rückseite vor.

»Du kannst dir nicht vorstellen, wie lange es gedauert hat, diese Kassetten zu machen ... Wir haben die Listen stundenlang zusammengestellt, haben darauf gewartet, dass die Songs im Radio laufen, und dann hat der Moderator garantiert am Ende reingequatscht! Es war ja nicht so wie heute, wo man jederzeit Zugriff auf jeden Song hat.«

»Können wir sie anhören?«

»Ich weiß nicht mal, ob ich noch einen Kassettenrekorder habe, aber wir können ja mal nachsehen.«

Anna tastet noch einmal den Boden der Dose ab, um sicherzugehen, dass sie nichts übersehen hat. Sie zieht das schwarz-weiße Passbild von Sylvie heraus, das einzige Foto, das ich je von ihr hatte.

Anna hält inne, dann erscheint ein Lächeln auf ihrem Gesicht.

»Jetzt verstehe ich, warum du zu ihr geradelt bist. Sie war wunderschön.«

Sie reicht mir das kleine quadratische Foto – seine Ecken sind abgestoßen –, und ich betrachte das Gesicht, das ich seit Jahren nicht gesehen habe.

Teenager-Sylvie posiert vor dem knittrigen Vorhang einer Fotokabine. Ihr dunkles, glattes, langes Haar ist in der Mitte gescheitelt und fließt ihr bis über die untere Kante des Fotos hinaus über die Schultern, sodass es beinahe endlos wirkt. Sie grinst breit, als hätte man sie beim Lachen ertappt. In ihrer rechten Wange hat sie ein

Grübchen, und ihre dunklen Augen, die von schmalen Augenbrauen überwölbt werden, funkeln. Sie starrt direkt in die Kamera und jetzt mich an.

Ihr Lächeln ist immer noch süß.

»Die Briefe klingen so, als hättet ihr euch sehr gut verstanden.« Anna füllt ihr Glas erneut bis zur Hälfte mit Wein und bietet mir auch welchen an, aber ich lege meine Hand über die Öffnung.

»Ja, haben wir. Deswegen ist es ja so schade, dass der Kontakt aus irgendeinem Grund abgebrochen ist. Aber wie gesagt, ich hätte nichts machen können. Damals gab es ja kein Facebook oder etwas Vergleichbares.«

»Aber heute schon.«

Aufgeregt springt Anna von ihrem Stuhl auf.

»Was hast du vor?«

»Wir suchen sie!«

8. KAPiTEL

»Anna? Wie meinst du das?«, rufe ich ihr nach und folge ihr, während sie aus dem Esszimmer, durch das Wohnzimmer und in den Empfangsbereich läuft, direkt auf den Computer zu.

»Ich wette, wir finden Sylvie auf Facebook«, ruft sie.

Ollie sieht mich mitfühlend an, als wir versuchen, sie einzuholen.

Da das B&B all meine Zeit frisst, hat Anna es in den letzten Monaten plötzlich zu ihrer persönlichen Aufgabe erklärt, neue Freunde für mich zu finden. Anfangs wollte sie mich unbedingt dazu überreden, mich mehr in den Ortsgruppen zu engagieren – ich werde ihr die nervigen Abende bei der Nachbarschaftswache nie verzeihen! Noch schlimmer wurde es, als sie mich zwang, mich auf Online-Dating-Plattformen anzumelden, und dann die einzige Person, mit der ich ein sogenanntes Match hatte, Sue vom Postamt war. Jetzt scheint meine Tochter auf eine neue Idee gekommen zu sein, um mich aus meiner »Einsamkeit« zu erretten …

Als Ollie und ich bei der Rezeption angekommen

sind, hat sie bereits die Seite von Facebook geöffnet und tippt meine Mailadresse ein.

»Wie ist dein Passwort, Dad?«

»Ich weiß nicht. Das übliche?«

»Groß- oder kleingeschrieben?«

»Klein, glaube ich.«

»Nein, das funktioniert nicht.«

»Dann steht es bestimmt im Buch.«

»Du musst aufhören, all deine Passwörter in dieses Buch zu notieren! Zumindest solltest du es dann nicht auf dem Tresen herumliegen lassen.« Sie verdreht die Augen.

»Wie soll ich mir die denn alle merken? Besonders heutzutage, wo man so viele Buchstaben oder sogar besondere Symbole verwenden muss.« In der Hoffnung auf Mitgefühl sehe ich Ollie an, aber in diesem Punkt kann ich von einem Programmierer natürlich kein Verständnis erwarten.

»Sieh mal einer an, Mr Everybody's Darling! Siebenunddreißig Freunde!«, sagt Anna, als sie sich schließlich erfolgreich in meinen Account eingeloggt hat, um dann mein Passwortbuch in der untersten Schublade der Rezeption zu verstauen.

»Das sind alles nur Leute aus dem Dorf. Keine Ahnung, warum die mit mir auf Facebook befreundet sein wollen, wenn wir uns sowieso jeden Tag sehen.«

Anna hört gar nicht zu, während sie das Suchfeld ausfüllt.

»Wie heißt sie mit Nachnamen?«

»Perrin. P-E-R-R-I-N«, buchstabiere ich, aber sie hat

bereits den Namen eingegeben und auf »Suchen« geklickt, als ich beim letzten Buchstaben angekommen bin.

»Ich dachte, du bist hier das Technikgenie«, sage ich zu Ollie, als Anna Hunderte von Profilen durchsucht.

»Beim Programmieren ja. Aber was Online-Stalking betrifft, hat Anna viel mehr Erfahrung. Es ist fast ein bisschen unheimlich«, flüstert er.

»Ich kann euch hören!«, scherzt sie, während sie auf die Maus klickt.

Ich warte ab, ob sie etwas entdeckt, und in meinem Magen beginnt es zu kribbeln.

»Hmmm, da ist eine Sylvie Perrin, die in Southampton lebt … Eine aus Französisch-Guyana …« Anna spricht mehr mit sich selbst als mit mir. »Sieht aus, als wäre der Name ziemlich verbreitet.«

»Vielleicht hast du ja ein Match«, spöttelt Ollie und legt eine Hand auf ihre Schulter.

»Pssst … Ich muss mich konzentrieren«, murmelt sie.

Ob es wohl meine Schuld ist, weil ich sie als Kind an Sonntagabenden so lange aufbleiben lassen und mit mir und Caroline Hercule Poirot habe gucken lassen habe?

Ich klopfe mit der Hand auf die Tischplatte und zapple nervös herum, während wir Anna bei ihrer Arbeit zusehen.

»Okay, wir können die Suche eingrenzen. Ich versuche jetzt, Bordeaux als ihre Stadt einzugeben. Vielleicht hat sie ihren Geburtsort angegeben, oder sie wohnt noch dort.«

Während ich zusehe, wie sie eilig tippt, klickt und

scrollt, frage ich mich, ob ich überhaupt wissen will, was mit Sylvie passiert ist. Ich verdaue ja gerade noch die Nachricht von Rajs Tod.

Sie klickt auf das Profil einer Sylvie Perrin.

»Gott, sie hat sich unglaublich gut gehalten, falls sie das ist«, scherze ich beim Anblick des Fotos.

»Nein, das ist sie nicht, das Alter passt nicht … Aber vielleicht die hier.« Sie klickt auf die nächste Option auf der Liste.

»Wenn ich mir die Anzahl ihrer Freunde so ansehe, könnte ich mir vorstellen, dass sie in deinem Alter ist …«

»Wie meinst du das?«

»Weißt du, in welchem Jahr sie geboren ist?«, fragt sie mich, ohne auf meine Frage einzugehen.

»Im selben wie ich … 1959.«

Das Profil, das jetzt zu sehen ist, ist beinahe leer. Auf dem Foto ist eine Katze zu sehen, und ich merke mir schnell die anderen Informationen, ehe Anna weiterklickt.

»Lebt in Bordeaux, Frankreich.«

»Ich glaube, das ist sie!«, richtet Anna sich auf.

»Ehrlich, meinst du?«

»Ich hab doch gesagt, dass sie gut ist!« Ollie lächelt.

»Nun, viel steht da nicht über sie. Ihr Profil ist nicht öffentlich, und es gibt nur dieses Katzenfoto. Keine Infos über ihren Beziehungsstatus. Keine zu ihrem Job. Aber diese Sylvie Perrin lebt in Bordeaux und wurde dort 1959 geboren. Ich kann es nicht mit Sicherheit sagen, aber das könnte sie doch sein?«

Plötzlich habe ich ein merkwürdiges Gefühl im Bauch.

»Ich kann wahrscheinlich noch mehr herausfinden …« Annas Stimme wird leiser, als sie beginnt, die Freunde jener Sylvie Perrin durchzugehen.

»Welche privaten Detektivleistungen bietest du denn sonst noch an?«, scherze ich.

»Wir könnten anhand ihrer Freunde weitere Hinweise über sie erhalten, und natürlich könnten wir auch noch Google oder andere Social-Media-Kanäle anzapfen. Aber ich denke, du solltest ihr einfach eine Freundschaftsanfrage schicken und hoffen, dass sie sie annimmt.«

Anna lässt die Maus über dem Button schweben.

»Kennst du Sylvie? Um zu sehen, was sie mit ihren Freunden teilt, sende ihr eine Freundschaftsanfrage.«

»Soll ich sie adden?«, fragt mich Anna und dreht sich zu mir.

Sie und Ollie starren mich an.

Ich gucke auf den Bildschirm und frage mich, ob Anna die Sylvie, die seit Jahren vollkommen von der Bildfläche verschwunden ist, wirklich in wenigen Minuten gefunden haben kann.

In dem Moment, in dem Anna klicken möchte, geht die Eingangstür auf, und ein Gast, der definitiv ein paar Bier zu viel im Pub getrunken hat, torkelt herein.

»Vielen Dank, dass ihr versucht habt, Sylvie für mich zu finden. Aber ich denke, wir sollten die Vergangenheit ruhen lassen«, erwidere ich und schalte den Bildschirm aus. Sylvie aus Bordeaux versinkt in der Dunkelheit.

9. KAPITEL

Damals

Dezember 1974
(Sieben Monate zuvor)

»Kann ich deine Hausaufgaben sehen? Bitte? Ich hab völlig vergessen, sie zu machen«, sagt Simon besorgt, als er seine Tasche auf den Boden fallen lässt und sich ganz vorn im Französischraum neben Raj plumpsen lässt. Die schmutzig weißen Wände sind mit Landkarten, Postern von Sehenswürdigkeiten und Wimpeln französischer Fußballvereine beklebt.

»Mann ey, du machst nie deine Hausaufgaben!«

»Wozu auch? Wann werde ich je Französisch brauchen?«

Raj verdreht die Augen, gibt aber nach und schiebt Simon sein Heft über den knorrigen Holztisch zu.

»Aber änder es etwas ab, ja? Du weißt doch, wie Mr Sullivan drauf ist.«

»Ja, logisch.«

Während Simon hektisch die Antworten abschreibt, linst er ab und zu hoch, um zu prüfen, ob der Lehrer sich nähert. Aber da ist nur Ian, der ins Klassenzimmer lugt und ihnen die Zunge herausstreckt, eher er sich auf den Weg zum Deutschunterricht macht.

»Bonjour messieurs«, bellt Mr Sullivan, als er plötzlich ins Klassenzimmer platzt. Er trägt wie immer ein Hemd, eine Krawatte, einen Pullover und, sein Markenzeichen, einen beigen Cordblazer. Sein Haar ist so streng frisiert, dass das Ganze selbst einem Tornado standhalten würde.

Alle Jungs, die eben noch herumgealbert haben, verstummen und springen auf, um strammzustehen. Ihre Stühle quietschen, als sie sie über die Holzdielen nach hinten schieben. Schnell lässt Simon den Füllfederhalter auf den Tisch plumpsen, obwohl er erst die Hälfte der Hausaufgaben abgeschrieben hat, und schiebt Raj verstohlen sein Heft zu. Jetzt bleibt ihm nur, den Kopf gesenkt zu halten und zu beten, dass er nicht aufgerufen wird.

»Bonjour, Monsieur Sullivan«, antwortet die Klasse wie aus einem Munde, ohne sonderlich französisch zu klingen. Dieser Westcountry-Akzent!

Simon versucht, sein Magenknurren zu unterdrücken, während Mr Sullivan die Klasse schweigend mustert. Sein Bauch klingt, als hätte er vorhin ein Philharmonieorchester verschluckt und nicht die mageren Räucherheringe, die es hier im Internat zum Frühstück gibt.

»Asseyez-vous.«

Simon und Raj setzen sich zuerst, dann folgt ihnen der Rest der Klasse langsam wie umfallende Dominosteine.

»Ich habe heute ein paar aufregende Neuigkeiten für euch«, verkündet Mr Sullivan wie immer ein Dezibel lauter als nötig. »Die Wohlgebildeten unter euch wissen vielleicht schon, dass Bordeaux die Partnerstadt von Bristol ist, und wir veranstalten jedes Jahr ein Austauschprogramm mit einer Schule dort. Ich werde euch noch genauer über die Reise im nächsten Semester informieren.«

Als Mr Sullivan durch die im Raum verteilten Tische schreitet, um den Overheadprojektor anzuschalten, dessen Lampe immer ewig braucht, um warm zu werden, riskiert Simon einen Blick nach oben.

»Ich freue mich sehr, euch mitteilen zu können, dass ihr in der Zwischenzeit alle einen Brieffreund aus Bordeaux zugeteilt bekommt.«

Er zeigt auf der großen Frankreichkarte auf die Stadt, und im Raum ertönt ein Stöhnen.

»Na, ganz große Klasse«, murmelt Simon, der nicht das geringste Interesse an einem Brieffreund oder einem sommerlichen Austauschprogramm hat.

»Ich will nicht irgendeinem Franzbrötchen schreiben«, beschwert sich Mark Thompson lautstark aus dem hinteren Teil der Klasse, woraufhin seine Mitschüler in Gelächter ausbrechen.

Mr Sullivan greift nach dem Tafelschwamm auf dem Pult und schleudert ihn mit voller Wucht in die Richtung des Störenfrieds. Er saust gefährlich nah an Marks Ohr vorbei, der sich vernünftigerweise entscheidet, keine Grimasse zu ziehen, sondern einfach zu schweigen.

»Glück gehabt, Thompson. Wie ich schon sagte, ehe ich so unverschämt unterbrochen wurde … Da ihr am

Ende des Jahres eure Prüfungen für die Mittlere Reife habt, wird es eine wunderbare Übung für euch sein, einem Muttersprachler zu schreiben.«

Die Jungs sehen einander unsicher und wenig überzeugt an.

»Ich habe hier fünfundzwanzig Briefe. Bitte nehmt jeweils einen und reicht den Stapel dann weiter. Das sind dann für den Rest des Jahres eure Brieffreunde. In den Briefen erzählen alle schon ein wenig von sich selbst.«

Raj nimmt zwei verschlossene Umschläge vom Stapel und gibt einen davon Simon, eher er den Rest weiterreicht. Beide Jungs öffnen ihren Umschlag gleichzeitig, wobei Simon versehentlich eine Ecke des Briefes mit abreißt.

»Wen hast du bekommen?«, erkundigt er sich, als ein schwarz-weißes Passfoto aus seinem Umschlag fällt und hinter ihm zu Boden flattert. Schnell überfliegt er den Brief.

Le 03–12–74

Hallo!

Wie geht es dir? Mein Name ist Sylvie Perrin. Ich bin ein Mädchen. Ich bin fünfzehn Jahr alt. Ich lebe in Bordeaux, Frankreich. Es ist eine nette Stadt am Meer. Ich lebe mit meine Eltern in ein Haus. Ich bin ein Einzelkind, aber ich habe zwei Cousins. Ich habe keine Haustier.

Ich liebe Musik. Es ist mein Leidenschaft. Ich höre Musik jeden Tag, und ich übe schon seit zehn Jahre die Gitarre. Auch liebe ich die Schule, Lernen und das Lesen. Ich spreche Französisch und ein bisschen Englisch und Deutsch. Meine Lieblingsfarbe ist die Blau. Mein Geburtstag ist am 9. September.
Und du? Was magst du gern tun? Ich bin freudig von dir zu erfahren. Erzähl mir alles.
Ich muss mein Englisch üben, also hoffe ich, dass du mir hilfst. Sorry, wenn ich mache die Fehler. Ich habe England nicht vorher besucht aber liebte es sehr, in der Zukunft zu kommen.
Du bist mein erster Brieffreund. Ich bin ungeduldig für dein Antwort!

Tschüs!
Sylvie

»Deine hat aber viel geschrieben! Meiner sagt nur, dass er sechzehn ist, Rot seine Lieblingsfarbe ist und dass er Spinnen liebt. Spinnen!« Raj verzieht das Gesicht und vergleicht die Briefe miteinander. »Wer liebt denn bitte Spinnen?«

»Gentlemen, Ihre Hausaufgabe über die Weihnachtsferien ist euer erster Brief an eure Brieffreunde. Habt ihr das alle notiert? Jetzt wollen wir die Briefe weglegen und uns der heutigen Stunde widmen. Lasst uns mit den Hausaufgaben vom letzten Mal beginnen. Wer kennt die Antwort auf Frage eins?«

Während Mr Sullivan die erste Folie auf den Projektor legt, hebt Simon das Schwarz-Weiß-Foto vom Boden auf und sieht Sylvie zum ersten Mal.

Das Passé composé und die reflexiven Verben können warten.

Simon ist viel zu abgelenkt von Sylvies Lächeln, um sich auf Mr Sullivan zu konzentrieren.

Er kann gar nicht anders, als es zu erwidern.

10. KAPiTEL

Bist du ganz sicher, dass du heute allein zurechtkommst?«, frage ich Daisy, als sie es irgendwie schafft, gegen den Schrank hinter der Rezeption zu knallen, sodass alle Schlüssel klirrend zu Boden fallen.

»Jepp, alles easy«, erwidert sie lässig.

Ob sie sich da wirklich sicher ist? Ich bin es nicht!

»Okay, wir sollten zurück sein, ehe heute Abend die Gäste ankommen. Du musst also nur den Check-out für Zimmer 2 und 4 machen und putzen …«

Da sie mir sowieso nicht zuhört, verstumme ich wieder. Sie ist damit beschäftigt, die Schlüssel aufzusammeln, und ich sehe, dass sie immer noch einen Stöpsel im Ohr hat, während der andere, dem der Aufsatz fehlt, lose an ihrer Seite herunterbaumelt. Irgendein moderner Hip-Hop-Song, den ich persönlich nicht als Musik bezeichnen würde, dröhnt heraus.

»Komm schon, Dad. Daisy kriegt das hin, oder? Du hast unsere Nummern, falls was sein sollte?«

Daisy nickt, und Anna sieht mich an. »Es ist viel wichtiger, dass du zu Rajs Trauerfeier gehst, und hier ist heute sowieso nicht viel los.«

Seit ich letzte Woche die Nachricht von Rajs Tod erhalten habe, frage ich mich, ob ich hingehen soll oder nicht. Nicht weil ich Raj diesen Respekt nicht erweisen will, sondern weil ich mir wie ein Blender vorkomme, wenn ich nach all den Jahren dort einfach so auftauche. Anna hat darauf bestanden, mit nach Chepstow zu kommen und vorher einen kleinen Umweg über Bristol zu fahren, damit ich ihr nach all den Geschichten von früher meine alte Schule zeigen kann. Vermutlich will sie nur sicherstellen, dass ich nicht kneife.

Doch so lieb das Angebot auch ist, so macht es mich doch ziemlich nervös, Daisy die Pension anzuvertrauen. Ich kann nur hoffen, dass es heute Abend das Cottage überhaupt noch gibt.

»Wann warst du das letzte Mal in Bristol?«, will Anna wissen, als wir an Ashton Court vorbeifahren und uns dem Stadtzentrum nähern. Das Dach des Bristoler Fußballstadions, Ashton Gate, ragt hoch in den Himmel auf.

»Ich glaube … das müsste die Balloon Fiesta gewesen sein. Erinnerst du dich noch, wie toll die leuchtenden Fesselluftballons aussahen? Es war so voll, dass Mum eine Stunde lang an den Dixiklos anstehen musste.«

Als ich das sage, merke ich, wie lange es her ist. Und wie lang ich schon nichts anderes mehr getan habe, als im B&B zu ackern.

»Ollie und ich waren seitdem ein paarmal in Bristol, unten am Hafen ist es richtig schön. Da gibt es jetzt ein paar coole Restaurants, letztes Mal haben wir ganz fancy koreanisch gegessen.«

»Als ich hier zur Schule gegangen bin, war der Hafen völlig anders, noch ganz industriell.«

Ich sehe mich um und bewundere die bunt gestrichenen Häuser der Stadt und die georgianische halbmondförmige Häuserreihe, die uns willkommen heißen. Die Clifton Suspension Bridge, eine Kettenbrücke über den Fluss Avon, ist wie immer wahnsinnig beeindruckend. Gleichzeitig bin ich schockiert, wie viel sich hier verändert hat. Auf beiden Seiten des Flusses reihen sich jetzt moderne Wohnhäuser aneinander. Faszinierend, wie schnell eine Stadt sich verändern kann. Alles sieht ganz anders aus, als wir durch das Viertel Hotwells fahren.

»Hier ist meine alte Schule!«, verkünde ich, als ich die Fassade sehe. »Du kannst da drüben in der Parkbucht halten.«

Schräg gegenüber dem alten viktorianischen Gebäude zu unserer Rechten steigen wir aus Annas mintgrünem VW Polo. Dieses Haus war fünf Jahre lang mein Zuhause …

Anders als in der restlichen Stadt scheint sich an dem Gebäude nichts verändert zu haben – zumindest außen nicht. Als ich mich umsehe, werde ich von Erinnerungen übermannt. Jetzt bedauere ich es fast, dass wir nicht hineingehen können.

»Hat sich viel verändert? Wirkt ziemlich schick«, sagt Anna, die meine Schule zum ersten Mal sieht.

»Nun, heutzutage ist sie das wahrscheinlich, aber damals definitiv nicht. Die meisten Schüler stammten aus

Arbeiterfamilien. Es war eine staatlich subventionierte Schule, das heißt, die Regierung kam für unsere Gebühren auf. Aber das änderte sich kurz nach meiner Schulzeit.«

»Ist es noch ein Internat?«

»Nein, seit ein paar Jahren nicht mehr, glaube ich. Die Nachfrage ist wohl gesunken. Heute mögen Eltern ihre Kinder eben«, scherze ich.

Sie sieht mich an und lächelt, als ein paar Kinder durch das Schultor eilen.

»Ist wohl Mittagspause«, meint Anna und wirft einen Blick auf ihre Uhr, um sicherzugehen, dass wir gut in der Zeit liegen. Von hier aus ist es nicht weit nach Chepstow.

»Wir durften tagsüber nicht raus, aber nach der Schule hatten wir eine Stunde frei, also sind wir in das Café gleich hier in der Straße gegangen. Ich weiß nicht mehr, wie es hieß, aber dort gab es diese riesigen warmen Donuts mit Schokoladensoße und Sahne. Alle sind hingegangen, und Raj, Ian und ich haben über Musik gequatscht und uns erzählt, auf welche Schallplatte wir sparen, während die anderen Jungs einen Fußball hin und her geworfen und über Kevin Keegan geredet haben.«

Ups. Anna hat vermutlich nicht die geringste Ahnung, wer Kevin Keegan ist. Vor lauter Nostalgie muss ich lächeln.

»Vielleicht hat sich doch nicht so viel geändert.« Unauffällig deutet sie auf einen Schüler, der mit einer Schachtel Donuts zurück in die Schule läuft.

»Damals hätten wir allerdings nie so herumlaufen dürfen. Es gab einen Schulmarschall, Mr Montgomery, der uns getötet hätte, hätten wir unsere Hemden nicht ordentlich in die Hose gesteckt oder die Krawatten schief gebunden. Der Bursche sieht doch total verlottert aus!« Sobald ich es gesagt habe, merke ich, wie alt ich klinge.

»Pssst. Nicht so laut!« Beschämt sieht Anna mich an.

»Ach, der hat das doch nicht gehört ... Und schau, das hat sich wohl auch geändert.« Ich deute auf den roten Postwagen, der in die Schuleinfahrt biegt und dabei beinahe einen Jungen erwischt, der seinem Fußball nachjagt.

»Damals kam der Postbote mit dem Fahrrad, und unsere Briefe lagen in Postfächern. Es war immer so aufregend, Post von Sylvie zu bekommen! Ich bin jeden Tag runtergerannt, um zu sehen, ob ein Brief da ist. Natürlich hatte ich Raj und Ian, aber mich mit ihr auszutauschen war anders, weil sie nicht auf unserer Schule war. Ihr habe ich Dinge anvertraut, die ich vor den Jungs nicht zugegeben hätte. Deine Großeltern haben nicht so oft geschrieben, also war es toll, ihr alles erzählen zu können. Von den Problemen daheim oder dass ich mich einsam fühle.«

Ich lächle Anna zu. Es ist schön, meine Erinnerungen mit ihr zu teilen.

»Wie du strahlst! Deswegen denke ich ja immer noch, dass du letztens auf Facebook Kontakt zu Sylvie hättest aufnehmen sollen. Ich verstehe nicht, warum du das nicht machst.«

»Es ist Ewigkeiten her. Wahrscheinlich erinnert sie sich nicht einmal an mich.«

»Aber eine Nachricht kann doch nicht schaden. Es ist nie zu spät!«

Als der Postwagen wieder die Einfahrt hinabfährt, spüre ich Schmetterlinge im Bauch. Vielleicht hat Anna recht.

»Moment mal, ich dachte, das wäre eine reine Jungenschule?«, fragt Anna, als eine Gruppe von Teenagerinnen herauskommt.

»War es auch. Selbst das hat sich offenbar geändert.«

»Vielleicht hättest du nicht bis nach Frankreich radeln müssen, wenn damals schon Mädchen auf deine Schule gegangen wären!«

Ich muss laut lachen.

»Da bin ich mir nicht sicher. Ich hatte nicht viel Glück mit den Frauen.«

»Oh, das klingt ganz so, als gäbe es noch ein paar mehr interessante Geschichten!«, sagt Anna, als wir wieder ins Auto steigen und sie den Motor anlässt. »Wir haben noch eine halbe Stunde Zeit, in der du mir von allen Mädchen erzählen kannst, die dir als Teenie das Herz gebrochen haben.«

»Ich weiß nicht, ob ich überhaupt so lange brauchen werde«, sage ich lachend und werfe einen letzten Blick auf diesen Ort aus meiner Vergangenheit.

11. KAPITEL

Damals

Dezember 1974

»Willst du sicher nichts, Si?«, fragt Raj, als er und Ian mit den mit Schlagsahne bedeckten Donuts und der Kirschlimonade zurück an den Metalltisch kommen.

Das weihnachtliche Lametta, die Perlenketten und Papiergirlanden machen das düstere Café auch nicht unbedingt heller, aber die Jungs kommen ja nicht wegen der hübschen Deko hierher. Vor allem sind es die günstigen Preise, die die Schüler in Scharen hierhertreiben – und natürlich die Schülerinnen der benachbarten Mädchenschule.

»Nein, ich brauche nichts, danke«, erwidert Simon und sieht neidisch auf ihre Desserts. »Ich spare für das neue T.-Rex-Album, damit ich es sofort kaufen kann, wenn es erscheint.«

Simon zieht sich einen Stuhl heran, und Ian nimmt neben ihm Platz.

»Du liest doch nicht immer noch darin, oder?« Raj hat bemerkt, dass Sylvies Brief aus Simons Blazertasche lugt. Er hat seit dem Französischunterricht heute Morgen immer wieder hineingeschaut.

»Ich habe nur überlegt, was ich antworten soll. Das ist alles.« Simon läuft rot an.

»Was soll es überhaupt bringen, irgendeinem Mädchen in Frankreich zu schreiben? Mit der kannst du schließlich nicht in der Disco tanzen«, murmelt Ian und vergräbt seine Zähne in dem Donut, sodass seine Nase tief in die Sahne taucht.

»Gehen wir da eigentlich hin?«, fragt Simon und runzelt die Stirn.

»Sorry, meinst du mit ›da‹ etwa die legendäre Schulweihnachtsdisco, mit der uns die Großen seit fünf Jahren neidisch machen?«, verdreht Ian die Augen. »Ähm, ja, natürlich gehen wir hin! Zumindest ich. Ich habe schon mein Ticket! Wie sieht es denn bei euch zwei Losern mit einer Karte aus?«

Simon und Raj werfen sich Blicke zu.

»Mit wem gehst du denn?«, fragt Raj und grinst.

»Ich muss mich noch entscheiden!«

»Und zwischen wem? Hast du so viele Angebote?«

»Halt die Klappe, ich habe mehr Auswahl als ihr zwei.«

»Das ist ja auch nicht schwer«, erwidert Simon, der sich schon damit abgefunden hat, dass keiner von ihnen ein Date für die Disco am letzten Tag des Semesters haben wird. »Wen sollen wir denn fragen?«

Wie aufs Stichwort klingelt die Glocke an der Eingangstür, und eine Schar Mädchen spaziert ins Café. Sofort drehen sich sämtliche Jungs zu ihnen um, und Stille senkt sich über den Raum.

»Da ist Kathie Hughes!«, flüstert Raj aufgeregt.

Kathie Hughes ist das beliebteste Mädchen ihres Jahrgangs. Trotz des windigen Wetters hat sie ihren Schulrock mit Schottenmuster nach oben gezogen, sodass ihre langen Beine zu sehen sind. Bei ihrer Bluse ist mindestens ein Knopf zu viel geöffnet, und auch sonst verstößt ihre Aufmachung mit dem großzügig aufgetragenen dunklen Eyeliner und den Unmengen von goldenen Reifen, die an ihrem Arm klimpern, gegen jede schulische Kleiderordnung. Ihr langes, erdbeerblondes Haar fließt ihr über den Rücken und reicht ihr fast bis an die Taille.

»Sie werden sich neben uns setzen!«, formt Raj mit den Lippen, als ihm auffällt, dass sich der einzige freie Tisch neben ihrem befindet.

»Ich weiß gar nicht, weshalb du so aufgeregt bist. Ich kenne sie alle. Ich und Kathie sind so«, sagt Ian und will das Gesagte mit überkreuztem Mittel- und Ringfinger unterstreichen. Da seine Finger aber nicht ganz mitspielen, muss er mit seiner freien Hand den Mittelfinger über den Ringfinger klemmen.

»Ja, logisch.« Simon sieht zu Raj und verdreht die Augen.

»Was denkt ihr denn, warum ich in den Chor gehe? Weil wir immer mit der Mädchenschule zusammen singen!«, erklärt Ian.

»Vielleicht solltest du sie fragen, ob sie mit dir zur Disco möchte?«, fragt Raj.

»Wie gesagt, ich gehe gerade noch meine Optionen durch.«

»Jaja. Sag wenigstens Hallo, wenn ihr so dicke miteinander seid.« Als die Mädchen vom Bestellen zurückkommen und neben ihnen Platz nehmen, gibt Simon Ian einen spielerischen Schubs.

Ian winkt hinüber zu dem Tisch, an dem die Mädchen sitzen, aber niemand erwidert seinen Gruß.

»Läuft ja richtig gut.« Raj lacht. »Ich dachte, du kennst sie alle.«

»Sie sind wahrscheinlich einfach schüchtern … Oder, oder … sie haben einfach keinen Bock auf euch zwei!«

»Klar, Ian.«

»Wir gehen lieber, wenn wir keinen Ärger mit Mr Montgomery kriegen wollen.« Ian wirft einen Blick auf seine Armbanduhr, um der Situation so schnell wie möglich zu entkommen.

»Wer wird Erster!«, ruft er, tritt gegen Simons Stuhl und versperrt ihm den Weg.

Ian und Raj flitzen aus dem Café. Doch Simon nutzt stattdessen lieber die Gelegenheit, um von Rajs übrig gelassenem Donut abzubeißen. Das Rennen hat er sowieso verloren. Als er bei der Tür angekommen ist, hört er, wie jemand seinen Namen ruft. Er dreht sich um, und Kathie steht vor ihm.

»Ich habe gehört, wie ihr über die Disco geredet habt. Ich habe mich gefragt, ob du Lust hast hinzugehen?«, fragt Kathie und kaut lässig ihren Kaugummi. In ihren hohen Schuhen ragt sie über ihm auf, ihr blumiges Parfüm ist regelrecht betäubend.

Simon sieht sich um, um sicherzugehen, dass sie tatsächlich mit ihm spricht. Nicht zu fassen. Kathie

Hughes redet wirklich mit ihm und lädt ihn sogar zur Weihnachtsdisco ein!

Er windet sich nervös und merkt, wie sein Gesicht rot anläuft.

»Also, willst du oder willst du nicht?«

»Äh … hmmmm, ob ich zur Disco will? Ja, ja klar habe ich Lust«, stottert er und fummelt an seiner Brille herum. Die Worte kommen nicht ganz so souverän heraus, wie er gehofft hat, aber das ist nicht wichtig. Wichtig ist nur, dass er zur Schuldisco geht. Mit Kathie Hughes. Der Kathie Hughes.

»Gut, hier bitte schön. Eine Karte kostet dreißig Pence. Ich schätze, du willst zwei?« Sie reicht Simon zwei Tickets und wischt demonstrativ ihre Hände an ihrem Rock ab, nachdem sie seine verschwitzten Handflächen berührt hat.

Simon versteht die Welt nicht mehr.

»Du meinst … Aber … Sorry. Du gehst nicht hin?« Jetzt ist er völlig verwirrt.

»Nein, natürlich nicht. Deswegen versuche ich ja, die Karten loszuwerden. Ich gehe mit meinem Freund zu einem Gig. Die Disco ist ein bisschen öde. Sorry.« Sie fügt die Entschuldigung nachträglich hinzu, um ihren potenziellen Käufer nicht abzuschrecken.

»Aber … Ich dachte …«

Ihre Freundinnen, die lauschend hinter ihnen sitzen und schon vorher gekichert haben, brechen in schallendes Gelächter aus.

»Also, hast du die Kohle oder nicht?« Kathie steht immer noch mit ausgestreckter Hand da.

Widerstrebend kramt Simon in den Hosentaschen nach dem Taschengeld, das seine Eltern ihm per Post zugeschickt haben, während Kathie weiter lautstark Kaugummi kaut. Weil Simon dazu beide Hände braucht, lässt er die Tür los, sodass sie ins Schloss fällt und die Glocke zu klingeln beginnt – und so noch mehr Aufmerksamkeit auf ihn lenkt.

Nachdem er ein benutztes Taschentuch zutage gefördert hat – Kathies Blick war entsprechend angewidert –, reicht er ihr zögernd die Münzen. Ihm wird bewusst, dass das neue T.-Rex-Album für ihn damit in weite Ferne gerückt ist.

»Danke«, sagt Kathie kurz angebunden und geht zurück zu ihren Freundinnen.

Simon rennt fluchtartig aus dem Café und ist sich nicht sicher, was am schlimmsten ist: die Scham darüber, dass er dachte, Kathie Hughes könnte mit ihm in die Disco gehen wollen; die Tatsache, dass er gerade sein Taschengeld für einen Discobesuch ausgegeben hat, für den er keine Begleitung hat; oder dass er Ärger mit Mr Montgomery bekommen wird, weil er zu spät zum Abendessen kommt.

»Ähm, danke für die Einladung. Das schmeichelt mir sehr.« Raj steht unbeholfen neben Simon am hintersten Ende der Schulturnhalle, die extra für den heutigen Abend in eine Weihnachtsdisco verwandelt wurde – das behauptet zumindest das Banner, das wenig beeindruckend über den angestrichenen Torpfosten hängt.

Nachdem sie sich mit vier verschiedenen Deodorants eingenebelt haben, riechen die Jungs wie eine Drogerie. Sie wippen im Takt der Musik und ringen sich immerhin zu einem kleinen Shuffle durch, als *Let's Twist Again* von Chubby Checker aus den gigantischen Lautsprechern dröhnt. Ihre Rücken sind so dicht an die Wand gepresst, dass sie quasi draußen stehen.

»Ich weiß, es ist ein bisschen öde. Aber ich dachte, am Ende ist es besser als ein Abend im Zimmer«, erklärt Simon, der den wahren Grund für den Kartenkauf wohlweislich verschwiegen hat.

Nervös sieht er sich um und bezweifelt stark, dass das hier wirklich jener legendäre Abend ist, von dem die älteren Schüler seit Jahren erzählen. Es sieht viel weniger besonders oder aufregend aus, als er es sich vorgestellt hat. Die Deckenbeleuchtung wurde ausgeschaltet und ein paar billige Discolichter an ihrer Stelle installiert. Doch selbst in relativer Dunkelheit ist das hier eindeutig noch ihre Turnhalle. Tatsächlich markiert das farbige Klebeband auf dem Boden, das normalerweise das Fußballfeld kennzeichnet, jetzt die unterschiedlichen Bereiche.

Die Mädchen, die in Minibussen hergebracht wurden, haben sich alle auf einer Seite zusammengerottet. Die Jungs, die leger gekleidet sind und weite Jeans tragen, stehen am Rand der gegenüberliegenden Seite und kicken einen Tennisball hin und her, den sie gefunden haben, und haben ihre Getränke auf einem Pauschenpferd abgestellt. Mr Montgomery, ein kleiner, stämmiger Mann, der Vorfahren bei der Royal Navy hat, marschiert herüber zu den Jungs und befiehlt bellend, ihre

Drinks dort wegzunehmen, ehe er den Tennisball konfisziert.

»Denkst du, der wird heute auch noch gute Musik spielen?«, fragt Raj Simon und nickt Richtung DJ, der in einer Ecke der Turnhalle sein DJ-Pult aufgebaut hat. Er ist von großen Kartons mit Single-EPs umgeben und bedient zwei Turntables, auf die er mit blauem Filzstift »Mike Weaver« geschrieben hat. Er wirkt eigentlich zu alt, um DJ zu sein.

»Sieht nicht so aus. Der hat bestimmt keine neuen Platten und nudelt seit zehn Jahren das gleiche Zeug runter.«

»Ich wette, seine Platten sind schon ganz wellig.«

»Ich gehe jedenfalls nur auf die Tanzfläche, wenn er Bowie oder T. Rex spielt«, sagt Simon als eine Art Entschuldigung dafür, dass er regelrecht mit der Wand verschmolzen ist.

»Sieht aus, als wären alle Cool Kids jetzt am Start! Denkt dran, dass wir heute bis einundzwanzig Uhr die Puppen tanzen lassen, schlappmachen gilt nicht!« Der DJ spricht zwischen den Songs in sein Mikrofon, als wäre er der Radiomoderator einer Frühstücksshow. »Mr Montgomery hat mir gerade mitgeteilt, dass der Süßigkeitenstand am Ende der Halle jetzt geöffnet hat. Wir haben Brausepulver zum Dippen, wir haben saure Colafläschchen, es gibt all eure Lieblinge! Und jetzt spielen wir direkt den nächsten Kracher. Hier kommt … Bill Haley! Singt mit, wenn ihr den Text kennt!«

Beide Gruppen setzen sich von ihren markierten Bereichen aus in Bewegung. Sie reihen sich ein in die

Schlange vor dem Süßigkeitenstand, der im Eingang der Gerätekammer aufgebaut wurde, oder streichen darum herum. Mrs Montgomery, die Frau des Schulmarschalls, hat alle Hände voll damit zu tun, um der Nachfrage nach Curly Wurlys und Brausepulver nachzukommen.

»Alles klar bei euch, Jungs?« Ian, der es geschafft hat, in der Schlange ganz vorn zu stehen, weil er schon die ganze Zeit vor der Gerätekammer herumgelungert ist, gesellt sich Lakritze kauend zu Simon und Raj und kippt eine komplette Brausetüte auf einmal in sich hinein. Eine gefühlte Ewigkeit lang stehen sie einfach da, wippen im Takt und überlegen, ob sie tanzen sollen oder nicht.

»Kommt es nur mir so vor, oder reden die Mädels da drüben über uns?« Raj, der den größten Teil des Abends über an die Decke gestarrt hat, linst rasch hinüber zu der Gruppe von Mädchen, die um ihre Handtaschen herumtanzen. »Sind das nicht die, die letztens im Café waren?«

Simon sieht hin und läuft puterrot an. Es ist wirklich dieselbe Gruppe – minus Kathie –, und er bezweifelt nicht eine Sekunde, dass sie über ihn reden.

»Schau, ich habe dir doch gesagt, dass sie mich alle kennen. Wahrscheinlich würden sie gern mit mir tanzen«, meldet Ian sich zu Wort, ehe Simon ihm die Situation erklären kann. »Ich gehe mal besser auf die Tanzfläche. Bis nachher!«

Simon und Raj beobachten, wie Ian sich in die Mitte der Turnhalle wirft und dort allein vor den Mädchen zu tanzen beginnt. Mr Montgomery stellt sich neben

Simon und Raj. Er scheint sich hier ähnlich unwohl zu fühlen wie sie und lässt immer wieder den Tennisball aufprallen, den er konfisziert hat.

»Was ist denn bloß in Pratt gefahren?«, fragt er und schüttelt ungläubig den Kopf.

»Jetzt ist der Moment gekommen: Zeit für einen langsamen Tanz! Ich will all euch Turteltäubchen auf der Tanzfläche sehen. Hier kommt *Unchained Melody!*« Der DJ bewegt den Kopf im Takt der Musik.

Als der Song einsetzt, scheinen plötzlich alle Mädchen furchtbar dringend auf die Toilette zu müssen und verlassen fluchtartig die Tanzfläche. Ian aber schreitet in seinem Zuckerrausch zur Tat. Simon sieht zu, wie er einem Mädchen unbeholfen auf die Schulter tippt und sie fragt, ob sie Lust hat zu tanzen. Dann legt er zögernd seine Hand auf ihre Taille, während sie die Hände auf seinem verschwitzten Nacken platziert. Langsam wiegen sie sich etwa zwanzig Sekunden lang hin und her, ehe Mark Thompson beschließt, sich ins Spiel zu bringen.

»Wir beenden den Abend mit einem brandneuen Hit …«, verkündet der DJ.

»Endlich!«, sagt Simon zu Raj.

»Das ist der Song, der euch alle auf die Tanzfläche holen wird! Selbst die, die sich heute Abend kaum bewegt haben.« Er sieht hinüber zu den Jungs. »Denkt daran, dass das die letzte Chance auf einen Tanz ist – oder einen Kuss! Es ist ein neuer Glamrock-Klassiker … aus eurer Lieblingsfernsehshow … *Wombling Merry Christmas!*«

»Autsch«, stöhnt Simon.

Als die restlichen Schüler endlich auf die Tanzfläche strömen und sich wünschen, sie hätten nicht bis zur letzten Minute gewartet, sich doch noch zu amüsieren, wippen Simon und Raj weiter am Rand der Tanzfläche im Takt und hätten zu gern jemanden zum Tanzen oder gar Küssen.

»Na ja, immerhin hast du zwanzig Sekunden mit einem Mädchen getanzt«, sagt Simon mitfühlend, als Ian wieder bei ihnen auftaucht.

»Und immerhin haben wir einander, oder?«, erwidert Raj.

12. KAPiTEL

Ich stehe auf der Türschwelle der Sharmas. Mein Finger schwebt über der Klingel, aber ich frage mich immer noch, ob ich überhaupt hier sein sollte.

In der Anzeige stand, alle seien willkommen. Aber ich habe nicht mehr mit Raj gesprochen, seit wir Teenager waren. Kann ich da einfach bei seiner Trauerfeier aufschlagen?

Vielleicht sollte ich einfach verduften.

Es könnte schließlich auch sein, dass Daisy in der Pension bereits im Chaos versinkt.

Als ich mich umdrehe, um auf der Straße nach Annas Auto Ausschau zu halten, höre ich das leise Klicken der sich öffnenden Eingangstür.

Ich erstarre.

»Hallo, sorry, sind Sie wegen der Trauerfeier hier?«, ruft eine Stimme hinter mir.

Ich wirble herum und trete sofort einen Schritt zurück. Es ist fast ein bisschen unheimlich.

Ich starre einen jungen Mann an, der vermutlich in seinen Zwanzigern ist. Er hat die dieselben Augen und denselben Mund wie Raj.

»Hi … ja … Ich bin … Sorry, Sie ähneln …« Ich verstumme, noch ehe ich den Satz beendet habe.

»Meinem Dad? Ich weiß, alle sagen mir ständig, dass er aussah wie ich, als er in meinem Alter war«, erwidert er.

Ich wusste nicht mal, dass Raj einen Sohn hat.

Ich fühle mich jetzt noch unwohler als vorher, nämlich wie ein richtiger Betrüger. Schließlich weiß ich nichts über den Mann, zu dem Raj geworden ist!

»Ich bin Jay«, sagt er und streckt mir die Hand hin.

»Mein herzliches Beileid, Jay. Ich heiße Simon, lassen Sie uns doch Du sagen. Simon Brown. Ich bin mit Raj …«

»Simon! Moment mal … Du bist mit meinem Dad zur Schule gegangen, stimmt's?«

»Ja, das stimmt. Woher weißt du das?«, frage ich überrascht.

»Ich habe ein Foto von euch im Internat gesehen. Außerdem hat Dad immer von dir geredet.«

»Ehrlich?«

Das ist ja eine Nummer. Wow.

Ich spüre einen Kloß im Hals.

»Ja, ich kenne all eure wilden Geschichten aus Schulzeiten und weiß, was ihr zusammen ausgeheckt habt.«

Ich grinse und bin plötzlich weniger angespannt, fühle mich weniger unwohl.

»Hat er dir erzählt, wie wir mal mit dem Rad …«

»Wie ihr mit dem Rad nach Bordeaux gefahren seid, na klar! Meine Schwestern und ich kennen die Geschichte auswendig.«

Raj hat auch Töchter? Und er hat ihnen von mir erzählt? Es gibt noch so viel über ihn zu erfahren!

»Als wir klein waren, hat er immer von eurem Trip erzählt. Wir haben ein Ferienhaus im Westen Frankreichs, wo ihr während eurer Reise auch vorbeigekommen seid. Früher sind wir jeden Sommer hingefahren, haben uns Räder ausgeliehen und sind an die Orte gefahren, die damals auf eurer Route lagen.«

»Ich kann gar nicht glauben, dass ihr dort Urlaub macht!«, sage ich überrascht. Dass die Reise in Rajs Leben später noch eine solch große Rolle gespielt hat, hätte ich nicht gedacht.

»Eigentlich wollten wir alle in ein paar Wochen zusammen dort hinfahren. Es wäre der erste gemeinsame Urlaub seit Ewigkeiten gewesen ...« Jay verstummt, als wäre ihm gerade wieder klar geworden, dass nicht alle dabei sein werden. Er blinzelt und ist den Tränen nahe.

Was er da sagt, bewegt mich sehr. Ich muss daran denken, wie Anna und ich nach Carolines Tod zu kämpfen hatten und wie schwer es immer noch ist. Am liebsten würde ich ihn in den Arm nehmen und trösten. Er schluckt laut, ehe er seine Traurigkeit mit einem Lächeln überspielt.

»Weißt du, Dad hat immer gesagt, dass er sich mal bei dir melden will, um den Kontakt wiederherzustellen. Ich vermute mal, er hatte in seinem Job einfach furchtbar viel zu tun.«

»Ich wünschte, er hätte es getan. Daran muss ich die ganze Zeit denken. Hätte ich mich doch nur bei ihm gemeldet!«

Wie traurig, dass ich erst jetzt, wo er tot ist, so viel über Rajs Leben erfahre. Könnte er mir doch noch selbst von seiner Familie erzählen, von seinem Leben oder darüber, wie er mit seiner Familie die Erinnerungen an unsere Radtour immer wieder aufleben lassen hat!

Auf einmal verliere ich mich in Gedanken und stelle mir eine Art Paralleluniversum vor, in dem wir Kontakt gehalten und zusammen Urlaub gemacht haben. In dem Anna und Jay miteinander aufgewachsen sind.

»Entschuldigung, komm doch rein, sonst unterhalten wir uns die ganze Zeit zwischen Tür und Angel«, sagt Jay und winkt mich ins Haus. Trotz seines Schmerzes ist sein Lächeln warm.

Ich gehe hinein und trete meine Schuhe an der borstigen Fußmatte ab. Der ganze Flur ist voller Schuhe.

»Hoffentlich erinnert sich später jeder noch, welche Schuhe ihm gehören!«, sagt Jay, als ich mich hinunterbeuge, um meine auszuziehen.

»Wie war die Bestattung? Sie war letzte Woche, oder?«, frage ich teilnahmsvoll und kämpfe mit meinen Schuhbändern.

»Ja, genau. Bei uns finden Einäscherung und Bestattung direkt am Tag nach dem Tod statt, und dann veranstalten wir später die Trauerfeier, damit die Leute kommen und dem Toten die letzte Ehre erweisen können.«

»Dir wird bestimmt ständig gesagt, was für ein wundervoller Mensch dein Vater war, auch schon als Teenager ... Na ja, ich sag es mal so: Ich weiß nicht, wie ich die Schulzeit ohne ihn überstanden hätte.«

»Das Gleiche hat er über dich gesagt.«

Zum Glück bin ich noch nach unten gebeugt. So kann Jay die Tränen in meinen Augen nicht sehen.

»Wie gesagt, die Veranstaltung heute ist dafür da, dass die Leute ihm die letzte Ehre erweisen können. Danach wird traditionell die Asche in einen Fluss gestreut – normalerweise in Indien, in den Ganges. Aber wir haben Dads Asche auf mehrere Urnen aufgeteilt, damit wir sie an unterschiedlichen Orten verteilen können, die ihm wichtig waren. Wir glauben, dass es ihm so am liebsten wäre.«

»Das klingt nach einer tollen Idee«, sage ich, als ich mich aufrichte und mich dann von ihm durch das wunderschöne Haus führen lasse, das wie einem Einrichtungsmagazin entsprungen aussieht. Holzparkett, cremeweiße Wände voller moderner Kunst, Ganesha-Statuen und grüne Pflanzen in jeder Zimmerecke.

Während wir durch das Haus laufen, sehe ich mich um und versuche, alles in mich aufzunehmen. Jeder Gegenstand verrät mir etwas über Rajs Leben. Ich fühle mich wie in einer Folge von *Durchs Schlüsselloch geschaut,* in der Prominente erraten müssen, durch wessen Haus die Videotour führt, die sie im Studio ansehen. Beinah kann ich den mittelatlantischen Akzent des Moderators hören. Wer lebt denn so? Wenn ein Gang auf meinen Dachboden mir schon wie ein Trip in die Vergangenheit erscheint, dann ist das hier ein Spaziergang durchs Rajs Leben. Mit jedem Schritt erfahre ich mehr über ihn.

Die große Plattensammlung in dem weißen Regal

rechts von mir zieht meinen Blick auf sich. Ich lächle in mich hinein. Anscheinend ist Raj ein Musikliebhaber geblieben.

»Mach dir keine Sorgen, ich habe bei meinem Dad eine gute musikalische Erziehung genossen.« Jay dreht sich zu mir um und ertappt mich dabei, wie ich die Hunderte von Platten bewundere, die in ordentlichen Reihen im Regal stehen. »Wir sind mit seiner Musiksammlung aus den Siebzigern aufgewachsen. Er hat erzählt, wie ihr auf die neuen Alben gespart und jede Woche die Charts aus dem Radio aufgenommen habt.«

»Ja, so war es. Es freut mich sehr, dass du mit seiner Musik etwas anfangen konntest. Als ich ein Kind war, lag mir mein Dad dauernd mit klassischer Musik in den Ohren – oder, wie er es ausgedrückt hat, ›richtiger Musik‹ –, und das war so gar nicht meine Richtung. Zum Glück konnte ich meiner Tochter meinen Musikgeschmack teilweise vererben.«

Wir laufen weiter durch das große, prächtige Haus und durch die Küche, in der ich den Duft irgendeines Gerichts riechen kann, das hier gekocht wurde. Aus der Richtung, in die wir laufen, höre ich Gespräche, die immer lauter werden.

Wieder bleibe ich stehen, um ein Familienporträt an der Wand zu betrachten. Bestimmt hält Jay mich für neugierig, aber als ich es entdecke, muss ich einfach genauer hinschauen. Es ist das erste Mal seit Jahrzehnten, dass ich Raj sehe. Meine erste Begegnung mit ihm als Erwachsener, sozusagen.

Mir kommt es vor, als würde ich Rajs Leben im Zeitraffer betrachten. Seinen Dad habe ich zwar nur ein paarmal gesehen, aber so wie Jay jetzt aussieht wie Raj in seiner Jugend, so hat sich Raj im Laufe der Jahre in seinen Vater verwandelt. Sein Haaransatz ist zurückgewichen, sein Gesicht schmaler geworden, aber sein Lächeln ist dasselbe geblieben. Er wirkt selbstbewusster, gelassener, entspannter, als er es als Teenager war. Ganz so, als wäre er in seinen eigenen Körper hineingewachsen. Mir blickt ein fitter, glücklicher und gesunder Mann entgegen.

Ich betrachte die anderen Menschen auf dem Foto. Raj steht neben einer Frau, die vermutlich seine Ehefrau ist. Vor dem Paar stehen drei Kinder, Jay und seine zwei Schwestern. Was für eine schöne Familie!

»Das Bild wurde letztes Jahr aufgenommen. Ich glaube, es ist das letzte, auf dem wir alle zu sehen sind«, sagt Jay leise.

»Tut mir leid, dass ich so neugierig bin. Es ist nur, dass … dass das alles so neu für mich ist. Erst wollte ich heute nicht kommen, weil es so lang her ist, aber es ist toll zu sehen, was für ein Mann aus Raj geworden ist. Was für eine Familie er hatte.«

»Dad hätte es sehr gefreut, dass du hier bist! Und ich finde es auch toll, endlich mal den sagenumwobenen Simon kennenzulernen! Ich dachte schon, Dad hätte seine Schulfreunde nur erfunden!«

Ich starre weiter auf das Bild. Wie glücklich alle aussehen! Dass Raj eine so warme, liebevolle Familie hatte, bringt mich zum Lächeln.

»Kannst du mich deiner Mum vorstellen? Ich würde ihr gern mein Beileid aussprechen.«

»Natürlich! Aber ich glaube, da gibt es jemanden, den du zuerst sehen willst«, sagt Jay, als er mich in einen geräumigen Ess-Wohnraum winkt, in dem eine kleine Gruppe sich versammelt hat und ein Büfett aufgebaut wurde.

Ich sehe ihn an und frage mich verwirrt, wen er meinen könnte.

»Der dritte Musketier«, meint Jay grinsend.

Noch ehe er mich quer durch den Raum geführt hat, habe ich ihn schon entdeckt.

Ian.

13. KAPiTEL

Man kann ihn gar nicht übersehen.

Im Gegensatz zu allen anderen, die sich weiß oder zumindest so weiß, wie ihr Kleiderschrank es hergegeben hat, angezogen haben, trägt Ian einen seltsamen stahlblauen Anzug, der ihm ganz offensichtlich nicht passt.

Er sieht natürlich älter aus und ist etwas rundlicher als früher, aber sein Haar sieht aus wie damals – er hat es wie schon früher zurückgegelt, heute allerdings, um die kahle Stelle auf seinem Kopf zu verbergen. Seine Augenbrauen sind buschig, durch seine Stirn ziehen sich tiefe Falten, und sein magerer Bart ist graurot meliert.

Ian steht allein da und schaufelt sich den Pappteller voll, als wäre das hier ein All-You-Can-Eat-Büfett.

»Du siehst aus, als würdest du beim Internatsbüfett so richtig zuschlagen«, scherze ich, als ich mich ihm nähere. Nach beinahe einem halben Jahrhundert sind das also meine ersten Worte an Ian.

Er sieht verwirrt auf und braucht ein paar Sekunden, um mich zu erkennen. Wahrscheinlich habe ich mich im Laufe der Jahre mehr verändert als er.

»Simon?«, sagt er unsicher mit vollem Mund.

»Ja! Ist eine Weile her, was? Wie geht es dir?« Ich strecke die Hand aus.

Sofort stellt er den Teller ab und schüttelt fest meine Hand, ehe er mich mit einem Ruck an sich drückt.

Während wir uns umarmen, zwinkert Jay mir zu und verkrümelt sich.

»Ich krieg die Motten, Brown. Das ist ja 'ne halbe Ewigkeit her! Wie geht's, wie steht's, alter Freund?«, sagt Ian viel zu laut und klopft dabei auf meinen Rücken.

Ich sehe mich um. Die anderen Gäste schauen zu uns, weil sie wissen wollen, was der Tumult zu bedeuten hat. Unsere lautstarke Umarmung ist auf einer Trauerfeier wohl nicht ganz angemessen …

Und wie soll ich diese Frage nach all der Zeit beantworten, die wir uns nicht gesehen haben? Aber andererseits passt in einer solchen Situation wahrscheinlich keine Frage so richtig.

»Ganz okay, danke, aber ich bin natürlich total geschockt wegen Rajs Tod«, erwidere ich beinahe flüsternd. Hoffentlich versteht Ian den Wink.

Tut er nicht. Er plärrt seine Worte weiter hinaus und schafft es auch nicht, stillzuhalten. Während er mit mir spricht, umkreist er mich immer wieder. Ich weiß nicht, ob ich mich ebenfalls bewegen oder stillhalten soll.

»Ich weiß, ich weiß. Das ist kein Alter, stimmt's. Offenbar hatte er einen Herzinfarkt. Einfach so, aus dem Nichts. Ohne Vorwarnung. Macht einen echt nachdenklich, oder?«

Irgendwie bezweifle ich das, wenn ich mir Ians vollen Teller so ansehe!

»Es ist wirklich furchtbar traurig. Ich habe gerade das Foto von ihm in der Küche angesehen, da sieht er quicklebendig aus.«

»Ehe wir uns getroffen haben, habe ich mir überlegt, dass Raj sicher gern eine musikalische Untermalung bei seiner Trauerfeier gehabt hätte. Denkst du nicht? Ich meine, sollte nicht Elton John laufen? Weißt du noch, wie sehr er den geliebt hat? Vielleicht nicht unbedingt *Funeral For A Friend*«, scherzt Ian, während ich mich vor Scham winde und hoffe, dass die Umstehenden unser Gespräch nicht mehr verfolgen.

»Vielleicht ist das in dieser Kultur nicht angemessen?«, frage ich, während ich an Rajs Leidenschaft für Musik denke. Wir waren alle besessen, aber jeder hatte seine eigenen Lieblinge. Elton war Rajs Nummer eins, Bowie Ians. Und meine waren immer Marc Bolan und T. Rex.

»Hm, vielleicht nicht.«

»Und, ich weiß nicht, vielleicht hat er ja irgendwann aufgehört, Elton zu vergöttern? Hast du denn über die Jahre hinweg Kontakt mit Raj gehalten?«, frage ich und hoffe, dass wenigstens die beiden es geschafft haben.

»Nein. Ich habe ihn zum letzten Mal gesehen, als auch du und ich uns zum letzten Mal gesehen haben. Erst kürzlich musste ich an unsere Schulzeit denken. Und dann … dann habe ich gemerkt …«

Ich warte darauf, dass er noch etwas sagt, aber das tut er nicht. Ein paar Sekunden sehen wir uns einfach nur an und überlegen wahrscheinlich beide, welche Spuren das Älterwerden bei uns hinterlassen hat. Bei dem Gedanken daran muss ich lächeln. Es ist fast so, als wäre er in einer Zeitschleife hängen geblieben. Sein Haar, sein Kleidungsstil und seine Art sind kein bisschen älter geworden. Er hat einfach nur den Körper eines älteren Mannes übernommen.

»Wie lang ist das wohl her? So um die vierzig Jahre?«, ruft er schließlich aus.

»Ja, es sind jetzt vierundvierzig Jahre.«

Wie schade, dass auch wir uns aus den Augen verloren haben, obwohl wir uns mal so nahestanden. Und wie tragisch, dass sich in all den Jahren niemand von uns beim anderen gemeldet hat und ein Todesfall nötig war, um uns wieder zusammenzubringen. Doch keiner von uns spricht das laut aus. Keiner gesteht dem anderen seine Gefühle.

»Ich bin auf dem Weg hierher an der Schule vorbeigefahren«, sage ich. Ian hat noch immer nicht aufgehört, mich während unseres Gesprächs zu umkreisen. Kann er nicht mal stillhalten? Mir ist schon ganz schwindlig!

»Es gibt sie also immer noch, ja?« Ian gluckst, und ein paar Essensreste fallen ihm aus dem Mund. »Angeblich gehen da mittlerweile sogar Mädchen hin. Stell dir das mal zu unseren Zeiten vor! Warst du denn noch mal da, seit … damals?«

»Nein. Nach meinem Rauswurf war ich da nicht mehr sonderlich willkommen.«

Kurz verstummen wir beide. Keiner von uns spricht

an, dass er gekniffen hat. Es kommt mir auch kleinlich vor, nach all den Jahren deswegen noch böse auf ihn zu sein.

»Also, was treibst du so?«, durchbricht er die Stille.

»Du meinst, seit 1975?«

»Ja, könnte man so sagen!«

Ich gebe Ian einen kurzen Abriss über mein Leben – Caroline, Anna, das B&B – ehe ich ihm dieselbe Frage stelle. Ich bin nicht sicher, wie viel von meinen Erzählungen wirklich zu ihm durchdringt, während er sich gleichzeitig weiter am Büfett gütlich tut.

»Ich trete immer noch mit der Bowie-Nummer auf. Wusstest du das? Na ja, vielleicht nicht. Ich performe als Bowie Tribute Act.«

»Nein, das wusste ich nicht. Machst du das wirklich?!« Hoffentlich wirkt meine Ungläubigkeit nicht unhöflich.

»Ja, ich gebe jetzt seit vierzig Jahren den Diamond Dog und reise umher. Pro Jahr sind das so um die hundertfünfzig Gigs. Dieses Jahr war ich schon in Deutschland, Spanien und Dubai. Komischerweise ist die Nachfrage nach den Tribute Acts seit seinem Tod sogar noch gestiegen. Er ist bei den Millennials jetzt sehr beliebt.«

»Ich weiß noch, wie du in der Schule immer gesagt hast, dass du mal David Bowie wirst – und jetzt bist du das wirklich!« Ich mustere Ians Outfit von oben bis unten, und plötzlich ergibt sein strahlend blauer Anzug viel mehr Sinn.

»Ja, ich lebe meinen Traum. Kann mich wahrlich nicht beschweren!«

»Das freut mich für dich.« Ich lächle.

Es gibt so viele Fragen, die ich ihm noch stellen, und Dinge, über die ich mit ihm sprechen will, aber ich weiß gar nicht, wo ich anfangen soll. Ich habe vorher nicht einmal in Betracht gezogen, dass Ian hier sein könnte.

»Und, hast du eine Freundin? Oder Kinder?«

»Nein, ich bin allein. Du weißt ja, wie das Leben als Sänger so ist – wenn man tourt, ist es schwer, eine Beziehung zu führen. Aber glaub mir, Bowie ist immer noch populär … Hab Frauen in jedem Hafen.« Er zwinkert mir zu.

Aber klar doch, Ian!

Ich schenke ihm ein schiefes Grinsen. Er hat sich wirklich nicht verändert.

»Tatsächlich habe ich nächste Woche in deiner Ecke 'nen Auftritt.«

»Wirklich? Wo denn?«

»Ach, es ist ein privater Rahmen«, sagt er schüchtern.

»Kannst du mich da vielleicht irgendwie einschleusen? Ich würde furchtbar gern kommen und zusehen!«

»Wie viele Tickets möchtest du?«

»Nur eins.«

»Ich schreibe deinen Namen auf die Gästeliste!«

Er wirft einen Blick auf seine Armbanduhr, schnappt sich eine Papierserviette und notiert darauf die Details und seine Telefonnummer.

»Ich muss dann auch los, hab heute Abend einen Gig in Liverpool. Aber hey, man sieht sich, Simon Brown. Wie lustig …«

Er drückt mich noch einmal fest an sich, ehe er sich zum Gehen wendet und der Familie vor seinem Aufbruch noch einmal sein Beileid ausspricht.

Das war also Ian.

Einen Moment lang versuche ich, alles zu verdauen.

Ich lausche dem Geplauder und Gelächter im Raum und sehe mich um, während ich mich frage, woher die Leute hier Raj kannten. Wie er ihre Leben beeinflusst hat. Und was für ein Mann er wohl geworden ist.

Langsam gehe ich zu dem großen gerahmten Foto von Raj, unter das die Trauernden ihre Opfergaben gelegt haben. Dann sehe ich ihm direkt ins Gesicht.

»Glaubst du irgendwas von dem Kram, den Ian erzählt hat?«, frage ich das Porträt lächelnd. Wäre Raj noch da, würden wir uns zusammen kaputtlachen und all seine Geschichten als riesigen Quatsch bezeichnen.

14. KAPITEL

Damals

Januar 1975

Chere Sylvie, merci pour votre lettre. Je m'appelle Simon. J'ai 15 ans. Es tut mir leid, mein Französisch ist nicht besonders gut. Ich hoffe also, du hast nichts dagegen, wenn ich auf Englisch schreibe?‹ Was? Du hast den Rest des Briefs auf Englisch geschrieben?!«

Raj liest den Brief, den er Simon weggeschnappt hat, laut vor, während die Jungs sich im Waschraum anziehen. Alle anderen Gespräche kreisen noch immer um die Weihnachtsdisco am Ende des letzten Semesters und darum, dass sich manche Pärchen danach angeblich hinter die Turnhalle verzogen hätten.

»Sullivan wird es doch nie erfahren, wenn die Umschläge verschlossen sind … oder?« Plötzlich macht Simon sich Sorgen. »Wie auch immer, das ist privat. Gib es wieder her.«

Beschämt sieht er zu, wie Raj weiter in seinem Brief an Sylvie liest, an dem er über Weihnachten ewig geschrieben hat. Da seine Eltern die meiste Zeit entweder bei der Arbeit waren oder ihre Gäste unterhalten haben, fand er es schön, sich jemandem anvertrauen zu können. Vielleicht hat er Sylvies Bitte, ihr alles zu erzählen, etwas zu wörtlich genommen.

»Du hast viel mehr geschrieben als ich.« Raj gibt ihm den langen Brief zurück und zieht seine Socken an.

Nach den dreiwöchigen Weihnachtsferien ist es beinahe ein Schock, wieder im Internat zu sein. Besonders, wenn man um sieben Uhr morgens von einem auf einen Topf schlagenden Mr Montgomery geweckt wird, der durch die Schlafräume marschiert.

»Ist ja irre, das hast du zu Weihnachten bekommen?« Als Simon den Kassettenrekorder in Rajs Spind entdeckt, leuchten seine Augen auf. Es ist genau der, den er sich gewünscht und im Katalog mit einem Sternchen markiert hatte …

»Ja, meine Eltern dachten, es wäre gut, wenn ich meine Notizen aus dem Unterricht damit auf Band spreche und abhöre. Das soll beim Lernen helfen.«

»Na, und was viel wichtiger ist: Wir können die Charts aufnehmen und Musik hören, wann immer wir wollen! Ich bin so neidisch!«

»Was hast du bekommen?«

Unglücklich hält Simon einen sperrigen Taschenrechner in die Luft.

»Das tut mir leid, Kumpel.«

»Mein Dad hat gesagt, dass mir das beim Lernen helfen wird. Eigentlich war das alles, was er zu mir gesagt hat. Außer, dass ich mich mehr anstrengen soll, damit ich nach der Schule einen guten Job finde.«

»Wem sagst du das! Meine Eltern haben schon entschieden, was ich später mal werden soll, ob es mir gefällt oder nicht«, stöhnt Raj, während er sein Hemd zuknöpft.

»Hast du dir noch mal Gedanken darüber gemacht, was du nach der Schule machen willst?«, fragt Simon Ian, der sich hinter der Tür seines Spinds versteckt und ungewohnt leise ist.

»Vielleicht gehe ich ins Plattengeschäft«, murmelt er.

Simon sieht verwirrt aus der Wäsche.

»Nein, ich meine nicht heute. Sondern dann, wenn wir so richtig fertig mit der Schule sind.«

»Oh, na, das hättest du deutlicher formulieren müssen.« Simon und Raj lachen.

»Ich werde David Bowie.«

»Du kannst nicht einfach David Bowie werden.«

»Und warum nicht, bitte schön?«, bleibt Ian beharrlich.

Simon drückt die Tür des Spinds beiseite, um Ian einen ernsten Blick zuzuwerfen. Doch bei dem Anblick, der sich ihm bietet, kann er nicht anders, als erneut loszuprusten. Kein Wunder, dass Ian sich so versteckt hat.

»Wie siehst du denn aus? Heiliger Bimbam!«

Ian hat seine Schuluniform abgewandelt, indem er ein Taschentuch um seinen Hals geknotet und eine Creole an sein rechtes Ohr geklipst hat. Sein roter Vokuhila ist über die Ferien noch länger geworden, und das Haar reicht ihm jetzt bis an die Schultern.

»Bowie trägt so was auch.«

»Bowie trägt ein Seidenhalstuch, kein Taschentuch. Und er *ist* Bowie. Einer der größten Musiker der Welt, im Gegensatz zu dir. Bitte sag jetzt nicht, dass du dir auch noch eine Augenklappe besorgt hast?«

Eingeschüchtert legt Ian etwas zurück in seinen Spind, ohne es Simon zu zeigen.

»Willst du das wirklich anziehen?«, fragt Raj.

»Jepp.«

»Du weißt schon, dass du Ärger bekommen wirst, oder?«

»Ist mir egal. Ich habe auch beschlossen, meinen Namen zu ändern.«

Verdutzt sehen Simon und Raj einander an.

»Ähm, und in welchen?«

»Ich hab die Schnauze voll davon, Ian Pratt zu sein. Ab jetzt bin ich Ian Jones. Ihr wisst schon, dass das Bowies echter Nachname war?«

»Das wissen wir alle, Ian.« Raj verdreht die Augen.

»Ja, soll es denn Ostern werden, bevor ihr Bengel fertig seid?!« Mr Montgomery, der immer noch auf den Topf eindrischt, läuft durch die Umkleiden und hat mittlerweile wahrscheinlich ganz Bristol aufgeweckt. Als er Ians neues Outfit sieht, bleibt er abrupt stehen.

»Pratt. Was zum Teufel stimmt nicht mit dir? Nimm das verdammte Taschentuch von deinem Hals, ehe ich dich damit erwürge!«, brüllt Montgomery ihn an.

»Aber Sir …«

Simon und Raj ziehen eine Grimasse. Ob es wohl mutig oder dumm von Ian ist, zu antworten?

»Kommt da noch was, Pratt?«

»Ich … ich wollte Ihnen noch sagen, dass ich meinen

Namen in ›Jones‹ geändert habe. Ich heiße jetzt Ian Jones.«

»Was sagst du da?«

»Ich heiße nicht mehr Pratt.«

»Du heißt genau so, wie ich dich nenne, und das wird viel schlimmer sein als Pratt, wenn du dein Maul nicht sofort hältst. Ist das klar?«

Ian nickt eingeschüchtert.

Nur mit Mühe können Simon und Raj ihr Grinsen verbergen, als Ian den Ohrring abnimmt und sein Taschentuch aufknotet, in seine Hosentasche steckt und sich auf einen Schlag wieder von David Bowie in Ian Pratt verwandelt.

15. KAPiTEL

Guten Abend, sind Sie wegen des Konzerts hier?«

»Ja, es sollte ein Ticket für mich beiseitegelegt worden sein. Simon Brown«, erwidere ich, als der Mann an der Tür des Zuschauersaals auf seine Liste schaut. Eigentlich ist es keine richtige Liste, weil nur zwei Namen darauf stehen.

Das hier ist nicht gerade das London Palladium. Nicht einmal der Weymouth Pavilion. Als Ian von seinem Auftritt erzählt hat, bin ich eigentlich nicht davon ausgegangen, dass er in einem Altenheim stattfindet.

»Ach ja, da haben wir Sie ja. Mr Brown«, sagt der Mann und streicht meinen Namen durch. »Es gibt keine Platzreservierungen, setzen Sie sich also, wohin Sie möchten, und genießen Sie die Show!«

Ich drücke die massive Holztür auf und betrete den Saal, wo ich von einem Meer grauer Schöpfe begrüßt werde.

In der Luft liegt ein stechender, muffiger Geruch, der mich sofort an die Besuche bei meinen Eltern im Altenheim gegen Ende ihres Lebens erinnert. Ich denke an jene Weihnachtstage in ihrem kleinen, ungelüfteten

Zimmer und daran, wie Caroline dafür gesorgt hat, dass sie sich wohlfühlen, während Anna sich so diskret wie möglich die Nase zugehalten hat.

Ich betrachte den hohen Raum mit der gewölbten Decke, die beigen Wände, die dunklen Mahagonidielen, den Stuck und die zwei großen Porträts der vornehm aussehenden Personen, die zu beiden Seiten der Bühne hängen. Statt Stuhlreihen ist die Halle randvoll mit runden Tischen gepackt, um die herum sich die Bewohner des Heims bereits in großer Zahl niedergelassen haben. Ich stehe unbeholfen herum, während ich überlege, wohin ich mich setzen soll, als ich schließlich ganz nah bei der Bühne einen freien Platz entdecke.

»Sind Sie ein neuer Heimbewohner?« Einer der alten Herren an dem Tisch dreht sich in Zeitlupe zu mir, als ich Platz nehme. Sein Lächeln sorgt dafür, dass seine falschen Zähne ein bisschen verrutschen.

Ich weiß ja, dass es eine Weile her ist, seit ich mich unters Volk gemischt habe. Aber war ich wirklich so lang nicht mehr aus? Ganz so alt wirke ich doch nun auch wieder nicht, oder?

»Ach, nein. Ich bin nur hier, um meinen Freund zu sehen«, sage ich.

»Entschuldigung, Jungchen, Sie müssen lauter sprechen. Mit meinem Gehör steht es nicht zum Besten, wissen Sie.«

»Ich bin hier, um meinen Freund zu sehen!«, brülle ich und bin immer noch nicht davon überzeugt, dass er mich gehört hat.

»Es freut mich, Sie kennenzulernen. Ich bin Stanley.

Und das ist Doris … Nehmen Sie sich vor ihr in Acht!« Als er auf die alte Dame neben sich zeigt, zwinkert er mir zu.

»Hallo, Doris.«

»Oh, na sieh mal einer an. Sie sind ja ein ganz ein Schicker!« Sie greift mir an den Oberschenkel.

Das kommt jetzt etwas überraschend!

»Wann sind Sie eingezogen?«

Ganz ehrlich, wie alt sehe ich denn nun aus?

Ich will erneut zu einer Erklärung ansetzen, aber unsere Unterhaltung wird von den sich öffnenden dunkelroten Vorhängen unterbrochen. Der Mann vom Einlass erscheint und hat sich offenbar vom Türsteher in einen Ansager verwandelt.

»Heute haben wir für Sie drei der beliebtesten Entertainer aus den Siebzigerjahren auf die Bühne geholt – für einen glamourösen Abend hier in Weymouth! Wir haben ›Rod is God‹ als Rod Stewart, ›The Rocket Man‹ als Elton John und ›The Diamond Dog‹ als David Bowie. Genug der Worte – meine Damen und Herren, die Show beginnt!«

Normalerweise wäre es ein Kompliment, als Letzter aufzutreten – der Mainact zum großen Finale sozusagen. Bei diesem Anlass ist es allerdings nicht die glanzvollste Position, denn der Großteil des Publikums ist bereits eingedöst, als Ian auf die Bühne kommt.

»Ich dachte, David Bowie wäre tot«, sagt Doris, eine der wenigen wachen Seniorinnen, zu mir, als Ian seine Show mit *Changes* eröffnet.

»Ja, das ist nicht der echte David Bowie«, versuche ich, ihr zu erklären. Man stelle sich nur einmal vor, was für ein Coup es wäre, wenn ein Altenheim es geschafft hätte, an einem Abend Bowie, Elton und Rod auf die Bühne zu bringen!

»Vielleicht ist jemand anderes gestorben«, sagt sie beinahe entschuldigend.

»Nein, Sie haben recht, es …«

»Er hat aber ganz schön zugelegt, oder? Früher war er doch richtig dünn.«

»Es ist nicht …«, sage ich laut, aber sie hört mich nicht.

»Es ist traurig, nicht wahr?«

»Was denn?«, brülle ich ihr ins Ohr.

»Nun, dass diese großen Stars jetzt hier auftreten müssen, um über die Runden zu kommen.«

Ich versuche gar nicht erst, ihr zu erklären, dass Elton John ganz sicher nicht im Weymouth-Seniorenheim auftreten muss, um zu überleben. Das muss nur Ian.

Aber auch wenn ich ganz sicher weiß, dass das nicht der echte Bowie von damals ist, muss ich zugeben, dass Ian überraschend gut ist. Träte er bei *X Factor* an, würde die Jury ihm bestimmt ans Herz legen, seine kabarettistische Seite ein bisschen zu zähmen, aber seine Stimme ist fantastisch. Ich bin richtig stolz auf ihn, als er all die Klassiker schmettert, die wir damals zusammen im Internat gehört haben, und denke an die LPs, auf die wir gespart haben, oder die Songs, die wir aus dem Radio aufgenommen haben.

Leider steht er vor der beinahe unlösbaren Aufgabe,

Stimmung im Saal zu erzeugen – diejenigen, die noch wach sind, plappern den ganzen Auftritt über durch, wickeln lautstark Bonbons aus und müssen regelmäßig auf die Toilette. Ich klatsche, so laut ich kann, ohne Stanley zu wecken, der neben mir vor sich hin schnarcht.

Mir fällt auf, dass eine Frau am anderen Ende der Halle ihr Hörgerät abschaltet, als Ian zu *Fame* übergeht. Und als er versucht, bei *Let's Dance* alle zum Aufstehen zu bewegen, stößt er nicht nur sprichwörtlich auf taube Ohren.

»Danke, Weymouth!«, ruft er schließlich, nachdem er das Set mit *Life On Mars?* beendet hat.

Eine tödliche Stille folgt, und dann ein langsamer, sehr zurückhaltender Applaus. Ich springe auf und gebe ihm als Einziger Standing Ovations – aber noch ehe Ian die Bühne verlassen hat, geht das Licht auch schon wieder an und weckt so sämtliche Heimbewohner auf, denen es gelungen ist, die ganze Performance zu verschlafen. Es gibt keinen Ruf nach einer Zugabe.

»Gott sei Dank ist jetzt Schluss mit diesem Krach. Ich mochte den Schulchor letzte Woche viel lieber«, sagt Stanley, als er aufwacht und versucht aufzustehen. Ich will ihm helfen und ziehe den Stuhl für ihn beiseite, aber er stolpert beinahe darüber.

»Wollen Sie mich vielleicht auf mein Zimmer begleiten?« Doris zwinkert mir zu, als sie mit ihrem Rollator an mir vorbeischlurft.

»Leider nein, ich warte noch auf meinen Freund.« Ich erwidere ihr Lächeln höflich.

»Ich bin in Zimmer 117, falls Sie es sich anders überlegen«, lacht sie.

»O Doris, nun lass den Gentleman doch mal in Ruhe. Er möchte nicht.«

»Nur weil ich dich nicht eingeladen habe, Stanley, musst du noch lang nicht unhöflich sein.«

Ob Anna wohl so etwas vorgeschwebt hat, als sie mich mit jemandem verkuppeln wollte?

Als auch der letzte Zuhörer hinausgerollt worden ist, bleibe ich allein in der Halle zurück. Ich krame nach meinem Telefon, um zu sehen, ob Anna geschrieben hat, die mich netterweise in der Pension vertritt. Aber es gibt abgesehen von einem weiteren BBC-Update zum Brexit keine Benachrichtigungen.

»Also, was denkst du?« Ian, der immer noch sein Kostüm trägt, platzt in die Halle.

»Ich war ganz begeistert …«

»Weißt du, ich mache das nur, um etwas zurückzugeben. Normalerweise habe ich natürlich größere Gigs oder trete auf Festivals in Europa auf, vor jüngerem Publikum. Es ist einfach nett, mal was anderes zu machen, deswegen machen wir gerade diese Tour.«

»Natürlich, ich fand dich fan…«

»Und logischerweise habe ich normalerweise eine größere Band, aber für diese Shows kommt die Musik vom Band.«

»Ja, ich habe wirklich …«

»Genug zu mir, wie geht es dir?«, unterbricht Ian mich erneut, zieht einen Stuhl heran und setzt sich neben mich. Er hat sich nicht nur rasiert. Bei genauerer Betrachtung fällt mir sogar auf, dass er Kontaktlinsen in einer anderen Farbe trägt. Ihn darauf anzusprechen, traue ich mich nicht. Meine Versuche, ihm zu sagen, wie gut es mir gefallen hat und wie schön es ist, mal einen Abend frei von der Pension zu haben, hat er bereits abgewürgt. Also antworte ich mit dem Ersten, das mir stattdessen in den Sinn kommt.

»Eigentlich ganz gut so weit, danke. Ich versuche immer noch zu begreifen, dass Raj tot ist. Es ist schon komisch, oder? Wir standen uns die vergangenen Jahre über natürlich nicht nah, aber es fühlt sich einfach falsch an, dass er jetzt weg ist. Ich bereue es, dass ich nicht vorher noch mal Kontakt zu ihm aufgenommen habe. Bevor es … zu spät war.«

»Ich weiß, das lässt einem echt das Birnchen rauchen, was? Wir haben nicht ewig Zeit.«

»Nein, wahrhaftig nicht.«

Es fällt mir schwer, mit einem Ian in einem Siebzigerjahre-Bowie-Kostüm eine philosophische Diskussion zu führen.

»Weißt du, wir sollten unser Leben leben, ehe wir an einem Ort wie diesem landen oder eingeäschert werden wie Raj. Wir werden auch nicht jünger«, brüllt Ian und schlägt mit den Fäusten auf den Tisch ein, obwohl ich doch direkt neben ihm sitze.

Ehe er seine leidenschaftliche Rede fortsetzen kann, werden wir vom Organisator des Events unterbrochen.

»Ich wollte mich nur bei Ihnen bedanken, alle haben Ihren Auftritt sehr genossen! Vielleicht ist Ihnen nach einem Drink?« Mit diesen Worten reicht er ihm ein Trinktütchen mit Johannisbeersaft und einen Schokoriegel. Nicht gerade die übliche Backstage-Verpflegung für einen Weltstar! »Tut mir leid, mehr haben wir nicht. Finden Sie selbst hinaus?«

»Sicher.«

»Und können Sie dann das Licht ausmachen?«

»Ja, natürlich. Danke«, sagt Ian durch zusammengebissene Zähne hindurch. Er wartet, bis der Mann den Saal verlassen hat, ehe er weiterredet.

»Was wollte ich noch mal sagen?«

»Na, dass wir nicht jünger werden und unser Leben leben sollten.«

»Ach ja, das war's. Ich habe nach der Trauerfeier über etwas nachgedacht. Hätte da 'nen Vorschlag für dich ...« Er verstummt, um Spannung aufzubauen.

»Rück schon raus, was meinst du?«, frage ich leicht nervös.

»Ich habe mich mit Rajs Ehefrau unterhalten, und sie meinte, dass sie seine Asche an Orten verstreuen wollen, die ihm etwas bedeutet haben. Sie hatten selbst schon ein paar Stellen im Sinn, aber sie möchten, dass auch Freunde was davon verteilen.«

»Ja, das hat Jay mir gegenüber auch erwähnt.«

»Erinnerst du dich an unsere Nacht in Arcachon, ehe wir nach Bordeaux weitergetingelt sind? Und wie gut es Raj dort gefallen hat?«

»Ja, klar. Es war der Nationalfeiertag, wir haben das Feuerwerk angesehen und am Strand übernachtet. Das war im Nachhinein schon irgendwie das Highlight der

Reise, besonders wenn man bedenkt, dass wir Sylvie nicht mal gefunden haben.«

»Ganz genau. Ich habe mich also gefragt, ob wir der Familie nicht anbieten sollten, dort einen Teil der Asche zu verstreuen.«

Das habe ich nicht erwartet.

»Eine wunderschöne Idee! Ich bin mir nicht ganz sicher, ob d…«

»Hab ich mir auch gedacht. Also habe ich Priti schon gefragt, und sie findet das richtig dufte.«

»Du hast sie schon …«

»Und dann dachte ich noch, wir könnten ihm zu Ehren unseren Trip wiederholen.«

»Wir sollen nach Bordeaux radeln? Die ganze Strecke? In unserem Alter?«

»Ja, wieso denn nicht?«

Ich sehe ihn an und bin nicht sicher, ob er Witze macht.

»Es wäre toll, etwas für Raj zu tun, aber könnte es nicht was … Normaleres sein?«

»Wir haben nur dieses eine Leben!«

»Ja, aber …«

»Dieses Mal könnten wir uns Frankreich ja ein bisschen genauer angucken, unterwegs kulturelle Sachen unternehmen und in Hotels schlafen, statt zu campen.«

»An welchen Termin hattest du gedacht?«, frage ich schnell, um auch mal zu Wort zu kommen. Wieso gehe ich auf diese Spinnerei überhaupt ein?

»Eigentlich so bald wie möglich. Ich habe noch ein paar Gigs, dann habe ich vor dem Sommer ein paar

Wochen frei. Natürlich könnte ich dieses Mal gern die Planung übernehmen«, fügt er hinzu.

Ob er denkt, dass mich das beruhigt?

»Du meinst es also wirklich ernst?«

»Na logisch! Wir haben doch gerade erst gesagt, dass wir unser Leben leben müssen, oder?«

»Ich hätte nicht gedacht, dass du damit so etwas meinst!«

»Wenn du auch findest, dass die letzten vierundvierzig Jahre wie im Fluge vergangen sind, dann sollten wir die Zeit, die uns bleibt, wirklich nutzen.«

Ich starre Ian an, mit dem ich nicht mehr als fünf Minuten verbracht habe, seit ich von der Schule geflogen bin, und denke über seinen Vorschlag nach.

»Also, was sagst du? Bist du dabei, alter Freund?«, fragt er und wickelt seinen Schokoriegel aus.

Ich beuge mich über den Tisch und breche mir ein Stück von seinem Riegel ab.

»Ich würde sagen, Kumpel, du hast nicht mehr alle Tassen im Schrank!«

16. KAPiTEL

Als Anna durch den Empfangsraum läuft, um den Müll nach draußen zu bringen, frage ich mich, ob das jetzt der richtige Zeitpunkt ist, um ihr von Ians Idee zu erzählen. Doch ich entscheide mich dagegen.

»Als gäbe es keine Müllkörbe im Zimmer!«, sagt Anna, als sie zurückkommt, und verdreht die Augen.

»War das Zimmer 3?«

»Ja. Die Gäste haben buchstäblich all ihren Müll auf dem Boden verteilt, und ich bin auch ziemlich sicher, dass sie im Zimmer geraucht haben.«

»Ist okay, immerhin haben sie ausgecheckt.«

»Ich habe gesehen, dass Zimmer 2 auch abgereist ist. Die hat ja total mit dir geflirtet!«

»Nein, so ein Blödsinn.« Lächelnd schüttle ich den Kopf, während ich den Empfangsbereich aufräume – ich streiche die Broschüren glatt und lege das Gästebuch wieder an seinen üblichen Platz.

»Okay, wenn du das sagst!«, sagt sie und zieht eine Augenbraue hoch.

»Na, ich glaube kaum, dass sie an so einem alten Kerl

wie mir Interesse hat. Ich bin ja fast schon komplett grau!«

»Das kann aber auch total sophisticated wirken. Denk doch mal an George Clooney.«

In Wahrheit glaube ich, ich würde einen Flirt heutzutage gar nicht mehr erkennen.

»Hilfst du mir, die Zimmer zu verteilen?«, frage ich, um das Thema zu wechseln, als Daisy mit der Schmutzwäsche durch den Empfangsbereich läuft. Wie durch ein Wunder hat das B&B den Tag, an dem sie allein zuständig war, überlebt.

»Habe ich schon gemacht«, sagt Anna lächelnd.

»Perfekt, danke dir. Ich muss nur noch die Abrechnungen dieser Woche machen und den Dienstplan für nächste Woche erstellen. Du kriegst auf jeden Fall einen zusätzlichen freien Abend, weil du wegen Ians Konzert eingesprungen bist!«

»Ist schon okay, Dad, ehrlich. Du hast noch gar nicht erzählt, wie es war.«

»Schön, es war toll!«

»Das freut mich. Ich finde es super, dass du mal einen Abend Pause von der Pension gemacht und was unternommen hast. Erinnere dich mal dran, wie gesellig Mum und du immer wart …«

»Ja, das stimmt. Aber du weißt ja, wie es ist …«

»Keine Ausflüchte, bitte! Ich habe dir doch so oft gesagt, dass ich für dich einspringen kann.«

Soll ich sie fragen?

»Danke. Ich weiß nicht, was ich ohne dich machen würde.« Ich lächle sie an.

»Das würdest du schon hinbekommen, Dad«, sagt sie, sieht beiseite und hebt rasch die sauberen Handtücher hoch. »Ich richte mal die Zimmer her. Willst du, dass ich die wegräume?« Sie deutet auf die Kiste vom Dachboden, die unter dem Schreibtisch steht.

»Nein, ich wollte noch ein paar Fotos raussuchen, einscannen und an Rajs Familie schicken. Vielleicht würden sie sie gern sehen«, sage ich und öffne den Karton erneut.

»Das ist eine schöne Idee. Ich kann dir gern helfen, wenn du sie ausgesucht hast.«

Anna geht nach oben, und ich stöbere in aller Ruhe in der Kiste – diesmal ohne ihrem und Ollies neugierigem Blick ausgeliefert zu sein. Als ich Sylvies Briefe erneut lese, muss ich lächeln. Es war so schön, ihr zu schreiben. Mich jemandem öffnen zu können.

Wieder muss ich an Rajs Trauerfeier denken und daran, dass man Dinge nicht zu sehr auf die lange Bank schieben sollte. Und dann denke ich an Ians Vorschlag.

Ich warte, bis ich über mir Annas Schritte auf dem Holzboden höre, ehe ich den Computer hochfahre. Sofort leuchten auf dem Bildschirm Reisetipps für New York auf. Vermutlich will Daisy noch einmal einen Abstecher dorthin machen, ehe sie mit dem Studium beginnt. Ich öffne ein neues Fenster und mache dasselbe wie Anna letztens – nur dass ich doppelt so lang brauche, um Sylvies Facebook-Profil wiederzufinden.

Ich schaue mir das Foto mit der mysteriösen Katze an und wünschte, ich könnte mehr sehen. Könnte sehen, wie Sylvie jetzt aussieht.

Eine Weile lasse ich den Curser über dem Button mit der Freundschaftsanfrage schweben. Dann klicke ich darauf, ehe ich es mir anders überlege.

Sobald ich loslasse, wird mir klar, dass Sylvie vielleicht nicht einmal mehr weiß, wer ich bin. Oder dass es am Ende gar nicht die richtige Sylvie ist.

Mist.

Ich kriege Panik und klicke blitzschnell auf den Nachrichten-Button neben ihrem Namen.

Ein Chatfenster öffnet sich.

Was soll ich schreiben? Wir haben nicht mehr miteinander gesprochen, seit wir Teenager waren! Ob sie sich überhaupt an mich erinnern kann?

»Liebe Sylvie«, beginne ich.

Weiter komme ich nicht. Ich klopfe auf den Schreibtisch und sehe mich nach Inspiration um, als käme ich beim Verfassen eines Romans nicht weiter und nicht bei einer einfachen Nachricht.

Mein Blick fällt auf das gerahmte Foto von Caroline, Anna und mir, das im Buchregal steht. Lächelnd posieren wir in einem Schlossgarten. Das Foto muss mittlerweile fast zwanzig Jahre alt sein. Anna trägt dasselbe Glitzerstirnband, das sie auch zum Jahrtausendwechsel anhatte.

Ich wünschte, wir hätten mehr Fotos zu dritt gemacht! Caroline war so oft die Fotografin und fehlt deswegen auf den Bildern.

Natürlich war uns nicht klar, dass uns die Gelegenheiten so bald ausgehen würden.

»Was denkst du, Caroline? Was würdest du tun?«

Ich starre in ihr wunderschönes Gesicht. Sie war risikofreudiger als ich – und hat alles auf eine Karte gesetzt, als wir damals die Pension eröffnet haben.

Mir wird bewusst, dass die Gäste, die durch den Garten laufen, wahrscheinlich sehen können, wie ich mit mir selbst spreche. Eilig wende ich mich wieder dem Computer zu.

Okay. Was soll ich schreiben?

Ich beginne zu tippen.

»Meine Tochter hat dein Profil gefunden.«

Löschen. Löschen. Löschen.

Kurz und knackig soll es sein.

Ich tippe und lösche, tippe und lösche, bis ich auf die Uhr sehe und merke, dass ich Anna langsam helfen sollte, die restlichen Zimmer vorzubereiten.

Einmal noch lese ich, was ich geschrieben habe:

Von: Simon
An: Sylvie

Liebe Sylvie,

ich bin mir nicht sicher, ob du dich an mich erinnerst – ich heiße Simon Brown, und in unserer Jugend waren wir Brieffreunde. Letztens habe ich auf meinem Dachboden gestöbert und bin auf unsere alten Briefe gestoßen. Beim Lesen hat es mich zurück ins Jahr 1975 katapultiert! Kinder, wie die Zeit vergeht! Es kommt mir vor, als wäre es gestern gewesen. Wie auch immer, meiner Tochter ist es irgendwie gelungen, dich online ausfindig zu machen, und da dachte ich, ich schreibe dir mal und frage, wie es dir geht. Ich würde mich sehr freuen, von dir zu hören und zu erfahren, wie es bei dir so gelaufen ist. Ich hoffe doch, gut?

Beste Grüße
Simon (Brown) – dein alter Brieffreund
PS: Solltest du nicht die entsprechende Sylvie Perrin sein, ignorier diese Nachricht bitte!

Wie konnte es nur zwanzig Minuten dauern, das hier zu schreiben? Zögernd lasse ich den Curser über dem blauen Senden-Button schweben.

Ach, was soll's.

Ich klicke.

17. KAPiTEL

Damals

Februar 1975

»Es ist sechs Uhr auf Radio 1 und 2, mein Name ist Tom Browne, und das hier sind die Top Twenty, für BBC zusammengestellt vom Britischen Marktforschungsbüro.«

»Es kommt, es kommt!«, ruft Ian, der neben dem Radio sitzt, aufgeregt. Der Jingle zählt von fünf zu eins hinunter und spielt dann sofort *Love Unlimited*. »Wollt ihr denn nicht kommen und zuhören?«

»Sorry, ich muss noch den Stoff wiederholen«, sagt Raj, ohne den Kopf zu heben. Sein gesamtes Einzelbett ist von Büchern und Notizen bedeckt. »Aber du kannst die Songs aufnehmen, wenn du willst.«

»Bis zu unseren Prüfungen dauert es doch noch ewig«, mault Ian, als er durchs Zimmer flitzt, um Rajs Kassettenrekorder zu holen.

»Nicht wirklich. Genau genommen sind es nur noch ein paar Monate!«

»Eine Ewigkeit, sag ich doch. Was ist mit dir, Si?«

»Sorry, ich bin beschäftigt«, sagt Simon und kritzelt weiter vor sich hin.

»Jetzt sag nicht, dass du zum Streber wirst …?«

»Ich muss noch meinen Brief an Sylvie fertig schreiben.«

Die beiden haben sich seit Weihnachten mehrere Briefe geschickt, und sie werden mit jedem Mal länger. Was mit ein paar Absätzen begann, ist zu mehreren Seiten geworden, auf denen sie sich gegenseitig Fragen zu ihrem Leben stellen und beantworten. Sie haben begonnen, die Umschläge zu verzieren und kleine Geschenke beizulegen. Dieses Mal hat Simon ein paar Postkarten von Bristol besorgt, um Sylvie zu zeigen, wie es hier aussieht.

»Du hast jetzt ohne Witz drei Stunden an diesem Brief gesessen«, seufzt Ian, der nicht fassen kann, dass seine Freunde sich weigern, mit ihm Musik zu hören.

»Ha, ich habe es dir doch gesagt!« Jetzt sieht Raj doch von seinem Buch auf und lächelt Ian an.

»Ja, ich glaube, du hast recht. Ein Simon wollte Hochzeit machen in dem grünen Wahalde … Fidiralala, fidiralala. Oder nee, warte: Ein Simon wollte Hochzeit machen im schönen Bordöhöhö«, singt Ian mit Kinderstimme und lacht sich kaputt.

»Du hast es falsch ausgesprochen, es heißt Bordeaux!«

»Ja, ich war selbstikonisch!«

»Ha, du meinst wohl selbstironisch!«

»Wovon redet ihr?« Als Queens *Now I'm Here* im Radio beginnt, legt Simon seinen Füller beiseite. »Sylvie liebt dieses Lied!«

»Du hast definitiv recht, Raj … Sylvie, Sylvie, Sylvie«, imitiert Ian Simons Stimme.

»Was? Ich hab doch nur gesagt, dass sie den Song mag. Wo ist das Problem?«

»Du weißt schon, dass du von nichts anderem mehr sprichst, oder? Als wäre sie mittlerweile wichtiger als Marc Bolan.«

»Das ist nicht wahr. Ich erwähne sie fast nie. Ich sage doch nur …«

»… dass du total in sie verknallt bist.«

Simon läuft dunkelrot an, was bei seiner Verteidigung nicht gerade hilft.

»Du schreibst ihr die ganze Zeit und stehst plötzlich total auf Französisch, und ich wüsste echt nicht, warum das sonst so sein sollte!«, meldet Raj sich zu Wort.

»Weil … weil bald Prüfungen sind, das hast du selbst gesagt! Außerdem schreibe ich ihr überhaupt nicht die ganze Zeit.«

»Wie viele Briefe hast du ihr denn schon geschickt?«, fragt Raj.

»Ich weiß nicht, ein paar.«

»Und als Hausaufgabe sollten wir nur … wie viele schicken? Zwei? Du verbringst also freiwillig mehr Zeit mit deinen Französischhausaufgaben?«

»Er steht total auf sie!«, brüllt Ian.

»Es ist einfach schön … sich mit einer reifen Person auszutauschen.«

»Ooooooh, okay, Mr Supererwachsen!«, scherzt Raj.

»Warum habe ich keinen Brieffreund? Ich will einem deutschen Mädchen schreiben«, spricht Ian jetzt mit sich selbst, während er mit einem Ohr der Radioshow lauscht und darauf wartet, einen neuen Song aufnehmen zu können.

»Ich weiß nicht, ob du das wirklich willst. Jean-Luc ist so langweilig. Ehrlich, er schreibt immer nur von seiner Spinne. Spinne hier, Spinne da. Was interessiert es mich, wie es ihr geht? Was soll ich darauf bitte schön antworten?«

»Worüber schreibst du dir denn mit Sylvie?«, fragt Ian Simon.

»Ich weiß nicht. Dies und das.«

Bei dem Gedanken an ihre Briefe muss er lächeln. Er hatte nicht erwartet, dass sie so viel gemeinsam haben würden, und ihm war nicht klar gewesen, wie schön es sein könnte, jemanden zu haben, mit dem er über die Schule, seine Familie, Musik und das Leben sprechen kann. Von Raj und Ian abgesehen, ist es das erste Mal, dass er sich jemandem gegenüber so öffnet. Und mit Sylvie ist es anders als mit ihnen.

»Na, ich finde das sehr süß. Es ist auch höchste Zeit, dass du eine Freundin hast. Du und Sylvie, Raj und Jean-Luc.«

»Halt bloß die Klappe!« Lachend wirft Raj seinen Füller quer durch den Raum nach Ian.

»Ich und Kathie Hughes.«

»Träum weiter!«

»Auf Platz neun … haben wir einen echten Aufsteiger, der von Platz dreiunddreißig nach oben geklettert ist. Hier kommen Steve Harley und Cockney Rebel mit *Make Me Smile.*«

»Schnell, nimm das auf!«, ruft Raj, während Ian aufgeregt am Radio herumfummelt und dabei die ersten Sekunden des Songs verpasst. Sie schweigen, bis das Lied vorbei ist, dann beginnen sie wieder zu plaudern.

»Willst du dich denn für den Bordeaux-Austausch diesen Sommer bewerben, Si?«

»Ich denke darüber nach«, erwidert er schüchtern. Mit jedem eintreffenden Brief hat er mehr davon geträumt.

»Wenn Sylvie sich auch bewirbt, dann könntest du zwei Wochen hinfahren und sie sehen, und danach könnte sie kommen und auch zwei Wochen hierbleiben. Ihr hättet einen ganzen Monat zusammen!«

Von dem Gedanken wird Simon ganz warm.

»Überlegst du dir auch, ob du dich bewerben sollst, Raj?«

»Ich will Jean-Luc ehrlich gesagt gar nicht sehen, und ich glaube auch nicht, dass meine Eltern ihn zwei Wochen bei uns wohnen lassen würden. Erst recht nicht, wenn er seine verdammte Spinne mitbringt!«

»Oh, an meine Eltern habe ich noch gar nicht gedacht. Ich muss sie irgendwie davon überzeugen, dass Sylvie kommen und bei uns wohnen darf. Sie mögen es ja schon nicht, wenn ich zu Hause bin, wie soll es da erst mit einer Fremden sein!«

»Sag ihnen doch einfach, dass deine Noten sich dadurch verbessern werden. Dein Dad wird schon anbeißen, wenn er denkt, dass du deswegen später einen besseren Job kriegst.«

»Stimmt. Aber will ich überhaupt, dass Sylvie meine Eltern kennenlernt?«, grübelt Simon.

»Der Song ist von der Acht auf die Zwei geklettert, hat aber die Spitze diese Woche knapp verpasst … The Carpenters mit *Please Mr. Postman.*«

Und während Karen Carpenter darüber singt, wie sie auf einen Brief wartet, liest Simon seinen eigenen noch einmal durch, ehe er ihn mutig mit einem »Kuss« beendet.

18. KAPiTEL

»Hat es schon angefangen?«

Anna flitzt von der Rezeption ins Wohnzimmer, nachdem sie für diesen Abend die letzten Gäste in Empfang genommen hat. Sie schlüpft aus ihren Schuhen, ehe sie auf das Stoffsofa hüpft und es sich gemütlich macht.

»Du kommst genau rechtzeitig.« Ich greife nach der Fernbedienung und stelle den Ton lauter, als Graham Norton den *Eurovision Song Contest* anmoderiert. Die Kamera wandert über die von Stroboskoplicht beleuchtete Menge, und man sieht Menschen mit angemalten Gesichtern, die springend und tanzend die Flaggen ihres Landes schwenken.

Seit Anna klein war, schauen wir jedes Jahr gemeinsam den Songcontest. Es war immer schon unser Ding. Ich weiß noch, wie sie sich als Kind verkleidete, die Tanzschritte nachmachte und mitsang, indem sie ihren eigenen Text erfand. Lang vor dem letzten Auftritt schlief sie ein, und ich trug sie ins Bett, um dann mit Caroline über das Finale und seine politisch gefärbte Punkteverteilung zu lachen. Als Anna älter wurde, hatten wir während ihrer ängstlichen Teenagerjahre Gesprächsstoff, und ihr Erdkundelehrer war immer sehr von ihrem Wissen über die osteuropäischen Länder beeindruckt. Heute lachen wir gemeinsam über die Absurdität der Show und verfolgen jedes Mal aufs Neue gequält, wie Großbritannien in der Punktewertung ganz weit unten landet, wieder und wieder.

»Ollie sollte sich aber mal beeilen, weißt du, ob er schon unterwegs ist?«

»Nein, er kommt heute nicht.«

»Oh, warum?«

»Ich glaube, ähm … Er hat ein Fußballspiel. O Gott, du hast ja all meine Lieblingssüßigkeiten gekauft!«, wechselt Anna das Thema und bestaunt die Auswahl auf dem Couchtisch, ehe sie sich ein Glas Wein einschenkt.

»Ist bei euch beiden alles okay? Letztes Mal wirktet ihr ein wenig angespannt.«

»Ja, alles bestens. Und so haben wir die ganzen Snacks und den Wein für uns!«, scherzt sie. »Cool, du hast schon die Punktetabellen vorbereitet. Ich habe uns dieses Jahr Eurovision-Bingo mitgebracht.«

»Was ist das denn?«

Sie greift in ihre Hosentasche und zieht zwei Zettel hervor.

»Habe ich online entdeckt und ausgedruckt. Man muss immer dann ein Kästchen durchstreichen, wenn eine der Sachen passiert.« Anna wirft einen Blick auf ein Blatt und liest ein paar der Kästchen vor. »Outfitwechsel der Moderatorin … Künstlicher Regen … Glitzerkanone … Schiefer Gesang.«

»Ha, damit sind wir doch nach fünf Minuten fertig!«

»Cheers!« Anna stößt ihr Glas an meines.

»Lass uns nur beten, dass uns die Gäste in Ruhe lassen.«

Es dauert tatsächlich nicht lang, bis wir die ersten Kästchen durchgestrichen haben. Als Slowenien als zehntes Land auf die Bühne kommt, fehlt mir nur noch »Outfitwechsel während des Songs« für Bingo. Das dauert bestimmt nicht mehr lang.

Das Lied ist schrecklich – ich trage nur zwei Punkte in meine Tabelle ein und nutze dann die Pause im Geschehen, um mit Anna zu sprechen.

»Als ich letztens nach dem Konzert …«

»Dad, da ist übrigens was, worüber …« Offenbar hatte Anna dieselbe Idee, sodass wir gleichzeitig zu reden beginnen. »Oh, sorry, fang du an. Was wolltest du sagen?«

»Also, letztens nach Ians Konzert, da haben wir uns, na ja, unterhalten. Und er hatte eine Idee.« Ich verstumme und überlege, ob ich Anna davon erzählen soll. »Er denkt, dass wir einen Teil von Rajs Asche in Arcachon verstreuen sollten. Da waren wir bei unserer Radtour auch.«

»Ohhh!« Anna lächelt. »Das klingt ja toll! Machst du es?« Sie richtet sich aus ihrer Liegeposition auf dem Sofa auf und wendet sich mir zu.

»Ich weiß nicht. Ist natürlich schwer, die Pension allein zu lassen.«

»Wie ich letztens schon meinte: Ich springe gern für dich ein. Und ich bin sicher, dass Daisy ein paar Schichten mehr übernehmen würde, wenn es nötig ist.«

»Es ist eine Sache, ihr einen Tag lang zu vertrauen …«

»Ich glaube, es würde dir wirklich guttun, mal rauszukommen und Zeit mit einem Freund zu verbringen. Du hast doch seit Jahren keinen Urlaub mehr gemacht.«

Mir fällt auf, dass ich seit Carolines Tod tatsächlich nicht mehr im Ausland war.

»Wann wollte er die Reise machen?«

»Na ja, das ist die andere Sache. Wir wollten am 14. Juli in Arcachon sein, so wie damals. Für Ian passt das gut, weil er ab Ende Juni Tourpause hat, ehe er den Sommer über wieder beschäftigt ist.«

»Aber zur Hochzeit wärst du wieder da, oder?«

»Natürlich, Anna! Was denkst du denn!«

Glaubt sie wirklich, dass ich ihre Hochzeit verpassen würde?

»Dann wäre das ja geklärt.«

»Aber ich will dir das vor deinem großen Tag eigentlich nicht alles aufladen. Dir schwirrt sicherlich sowieso schon der Kopf.«

»Ich kriege das hin, ehrlich. Es ist wirklich kein Problem für mich, den Laden hier zu schmeißen, solange du weg bist.«

Sie lächelt, aber sicher bin ich mir meiner Sache immer noch nicht.

Habe ich mir vielleicht insgeheim gewünscht, dass sie mir von der Reise abrät?

»Komm schon, Dad. Ich helfe dir gern. Und ich glaube, es wäre gut für dich. Im Übrigen übernimmst du doch meinen Teil der Arbeit während der Flitterwochen, es ist also nur fair.«

»Ja, vielleicht«, sage ich unentschlossen.

»Würdest du von Bristol oder von Southampton aus fliegen?«, fragt Anna, ohne auf die Tatsache einzugehen, dass der slowenische Act inzwischen einer Frau mit kurzem wasserstoffblondem Haar und leuchtend rotem Lippenstift Platz gemacht hat, die Zypern vertritt.

»Na ja, das ist die andere Sache.« Ich zögere kurz. »Ian findet, wir sollten unsere Reise wiederholen. So richtig.«

»Was heißt das?«

»Er will, dass wir wieder Rad fahren.«

»Dad, ist das dein Ernst? Den ganzen Weg mit dem Rad? Das hattest du nicht erwähnt!«

»Du hast doch selbst gesagt, dass es mir guttäte, rauszukommen!«, witzele ich lahm und nehme einen Schluck von meiner Limonade. »Schau mal, du verpasst Zypern. Zählt das schon als ›Outfitwechsel während des Auftritts‹?«

Die vier Hintergrundtänzer reißen der Sängerin die Lederjacke vom Leib, sodass ein dürftiges, beinahe durchsichtiges Outfit zum Vorschein kommt.

»Hör auf, abzulenken! Ich dachte, ein Urlaub wäre gut, damit du hier nicht langsam, aber sicher einen Herzinfarkt kriegst ... Aber jetzt holst du dir einfach ganz schnell einen auf dem Fahrrad.«

»Ist das besser oder schlechter?«

»Dad!«

»Sorry.«

»Ich wusste bis vor ein paar Wochen nicht einmal, dass du je Rad gefahren bist. Kannst du das überhaupt noch?«

»Heißt es nicht, dass man das nicht verlernt?«

»Aber in deinem Alter?«

»Danke, Anna.«

»Wie ist dieser Ian jetzt überhaupt drauf? Er klang ein bisschen doof, als du von eurem ursprünglichen Trip erzählt hast.«

Ich muss ein Grinsen unterdrücken.

»Ich würde sagen, ähm, er ist ein Original.«

»Oh, na toll. Ist er immerhin fit und gesund?«

»Er sieht nicht unbedingt so aus, behauptet aber, es zu sein.«

Sie wirkt nicht sonderlich überzeugt.

»Und als Nächstes kommen die Niederlande, die 1975 den Songcontest mit Teach-In und *Ding-a-Dong* gewonnen haben. Könnte das wieder ihr Jahr werden?«

»Sorry, falls ich skeptisch klinge. Ich fände es toll, wenn du das machst, und denke wirklich, dass es dir guttäte. Du weißt ja, wie sehr ich dir wünsche, dass du neue Leute kennenlernst und so, und für jede andere Reise würde ich dich regelrecht aus der Tür schubsen! Aber ein Teil von mir sorgt sich eben, wenn du so eine gewaltige Radtour unternimmst. Ich will nicht, dass dir was passiert.«

»Das wird es nicht, versprochen.«

»Es ist nur … nach Mum … Ich will dich auf keinen Fall verlieren.«

»Weiß ich doch, mein Schatz. Weiß ich doch. Wenn wir fahren sollten, dann sorge ich dafür, dass wir aufpassen. Was wolltest du denn sagen?«

»Oh, keine Ahnung. War nicht wichtig.«

19. KAPITEL

Damals

März 1975

»Wenn wir die Europäische Wirtschaftsgemeinschaft verlassen, dann ist hoffentlich auch Schluss mit diesem dummen Wettbewerb. Was ist das nur für scheußliche Musik?«

Reginald kommt ins Wohnzimmer, wo Simon gerade im Schneidersitz auf dem braun-orange gemusterten Teppich vor dem Fernseher sitzt.

Die BBC-Übertragung des Eurovision Songcontests, live aus Stockholm, hat gerade erst begonnen, und Simons Kopf wippt im Takt des eingängigen Beats des ersten Songs – *Ding-a-Dong* von Teach-In aus den Niederlanden. Das Beste an der Reise nach Hause zu Ostern ist der Zugang zu einem Fernseher, und Simon und Sylvie haben vereinbart, dass sie beide den Eurovision Songcontest ansehen und sich später in ihren Briefen darüber austauschen werden.

»Ich gucke mir diesen Unfug nicht an.« Reginald setzt sich umständlich und greift nach der Fernbedienung. Obwohl es sein eigenes Sofa ist, scheint er sich darauf in seinem strengen Hemd, der Krawatte und dem Jackett nicht recht wohlzufühlen.

»Aber ich gucke das doch gerade! Und The Shadows waren noch nicht dran«, mault Simon, weil er wenigstens noch den Auftritt von Großbritannien sehen möchte.

Reginald schenkt ihm keine Beachtung und wechselt den Sender. Das gediegen gekleidete Publikum klatscht gerade höflich im Sitzen, als der Bildschirm schwarz wird und kurz darauf das Bild von BBC 2 aufleuchtet, wo gerade eine Reportage läuft. Ein alter bebrillter Mann faselt etwas über Erziehung, während Simon auszurechnen versucht, wann The Shadows in etwa auftreten werden.

»Aber meine Freunde schauen auch Eurovision! Und mein Französischlehrer Mr Sullivan hat empfohlen, es zu gucken, um unser Französisch zu verbessern – weil die Moderation auch auf Französisch gemacht wird«, versucht Simon es weiter.

»Ich weiß nicht, wozu du deine Zeit mit dieser Sendung verschwenden willst. Das hier scheint mir informativer zu sein.«

»Aber … aber ich muss doch mein Französisch üben, weil ich im Sommer mit dem Austauschprogramm nach Bordeaux will.« Simon hat auf den richtigen Moment gewartet, um seinen Eltern gegenüber die Idee anzusprechen. Eigentlich wollte er damit bis zum Ende des Urlaubs warten und erst kurz vor seiner Rückkehr ins Internat fragen, aber jetzt ist es einfach aus ihm herausgeplatzt, und er kann es nicht zurücknehmen.

Sein Vater sieht perplex von dem Bildschirm zu ihm.

»Was willst du denn in Bordeaux, wenn wir diesen Sommer doch nach Bognor Regis fahren?«

»Es ist wirklich eine tolle Gelegenheit. Ich wäre für zwei Wochen in Frankreich und würde in einer französischen Familie leben und Sprachkurse machen. Danach nehmen wir einen französischen Schüler oder eine Schülerin auf, ich könnte also richtig gut Französisch lernen. Wäre erste Sahne für meine Bildung! Mr Sullivan begleitet uns.«

»Wann genau ist das?«

»Nach dem Semesterende, also Anfang Juli, und dann …«

»Ich dachte, da bist du in dem Sommercamp in Wales?«, unterbricht Reginald ihn.

»Ja, stimmt, aber ich würde lieber nach Frankreich fahren. Ich glaube, das wäre wirklich gut für meine Karriere, weißt du? Ich würde eher einen Job bei der Bank bekommen, wenn ich noch eine Sprache spreche.«

Der Bluff scheint zu funktionieren.

»Wie viel kostet es denn?«

Simon zieht das Blatt hervor, das er in seiner Hosentasche mit sich herumgetragen hat, und reicht es seinem Dad.

»Ich kann auch mein Taschengeld beisteuern, wenn du willst. Oder vielleicht könnte ich den Austausch zum Geburtstag bekommen? Oder zum Geburtstag und zu Weihnachten zusammen?«

Das letzte Mal, als sein Dad ihm Geld geliehen hat, waren die Zinsen höher als die einer Bank, und außerdem hat er Strafgebühren für verspätete Zahlungen veranschlagt.

Langsam liest Reginald den Brief und reibt sich nachdenklich das Kinn. Simon beobachtet ihn nervös und fragt sich, wie lange es wohl dauern kann, die paar Absätze zu lesen.

Während er wartet, denkt er an Mr Sullivans Worte: »Wenn ihr teilnehmen wollt, dann müsst ihr dieses Formular von euren Eltern unterschrieben zurückbringen.«

Eine Unterschrift ist alles, was ihn von Sylvie trennt.

Schließlich blickt Reginald auf.

»Es freut ich mich sehr, dass du dir endlich Gedanken um deine Karriere machst, aber ich glaube, das Camp in Wales wäre besser für deine Entwicklung. Ich bezahle dir diese Reise gern statt des Austauschprogramms. Mannschaftsgeist und Führungsqualitäten sind essenziell, und ein wenig Abhärtung täte dir auch gut. In deinem Alter hatte ich schon den Krieg erlebt …«

»Aber ich könnte doch auch nächstes Jahr in das Camp fahren?«

»Davon mal abgesehen kommt Alexandra zu uns, nachdem wir in Bognor Regis waren, das Gästezimmer ist also belegt. Wir haben keinen Platz für einen weiteren Gast.«

Simon hatte ganz vergessen, dass seine Cousine kommt.

»Ich könnte doch auf dem Sofa schlafen, und Sylvie bekommt mein Zimmer?«, sagt er eilig.

»Nein, es geht einfach nicht.«

»Aber Dad ...«

»Nichts ›aber‹, Simon. Das ist meine endgültige Entscheidung. Ich würde mich sehr freuen, wenn du dich einfach bei mir für die Reise nach Wales bedanken würdest. Wenn du willst, dass ich das Formular unterschreibe, kann ich das jetzt direkt machen.«

»Danke«, murmelt Simon und gibt seinem Dad die Unterlagen für das Sommercamp, ehe er sich mit beiden Briefen nach oben in sein Zimmer verkrümelt, wo er zum großen Entsetzen seiner Eltern die matschgrünen Wände seines Zimmers mit Postern aus dem *Melody Maker* zugepflastert hat.

»Ich weiß nicht, was es da zu grinsen gibt, Marc«, murmelt Simon seufzend zu dem großen Poster von Marc Bolan, der auf ihn hinabstarrt.

Er wirft sich aufs Bett und holt sein Radio aus seinem Nachttisch, um Radio 1 einzuschalten. Bei heruntergedrehter Lautstärke hört er unter seiner Bettdecke zu, wie Terry Wogan die Show kommentiert.

Den Auftritt von Frankreich, über den er mit Sylvie sprechen wollte, hat er schon verpasst, und weil es in seinem Kopf so rattert, bekommt er auch von den folgenden Songs kaum etwas mit.

Als Terry Wogan den Auftritt der englischen Interpreten ankündigt und The Shadows davon zu singen beginnen, dass es an der Zeit ist, aus einer Freundschaft mehr werden zu lassen, hat Simon eine Idee.

Hier und jetzt beschließt er, dass sein Dad ihn nicht davon abhalten wird, Sylvie zu sehen.

Er steht auf, faltet die Briefe auf, schnappt sich einen Stift und kopiert nach ein paar Proberunden die Unterschrift seines Dads von dem Brief des walisischen Camps auf die gepunktete Linie der Einverständniserklärung für den Frankreichaustausch.

Um die Details wird er sich später kümmern.

20. KAPiTEL

Es wäre toll, wenn Sie auf der gepunkteten Linie unterschreiben könnten. Vielen Dank.«

Ich schiebe dem neuen Gast die Registrierungskarte und den Zimmerschlüssel zu, ehe ich mit einem Tablett voll Essen hinaus in den Garten gehe. Gar nicht so leicht, am Wochenende all die Gäste zu jonglieren.

Das Wetter könnte nicht besser sein, und ich muss die Ärmel meines weißen Hemdes aufknöpfen und nach oben krempeln, als ich im Garten mit zwei Stammgästen plaudere – Julie und John, die seit zwanzig Jahren immer wieder herkommen. Sie sind etwa so alt wie ich und schauen alle paar Wochen auf ein Getränk und ein getoastetes Rosinenbrötchen vorbei, wenn sie sich gerade zusammenreißen – und wenn sie gerade keine Diät machen, ist es eher ein Scone mit Sahne und Marmelade oder ein Stück Karottenkuchen.

»Du hast also noch keine neue Frau kennengelernt?«, erkundigt sich Julie und beißt von ihrem Scone ab. Auf der Erdbeermarmelade befindet sich eine dicke Schicht Sahne – heute scheint eindeutig ein Cheatday zu sein.

Meine Stammgäste sowie alle anderen Dorfbewohner interessieren sich lebhaft für mein Liebesleben – egal ob es Shirley ist, die für die *Gazette* schreibt und meinen Beziehungsstatus als Klatschmagazinmaterial betrachtet, oder Julie, die mir diese Frage bei jeder einzelnen Begegnung stellt. Gleichzeitig ist mir klar, dass es ein Glücksfall ist, dass ich allen etwas bedeute und sie sich Gedanken über mich machen.

»Nein, da ist niemand«, gebe ich meine Standardantwort. John ist die Frage offenbar peinlich. Er greift nach seinem Panamahut und setzt ihn auf, um seinen kahlen Kopf zu bedecken, während ich weiterrede. »Wir konzentrieren uns gerade ganz auf Annas Hochzeit. Bringen wir sie doch erst mal unter die Haube, ehe wir uns um mich kümmern!«

»Ich kann mich noch daran erinnern, wie sie ein kleines Mädchen war. Die Zeit vergeht wie im Fluge, nicht wahr?« Julie lächelt.

»Da sagst du was.«

Während wir plaudern, helfe ich ihnen, den Sonnenschirm über ihrem weißen Metalltisch aufzuspannen. An diesem herrlichen Frühlingstag knallt die Sonne regelrecht vom Himmel und bringt die Schönheit des Gartens so noch mehr zur Geltung. Die Hängekörbe voller farbenprächtiger Pelargonien sehen wunderschön aus, und an der Backsteinmauer des Cottage rankt sich der Efeu hinauf. Weiße Wölkchen ziehen über den blauen Himmel, und ein paar Jugendliche aus dem Ort radeln in Badekleidung auf der kopfsteingepflasterten Straße vom Meer zurück. Auf einem nahe gelegenen Feld erntet ein Bauer mit seinem Traktor

Heu und reiht am Horizont die Ballen auf. Man hört das Muhen der Kühe und das Blöken der Schafe – so friedlich und ruhig kann es nur auf dem Land sein.

Aber ich hätte wissen müssen, dass der Frieden nicht lange währen würde.

Als ich gerade nach links schaue und beobachte, wie ein Paar die Tafel mit den Kuchenspezialitäten studiert, gibt John Julie einen Knuff und deutet diskret auf etwas hinter mir. In diesem Augenblick merke ich, wie ein weiterer Tisch auf den oder das aufmerksam wird, was gerade hinter mir aufgetaucht ist. Wohin starren denn alle plötzlich?

Ich wende den Kopf und muss zweimal hinsehen. Ja, da ist tatsächlich Ian, der das kleine Tor im Holzzaun mehr oder weniger auftritt und es dann offen stehen lässt, sodass es in der leichten Brise hin und her schwingt.

»O nein.« Ups. Eigentlich wollte ich das nicht laut sagen.

Was macht der denn hier?!

»Schau mal, wer da ist!«, ruft Ian mit seiner tiefen Stimme quer durch den Garten, als er auf mich zukommt. Die paar Gäste, die sich bis jetzt noch nicht umgedreht haben, starren jetzt ebenfalls.

Er ist aber auch kaum zu übersehen.

Denn nicht nur seine Stimme ist laut, sondern auch seine Klamotten.

Er trägt ein komplettes Ziggy-Stardust-Outfit.

Hat er eigentlich gar keine normalen Klamotten?

»Wie geht's, wie steht's, Brown?«

Mir fehlen die Worte.

Das Geplauder an den Tischen ist verstummt, und die Gäste sind alle wie gebannt von dem neuen Besucher in dem knalligen gestreiften Anzug und den riesigen roten Plateaustiefeln.

»Das ist also deine Pension. Nett! Man müsste hier und da mal ein bisschen aufpolieren, aber sonst ist es echt hübsch, nicht wahr?« Ian versucht, den Tisch in das Gespräch miteinzubeziehen, und Julie und John nicken, ohne recht zu wissen, worum es geht oder warum ein Mann in David-Bowie-Kostüm in diesem beschaulichen Cafégärtchen aufgetaucht ist.

»Wie hast du mich gefunden?«, frage ich verzweifelt.

»Ich habe im Internet nach dir gesucht. Hast ein paar gute Bewertungen«, brüllt er.

Alle Gäste hören ihm weiterhin zu, aber Ian lässt ihnen auch keine andere Wahl.

»Was ist da drin?«, frage ich ihn und deute auf die Tasche in seinen Händen.

»Raj«

»Raj?!«

Ian holt eine kleine Urne aus der Tasche und reicht sie mir. Schwer zu fassen, dass Priti einem Mann wie ihm Rajs sterbliche Überreste anvertraut hat!

»Vielleicht sollten wir reingehen.« Ich lächle Julie und John höflich zu und ziehe Ian von ihnen weg, ehe er sie auf Nimmerwiedersehen vergrault. Außerdem beschließe ich, die Urne selbst zu tragen.

»Bist du auf der Durchreise? Hast du einen Auftritt in der Nähe?«, frage ich ihn, während ich ihn zum Eingang des Cottage lenke.

»Nein, nein. Die Tour ist schon vorbei.«

»Standen nicht noch jede Menge Auftritte an?«

»Ich bin ein wenig mit Elton aneinandergeraten, weißt du? Künstlerische Differenzen, könnte man sagen. Also dachte ich, ich komme zu dir, damit wir unsere Reise vorbereiten können.«

Wie bitte?!

»Ich habe doch noch nicht einmal zugesagt!«, rufe ich, als wir den Empfangsbereich betreten. Es dauert eine Weile, bis meine Augen sich nach der Helligkeit draußen umgestellt haben.

»Na, dann ist es ja gut, dass ich jetzt hier bin und dich überzeugen kann.«

»Du hättest wenigstens vorher anrufen können. Ich weiß nicht mal, ob ich ein freies Zimmer habe.«

»Bestimmt kannst du mich irgendwo reinquetschen. Sieht doch ganz so aus, als gäbe es hier genug Möglichkeiten«, meint er, während er alles genauestens in Augenschein nimmt und eine Tür öffnet, auf der »Privat« steht.

Ich stelle das Tablett auf dem Rezeptionstresen ab, verstecke Rajs Urne dahinter und schaue im Buchungssystem nach, wie viel es kosten würde, ein Zimmer zu blockieren. Weiß der Himmel, was Anna von Ians Besuch bei uns halten wird.

»Wir haben noch ein freies Zimmer. Das Bad ist allerdings auf dem Flur.«

»Das ist ja fast wie damals im Internat! Als Nächstes erzählst du mir noch, dass du morgens mit einem Holzlöffel auf einen Topf trommelst, um mich zu wecken!«

Bei der Erinnerung daran, wie Mr Montgomery uns morgens aus den Betten gescheucht hat, muss ich lachen.

»Um sieben Uhr morgens.«

»Auf die Sekunde.«

»Was hat er damals noch mal immer gerufen?«, frage ich, während ich tippe.

»Hört ihr die Bimmel, Hände vom Pimmel!«, imitiert Ian Montgomerys Stimme.

»Ah, genau. Heute würde man als Lehrer für so einen Spruch eingesperrt werden!«

Wieder muss ich lachen. Seltsam, dass Dinge, die wir damals gehasst haben, uns jetzt zum Lächeln bringen.

»Wie lange willst du bleiben?«, frage ich, als ich fertig getippt habe.

»Eigentlich könnte ich doch die paar Wochen bis zu unserem Aufbruch einfach hier verbringen, oder?«

Er zweifelt anscheinend überhaupt nicht daran, dass ich Ja sage!

»Und wenn ich Nein sage?«

»Komm schon, Raj braucht ein Dach über dem Kopf. Du musst!«

Ungläubig schüttle ich den Kopf.

Wo bin ich da nur hineingeraten?!

»Ich habe dich jetzt eingecheckt, aber du musst für dein Zimmer arbeiten. Du kannst mir gleich mal helfen, die Getränke zu servieren, okay?«

Als ich hinausgehe, um den Gästen in dem britischen Landcafé ihren Nachmittagstee zu kredenzen, folgt mir Ziggy Stardust mit einem Tablett voller Scones.

21. KAPiTEL

»Denkst du, dass Mr Montgomery und Mr Sullivan noch leben?«

Ich habe schnell herausgefunden, was Ians Lieblingsthemen sind. Den Nachmittag haben wir damit verbracht, über alle Schüler zu sprechen, an die wir uns erinnern, und zu diskutieren, was aus ihnen geworden sein könnte. Jetzt geht es offenbar mit dem Personal weiter.

»Kann eigentlich nicht sein. Die wirkten damals schon ziemlich betagt«, erwidere ich und versuche auszurechnen, wie alt sie jetzt sein müssten.

Nachdem Ian nachmittags die Gäste bedient hat, hat er sich einen freien Abend verdient, und wir haben uns ins Wohnzimmer zurückgezogen, wo er jetzt mir gegenüber auf dem Sofa lümmelt und Unterkünfte und Routen für die geplante Reise heraussucht.

Eigentlich habe ich noch immer nicht zugesagt! Aber das scheint ihn nicht zu kümmern.

»Hm, was hältst du von Nantes? Sieht ziemlich hübsch aus, wir könnten da einen Stopp einlegen«, fragt Ian und dreht seinen Laptop um, um mir eine

Luftaufnahme der französischen Stadt auf der Lonely-Planet-Website zu zeigen.

»Hast recht, das sieht echt nett aus. Wir sind letztes Mal nicht durchs Zentrum gefahren, sondern haben in einem Vorort übernachtet, oder?«

Es ist ein komisches Gefühl, mit Ian im Wohnzimmer zu sitzen. Ein bisschen erinnert es mich an früher, als wir zusammen in unserem Internatszimmer hockten und Magazine lasen, Hausaufgaben machten und natürlich unsere Reise planten. Bei Letzterem hilft uns jetzt immerhin das Internet, das dürfte die Sache um einiges vereinfachen.

Während er sich weiter durch die Reisetipps scrollt, checke ich auf dem iPad meinen Facebook-Account.

In den vergangenen sechs Monaten habe ich die Seite kaum besucht, aber jetzt schaue ich regelmäßig nach, ob Sylvie meine Freundschaftsanfrage bestätigt oder mir geantwortet hat. Und ob sie sich überhaupt an mich erinnert …

So, wie ich früher hinunter zu meinem Postfach geflitzt bin, lade ich jetzt eine Seite neu – aber jedes Mal, wenn ich mich einlogge, sehe ich statt einer neuen Nachricht nur Fotos von Essen, unvorteilhafte Selfies oder Gestänkere über den Brexit. Ich weiß wirklich nicht, was an Social Media toll sein soll!

»Priti hat auch gesagt, dass wir bei ihnen in dem Ferienhaus übernachten können, wenn wir wollen. Sie und die Kinder werden wahrscheinlich ein paar Wochen dort verbringen.« Ian dreht den Laptop wieder zu mir, um mir ein Bild zu zeigen, aber ich blicke nur kurz auf, weil ich in meinem Posteingang eine Nachricht entdeckt habe.

Mir wird flau im Magen.

Sie ist von Sylvie!

Schnell öffne ich sie, aber die Seite braucht ewig, um zu laden.

»Komm schon«, murmele ich leise.

Endlich erscheinen ihre Worte auf meinem Bildschirm. Fieberhaft überfliege ich die Nachricht, weil ich es kaum erwarten kann, sie ganz zu lesen. Dann lese ich alles noch einmal, dieses Mal langsamer, und lasse ihre Worte sacken.

Ich muss lächeln.

Es ist wirklich Sylvie.

Und sie kann sich an mich erinnern.

»Sieht so aus, als sollten wir dieses Mal lieber die Fähre von Poole anstatt von Plymouth nehmen«, höre ich Ian wie aus weiter Ferne sagen. Ich höre nicht wirklich zu. Stattdessen lese ich Sylvies Nachricht weiter, Wort für Wort. Die erste Nachricht von ihr, seit ich sechzehn Jahre alt war.

Von: Sylvie
An: Simon

Simon. Natürlich erinnere ich mich an dich. Es ist eine ganz unerwartete, aber sehr schöne Überraschung, nach all den Jahren von dir zu hören! Sorry, dass ich so lange für die Antwort gebraucht habe. Ich benutze Facebook nicht so oft. Meine Söhne ha-

ben den Account für mich eingerichtet, aber ich verstehe nicht richtig, wie es funktioniert. Was täten wir nur ohne unsere Kinder?
Es ist so lang her. Ich bin nicht sicher, wo ich anfangen soll. Aber ja, es ist schwer zu glauben, dass es schon vierundvierzig Jahre her ist.
Gott, plötzlich fühle ich mich ganz alt. Ich lebe immer noch in Bordeaux, es sind jetzt nur noch ich und Jacques. Du hast erwähnt, dass du jetzt eine Tochter hast? Wie alt ist sie? Ich habe zwei Söhne, Romain (32) und Nicolas (29). Ich habe sogar schon einen Enkel – Leo, der gerade drei geworden ist. Wenn ich das schreibe, fühle ich mich noch älter! Was machst du so?
Gerade letztens musste ich an dich denken, da lief T. Rex im Radio, und das hat mich an dich erinnert. Das ist nett, dass du unsere Briefe aufgehoben hast! Wie kamst du darauf, sie wieder hervorzuholen? Ich sehe, dass du immer noch kein Französisch gelernt hast?

Bises
Sylvie

»Erde an Simon! Hallo! Bist du noch da?«, ruft Ian, und ich schrecke von meinem iPad hoch.

»Sorry. Sorry … Es ist nur … Du errätst nie, von wem ich gerade eine Nachricht bekommen habe!«

»Ich weiß nicht, wenn ich mir deine Reaktion so ansehe, dann wohl von der Queen?«, erwidert Ian.

»Nicht ganz. Sie ist von Sylvie.« Ich muss sofort lächeln, als ich ihren Namen sage.

»Sylvie?« Einen Moment sieht Ian mich verwirrt an, ehe es Klick macht. »Aber nicht deine Brieffreundin Sylvie, oder?«

»Doch! Aber vielleicht sollte ich sie jetzt Facebook-Freundin nennen.«

»Ich wusste ja gar nicht ... Du hattest nicht gesagt ... Wie lang habt ihr denn schon wieder Kontakt?« Als er seine Frage stottert und versucht, die Nachricht zu verdauen, sieht er geschockter aus als ich.

»Wir hatten gar keinen, na ja, bis eben gerade. Es ist das erste Mal seit der Schule, dass ich von ihr höre. Ich habe Anna letztens von ihr erzählt, und irgendwie ist es ihr gelungen, Sylvie auf Facebook zu finden. Ich habe ihr dort geschrieben, und gerade kam ihre Antwort.«

Ian reißt den Blick vom Bildschirm los, dann schaut er kurz noch mal hin, ehe er den Laptop zuklappt und mich ansieht.

»Schreibt sie darüber, weshalb sie damals den Kontakt abgebrochen hat? Oder warum sie dir nichts von ihrem Umzug erzählt hat?«, fragt er schnell.

»Nein, und ich denke auch nicht, dass ich das Thema anschneide. Es ist schon seltsam genug, nach vierundvierzig Jahren eine Nachricht von jemandem zu bekommen – auch ohne dass er dich mit Vorwürfen überschüttet, dass du dich nicht mehr gemeldet hast.«

»Ja, definitiv«, erwidert Ian.

»Und es wäre wohl auch etwas zu forsch, ihr zu sagen, dass wir zusammen nach Bordeaux radeln, oder? Was denkst du?«

»Ich denke nur, dass du gerade unserer kleinen Reise zugestimmt hast!« Ian grinst.

»Nein, so habe ich das nicht gemeint!«

»Na logisch. Du und Sylvie also, ja?« Ian zwinkert mir zu.

»Nein, nichts dergleichen. Sie ist verheiratet. Sie hat gesagt, dass sie mit Jacques zusammenlebt und zwei erwachsene Kinder hat.«

»Igitt, Jacques!« Ian bringt mich mit seiner Grimasse zum Lachen.

»Ich habe mich nicht deswegen bei ihr gemeldet. Ich wollte einfach wissen, was aus ihr geworden ist. Wir haben uns wirklich lang geschrieben.«

»Ja, natürlich!«, sagt er und zwinkert noch einmal.

»Ehrlich. Ich bin einfach neugierig, das ist alles. Vielleicht können wir unsere Freundschaft wieder aufleben lassen.«

Ich lese die Stelle über T. Rex noch einmal. Unglaublich, dass Sylvie immer noch an mich denkt, wenn sie seine Songs hört …

»Wäre es okay, wenn wir Anna nichts davon erzählen?«

Ian ist schon wieder hinter seinem Laptop verschwunden. »Hattest du nicht gesagt, dass sie dir geholfen hat, deine alte Flamme zu finden?«

»Ja, stimmt schon. Aber sie weiß noch nicht, dass ich ihr geschrieben habe, und ich würde das gern erst mal für mich behalten. Ich will nicht, dass Anna sich einmischt! Wenn ich bereit bin, erzähle ich ihr davon.«

»Okay. Meine Lippen sind versiegelt.« Ian tut so, als zöge er an seinen Lippen einen Reißverschluss zu.

Während er unseren Trip weiter plant und ich meine Antwort zu tippen beginne, fühle ich mich wirklich wie in alten Zeiten.

Von: Simon
An: Sylvie

Liebe Sylvie,

es freut mich so, von dir zu hören! Ich bin wirklich erleichtert, dass es tatsächlich du bist – ich habe mich schon gesorgt, dass ich die falsche Sylvie erwischt habe. Mach dir keine Sorgen, mit Facebook geht es mir wie dir. Meine Tochter hat mich hier angemeldet, und ich weiß gar nicht, was ich hier soll. Mir fällt es ja schon schwer, mich an mein Passwort zu erinnern!
Wow – du bist Großmutter, ist ja toll! Leben beide Söhne in deiner Nähe? Ich wohne in Dorset, im Südwesten von England, und betreibe hier ein Bed and Breakfast. Meine Tochter Anna ist 28 und heiratet in ein paar Wochen. Ich war verheiratet, aber meine Frau Caroline ist vor zehn Jahren gestorben. Davon abgesehen werde ich einfach älter und älter!
Ich weiß nicht, ob du dich an meinen besten Freund Raj erinnerst, über den ich dir früher auch geschrieben habe? Er ist vor ein paar Wochen gestorben. Das war furchtbar traurig und hat mich ziemlich nostalgisch gemacht. Auf Rajs Trauerfeier habe ich meinen anderen Schulfreund wiedergesehen, Ian, das war eine feine Überraschung.
Momentan wohnt er bei mir, und es ist ziemlich interessant, ihn noch einmal neu kennenzulernen – vorsichtig ausgedrückt!

Ich kann gar nicht fassen, dass du an mich denkst, wenn du T. Rex hörst! Beschäftigst du dich immer noch so viel mit Musik? Zum Glück konnte ich meinen Musikgeschmack immerhin teilweise an Anna weitervererben – ich weiß nicht, ob sie da überhaupt eine Wahl hatte.
Sorry, aber mein Französisch ist heute wahrscheinlich noch schlimmer als zu Schulzeiten. Ab und an haben wir zwar französische Gäste hier, aber Fremdsprachen sind anscheinend einfach nicht meine Stärke.
Deine offenbar schon. Dein Englisch ist großartig! Bist du denn tatsächlich Lehrerin geworden, wie du es dir früher gewünscht hast?

Oje, das waren aber viele Fragen! Ich freue mich sehr, von dir zu hören, wenn du das nächste Mal hier bei Facebook reinschaust!

Liebe Grüße
Simon

22. KAPiTEL

Damals

April 1975

Wärst du lieber in einem Raum mit einem Frosch eingesperrt, der so groß ist wie ein Pferd, oder mit hundert Pferden, die so groß sind wie Frösche?«, fragt Ian.

»Kannst du mich nicht wenigstens mal zwei Minuten in Ruhe lernen lassen?«, grummelt Raj.

»Du machst doch nichts anderes.«

»Und du machst nichts anderes, als blöde Fragen zu stellen!«

Simon tigert im Zimmer auf und ab und versucht, sich aus dem Gespräch herauszuhalten.

»Wie spät ist es?«, fragt er und sieht aus dem Fenster, während er zwischen den Betten und dem Chaos auf dem Boden seine Kreise zieht.

Ian liegt quer auf dem Bett, sodass sein Kopf über die Kante baumelt. Er sieht hinüber zu der kleinen Uhr auf seinem Nachtschränkchen und versucht, die Uhrzeit kopfüber zu lesen. »Fünf nach halb acht«, sagt er.

»Okay, dann habe ich noch ein bisschen Zeit«, erwidert Simon und kann kaum fassen, wie langsam die Zeit vergeht. Um halb acht hat er zum letzten Mal auf die Uhr gesehen, und es kommt ihm vor, als wäre das eine halbe Ewigkeit her.

»Bis wann hast du noch Zeit?«

Simon bleibt stehen und weiß nicht recht, was er sagen soll.

»Ich rufe Sylvie um zwanzig Uhr an, damit wir, na ja, zum ersten Mal miteinander sprechen können.«

»Du rufst Sylvie an?« Raj schaut auf und legt sein Buch beiseite. »Das ist ein gewaltiger Schritt! Wie geht es dir damit?«

»Ich bin ziemlich nervös. Einen Brief zu schreiben ist eine Sache, aber so richtig reden ist schon eine andere Nummer …«

»Sprecht ihr Englisch oder Französisch?«

»Ich habe noch nicht darüber nachgedacht, wahrscheinlich Englisch, aber wenn sie Französisch sprechen will … Ich weiß nicht, ob ich das hinkriege.« Simon wird noch panischer.

»Du kannst meine Ausgabe von *Melody Maker* mitnehmen, dann kannst du ihr erzählen, was da über das neue John-Lennon-Album steht«, sagt Ian, dessen Kopf immer noch über der Bettkante baumelt.

»Danke.«

»O nein, weißt du was: Es ist doch schon fünf nach acht«, sagt Ian, der, statt Simon das Magazin zu reichen, immer noch hinüber zur Uhr schaut, ganz fasziniert davon, sie kopfüber ticken zu sehen.

»Kannst du etwa die Uhr nicht lesen?«

»Es ist eben verwirrend, verkehrt herum draufzuschauen! Hast du das schon mal probiert?«

Simon geht hinüber, um selbst die Uhrzeit zu überprüfen.

»Es ist fünf nach acht! Ich bin zu spät dran«, sagt er besorgt.

Rasch holt er ein paar Münzen aus der Schublade, greift sich das Magazin und sprintet aus der Tür.

»Hast du genug Kleingeld?«, fragt Raj.

»Ich hoffe es! Keine Ahnung, wie viel es kostet, in Frankreich anzurufen.«

»Viel Glück!«, rufen seine Freunde ihm nach.

»Okay, und was ist damit … Würdest du lieber für immer auf einem Fuß herumhüpfen oder …«, fährt Ian fort, während Simon hinunter in den Keller flitzt, wo sich das öffentliche Telefon befindet. Abends ist es meistens frei, da die Jungs ihre wöchentlichen Anrufe bei den Eltern normalerweise am Wochenende erledigen. Mit jedem Schritt wird Simon nervöser.

Als er auf dem letzten Treppenabschnitt ankommt, hört er eine leise Stimme.

»Ja, Mum, ich mache immer meine Hausaufgaben … Nein, ich weiß … Mach dir keine Sorgen …«

Simon späht um die Ecke und sieht Julian, der eine Klassenstufe über ihm ist, in einen Hörer plappern. Währenddessen kritzelt er auf einem Zettel herum und scheint mehr Interesse an seiner Skizze als an dem Gespräch mit seiner Mum zu haben.

Simon marschiert auf Julian und das Telefon zu und versucht, ihm mit einer Geste zu verstehen zu geben, dass er dringend telefonieren muss. Julian ignoriert ihn einfach und beginnt, seine Kritzelei zu schattieren.

Simon versucht, ihm den Stift wegzunehmen, um ihm eine Nachricht zu schreiben, aber Julian hält den Hörer einfach von seinem Ohr weg, während seine Mutter weiterredet.

»Julian, kann ich bitte das Telefon benutzen?«

»Nein.«

»Ich gebe dir morgen Mittag meinen Nachtisch, wenn du mich jetzt telefonieren lässt«, versucht Simon zu verhandeln. Essen gilt unter den Teenagern als wichtigste Währung.

Julian denkt kurz über das Angebot nach, entscheidet sich dann aber doch fürs Telefonieren.

»Wie geht's denn dem lieben Onkel Jim?«, fragt er und grinst Simon an. Er bedeckt den Hörer mit der Handfläche und wispert: »Einen Monat lang deinen Nachtisch?«

Er weiß, dass er Simon in der Hand hat.

Da die Hauptgänge mehr oder weniger ungenießbar sind, sind die Nachtische Simons einzige Freude. Und das Einzige, was ihn vor dem Hungertod bewahrt.

»Eine Woche?«, schachert Simon nervös. Eine Woche Hungern hält er aus.

»Drei Wochen. Letztes Angebot.«

Simon seufzt.

»Ja, na gut.«

»Hand drauf.«

Simon reicht ihm die Hand, und Julian zerquetscht sie fast, als er sie fest schüttelt.

»Ich wollte sowieso auflegen.«

»Bye, Mum, ich muss Schluss machen«, unterbricht

Julian seine Mutter, legt auf und schiebt sich an Simon vorbei. »Ich hoffe, es hat sich gelohnt! Hurra, drei Wochen doppelter Nachtisch!«

Lachend springt er dir Treppe hinauf, immer zwei Stufen auf einmal nehmend.

Simon versucht, Julians hämisches Gelächter zu ignorieren. Er starrt aufs Telefon und wartet, bis Julian außer Hörweite ist, ehe er vorsichtig Sylvies Nummer wählt, um nicht versehentlich die falschen Ziffern zu erwischen.

»Komm schon, Sylvie, heb ab! Ich habe meine Nachspeise für dich geopfert«, murmelt er leise, während das Telefon wählt. Das Freizeichen klingt anders – er hat noch nie im Ausland angerufen. Nervös tippt er mit den Füßen auf den Boden, während es läutet und läutet. Hoffentlich hat er sie nicht verpasst!

Warum geht sie nicht ran?

Er weiß genau: Wenn die Situation umgekehrt wäre, würde er dem Telefon nicht von der Seite weichen und beim ersten Klingeln sofort abheben.

Endlich hört er es klicken.

»Oui, allo?«

»Hallo? Sylvie? Hier ist Simon … aus Bristol … dein Brieffreund«, sagt er schüchtern.

»Allooo?«

»Ähm, bonjour, nein, 'tschuldigung … Bonsoir!« Simon brüllt jetzt regelrecht ins Telefon.

»Qui est à l'appareil? Ça coupe!«

Eine weitere Stimme gesellt sich hinzu, und eine Unterhaltung entspinnt sich.

»Allo … Simon?« Eine andere, süßere, jüngere Stimme ertönt jetzt, die seinen Namen ganz anders ausspricht, als er es kennt.

»Hi, Sylvie?« Simons Herz klopft jetzt so laut, dass Sylvie es fast hören muss.

»Sorry, das ist mein Mum. Ich habe nicht gedacht, du rufst an. Ich dachte, du ast … äh … vergess. Ich dachte, wir sagen huit … acht?«

»Ja, das haben wir. Entschuldigung, dass ich ein paar Minuten zu spät dran bin.«

»Nein, hier ist es schon nach neun.«

»Oh. Ich … habe den Zeitunterschied komplett vergessen. Tut mir so leid! Kannst du jetzt trotzdem sprechen?«, fragt Simon, panisch, dass er seine Chance verpasst hat.

»Ja, kann ich ein bisschen.«

»Puh, das ist gut.«

Er hatte sich beim Lesen ihrer Briefe vorgestellt, wie Sylvie klingt. Aber jetzt, wo sie am Telefon miteinander scherzen, klingt ihre Stimme doch anders als erwartet. Er findet ihre Aussprache und ihre Art, Sätze zu bilden, die immer wieder von Pausen und »euhs« unterbrochen werden, ganz bezaubernd.

»Übrigens, danke für deine Briefe. Es, ähm, ist wirklich schön, jemanden zu haben, mit dem man sich unterhalten oder schreiben kann, weißt du?« Simon ist so nervös, dass seine Stimme bricht und er über seine eigenen Worte stolpert. Sein Englisch klingt schlimmer als das von Sylvie.

»Sorry, kannst du … ein bisschen, bisschen langsamer sprechen? Ich bin mehr gut im Schreiben als im Hören, ich glaube.«

»Natürlich, entschuldige. Ich habe nur gesagt, dass ich richtig gern Post von dir bekomme«, sagt Simon langsam und vorsichtig.

»Ah, das freut mich. Ich mag auch sehr gern kriegen die Briefe von dir. Hast du …«

»Was hast du …« Beide sprechen gleichzeitig und Simon atmet schwer vor Nervosität.

»Sorry, du zuerst«, sagt er unbeholfen.

»Ich werde fragen, ob du hast gesehen die Eurovision?«

»Oh nein, habe ich nicht. Sorry. Ich weiß, ich hatte gesagt, dass ich es gucke, aber mein Dad hat mich nicht gelassen. Ich konnte also nur den ersten Auftritt anschauen, den von den Niederlanden. Aber das Lied mochte ich. Hast du die Show geguckt?«

»Ja, habe ich. Les Pays-Bas – oder wie du hast gesagt – die Niederlande? Sie haben gewonnen, so ich glaube, du hast die Beste gesehen. Ich mochte auch den Lied von Großbritannien. Ich bin auch zu der Plattenladen heute gegangen und habe versucht es finden.«

»Ah, ja, und hast du noch etwas anderes gekauft?«

»Nein, ich habe schaut, ob sie auch haben das neue Album von T. Rex, du hast erzählt.«

»Echt? Ich spare noch drauf.«

»Ich erzähle, wenn ich es finde, okay? Eines Tages ich würde gern zu dem Konzert gehen von T. Rex.«

»Um sie zu sehen? Ja, ich auch!«

»Wir gehen beide?«

»Wir? Zusammen? Ja, auf jeden Fall! Das wäre sehr schön.«

Simon kann nicht glauben, was er da hört. Kann das wirklich wahr sein? Er rechnet schon damit, dass es so läuft wie im Café mit Kathie Hughes und er einfach etwas falsch verstanden hat.

»Und ich nehme dich auch zu die Plattenladen? Würde dir das gefallen?«

Es ist wahr. Sie sagt das wirklich zu ihm.

Die Sache mit dem Nachtisch hat sich definitiv gelohnt.

»Ja, das wäre toll!« Er strahlt bei dem Gedanken daran, wie sie gemeinsam einen Plattenladen erkunden. »Ich wollte dir übrigens erzählen, dass ich mich für einen Platz in dem Austauschprogramm beworben habe. Wenn du Lust hast, könntest du das vielleicht auch machen? Dann hätten wir zwei Wochen in Bordeaux zusammen und zwei Wochen hier.«

»Oui, das mache ich. Das freut mich.«

Sie unterhalten sich weitere zehn Minuten und planen fröhlich ihre Zeit miteinander. Simon muss die ganze Zeit grinsen. Ians Magazin legt er beiseite, denn an Themen mangelt es ihnen nicht.

»Es tut mir leid, aber ich muss jetzt auflegen. Mein Dad will den Telefon benutzen.«

»Das ist okay, ich habe sowieso fast kein Kleingeld mehr, und wir müssen hier bald das Licht ausmachen. Es war wirklich schön, mit dir zu sprechen.« Er lächelt ihr zu, als könnte sie ihn sehen.

»Ja, ich fand auch. Ich hoffe, wir hören uns bald.«

»Ja, und ich freue mich schon auf deinen nächsten Brief.«

»Ich schreibe morgen.«

»Bye, Sylvie.«

»Bye-bye, Simon.«

23. KAPiTEL

Als Mrs Cook in die Küche platzt, lege ich das Telefon beiseite.

»Einer unserer Gäste kam nur mit einem Handtuch bekleidet zum Frühstück!«, ruft sie mit dunkelrotem Gesicht.

»Und haben Sie etwas zu ihm gesagt?«, frage ich und beiße in ein Stück Toastbrot. Ich sollte wirklich aufhören, immer die Reste zu futtern.

»Was hätte ich denn sagen sollen? Ich weiß ja nicht, was hier der Dresscode ist.«

»Wir haben keinen.«

»Na, da sehen Sie mal, was dabei rauskommt.«

»Das heißt doch nicht … Ach, ist ja auch egal. Ich rede mit ihm.«

»Vielleicht ist er schlafgewandelt?« Daisy taucht hinter Mrs Cook auf.

Ich hatte sie gar nicht gesehen, und ich weiß auch nicht, warum sie so früh schon hier ist. Eigentlich beginnt ihr Dienst heute erst in zwei Stunden. Wozu erstelle ich eigentlich einen Dienstplan?

»Es ist gefährlich, jemanden während des Schlafwandelns aufzuwecken. Das habe ich im Internet gelesen«, fährt sie fort. »Wirkte denn der Gentleman so, als würde er schlafwandeln, Mrs Cook?«

»Nein, er hat mit mir gesprochen und ein Englisches Frühstück bestellt – eine doppelte Portion, da war er sehr entschieden.«

Na super.

Ich gehe durch den Frühstücksraum, und es ist so, wie ich befürchtet habe:

Ian sitzt da, liest Zeitung und trägt nichts außer einem – glücklicherweise großen – weißen Handtuch.

Sein Rock-'n'-Roll-Lifestyle passt definitiv nicht in mein idyllisches Cottage!

»Guten Morgen!« Er sieht lässig auf.

»Was um Himmels willen machst du hier?«

»Ich wollte dich gerade dasselbe fragen! Was hast du gemacht? Ich habe dich gesucht! Als ich raus ins Bad gegangen bin, habe ich mich aus meinem Zimmer ausgesperrt.«

»Wie hast du das denn geschafft …?« Ach, ich will es mir gar nicht ausmalen. »Und dann dachtest du, du kommst einfach so hierher und frühstückst, ja?«

»Ich habe dich gesucht, und auf dem Schild stand, dass du gleich wieder da bist. Also habe ich mich hingesetzt und gewartet.«

»Und du hättest nicht Mrs Cook nach einem Ersatzschlüssel fragen können?«

»Sie kam rein und hat gefragt, was ich frühstücken möchte, also habe ich bestellt. Ich bin total ausgehungert. Vielleicht solltest du darüber nachdenken,

Minibars mit ein paar Snacks in den Zimmern einzubauen.«

Jetzt wohnt er hier nicht nur umsonst, sondern gibt mir auch noch Tipps, wie ich die Pension führen soll!

»Du musst dir was anziehen«, sage ich streng.

»Aber mein Frühstück kommt jeden Augenblick!«

»Du weißt, dass hier auch zahlende Gäste sind. Die sollten dich so nicht sehen müssen, wir sind doch kein Spa-Hotel.«

Ich führe ihn in den Rezeptionsbereich und Richtung Treppe, aber natürlich öffnet sich genau in diesem Moment die Eingangstür.

Es ist Anna.

Verwirrt sieht sie uns an.

»Morgen«, sage ich, und versuche, Ian zu verdecken.

»Ebenfalls guten Morgen«, erwidert sie und zieht die Augenbrauen vollkommen verdutzt nach oben. »Soll ich fragen?«

»Anna, das ist Ian … Ian, das ist meine Tochter Anna.«

»O wow, das ist deine Tochter?«

»Das ist der Ian? Dein Schulfreund, der mit dir diese Reise machen will?« Sie zieht die Augenbrauen noch weiter nach oben, sodass sie schon fast über ihrer Stirn schweben.

»Er hat dir also davon erzählt«, erwidert Ian.

»Ich denke mal, wir heben uns die Begrüßung besser für später auf«, sagt Anna lachend, als Ian schon Anstalten macht, auf sie zuzugehen und sie zu umarmen. »Ja, das hat er erwähnt. Und ich habe gesagt, dass ihr fahren dürft, wenn ihr fit genug seid.«

Ich glaube kaum, dass der Anblick des halb nackten Ian, dessen Bauch über sein Handtuch quillt, sie beruhigen kann.

»Heute Vormittag ist in Bridport ein Spinning-Kurs. Wenn ihr den überlebt, dann habt ihr meinen Segen«, sagt Anna und nimmt hinter der Rezeption Platz.

»Kein Problem. Auf geht's!«, sagt Ian selbstbewusst.

»Ich würde aber empfehlen, erst mal was anzuziehen!«, ruft Anna ihm zu.

»Wer wohl auf die Idee gekommen ist, ein Fitnessstudio mit einer Bar zu kombinieren?«, frage ich, als wir *Spinning Around* in Bridport betreten, einer lebendigen Marktgemeinde an der Küste.

»Ein Genie?«, sagt Ian, der sofort einen Blick auf die Speisekarte wirft und an die Bar verschwindet, um sich ein Getränk zu besorgen.

»Ich glaube, man soll erst einen Kurs besuchen und dann die Bar!«, rufe ich ihm nach, aber er hat sich schon ein Bier bestellt.

Nach seinen morgendlichen Kapriolen, seinen ständigen Beschwerden über das Zimmer, für das er nicht einmal bezahlen muss, und seinem unermüdlichen Flirten mit Mrs Cook bin ich froh, dass ich Ian aus dem Cottage schaffen konnte.

Ich blättere in einer der ausliegenden Broschüren.

»Spinning Around ist ein einmaliger Ort, an dem fitnessbewusste Menschen nach einem Spinning-Kurs ein Getränk – alkoholhaltig oder -frei – und einen Snack genießen können.«

»Fitnessbewusst« – die haben echt Humor hier.

Als Ian zurückkommt und sein erstes Bier hinunterkippt, kommen fünf junge Mütter plaudernd und lachend hinein, allesamt in mit Markenlogos bedruckten Kapuzenjacken und makellosen Turnschuhen. Vermutlich sind sie Stammkundinnen, denn sie gehen direkt zu den Fahrrädern und winken dem Barmann freundlich zu.

Die gegenüberliegende Wand ist komplett verspiegelt.

»Es gibt also auf einer Seite Tische und Stühle, wo die Leute sitzen und zusehen können? Und auf der anderen diesen riesigen Spiegel, sodass jeder unsere roten Köpfe und schmerzverzerrten Gesichter beobachten kann? Also ich würde mir lieber nicht beim Schwitzen zusehen, geschweige denn mich so allen anderen präsentieren!«

»Das kriegst du schon hin, schließlich sind wir Fortgeschrittene«, antwortet Ian, als würde er permanent Spinning-Kurse besuchen.

»Fortgeschrittene? Sollten wir nicht mit einem Anfängerkurs beginnen?!«

»Anfänger sind Leute, die nicht mal Fahrrad fahren können.«

»Das glaube ich nicht. Und wann bist du überhaupt das letzte Mal gefahren?« Die Frage hätte ich ihm eigentlich schon viel früher stellen sollen.

Er antwortet nicht, sondern folgt stattdessen den Frauen und klettert auf das Fahrrad neben ihnen, sodass ich hinter ihm in einer ansonsten leeren Reihe Platz nehmen muss.

Ians kurze Hosen rutschen jetzt schon hinunter, sodass ich mit dem Anblick seiner Poritze konfrontiert werde. Eigentlich habe ich heute schon genug von ihm gesehen.

Während auch die anderen Räder langsam besetzt werden, schaue ich mich um. Ich fürchte, dass wir die Ältesten hier sind. Abgesehen von den fünf Frauen sind noch ein paar Mittzwanziger hier, die mehr Zeit damit verbringen, die Räder zu fotografieren, als auf ihnen zu sitzen. Zwei der jungen Frauen wählen Fahrräder ganz vorn, sodass sie sich im Spiegel filmen können, während sie so tun, als führen sie.

»Willkommen zum heutigen Kurs! Wie ich sehe, gibt es ein paar neue Gesichter! Sind alle bereit, können wir loslegen?«, erkundigt sich der Kursleiter, ein junger muskulöser Mann in einem winzigen weißen Leibchen, während er das Mikro an seinen Ohren befestigt.

Die Antwort ist gedämpft.

»Kommt schon, Leute, ich will mehr von euch hören. Die Sonne scheint, und wir sind bereit, so richtig zu schwitzen, oder? Wer hat Bock, loszulegen?!«

Darf ich bitte jetzt schon gehen?

Ich sehe nach vorn zu Ian, aber zu meiner großen Überraschung antwortet er enthusiastisch mit einem lauten: »Yeah, let's go!«

Liegt das vielleicht an seinem ersten Bier?

»Das gefällt mir schon besser! Okay. Wir lassen es langsam angehen und steigern uns dann. Vergesst nicht, dass ihr jederzeit einen Gang zurückschalten könnt, wenn es euch zu viel wird.« Der Kursleiter sieht uns direkt an.

»Ich glaube, das galt uns«, wispere ich nach vorn zu Ian, aber der kann mich nicht hören, weil in diesem Moment die Musik aus der Surround-Anlage zu dröhnen beginnt. Das Licht wird gedimmt, und plötzlich verwandelt das Fitnessstudio sich in einen Nachtklub.

»Okay, wir lassen uns vom Tempo der Musik leiten. Packen wir's an in fünf, vier, drei, zwei, eins.«

Ich versuche, meine Tritte den schweren Beats der Musik anzupassen und die Bewegungen des Kursleiters nachzumachen. Bei ihm sieht es ganz mühelos aus, aber das ist es ganz und gar nicht. Meine Beine schmerzen jetzt schon.

»Macht euch bereit, die Herzfrequenz steigt, ihr steht auf … Gut, ja.« Der Leiter brüllt immer weiter. »Fühlt, wie es brennt!«

Steht auf?!

Ich sehe auf dem Bildschirm, wie meine Herzfrequenz in die Höhe schießt … 140, 150, 160.

Um Himmels willen. Will Anna mich umbringen? Das hier kann doch unmöglich Mittelstufe sein!

»Und jetzt runter auf die Sättel. Trinkt was, wenn ihr wollt. Wie läuft es bei euch Neueinsteigern?«, fragt der Kursleiter zwischen aggressiv gebellten Befehlen.

»Alles in Butter!«, ruft Ian, ehe ich antworten kann. Ich kriege nicht einmal genug Luft, um zu sprechen.

»Super. Okay, auf fünf geben wir noch mal Vollgas. Das war ein sanfter Einstieg, also geben wir jetzt sechs Minuten lang noch mal alles.«

»Sanft? Das soll sanft gewesen sein?«, stöhne ich und sehe zu Ian, der sich tapfer zu schlagen scheint. Wie macht er das? Er kann doch nicht fitter sein als ich?

»Wechselt jetzt bitte alle die Gänge!«

Ich beobachte Ian genau und stelle fest, dass er nicht jedes Mal den Gang wechselt, wenn es uns gesagt wird.

Was für ein Schummler! Kein Wunder, dass er immer noch so schnell in die Pedale tritt!

Als die Folter endlich endet, schwanke ich vom Rad und plumpse in einen der bequemen Sessel. Ian nimmt neben mir Platz und wischt sich den Schweiß aus seinem tropfenden Bart.

»Habt ihr Ladys Lust, euch zu uns zu setzen?«, fragt er die fünf Frauen, als sie an uns vorbeilaufen. Sie lehnen das Angebot zweier schwitzender Männer, die aussehen, als würden sie jeden Moment sterben, höflich ab.

»Na, wie hat es dir gefallen?«, fragt Ian, als wir nach ein paar Minuten wieder zu Atem gekommen sind und der Kursleiter kurz nach uns gesehen hat – wahrscheinlich aus Versicherungsgründen.

»Ich dachte, nach dem Sport soll man sich gut fühlen. Aber mir kommt es eher so vor, als würde ich jeden Moment umkippen.«

»So schlimm war es doch gar nicht«, tut Ian es ab.

»Ich habe gesehen, dass du geschummelt hast!«

»Habe ich nicht!«

»Doch, du hast die Gänge nicht gewechselt.«

»Nein, ich musste es einfach langsam angehen lassen. Ich hatte in den letzten Jahren ein paar Probleme mit dem Herzen. Nichts Ernstes, aber …«

»Du hast Herzprobleme? Und dann schlägst du vor, nach Bordeaux zu radeln? Warum hast du das nicht erwähnt?«

Ich kann nicht sagen, ob Ian wieder mal flunkert oder ob er ehrlich ist.

»Na ja, wir würden ja nicht in diesem Tempo fahren, sondern es gemächlich angehen lassen. Ich komme schon klar. Ich meine, eines Tages müssen wir alle sterben, oder nicht?«

Ich sehe ihn versteinert an.

»Also, was sagst du? Machen wir es?«

Ich denke an Raj. Wie gern ich ihm diese Ehre erweisen würde.

Dann denke ich an Sylvie und frage mich, ob wir uns auf der Reise vielleicht wirklich treffen könnten.

Und dann wäge ich ab, was schlimmer ist. Mein und Ians Leben auf dem Trip zu riskieren oder ihn als Dauergast im Cottage zu haben und langsam, aber sicher am Stress zu sterben.

So oder so läuft es auf meinen Tod hinaus.

»Na fein. Lass es uns machen!«, sage ich und schüttle den Kopf.

Von: Sylvie
An: Simon

Simon,

ja, wahrscheinlich sollte ich mal mein Profilbild ändern – für den Fall, dass sich noch mehr Bekanntschaften aus meiner Teenagerzeit melden! Das Bild von meinem Kater Jacques hilft einem vermutlich nicht wirklich weiter. Auch wenn er äußerst fotogen ist, oder?
Es tut mir sehr leid, das von Raj zu hören. Standet ihr euch noch nah? Aber wie schön, dass du Ian wiedergetroffen hast. Das ist ja ein richtiger Trip in die Vergangenheit für dich. Ich muss auch mal meine alten Schulsachen raussuchen, irgendwo müsste ich sie noch haben.
Du liebe Güte, es tut mir sehr leid, das von deiner Frau zu hören. Das ist schrecklich. Ich kann mir nicht vorstellen, dass so etwas irgendwann leichter wird. Ich war auch verheiratet, aber Antoine, mein Ex-Mann, und ich haben uns vor ein paar Jahren scheiden lassen. Wie schon gesagt: Jetzt sind es nur noch ich und der Kater! Zum Glück leben Romain und Nicolas in der Nähe. Es ist toll, sie oft zu sehen, und ich passe auch oft auf meinen Enkel Leo auf.
Wie schön, dass du eine Tochter hast (in meiner Familie gibt es ja nur Jungs!) und dass du ein Bed and Breakfast betreibst. Vielleicht komme ich eines Ta-

ges als Gast vorbei. Das mit der Hochzeit ist ja aufregend! Wie geht es dir damit?
Du hast dich ganz richtig erinnert, ich wollte Lehrerin werden (oder weißt du das nur, weil es in einem der alten Briefe stand?). Ich habe dann doch einen anderen Weg eingeschlagen und arbeite jetzt als Übersetzerin aus dem Englischen ins Französische – meistens sind es Romane. Ich sollte dir also dankbar sein, dass du mir vor all den Jahren geholfen hast, mein Englisch zu trainieren – als du mir lieber auf Englisch geschrieben hast statt auf Französisch! Es ist aber nie zu spät, Französisch zu lernen. Vielleicht sollte ich dir endlich Unterricht geben.
Ja, ich bin immer noch ein großer Musikfan. Nicht von der modernen allerdings. Romain hat mich auf ein Konzert der Rolling Stones mitgenommen und auch von Elton John, als sie vor ein paar Jahren eine Tour durch Frankreich gemacht haben. Das war großartig! Ich habe immer noch viele meiner alten Platten. Die werde ich mir mal wieder anhören, jetzt, wo wir von Musik sprechen!
Ich halte dich besser nicht länger auf – bestimmt musst du zurück zu deinen Gästen!

Sylvie x

Von: Simon
An: Sylvie

Liebe Sylvie,

ich glaube, was die Hochzeit angeht, bin ich hin- und hergerissen. Natürlich freue ich mich wahnsinnig für Anna, und ihr Verlobter Ollie ist wirklich ein toller junger Mann. Aber ja, es ist ein komisches Gefühl, dass sie heiratet, und natürlich hat ein Teil von mir den Eindruck, dass ich mein kleines Mädchen verliere. Wahrscheinlich habe ich auch ein bisschen Angst, weil ich mich frage, wo dann mein Platz ist und ob ich noch wichtig für sie bin. Klingt das dumm?
Ich hätte selbst nicht gedacht, dass ich mal eine Pension leiten würde! Es war eher Carolines Idee, aber wir hatten viele schöne Jahre hier. Du bist natürlich immer sehr willkommen, wenn du mich hier besuchen möchtest! Du kannst es dir ja mal ansehen, wenn du magst. Das Bed and Breakfast heißt Castle Cottage und ist in Dorset. Die Natur rings um die Pension ist wunderschön, und man kann dort tolle lange Spaziergänge machen. (Wir werden wirklich alt: Früher haben wir uns über Glamrock unterhalten, und jetzt empfehle ich dir Spaziergänge in der Natur!)
Das mit deiner Scheidung tut mir leid. Ich muss zugeben, dass ich kurz verwirrt war, weil ich dachte, Jacques sei dein Ehemann! Wie schön, dass deine

Familie in der Nähe wohnt. Ich habe großes Glück, dass auch Anna nicht weit weg lebt und mir mit der Pension hilft. Manchmal habe ich aber das Gefühl, dass ich sie irgendwie aufhalte.
Ich werde versuchen, nicht alle Lorbeeren für deine erfolgreiche Karriere einzuheimsen, aber ich bin sicher, dass ich eine wichtige Rolle gespielt habe!
Klingt nach einem richtig interessanten Job. Dann kannst du wahrscheinlich arbeiten, wo du möchtest?
Ich bin sehr neidisch auf die Konzerte! Keine Ahnung, wann ich zuletzt auf einem war. Dafür habe ich mir letztens Ians Auftritt angesehen – ein wirklich guter David-Bowie-Tribute-Act! Witzigerweise fand das Konzert in einem Seniorenheim statt – es kam mir vor wie ein Blick in meine Zukunft!
Entschuldige bitte diese langen Nachrichten, ich hoffe, ich bin nicht zu mitteilsam! Es ist schön, jemandem schreiben zu können – normalerweise habe ich nur die Gäste zum Reden (beziehungsweise muss ich mich um ihre Beschwerden kümmern). Es fühlt sich merkwürdig vertraut an, dir zu schreiben, selbst nach all den Jahren.

Liebe Grüße
Simon

24. KAPiTEL

Wo wollen wir anfangen?«, frage ich Ian, als wir die große, außerhalb der Stadt gelegene Filiale von Halfords in Dorchester betreten. Der Laden, der eher einem Kaufhaus gleicht, besteht aus unzähligen Gängen voller Autoteile, Campingausrüstung und natürlich Fahrrädern.

Ehe wir auch nur zwei Schritte in den Laden gemacht haben und Ian antworten konnte, springt auch schon wie aus dem Nichts ein Verkäufer auf uns zu, um uns zu begrüßen. Er sieht aus, als hätte er schon lang darauf gewartet, ahnungslose Kunden zu überfallen.

»Hi Leute, wie kann ich euch helfen?«

Der junge Mann trägt ein schwarz-orangefarbenes Polohemd, das wohl eine Art Halford-Uniform ist. Sein dunkles, ungepflegtes Haar wird von einem Haarband zurückgehalten. Auf seinem Namensschild steht, dass er Glenn heißt und sich freut, uns zu helfen.

Ian und ich sehen einander an, ehe Ian übernimmt.

»Ja, wir hätten da eine Frage. Nächste Woche wollen wir mit dem Rad nach Bordeaux fahren und brauchen für diese Reise die bestmöglichen Drahtesel. Was würden Sie empfehlen?«

Glenn mustert uns von Kopf und Fuß und scheint nicht einmal zu glauben, dass wir es mit dem Rad bis nach Hause schaffen würden, geschweige denn nach Bordeaux.

»Okay, alles klar. Was für Räder habt ihr momentan?«, erkundigt er sich.

»Nichts Besonderes. Meins ist um die zwanzig Jahre alt und verrostet, es steht ganz hinten im Schuppen«, erwidere ich.

»Ach, keine Sorge. Wie viel wisst ihr denn über Fahrräder?«

»Nicht wenig, denke ich«, blufft Ian.

»Sorry, ich habe nicht so viel Ahnung. Ist ein Rad nicht ein Rad? Ich dachte immer, man setzt sich einfach drauf und tritt in die Pedale«, schalte ich mich ein.

»Da liegt genau das Missverständnis, Kumpel. Es gibt eine ganze Menge Optionen, je nachdem, was ihr sucht.« Glenn wendet uns den Rücken zu und läuft los. »Wenn ihr mir bitte folgen würdet.«

»Radelt ihr denn für einen wohltätigen Zweck nach Bordeaux?«, fragt er, während er uns durch den Laden führt. Wir kommen an weiteren Mitarbeitern vorbei, die mit den Füßen wippen und die Lieder aus dem Radio mitsingen, die aus den Lautsprechern plätschern. Schließlich landen wir bei den Fahrrädern.

»Nein!«, sage ich so entschieden, dass es fast so klingt, als könnte ich wohltätige Zwecke auf den Tod nicht leiden. »Wir lassen unsere Jugend wieder aufleben, könnte man sagen.«

Es sind hier bestimmt hundert Fahrräder aufgereiht – und alle sehen viel moderner und bequemer aus als die, die wir vorher gefahren sind.

»Ihr fahrt nicht viel Fahrrad, oder?«, vermutet Glenn, als ich die Preise studiere.

»Ich fahre, wenn ich kann, aber momentan ist das nur ab und zu«, lügt Ian schon wieder. Was für ein Aufschneider!

»Okay, dann wollen wir doch mal sehen.« Glenn verstummt und nimmt die Räder vor uns unter die Lupe, während er offenbar in Gedanken etwas ausrechnet. »Ich würde sagen, dass es schon eine recht gewaltige Unternehmung ist, nach Bordeaux zu radeln in eurem … also, wenn ihr nicht regelmäßig Rad fahrt. Vielleicht solltet ihr also über E-Bikes nachdenken?«

»Das ist Schummelei, oder nicht?«, gluckst Ian.

»Wäre es das?« Eigentlich klingt das doch viel besser.

»Okay, dann würde ich euch wahrscheinlich das Raleigh Detour empfehlen. Es ist ein Hybrid, das für Radtouren durch Europa sehr beliebt ist. Es hat einen leichten Alurahmen, kleinere Reifen und Achtundzwanzig-Zoll-Räder für eine größere Effizienz, der einundzwanziggängige Shimano-Antrieb ermöglicht eine große Bandbreite …«

Er könnte genauso gut in einer Fremdsprache über die Besonderheiten dieses Rades sprechen.

»Würdet ihr sie gern mal ausprobieren und euch selbst ein Bild machen?«

Glenn tritt beiseite, als Ian auf eines der Räder klettert.

»Weißt du noch, wie wir in den Raum mit der Outdoor-Ausrüstung eingebrochen sind, um uns letztes Mal die Ausrüstung zu beschaffen?«, fragt Ian, als er das Rad genauer inspiziert und so tut, als würde er in die Pedale treten.

»Ja, wir mussten uns mitten in der Nacht hineinschleichen.«

»Und wir wären fast von den Aufsichtsschülern erwischt worden.«

»Um ein Haar wäre die Sache in die Hose gegangen, oder? Immerhin haben wir jetzt Geld und müssen die Ausrüstung nicht stehlen. Darf ich es auch mal ausprobieren?«

Als Ian die Beine zur Seite schwingt, um abzusteigen, kickt er beinahe das Fahrrad daneben um. Ich stelle mir vor, wie die ganze Fahrradreihe umkippt – wie beim Domino.

»Hast du seit der ersten Nachricht noch mal was von Sylvie gehört?«

»Ja, heute Morgen erst hat sie mir geschrieben. Ich habe mich getäuscht, sie ist nicht verheiratet«, erwidere ich, als ich mich auf den Sattel schwinge. Ich streiche über die glatten Griffe und verstehe jetzt, dass ein Rad tatsächlich nicht einfach nur ein Rad ist. Das hier ist ein ganz anderes Level als mein rostiges altes Ding oder die Räder, die wir bei unserem letzten Trip benutzt haben.

»Das ist deine Chance, oder?« Er zwinkert mir zu.

»Hör schon auf!«

»Also, was haltet ihr davon?«, unterbricht Glenn unser Gespräch. »Habt ihr Fragen?«

Ich sehe Ian an, aber er erwidert nichts.

»Es sieht gut aus«, meine ich, weil ich nicht weiß, was ich sonst über ein Fahrrad sagen soll. »Es gibt nur so viel zu bedenken.«

»Na klar, ich gebe euch am besten ein paar Minuten.«

Ich warte, bis Glenn beiseitegetreten ist, ehe ich Ian zuflüstere: »Hast du den Preis gesehen?«

»Was?«, brüllt er zurück.

»Die Dinger sind ganz schön teuer!«, wispere ich lauter.

»Teuer?«, wiederholt Ian laut. »Aber sie machen einen guten Eindruck, oder?«

»Ich denke schon.«

»Wenn euch die Modelle zu viel kosten, kann ich euch auch preiswertere zeigen«, bietet Glenn höflich an, der uns definitiv keine Privatsphäre gegeben hat. »Wir haben günstigere Optionen, aber diese hier ist auch sehr fair, besonders jetzt im Schlussverkauf. Ehrlich gesagt überlege ich selbst, mir so ein Rad zu schnappen.«

Ian und ich sehen einander wieder an, als würden wir via Telepathie miteinander kommunizieren. Das tun wir nicht.

»Okay, dann nehmen wir das«, gebe ich nach.

»Supi. Ich gebe dem Kollegen Bescheid und bitte ihn, zwei aus dem Lager zu holen. Wollen wir uns die Klamotten ansehen, während wir warten?« Er verständigt den Kollegen über sein Headset.

»Klamotten?«

»Na, wenn ihr nach Bordeaux radelt, braucht ihr die passende Ausrüstung. Und ich nehme mal an, ihr habt keine Anzüge aus Lycra?«

»Ist das wirklich nötig? Wir wollen ja nur durch ein paar idyllische französische Dörfchen strampeln und nicht irgendeinen Olympiarekord brechen.«

»Wie ihr meint, aber ich würde es schon empfehlen. Soll ich euch mal zeigen, was wir haben, und dann entscheidet ihr?«

»Ja, lass mal sehen«, meint Ian und schlendert dem Verkäufer gut gelaunt hinterher.

Dreißig Minuten später scannt Glenn an der Kasse all unsere Einkäufe ein. Die Fahrräder, die Helme, die Anzüge, die Wasserflaschen, die Sonnenbrillen, die Pumpen, die Handschuhe, die Fahrradschlösser, die Taschen …

»Wie viel kostet das alles?« Besorgt starre ich auf die Zahlen auf dem Bildschirm. »Du weißt schon, dass wir das alles tragen und mitschleppen müssen.«

»Das macht dann insgesamt 824,88 Pfund. Möchtet ihr die Kosten aufteilen?«

»Für den Preis hätte wir hin und zurück mit dem Taxi nach Bordeaux fahren können!«

Vielleicht ist es doch schlauer, das Equipment einfach zu klauen, wie wir es beim letzten Mal gemacht haben?

»Komm schon, wir tun es für Raj«, erwidert Ian.

Ich ahne jetzt schon, dass Ian diesen Satz noch häufiger zu mir sagen wird.

Glenn lächelt uns begeistert zu und winkt uns nach, als wir unsere Einkäufe aus dem Laden rollen und er im Kopf schon mal seine Provision überschlägt.

25. KAPiTEL

»Waren die Klamotten wirklich nötig?«

Ian und ich stehen in unseren mehr als unvorteilhaften Outfits vor dem Cottage, an dem unsere Räder lehnen, und halten unsere Helme in den Händen.

In der Fensterscheibe kann ich unser Spiegelbild sehen.

Wie sehen wir nur aus!

Das Material schmiegt sich an unsere Bäuche. Schmeichelhaft ist etwas anderes. Aber eigentlich fällt Ian im Lycra auch nicht mehr auf als in den Klamotten, die er normalerweise trägt.

»Wenn wir wie Radfahrer aussehen, fühlen wir uns auch so«, erwidert Ian, als hätte er sich plötzlich in Platon verwandelt.

Ich kann ja nur für mich sprechen, aber ich sehe weder wie Sir Bradley Wiggins aus noch fühle ich mich so.

Nein, ich sehe aus wie ein untrainierter, sechzigjähriger Mann, der seit seiner Teenagerzeit nicht mehr richtig Fahrrad gefahren ist. Mir ist heiß, und ich schwitze, obwohl wir noch nicht einmal losgeradelt sind.

Was die Sache noch schlimmer macht, ist, dass sich eine kleine Menschenmenge angesammelt hat, um uns zu verabschieden. Die kann uns jetzt in unseren dämlichen Outfits bewundern!

Anna und Ollie, Daisy, Mrs Cook, ein paar neugierige Gäste, die die Köpfe aus den Fenstern strecken, Sue von der Post und Shirley von der *Gazette*, die mit Stift und Notizblock bewaffnet angerückt ist und fieberhaft vor sich hin kritzelt. Sieht fast so aus, als wären wir die nächste Titelgeschichte.

»Ich muss jetzt erst mal ein Foto von euch beiden machen. Die Outfits sind wirklich perfekt.« Anna dirigiert uns in Position. »Und jetzt sagt Cheeeese!«

Ich zwinge mich Anna zuliebe zu einem Lächeln, und sie fotografiert uns mit ihrem iPhone.

»Sind sie nicht niedlich?«, murmelt Anna, als sie den Tränen nahe auf den Bildschirm blickt.

»Ich denke, wir sollten los«, sage ich, weil mir einfällt, wie lang wir bis nach Poole brauchen. Und es hat immerhin eine Dreiviertelstunde gedauert, die Outfits anzuziehen.

»Seid ihr auch ganz sicher, dass ich euch nicht doch einfach zum Flughafen bringen soll? Es ist noch nicht zu spät, eure Meinung zu ändern«, meint Anna.

Ich sehe Ian hoffnungsvoll an. Vielleicht gibt er ja doch nach?

Tut er nicht.

»Danke, Liebes, aber wir sollten es richtig machen«, fülle ich die Stille. Ich klinge nicht sonderlich überzeugend.

»Aber ihr versprecht mir, euch nicht zu überanstrengen? Beide!«

»Ich verspreche es.«

»Ist schon okay, Anna, ich kümmere mich um den alten Knacker.« Liebevoll legt Ian den Arm um mich.

»Warum beruhigt mich das bloß überhaupt nicht?«

Anna, die während Ians Aufenthalt gelernt hat, was von seiner Großsprecherei zu halten ist, lacht nervös.

»Wir sind jetzt älter und weiser«, sagt er.

»Älter und vergesslicher vielleicht«, murmele ich und sehe, wie Ollie auf die Cottagetür zugeht und hinüber zu Anna späht.

»Ist bei dir und Ollie alles in Ordnung? Mir ist aufgefallen, dass ihr heute kaum miteinander gesprochen habt. Ist was passiert?«

»Bei uns ist alles okay, ehrlich. Wir hatten nur einen kleinen Streit wegen irgendeines Blödsinns. Nichts, worüber du dir den Kopf zerbrechen müsstest.«

»Anna? Ich muss nicht fahren … Ich will dir wirklich nicht noch mehr Stress aufhalsen.«

»Dad, ist schon okay. Habt ihr alles? Eure Pässe? Die Reiseversicherung? Die Asche?«

»Jaja. So vergesslich sind wir nun auch wieder nicht!« Ich nicke Anna zu. »Wir haben alles. Du kannst gern mal die Taschen hochheben, wenn du mir nicht glaubst.«

»Ach so, warte einen Moment. Ich habe noch was Kleines für dich. Hoffentlich wird es nicht langsam zu schwer! Bin gleich wieder da!«, sagt sie, als sie sich umdreht und zum Cottage eilt.

Ich lächle Sue unbeholfen zu. Wenn ich auf dem

Foto beim Online-Dating dieses Outfit getragen hätte, hätte ich wahrscheinlich kein Match mit ihr gehabt.

»Bitte schön!« Anna kommt zurück in den Garten geflitzt, zwei mobile Lautsprecherboxen in der Hand. »Ich dachte, ein bisschen Musik könnte euch motivieren! Außerdem hab ich dir eine Playlist mit all deinen Lieblingssongs aus den Siebzigern auf Spotify zusammengestellt. Die App ist auf deinem Telefon.«

»Ich weiß gar nicht, was ich sagen soll. Das ist so lieb, danke! Ich sollte doch eher dir etwas schenken, nicht andersherum«, strahle ich.

»Ich weiß schon, es ist kein richtiges Mixtape … Aber ich dachte, es hilft euch in anstrengenden Momenten durchzuhalten! Ihr wisst schon, *When The Going Gets Tough* von Billy Ocean. Man kann die Dinger einfach am Lenker befestigen.« Sie demonstriert es, indem sie die Lautsprecher an meinem Rad anbringt und dann die Playlist auf meinem Telefon startet. *All The Young Dudes* von Mott the Hoople erklingt.

»Das ist toll. Ehrlich. Vielen, vielen Dank.«

»Sie sollten selbst für dich leicht zu bedienen sein, aber es gibt auch eine Anleitung«, meint Anna und steckt ein Faltblatt in meine Tasche.

»Komm her«, sage ich und drücke sie fest an mich. »Also, ich habe schon alle Zimmer für die Zeit zugeteilt, in der ich weg bin, ich habe Essen bestellt und alles, was du wissen musst, aufgeschrieben und die Notizen auf dem Schreibtisch hinterlegt …«

»Dad, wir sind das doch schon dreimal durchgegangen. Ich komme klar!«

»Okay, aber wenn dir irgendetwas passiert oder mit der Hochzeit oder dem Cottage etwas ist oder du einfach willst, dass wir früher zurückkommen, dann rufst du mich an. Abgemacht?«

»Genießt einfach die Reise, und bitte seid vorsichtig! Denk dran, immer den Helm aufzusetzen«, flüstert Anna, als sie mir hilft, ihn zu schließen.

»Wir sehen uns in ein paar Wochen. Ich hab dich lieb.«

»Mach's gut, Dad. Ich hab dich auch lieb.«

Alle sehen zu und jubeln, als wir aus dem Garten radeln und wackelnd unseren Weg auf der schmalen Landstraße fortsetzen, die zur Hauptstraße führt.

»Dad! Pass auf!«, brüllt Anna, als wir beinahe in den Jurassic-Abenteuer-Doppeldecker krachen, der in halsbrecherischer Geschwindigkeit um die Kurve biegt.

»Ich habe ihn gesehen!«, rufe ich zurück.

Als ich über die Schulter blicke, sehe ich, wie sie sich mit beiden Händen die Augen zuhält.

26. KAPiTEL

Damals

April 1975

»Sie hat dir ein Mixtape geschickt! Das ist nicht fair. Warum schickt Jean-Luc mir nichts?«, mault Raj, als die Kassette aus Simons Umschlag fällt. Ian kommt ebenfalls neugierig angetappt und klettert auf Simons Bett.

Der weiß vor lauter Aufregung gar nicht, was er zuerst ansehen soll, die Kassette oder den Brief. Er greift nach dem Brief und überfliegt eilig die Seiten, viel zu aufgewühlt, um sich auf die Worte zu konzentrieren. Gleichzeitig hält er das Mixtape fest umklammert, damit seine Kumpel es ja nicht vor ihm ansehen können.

»Das ist eine Sammlung ihrer Lieblingssongs«, verkündet er und legt den Brief weg, um sich der Kassette zu widmen. Er sieht sie so ehrfürchtig an, als wäre es ein Goldbarren. Sylvie hat das Cover selbst gezeichnet und auf der Rückseite alle Songs aufgelistet.

Meine Lieblingssongs:

1. All The Young Dudes – Mott the Hoople
2. You Ain't Seen Nothing Yet – Bachmann-Turner Overdrive

3. Star – The Rolling Stones
4. I'm Not In Love – 10cc
5. Crocodile Rock – Elton John
6. Children Of The Revolution – T. Rex
7. Cum On Feel The Noize – Slade
8. Rebel – David Bowie
9. Fox On The Run – Sweet
10. Parlez-moi de lui – Nicole Croisille
11. Le Sud – Nino Ferrer
12. Hier Encore – Charles Aznavour

»Ich wünschte, sie wäre meine Brieffreundin«, schmollt Raj, als er seinen Liebling Elton John auf der Liste bemerkt.

»Und Bowie … T. Rex!« Jeder Künstler, den er entdeckt, begeistert ihn mehr.

»Los, wir hören sie an!«, ruft Ian.

»Raj, darf ich deinen Kassettenrekorder benutzen?«

»Na klar.« Raj holt ihn von seinem Bett und wirft ihn quer durchs Zimmer.

Simon nimmt die Kassette heraus, die schon drin ist, und ersetzt sie durch seinen Schatz. Er würde Sylvies sorgfältige Auswahl am liebsten allein anhören, aber keine Chance: Ian und Raj sind darauf genauso wild wie er.

»Hallo, Simon. Ich hoffe, du gehst dir gut. Ich wollte dir ein Kassette machen. Hier sind die Lieder, die ich mag. Ich hoffe, du magst auch. Bis ich dich mitnehmen kann zu die Plattenladen, ich hoffe, du genießt das. Und vielleicht wir hören eines Tages zusammen an«, ertönt Sylvies Stimme aus dem Lautsprecher.

»Mann, das Mädel mag dich wirklich!«, kräht Ian.

Ein Knacksen ist zu hören, ehe ein französischer Moderator ein paar Sekunden lang spricht und schließlich die Musik beginnt. Ob es am Songtext liegt oder daran, dass Sylvie diese Liste extra für Simon zusammengestellt hat – Musik klang noch nie so gut.

Die Jungs verbringen die nächsten fünfundvierzig Minuten damit, der Musik zu lauschen, und erst dann verlassen Raj und Ian das Zimmer, sodass Simon mit geschlossenen Augen auf seinem Bett liegen und die Musik ein weiteres Mal regelrecht in sich einsaugen kann. Dabei stellt er sich vor, wie er und Sylvie zusammen sind. Obwohl er den Text nicht versteht, mag er sogar die französischen Songs und malt sich aus, wovon sie handeln könnten.

Wieder und wieder spielt er Sylvies Begrüßung ab und hört sich ihre Stimme in Endlosschleife an. Dann greift er in die Schublade, in der er all ihre Briefe aufbewahrt. Er holt ihr Foto heraus, starrt es an und begreift, dass er zum ersten Mal im Leben verliebt ist.

Nachdem er seine Hausaufgaben erledigt hat, kommt Simon *All The Young Dudes* summend zurück ins Zimmer. Er konnte die letzten Stunden über an nichts anderes denken als an Sylvie.

Als er merkt, dass Raj seine Hausaufgaben mit seinem Kassettenrekorder aufnimmt, hört er auf zu summen und formt mit seinem Mund lautlos das Wort »Sorry«. Er klettert über sein Bett, anstatt darum herumzugehen, und holt direkt Sylvies Brief aus der Schublade, weil er ihn noch einmal lesen will. Sie erzählt von dem Plattenladen, den sie ihm zeigen möchte, dass sie nur ein Lied von Charles Aznavour aufgenommen hat, weil es der einzige französische Sänger ist, den Simon kennt, und dass sie den Text für ihn übersetzen wird, wenn sie sich eines Tages treffen. Mit jedem Satz, den er liest, wird sein Grinsen breiter. Er holt die Kassettenhülle hervor und bewundert erneut das Cover. Er hat schon beschlossen, sich zu revanchieren und ihr selbst ein Mixtape aufzunehmen, wenn Raj ihm seinen Rekorder borgt. Er muss nur noch die perfekte Playlist zusammenstellen.

»So lang ein Mensch noch lebt, ein Auge sieht, so lang lebt dies und du in diesem Lied«, spricht Raj den Text ins Mikro.

»Was ist das?«, fragt Simon, sobald Raj den Finger von der Aufnahmetaste nimmt.

»Ist für Englisch. Wir müssen ein Sonett von Shakespeare auswendig lernen. Ich dachte, ich nehme mich dabei auf. Dann kann ich aus meinen Fehlern lernen.«

»Verstehst du überhaupt, worum es geht?«

»Hat irgendwas mit Freundschaft und Tod zu tun, keine Ahnung.« Raj zuckt mit den Schultern.

»Wohin hast du denn Sylvies Kassette getan?«

»Ist die nicht da drin?« Raj deutet auf die Kassettenhülle in Simons Hand.

»Nein, das ist nur die Hülle. Ich hab das Mixtape im Kassettenrekorder gelassen, weil ich es noch mal anhören wollte. Wo ist es denn?«

Rajs Miene friert ein, und er lässt den Kassettenrekorder fallen.

»Ich … aber … warum hast du die Kassette denn im Rekorder gelassen?«

»Ich wollte sie zu Ende hören, nachdem ich mit meinen Aufgaben fertig war.«

Plötzlich dämmert Simon, was passiert ist.

»Du machst Witze, oder?«

»Nein, mache ich nicht, Si.«

»Komm schon. Wo hast du sie versteckt?«

»Es tut mir wirklich leid. Ich dachte irgendwie, du hättest die Kassette rausgeholt, nachdem du sie angehört hast, und hättest danach meine leere wieder eingelegt. Ich hätte doch nie …«

Simon springt auf Rajs Bett und entreißt ihm das Gerät, um dann hektisch das Kassettendeck zu öffnen. Er zerrt die Kassette heraus.

Als er das französische Markenlogo an der Seite der Kassette entdeckt, entgleiten ihm die Gesichtszüge.

»Woher hätte ich denn wissen sollen, dass die noch drin ist?«, klagt Raj.

»Wie lange hast du aufgenommen?«

»Keine Ahnung. Ein paar Minuten.«

»Spul es zurück!« Simon schreit beinahe.

Nervös spult Raj das Band zurück und drückt auf Play. Sie stehen da und hören zu, wie er wieder und wieder das Sonett aufsagt, bis er es schließlich hinbekommt und seine Stimme dem Song *Crocodile* weicht.

Simon greift nach der leeren Kassettenhülle.

»Es ist der fünfte Song. Du hast vier Songs überspielt, und, das ist das Schlimmste, Sylvies Stimme!«

»Hör mal, Si, es tut mir wirklich sehr …«

»Nur weil dein Brieffreund nicht mal Lust hat, dir zu schreiben, hättest du doch nicht gleich mein Mixtape zerstören müssen!« Völlig aufgelöst schaut Simon auf die Hülle.

»Nein, ich wusste doch nicht … Ich weiß nicht, was ich sagen soll. Was soll ich denn machen?« Raj hebt die Hände, als würde er sich ergeben, und kaut nervös auf seiner Unterlippe herum.

»Nichts. Mach einfach gar nichts. Mach einfach nie wieder was. Ich will nicht mehr mit dir reden!« Simon entreißt Raj die Kassette und stürmt aus dem Zimmer. Nicht, dass er anderswo die Kassette anhören könnte oder wüsste, wohin er sich zurückziehen sollte.

Auf dem Treppenabsatz vor ihrem Zimmer sinkt er zu Boden, schaut auf die Kassette in seiner Hand und kann die Tränen nicht länger unterdrücken.

27. KAPiTEL

Als wir an einem Rastplatz kurz hinter Dorchester anhalten, tropft Wasser von meiner Augenbraue, und ich werfe einen Blick auf meine Uhr. Wie kann es sein, dass wir erst seit einer Stunde unterwegs sind? So wie ich mich fühle, müssten wir eigentlich schon in Bordeaux angekommen sein.

Ich weiß nicht, wie ich es so nach Poole, geschweige denn quer durch Frankreich schaffen soll.

Die Sache wird auch dadurch nicht einfacher, dass der Himmel, der vorhin noch wunderschön blau war, jetzt scheußlich grau geworden ist und es zu regnen begonnen hat.

Ich versuche, das nicht als schlechtes Omen zu deuten.

»Bist du dir sicher, dass du nichts willst?«, fragt Ian, als er sich höchst unelegant vom Rad hievt. Beinahe stolpert er über seine eigenen Beine.

»Nein danke. Wir hatten doch gerade erst Lunch, ehe wir aufgebrochen sind«, sage ich laut keuchend.

Ich betrachte die lange Autoschlange, die sich auf der schmalen Landstraße hinter uns gestaut hat und jetzt an uns vorbeifließt. Die Fahrer starren uns alle grimmig durch die Fenster an.

»Wer nicht will, der hat schon.« Ian schlendert hinüber zu dem extrem zwielichtig wirkenden Burger-Van, der zwischen einem großen Lkw und einem stinkenden mobilen Klohäuschen geparkt ist.

Er wühlt in seiner Tasche nach Kleingeld, während ich aus der Ferne die Speisekarte studiere.

Hat er nicht gesagt, das hier solle eine Kulturreise werden?

Ich beobachte, wie er einen netten Plausch mit der Frau hält, die die Burger wendet. Ob er wohl die Stopps in unseren Zeitplan mit einberechnet hat? Die Vorhersagen von Google Maps wirkten auch ohne Burgerpausen schon überambitioniert.

»Da entgeht dir was«, meint Ian mit vollem Mund, als er zurückkommt. Es ist gar nicht so leicht, ihn zu verstehen. »Das Leben auf der Straße ist voller Döner und Burger.«

Während er spricht, fallen ein paar Pommes frites von seinem Pappteller auf den Boden. Ohne zu zögern, bückt er sich, hebt sie auf und schiebt sie sich in den Mund.

»Man muss regelmäßig nachtanken, wenn man sein Energielevel halten will.«

»Ich bin nicht sicher, ob das Essen hier so eine gute Qualität hat«, sage ich, als sich der Geruch des Klohäuschens mit dem von Bratfett vermengt.

»Ich habe während meiner Tourneen wahrscheinlich an Hunderten solcher Orte gegessen und hatte nie

Probleme deswegen. Aber wie du meinst. Wie viel Uhr ist es?«

»Ist gerade drei geworden«, sage ich nach einem Blick auf die Uhr

»Okay. Ich schätze mal, um siebzehn Uhr müssten wir da sein. Locker.«

Tatsächlich kommen wir erst nach vier Stunden endlich in unserem Hotel in Poole an, nachdem uns Ians falscher innerer Kompass in die Irre geführt hat – und wir wegen seiner … Verdauungsprobleme aufgehalten wurden. Die Lycra-Einteiler haben sich als extrem unpraktisch erwiesen, wenn man regelmäßig Toilettenpausen einlegen muss …

Aus Annas Lautsprecher klang ironisch ein gedämpftes *Summer Breeze* von The Isley Brothers, während wir mit Gegenwind, glitschigem Asphalt und jeder Menge Lkws zu kämpfen hatten, die immer haarscharf an uns vorbeibretterten.

Jetzt warte ich mit Taschen bepackt neben der Rezeption. Das Wasser tropft von mir herab, und Ian lacht und scherzt mit der jungen Rezeptionistin. Ich sehe mich um und sorge mich, dass er eventuell unser ganzes Budget für eine Nacht hier in diesem Hotel auf den Kopf gehauen hat. Der Standard ist definitiv höher als bei unserer letzten Reise. Irgendwann kommt Ian zu mir geschlendert und reicht mir eine weiße Schlüsselkarte aus Plastik.

»Bitte schön. Es ist die Zimmernummer …« Er hat sie jetzt schon vergessen. »Sorry, wie war die Nummer noch gleich?«, ruft er quer durch den Raum.

»Eins-Null-Eins. Ich habe sie Ihnen auf die Karte geschrieben«, ruft die blonde Frau zurück und macht eine Schreibbewegung.

»Zimmer 101«, gibt Ian an mich weiter, als hätte ich die Frau nicht gehört.

»O Gott, war das Zimmer 101 in *1984* nicht die Folterkammer, wo die Leute mit ihren schlimmsten Albträumen konfrontiert wurden?! Also bei mir wäre das …«

»Und das Frühstück wird morgens von sechs bis zehn serviert«, sagt Ian, der mir gar nicht zugehört hat.

»Danke. Und wann müssen wir los zur Fähre?«

»Gute Frage. Lass mich mal nachsehen.« Ian klopft sich selbst ab und versucht sich zu erinnern, wohin er seine Notizen gesteckt hat. Irgendwann zerrt er einen zerfetzten Zettel aus seiner Tasche und versucht, seine eigene Schrift zu entziffern.

Warum habe ich nur die gesamte Organisation ihm überlassen?

»Bis zum Hafen sind es ungefähr zehn Minuten«, sage ich, um ihm zu helfen.

»Ja, okay, dann müssen wir hier um halb acht los, dann haben wir eine Menge Zeit.«

»Also treffen wir uns um sieben zum Frühstück? Gute Nacht!«, sage ich erschöpft, greife nach meinen Taschen und schlurfe Richtung Lift.

»Wie meinst du das? Wo willst du denn hin?«

»In mein Zimmer.«

»Dein Zimmer? Wir teilen uns doch eins! Ich habe uns nur zwei Schlüsselkarten besorgt.«

Was?!

Ich sehe ihn verwirrt an. Nach diesem anstrengenden Tag funktioniert mein Gehirn nicht mehr richtig.

»Wir schlafen im selben Zimmer. Es gibt zwei Einzelbetten«, erklärt Ian. Ich hatte recht: In diesem Zimmer wird mein schlimmster Albtraum wahr.

Das ist doch wohl ein Witz.

»Warum?«

»Na ja, erstens wolltest du wegen der Hochzeit doch sparen. Und zweitens dachte ich, es wäre netter, das Zimmer zu teilen – wie in alten Zeiten.«

Es wäre netter?!

»Ach ja?« Ich versuche, nicht durchzudrehen, weil ich mich nach nichts mehr sehne als nach Ruhe und Frieden – und nach Abstand zu Ian. »Heißt das, dass wir irgendwann auch noch campen müssen?«

Ian prustet vor Lachen. Doch das beruhigt mich in keiner Weise.

Wir treten zusammen in den silbernen, verspiegelten Lift und schweigen, bis die automatische Frauenstimme uns mitteilt, dass wir den zweiten Stock erreicht haben. Ich starre unser Spiegelbild an.

Wir sehen vollkommen lächerlich aus.

Auf der Suche nach unserem Zimmer 101 ziehen wir unsere Taschen hinter uns her – den ganzen langen Flur entlang. Wir laufen eine komplette Schleife durch das Stockwerk, bis wir das Zimmer schließlich direkt neben dem Lift entdecken.

Ian braucht drei Versuche, bis er mit der Schlüsselkarte die Tür aufbekommt, weil er sie einmal verkehrt herum hineinsteckt und beim zweiten Versuch zu schnell wieder herauszieht.

»Soll ich mal probieren?«

»Nein, ich habe es jetzt … Ach nee, doch nicht.«

»Kann ich mal?«

»Was spricht denn gegen die altmodischen Schlüssel-Schlüssel? Statt dieser Plastikkarten?«

»Du hast sie einfach falsch herum benutzt. Komm schon, aus dem Weg, ich mache es.«

Als wir endlich in unser eigenes Zimmer eingebrochen sind, überwältigt es uns mit seiner weißen, minimalistischen Einrichtung. Wir lassen die Taschen zu Boden fallen und blicken uns um. Es ist das erste Mal, seit wir sechzehn waren, dass wir uns ein Zimmer teilen, aber an diesen Wänden hängen keine Fotos von Bowie oder Bolan.

Und außerdem fällt mir auf, dass es das erste Mal seit Jahrzehnten ist, dass ich mir mit einer anderen Person als Caroline das Zimmer teile.

»Das nenne ich mal ein interessantes Design«, ruft Ian, als ich meine Schuhe an der Tür ausziehe. Leider ist er mit seinen matschigen Tretern bereits quer durch das Zimmer gelatscht.

»Was ist das?«

»Komm und sieh es dir an.«

Barfuß gehe ich zu Ian, der jetzt das Bad bewundert. Es hat leider keine Tür, und die Dusche und die Betten trennt nur eine dünne, transparente Scheibe.

»Dafür geben die Leute also heutzutage Geld aus?« Entsetzt blicke ich auf die prätentiöse Gestaltung.

»Jedenfalls wird nicht geglotzt, Kumpel. Haben wir uns verstanden?«

»Keine Sorge, ich habe die letzten Wochen über schon mehr als genug von dir gesehen.«

»Ich entschuldige mich schon mal im Voraus für meine Verdauungsbeschwerden. Ich hab dir ja gesagt, dass ich Burger nicht so gut vertrage«, sagt er und geht direkt ins Bad.

»Jaja, Ian, jaja.«

Ich falle auf mein Einzelbett und denke, dass Campen vielleicht doch nicht die schlechteste Idee gewesen wäre.

Von: Sylvie
An: Simon

Hi Simon,

nein, bitte, erzähl mir gern aus deinem Leben! Es ist schön, sich mit dir auszutauschen. Immerhin hast du deine Gäste zum Quatschen, ich habe nur Jacques. Ich bin nicht sicher, was nerviger ist. Hoffentlich ärgern dich deine Gäste wenigstens nicht grundlos?!
Ich weiß genau, wie du das mit den gemischten Gefühlen vor der Hochzeit meinst. Mir ging es genauso. Irgendwie fühlte es sich wie ein Abschied an, obwohl ich ja wusste, dass die Jungs in Bordeaux bleiben. Ich denke, das lag auch daran, dass mein Ex-Mann Antoine und ich da schon getrennt waren. Plötzlich war nur noch ich übrig. Ich weiß nicht, wie es dir ging und ob du nach dem Tod deiner Frau noch andere Beziehungen hattest, aber mir fällt es ziemlich schwer, neue Leute kennenzulernen. Besonders, weil mein Job einsam ist.
Aber vertrau mir, du wirst immer Annas Dad bleiben. Und sie wird dich immer sehen wollen. Ich habe mich da bei meinen Jungs auch gesorgt, aber sie kommen immer noch heim. Der Jüngere würde sich von mir sogar noch gern die Wäsche waschen lassen, dabei ist er fast dreißig! Das Gute an einem leeren Haus ist, dass ich spontaner sein kann. Da habe ich auch Glück mit meinem Job: Ich kann mir

aussuchen, was ich übernehme, und kann von überall arbeiten. Dann setze ich Jacques bei Nicolas ab, und das Abenteuer kann beginnen! So konnte ich in den vergangenen Jahren viel reisen. Ist das nicht toll? Letztes Jahr war ich zum Beispiel in Kambodscha und Sri Lanka. Bist du in letzter Zeit viel gereist?
Ich habe mir das B&B im Internet angesehen, und es sieht wirklich schön aus. Okay, meinetwegen liegt das wirklich an unserem Alter, aber ich gehe gern in der Natur spazieren. Ich muss wirklich irgendwann die Pension besuchen! Es ist aber bestimmt ein echter Vollzeitjob, oder? Ich schätze mal, du hast nicht viel Freizeit?

Sylvie x

Von: Simon
An: Sylvie

Hi Sylvie,

du machst Witze, aber du wärst erstaunt/entsetzt darüber, was sich manche der Gäste so leisten! Caroline und ich haben eine Zeit lang die schlimmsten Vorfälle in ein Notizbuch notiert. Es wäre lustig, es zu veröffentlichen, aber wahrscheinlich würden uns die Leute einfach nicht glauben! Wenn es aber erscheinen würde, müsstest du es ins Französische übersetzen!

Mir ging es ähnlich wie dir. Ich habe seit Carolines Tod niemanden Neues kennengelernt. Aber die Gesellschaft fehlt mir schon – jemand, mit dem ich reden und lachen kann. Zum Glück habe ich Anna, aber ich will sie auch nicht mit meinen Gedanken und Problemen belasten. Wie auch immer, irgendwie schien es nie der richtige Zeitpunkt für eine neue Liebe zu sein, und wegen des B&Bs hatte ich auch nie viel Freizeit. Anna hat mich in den letzten Monaten massiv bearbeitet, neue Leute kennenzulernen. Sie wollte mich sogar zum Online-Dating überreden, aber das war nichts für mich. Vor ein paar Monaten bin ich in die Stadt gefahren, und eine Frau kam mir bekannt vor. Mir ist einfach nicht eingefallen, woher ich sie kennen könnte – und dann wurde mir klar, dass ich ihr Profil gesehen hatte und nur wusste, dass sie »beim Monopoly sehr wettbewerbsorientiert« ist.

Ich verstehe also, was du damit meinst, dass es schwer ist, neue Leute kennenzulernen. Geht mir genauso, sogar mit Freundschaften. Wenn man älter wird, gibt es nicht mehr so viele Gelegenheiten. Deswegen ist es auch nett, wieder Kontakt mit Ian zu haben – auch wenn er mich langsam in den Wahnsinn treibt!

Wow, wie toll, dass du so viel von der Welt gesehen hast! Kambodscha und Sri Lanka klingen sehr exotisch. Vor ein paar Wochen habe ich in der Zeitung einen Artikel über Tourismus in Kambodscha gelesen. Klingt faszinierend! Vielleicht komme ich da

eines Tages auch mal hin. Hast du noch weitere Reisen geplant? Und warst du je in England?
Caroline und ich sind auch ein bisschen herumgereist, ehe wir das Cottage gekauft haben. Danach gab es eben die klassischen Familienurlaube mit Anna, Disneyland und so weiter. Aber seit Carolines Tod bin ich nicht mehr viel herumgekommen. Leider hast du völlig recht. Normalerweise habe ich nicht viel Freizeit, das B&B ist ein echter Vierundzwanzig-Stunden-Job. Manche Gäste wecken mich auch gern mitten in der Nacht wegen irgendeines Problems!
Witzigerweise hat Ian aber gerade erst einen ziemlich spontanen Trip vorgeschlagen, wir sind also jetzt auch zu einer Art Abenteuer aufgebrochen. Ich entschuldige mich schon mal vorab – es kann sein, dass ich ab jetzt immer etwas verspätet antworte, falls unterwegs der Empfang schlecht ist.
Und es freut mich sehr, dass dir unser Cottage gefällt – ich bin natürlich voreingenommen, aber es ist schon ein sehr hübsches Fleckchen Erde hier. Ja, vielleicht findet dein nächstes Abenteuer tatsächlich in Dorset statt ... Es ist vermutlich nicht ganz dasselbe wie Kambodscha, aber es gibt hier wirklich hervorragende Scones mit Erdbeermarmelade und Sahne!

Liebe Grüße

Simon x

28. KAPITEL

»Guten Morgen alle miteinander, willkommen an Bord zur Überfahrt von Poole nach Saint-Malo über Guernsey und Jersey. Mein Name ist Jonny Steel, und ich bin heute Ihr Kapitän.«

»Jonny Stahl, na klar. Das ist doch niemals sein richtiger Name«, lacht Ian und spricht eindeutig aus Erfahrung, als wir an Deck gehen. Die Fahrräder haben wir unten verstaut. Weil wir vergessen hatten, einen Wecker zu stellen, haben wir es gerade erst an Bord geschafft, als die Schranken sich schon schlossen. Wir waren die letzten beiden Passagiere, die am Schiffspersonal vorbeieilten! Beim Treppensteigen keuche ich heftig, immer noch außer Atem von unserer rasanten Fahrt.

Das Schiff platzt aus allen Nähten vor Urlaubern, die auf der Suche nach ihren Plätzen umherirren oder über den Duty-Free-Shop herfallen. Es gibt auch ein paar Gruppen älterer Menschen, die sich für das warme Frühstück anstellen, und eine große Ansammlung junger Pfadfinder, die für diese Uhrzeit schon erstaunlich laut und lebendig und auf dem Weg in ihr ganz eigenes

Abenteuer sind. Wir müssen mehrmals auf und ab gehen und sogar einen Plan des Schiffs zurate ziehen, um unsere Plätze zu finden. Die langen Reihen identischer hellblau gemusterter Sitze passen zum Teppichboden.

»Entschuldigung, dürfte ich mich hier bitte einfach kurz durchquetschen, danke schön«, sage ich zu einem kleinen Kind, das den Fußboden gleich neben meinem Sitz okkupiert und ganz allein zu reisen scheint.

Der kleine Junge starrt weiter geradeaus. Ich sehe mich um, um herauszufinden, wohin er schaut, und stelle fest, dass sich unsere Plätze direkt neben dem Kinderkino befinden.

Trotz des vielversprechenden Namens besteht es lediglich aus einem großen Bildschirm und ein paar Polstern in einem eingezäunten Bereich. Doch noch ehe das Schiff abgelegt hat, stellt sich heraus, dass das Kino extrem beliebt ist. Schon jetzt befinden sich so viele Kinder in dem markierten Bereich, dass sie beginnen, sich zu stapeln und auf die Sitze der anderen Passagiere zu quellen, während sie *Findet Nemo* schauen.

Ich warte darauf, dass Ian unsere ungünstige Sitzposition kommentiert, aber er beschwert sich nicht. Ganz im Gegenteil: Auch Ian starrt gebannt auf den Bildschirm.

»Ist Nemo schon verschwunden?«

Ich denke kurz, dass Ian mit mir spricht, ehe ich merke, dass er sich mit einem der Kleinkinder über den Film unterhalten will.

»Lass die Kleinen in Ruhe schauen«, zische ich ihm zu, als ich das Ketchup bemerke, das Ian aufgrund des gehetzten Frühstücks aus dem Bart tropft. »Wie lang dauert die Überfahrt denn?«

»Ich glaube, insgesamt sechseinhalb Stunden«, sagt er ein wenig muffig, weil ich ihn beim Filmschauen unterbreche.

»Sechseinhalb Stunden?«, wiederhole ich verdutzt. Man sollte doch meinen, dass Fähren innerhalb eines knappen halben Jahrhunderts ein wenig an Tempo zugelegt haben! Aber Ian hört mich gar nicht, weil im Publikum Gelächter ausgebrochen ist.

Während auch mein Kumpel vor sich hin gluckst, werfe ich einen Blick auf mein Telefon. Keine neuen Nachrichten, weder von Anna noch von Sylvie. Ich schließe die Augen und versuche, mich zu entspannen. Von unseren ersten paar Stunden auf dem Rad gestern tun mir die Muskeln weh, und weil ich mir so lange kein Zimmer mehr geteilt habe, habe ich kaum geschlafen. Ich hatte ganz vergessen, wie laut Ian schon zu Schulzeiten geschnarcht hat, und offenbar wird das mit steigendem Alter noch schlimmer.

»Alles okay bei dir? Simon?« Ian zupft mich am Arm, und ich stelle fest, dass er dieses Mal wirklich mit mir redet.

»Sorry …« Ich öffne die Augen.

»Du wirst doch nicht seekrank wie letztes Mal, oder?«

Mir fällt unsere schreckliche nächtliche Überfahrt wieder ein.

»Nein, sorry. Ich habe nur über Anna nachgedacht.«

»Was ist denn mit ihr?«

»Ich weiß auch nicht genau. Ich mache mir Sorgen,

dass etwas zwischen ihr und Ollie nicht stimmt. Er war schon bei unserem Eurovision-Abend nicht dabei, und jedes Mal, wenn ich sie in letzter Zeit zusammen gesehen habe, wirkten sie gar nicht wie sie selbst. Ist dir auch aufgefallen, dass sie gestern kaum miteinander geredet haben?«

Ian schüttelt den Kopf.

»Natürlich gab es in ihrer Beziehung auch mal Knatsch, aber so habe ich sie noch nie erlebt.«

»Die kabbeln sich bestimmt nur deswegen öfter, weil die Hochzeit näher rückt. 'ne Menge Paare streiten sich in der Zeit mehr, oder nicht?«

»Ja, genau das macht mir ja Kummer. Was, wenn ich ihr mit dem B&B zusätzlich zu den Hochzeitsvorbereitungen zu viel Stress aufhalse?«

»Sie hat gesagt, dass es okay ist, oder?«

»Ja.«

»Na siehst du. Sie wird sich sicher melden, wenn es Probleme gibt! Komm schon. Genieß jetzt einfach mal unsere Reise. Wann hast du das letzte Mal Urlaub gemacht?«

»O Gott, das ist ewig her. Wahrscheinlich bin ich schon seit Carolines Tod nicht mehr verreist … Der letzte Urlaub ist jetzt vielleicht zehn oder elf Jahre her. In den Weihnachtsferien vor Annas Schulabschluss sind wir in die USA geflogen.«

»Seitdem warst du nicht mehr weg? Nicht mal innerhalb Großbritanniens?«

»Na ja, einmal haben Anna und ich ein paar Tage in Devon verbracht, weil das Cottage saniert wurde.«

»Das zählt nicht! Würde sie denn noch mal mit dir wegfahren?«

»Bestimmt, wenn ich die Kosten übernehme! Nein, klar würde sie das. Ollie und sie haben mich auch schon gefragt, ob ich mit ihnen verreisen will. Aber ich wollte sie nicht stören. Außerdem ist es wegen des B&B schwierig, spontan wegzufahren. Früher haben Caroline und ich die Pension über Weihnachten einen Monat lang geschlossen, aber jetzt lasse ich sie immer offen … In den ersten Jahren nach ihrem Tod habe ich die Ablenkung auch dringend gebraucht.«

»Du könntest mit deiner Zeit sicherlich was Schöneres anfangen … Hast du schon mal darüber nachgedacht, in Rente zu gehen oder die Pension sogar zu verkaufen?«

»Ja, habe ich. Besonders dann, wenn richtig nervige Gäste da waren.« Ich nenne keine Namen. »Natürlich könnte ich es verkaufen oder mich verkleinern, finanziell würde das schon gehen. Es ist nur kompliziert, weil ich auch an Anna denken muss. Sie betreibt ja die Pension mit mir, es ist ihr Job. Ich kann die Entscheidung nicht einfach treffen und sie in die Arbeitslosigkeit stürzen!«

»Hast du mit ihr darüber geredet?«

Ich schüttle den Kopf.

»Vielleicht solltest du das?«

»Es geht ja nicht nur um Anna. Da ist auch noch Caroline.«

Ian sieht mich verwirrt an.

»Es war Carolines Traum, das B&B zu eröffnen, und

ich hätte ein schlechtes Gewissen, wenn ich es schließe. Ich habe das Gefühl, dass ich es ihr schuldig bin, das B&B am Leben zu halten, weißt du? Es ist ja auch der Ort, an dem wir zusammen gelebt haben und an dem Anna aufgewachsen ist. Ich bin nicht sicher, ob Anna es mir verzeihen würde, wenn ich es verkaufe.«

»Das wirst du nie wissen, wenn du nicht mit ihr sprichst. Und auch wenn ich Caroline nicht kannte, kann ich mir nicht vorstellen, dass sie gewollt hätte, dass du dich ihretwegen so einschränkst.«

»Nein, vermutlich nicht«, erwidere ich.

»Außerdem redest du immer von Anna und Caroline, aber was ist mit dir? Was willst du?«

Ich lächle Ian an, weil ich nicht weiß, was ich antworten soll.

»Wie dem auch sei, lass uns wenigstens versuchen, den Trip zu genießen! Komm schon, wir werden eine tolle Zeit haben!«, sagt er und schlägt mir schwungvoll auf den Oberschenkel, ehe er sich wieder *Findet Nemo* zuwendet.

Ich hänge meinen Gedanken nach und sehe hinaus auf das endlose Meer, das sich bis zum Horizont erstreckt. Mir fällt auf, wie schön es trotz meiner schmerzenden Gliedmaßen und ursprünglichen Ängste ist, sich auf ein Abenteuer zu begeben.

Als das Schiff endlich – sechs Stunden und mehrere Schläfchen später – in den Hafen von Saint-Malo einfährt, stehen Ian und ich an Deck und sehen zu, wie wir uns dem Land nähern. Ich betrachte das Küstenpanorama und das schimmernde lichtblaue Meer voller

Windsurfer und Paraglider. Winzige Gestalten mit Sonnenbrillen und Kappen kraxeln den Küstenpfad entlang, andere entfliehen der Hitze und nehmen ein Bad im kristallklaren, kühlen Nass. Ein Jetboot rast quer übers Meer und hinterlässt weiße, sich auflösende Schlieren im Wasser. Ich sehe zu, wie eine der weißen Jachten im Wasser auf und ab wippt. An Bord sind junge, braun gebrannte Männer mit fein gemeißelten Gesichtern und junge, attraktive Frauen, die herrlich sorglos wirken.

»Vielleicht könnte ich mich daran gewöhnen«, denke ich, und genieße den Sonnenschein.

29. KAPiTEL

Als Ian an seinem ersten Morgen in Frankreich ein komplettes Englisches Frühstück in sich hineinschaufelt, kann ich mir das Lachen kaum verkneifen.

»Wie hast du geschlafen?«, frage ich ihn, während ich mein vergleichsweise bescheidenes Frühstück esse – einen Obstsalat.

»Geht so«, murmelt er kauend. Er ist bereits bei seiner zweiten Portion angekommen und hat den Teller bis an den Rand mit Rührei, Würstchen und Bacon beladen. »Warum gibt es in deiner Pension eigentlich kein Frühstücksbüfett, an dem die Leute sich selbst bedienen können?«

»Weil uns dann Gäste wie du das letzte Haar vom Kopf fressen würden!«

Am Vortag haben wir das schimmernde Meer von Saint-Malo mit seinem starken Duft nach Sonnencreme rasch hinter uns gelassen – ebenso die zahllosen Läden, die Crêpes mit Nutella verkaufen. Wir wollten den sonnigen Spätnachmittag nutzen, um Strecke zu machen und in Richtung Süden das malerische Dinan zu erreichen – eine mittelalterliche Stadt, die wie ein Postkartenmotiv aussieht.

Im Gegensatz zu der Stadt selbst ist dieser Frühstücksraum ziemlich seelenlos. Abgesehen von unserem gibt es nur drei weitere Tische, und auch die gelb gestrichenen Wände können die Stimmung nicht so richtig aufhellen. Überall im Gebäude sind Poster mit Ampelsystemen angebracht, die den Gästen erklären, wann man am besten an einen Tisch kommt. Momentan steht die Ampel auf Gelb, und es gibt keine Schlange. Ich drehe mich zu dem Tisch hinter uns um, an dem die Leute sich gähnend mit Müsli vollschaufeln. Immerhin schlafe ich jetzt besser – offenbar habe ich mich an Ians Schnarchen gewöhnt.

»Ist das alles, was du isst?« Ian sieht missbilligend auf meinen Teller.

»Ich versuche, auf meine Gesundheit zu achten, ist dir das noch nicht aufgefallen?«

»Warum machst du das?«, fragt er so vorwurfsvoll, als wäre das ein vollkommen wahnsinniges Anliegen.

»Zum einen, weil wir mit dem Rad quer durch Frankreich fahren wollen! Und außerdem denke ich seit Rajs Tod mehr über meine Gesundheit nach. Wahrscheinlich esse ich tatsächlich zu viel Gluten und zu viele Milchprodukte, zumindest sagt Anna das immer zu mir.«

»So ein Quatsch. Plötzlich ernährt sich jeder vegan oder vegetarisch oder hat irgendeine Intoleranz! Wir haben doch immer gegessen, was wir wollten.«

»Und dann wurden wir älter, und die Sache mit dem

erhöhten Cholesterinspiegel wurde entdeckt.« Während ich spreche, schüttelt Ian bereits den Kopf. »Ich will einfach so gesund wie möglich sein. In unserem Alter müssen wir uns mehr Gedanken um solche Dinge machen.«

»Wozu willst du denn dein Leben verlängern? Um bis ans Ende deiner Tage zu arbeiten?« Damit wären wir wieder beim Thema, dass ich mir öfter vom B&B freinehmen soll. »Rajs Tod muss dir doch auch gezeigt haben, dass man seine Zeit nutzen sollte! Wenn ich morgen tot umfalle, will ich meine letzten Stunden auch genossen haben. Jede Mahlzeit könnte meine letzte sein, deswegen werde ich sie nicht verschwenden! Du wirst es garantiert bereuen, wenn diese mickrige Schüssel Trauben und Melone dein letztes Essen war.«

Unsere unterschiedlichen Perspektiven auf dieses Thema bringen mich zum Lachen. Ich hole die Pillendose aus meiner Hosentasche. Jedes Fach ist mit einem Wochentag beschriftet, damit ich weiß, wann ich meinen Cholesterinsenker einnehmen muss. Ian hingegen holt eine lose Tablette aus seiner Hosentasche und schluckt sie ohne Wasser. Ich habe keine Ahnung, ob das ein Schmerzmittel, Viagra oder Ecstasy ist, und vielleicht weiß er das nicht einmal selbst.

»Wir sollten uns einen Mittagssnack mitnehmen«, meint Ian und deutet auf das Büfett, während er sich über seine zweite Portion hermacht.

»Das können wir nicht bringen!«

»Natürlich. Ich nehme mir immer was mit, wenn ich unterwegs bin. Das macht doch jeder.«

»Wahrscheinlich gibt es deswegen die Hinweise, dass es verboten ist.« Ich nicke in Richtung des großen Schildes am Eingang, auf dem das Verbot sogar auf mehreren Sprachen nachzulesen ist. Ich kann mir gar nicht vorstellen, dass es hier so viele Gäste aus Kroatien gibt, aber auch die kroatische Version fehlt nicht.

»Niemand achtet darauf, und der Rest wandert einfach in die Mülltonne. Was nicht gegessen wird, werfen die weg, wir helfen also eigentlich der Umwelt. Die Greta Wie-heißt-sie-noch-mal würde das definitiv unterstützen.«

»Ich wusste gar nicht, dass Frühstücksbüfetts für sie so ein Thema sind.«

»Komm schon, die Hotels haben doch damit angefangen, uns über den Tisch zu ziehen, als sie diese winzig kleinen Gläser und Teller eingeführt haben. Wer trinkt bitte aus solchen Minigläsern? Da passt ja kaum ein Schluck Saft rein.« Ian hält das Glas, das eher einem Fingerhut gleicht, in die Höhe. »Wenn sie uns auf einen Schluck Orangensaft beschränken, dann steht uns ein bisschen Extraessen ja wohl zu.«

Ich sehe mich im Raum um und frage mich, ob wir damit durchkommen werden. Die Küchenchefin läuft herum und überprüft immer wieder das Büfett, und dadurch, dass es hier so überschaubar und ruhig ist, wird die Sache mit dem Klauen noch schwieriger.

»Okay, was wollen wir?«, fragt Ian, als würde er die Einkaufsliste für die kommende Woche zusammenstellen.

Er betrachtet das übliche Angebot des kontinentalen

Frühstücks. Croissants, Pains au Chocolat, Pains aux Raisins, Joghurt, Müsli, Käse, Schinken, Brot, Früchte und ein paar nette Muffins, die sich auch gut im Frühstücksangebot meiner Pension machen würden.

Ich kann ihn sowieso nicht davon abhalten, also sehe ich nervös zu, wie er hinüberschlendert und alles andere als unauffällig eine Handvoll Brötchen und einen ganzen Berg Käse und Schinken auf seinen Teller stapelt. Sofort wird mir klar, dass die Sache mit der Reduzierung der glutenhaltigen Lebensmittel und Milchprodukte in einem Land, das berühmt für Brot und Käse ist, etwas kompliziert werden dürfte.

»Jetzt bist du dran«, sagt er zu mir, während er am Tisch die Brötchen belegt.

Zögernd gehe ich los und schnappe mir etwas Obst und Gebäck, während ich überlege, was uns später auf der Fahrt noch Kraft geben könnte. Zurück am Tisch frage ich mich, ob ich alles unbemerkt in meiner Tasche verschwinden lassen kann.

»Beeil dich, sie kommt zurück!«, flüstert Ian laut, während ich panisch das Croissant in eine Serviette wickle und in meinen Rucksack plumpsen lasse, um ihn dann mit dem Fuß unter den Tisch zu kicken – ehe die Küchenchefin aus der Küche zurückkehrt. Misstrauisch sieht sie uns an, während wir eine Unterhaltung vortäuschen und weiter frühstücken.

»Sie hat uns definitiv gesehen«, flüstere ich paranoid, sobald sie wegsieht.

»Verhalte dich einfach ruhig und unauffällig«, versucht Ian mich zu besänftigen. Es funktioniert nicht.

Ich fummle an meiner Brille herum, während mein Blick hektisch durch den Raum schießt und ich nur auf unseren Rausschmiss warte.

»Ich verhalte mich ruhig!«, brülle ich, während mir der Schweiß von der Stirn perlt.

Ian lässt sich von meiner Nervosität nicht anstecken. Er bückt sich unter den Tisch und lässt seine Beute ebenfalls in meinen Rucksack fallen, ehe er aufsteht und alles andere als unauffällig eine Banane in seine Hosentasche schiebt. Ich bin fast erstaunt, dass er nicht einfach Cornflakes in seine Hosentasche füllt und Milch darüberkippt.

»Bist du bereit?«, fragt Ian, ohne sich noch einmal zu setzen.

Ich warte und sehe zu, wie die Aufpasserin in der Küche verschwindet.

»Ja, lass uns verschwinden. Schnell!«

Ich gehe auf die Tür zu, einen Apfel in der linken Hosentasche, eine Satsuma in der rechten, die krümeligen Croissants, die zerdrückten Schinken-Käse-Sandwiches und zerquetschten Muffins im Rucksack.

In rasendem Tempo gehe ich auf den Ausgang zu. Ich sehe aus wie einer dieser lustigen olympischen Geher.

Warum haben wir uns auch an den Tisch gesetzt, der am weitesten von der Tür entfernt ist? Plötzlich wirkt der Raum viel größer als vorher. Der Ausgang scheint meilenweit entfernt.

Wie konnte ich mich nur in diese Sache verstricken lassen?

Als ich zur Seite trete, weil ein Gast wie aus dem Nichts mit seinem mit Ananassaft gefüllten Miniaturglas an mir vorbeischießt, merke ich, wie etwas aus dem halb offenen Rucksack fällt.

Bitte lass es meine Pillendose sein! Meinetwegen auch mein Telefon. Ist egal, wenn der Bildschirm kaputtgegangen ist. Hauptsache, es ist nicht eins von Ians bescheuerten belegten Brötchen!

Als ich zu Boden blicke, bestätigt sich meine Befürchtung leider.

Es ist ein vermaledeites Brötchen, und es kullert den abschüssigen Boden hinunter. Ich überlege, ob ich es blitzschnell aufheben oder so tun soll, als hätte ich es nicht bemerkt. Hin- und hergerissen starre ich einfach nur auf unseren ergaunerten Proviant.

Als ich aufblicke, ist die Küchenchefin wie aus dem Nichts wieder aufgetaucht. Sie starrt auf das Brötchen, dann zu mir und dann auf das Schild an der Wand, als wäre das schon genug, um mir zu sagen: »Das gibt richtig Ärger.«

Ich schüttle den Kopf, schnalze missbilligend mit der Zunge und weise mit einem Nicken auf den armen Mann, der sich gerade mit seinem Minisaftglas hingesetzt hat.

Sobald wir draußen in Sicherheit sind, sehe ich lachend zu Ian. Ich fühle mich wie ein Teenager!

30. KAPITEL

Damals

Mai 1975

Mit der größtmöglichen Portion gesellt Ian sich in der Schulmensa zu Simon. Das Fleisch und das Gemüse sehen nicht gerade wie eine Delikatesse aus, aber das scheint Ian nicht zu stören, als er sich darüber hermacht.

»Vertragt ihr euch etwa immer noch nicht?«, murmelt er, während er kaut. »Noch einen Tag Stille halte ich nicht aus!«

Rajs betrachtet Simons verstörten Gesichtsausdruck und sieht dann zu Ian, als bäte er um Erlaubnis zu sprechen.

»Das ist es nicht. Mr Sullivan hat eben verkündet, wer beim Frankreichaustausch dabei ist, und Sis Name steht nicht auf der Liste. Er hat herausgefunden, dass Simon die Unterschrift seines Vaters gefälscht hat.«

Der Streit wegen des Mixtapes ist bereits Schnee von gestern.

»Oh, verdammt!« Ian verschluckt sich fast an seinem Essen, während Simon mit versteinerter Miene dasitzt und seinen Teller kaum anrührt. »Wie hat er das herausgefunden?«

»Er hat Simons Dad angerufen.«

»Mist. Und was ist die Strafe?«

»Er hat gesagt, dass er Si noch mal davonkommen lässt, weil es ihm so wichtig war, sein Französisch zu verbessern«, fährt Raj fort, als wäre er Simons Pressesprecher.

»Das ist gut, oder nicht?«

»Die Strafe ist doch, dass ich nicht mitfahren darf! Ich wollte nach Bordeaux. Und ich wollte Sylvie sehen«, klagt Simon.

»Ich bin sicher, dass sich noch eine Gelegenheit ergeben wird!«

»Ich wüsste nicht, wie. Oder wann. Das war meine Chance! Und ich habe Sylvie doch gesagt, dass ich komme. Was soll sie denn jetzt denken? Ich hätte wirklich gern herausgefunden, ob wir, na ja, mehr als Freunde sein können.«

»Ob sie deine erste feste Freundin sein könnte?«, fragt Ian stolz. »Aber du wusstest sicher, dass du erwischt wirst, oder? Wie hättest du damit durchkommen wollen? Und wo hätte Sylvie hier wohnen sollen?«

»Ich hätte mir schon was ausgedacht«, murmelt Simon, dem bewusst wird, dass sein Plan von Anfang an zum Scheitern verurteilt war. »Das Schlimmste ist, dass mein Dad weiß, dass ich seine Unterschrift gefälscht habe. Der bringt mich um!«

»Dein Dad hat dir doch aber erlaubt, in das Camp nach Wales zu fahren ... Das wird bestimmt ein Riesenspaß!«, sagt Raj, der genau weiß, dass Zelten im patschnassen Wales alles andere als lustig ist.

»Komm schon, wir denken uns was aus. Und immerhin darfst du heute endlich wieder selbst deinen Pudding essen.« Ian deutet auf den Biskuitkuchen mit Marmelade auf Simons Tablett. »Das wird dich aufmuntern!«

Wegen des ganzen Dramas hat Simon völlig vergessen, dass er heute nach drei langen Wochen endlich sein kostbares Dessert nicht mehr an Julian abtreten muss.

Und, was noch besser ist: Biskuitkuchen ist sein absoluter Lieblingskuchen.

Zumindest für einen Moment vergisst er seine Enttäuschung und dass er Mr Sullivan anflehen wollte, seine Meinung zu ändern. Er greift nach der silbernen Kanne, um seine Portion in Vanillesoße zu ertränken.

Doch als er auf die braune Flüssigkeit starrt, die er auf seinen Kuchen gekippt hat und die sich jetzt mit der Marmelade vermengt, verfinstert sich seine Miene.

»Das ist doch wohl ein Witz!« Simon vergräbt das Gesicht verzweifelt in seinen Händen, während der ganze Tisch in Gelächter und ironischen Jubel ausbricht. »Na bravo.«

Er sieht seinen Nachtisch an und fährt mit dem Löffel durch die Bratensoße. Ob er ihn einfach trotzdem essen soll?

»Komm, du kannst meinen haben.« Raj schiebt ihm seinen unberührten Teller zu.

»Ehrlich? Danke, Raj, du bist der Beste!« Simon lächelt und überprüft sorgfältig den Inhalt der anderen Kanne, ehe er ihn über seinen Nachtisch gießt.

Jetzt ist der Streit wegen des Mixtape-Debakels endgültig vergessen.

31. KAPiTEL

Es mag am blauen Himmel liegen oder an dem aufregenden Frühstücksdiebstahl mit Ian, aber als wir wieder auf unsere Räder steigen, muss ich lächeln.

Leider besteht die Straße, die uns aus Dinan hinausführt, aus hubbeligem Kopfsteinpflaster, weswegen wir die Räder durch das enge Gassengewirr schieben müssen. Wir folgen einem Mann, der seine Malausrüstung und eine Staffelei trägt, vorbei an den berühmten Fachwerkhäusern der Stadt, einen steilen gepflasterten Hügel hinab, und bewundern die Auslagen der Kunst- und Handwerksgeschäfte, bis wir den beeindruckenden Hafen erreichen und unsere Fahrt den Ille-et-Rance-Kanal entlang beginnen.

Ich habe kein Problem damit, dass wir rasch von einem Heer junger Radfahrer überholt werden – mit denen Ian verzweifelt Schritt zu halten versucht. Auch dass uns ein Pärchen überholt, das den Hügel zu Fuß schneller erklimmt als wir mit dem Rad, stört mich nicht. Während wir dem wunderschönen, etwas rutschigen Kiespfad folgen, mache ich meine neuen Lautsprecher an, und wir arbeiten uns durch Annas Playlist, die aus all unseren alten Lieblingshits besteht. Wir singen und lachen und hören immer wieder *Fox on the Run* von Sweet, während wir mit hoher Stimme den Text mitsingen, weil wir hier in der französischen Provinz ohnehin meist allein sind. Wie lieb von Anna, mir dieses Geschenk zu machen! Und wie schön, dass mir diese Musik jetzt schon so viele Jahre lang Freude bereitet.

Wir fahren an zahllosen Schuppen, Booten und Feldern vorbei, auf denen große Heuballen liegen. Eine Reihe schwarz-weiß gefleckter Kühe hält uns auf, die offenbar in dem Glauben, der Zebrastreifen gälte ihnen, über die Straße zockeln. Ab und an kommen wir an einem Haus vorbei, seltener an einem kleinen Dörfchen. Wir sehen, wie vor einer Kirche ein paar Hunde miteinander balgen und ihre hilflosen Besitzer mit in den Streit hineinziehen. Wir lächeln einem Mann zu, der in seinem Vorgarten ein Glas Wein trinkt. Wir winken einer Frau, die ihre Blumen gießt. Und ab und zu streicht eine kühle Brise über uns, die sich anfühlt, als bliese jemand eine Kerze aus, und die uns vor Überhitzung bewahrt.

Als wir schließlich in Rennes ankommen, haben wir den »Slow Traveling«-Trend auf eine ganz neue Ebene gehoben. Vollkommen erschöpft lassen wir uns im prachtvollen Parc du Tabor auf eine Bank plumpsen, die von Tausenden von Rosen umstanden ist. Während wir unseren müden Beinen eine Pause gönnen und die Welt sich eine Weile ohne uns weiterdrehen lassen, greife ich in meine Tasche und hole eine Postkarte heraus, die ich in Dinan gekauft habe.

»Was machst du da?«, fragt Ian sofort.

»Ich dachte, ich schreibe Anna.«

»Schicken sich Leute echt immer noch Postkarten? Wir sind wahrscheinlich schon wieder zurück, ehe die ankommt.«

»Da hast du wahrscheinlich recht, aber es ist doch eine nette Überraschung für sie.«

Ich kritzle meine Nachricht. Als mir der Platz bei all dem, was ich Anna zu erzählen habe, ausgeht, wird meine Handschrift kleiner und kleiner, bis ich irgendwann um die Adresse herum bis an den Rand der Karte schreiben muss.

»Apropos Briefe, was ist denn der neueste Stand mit Sylvie? Du erzählst ja gar nichts mehr.« Ian gibt mir einen Knuff, sodass mein Stift verrutscht.

»Es gibt auch nichts zu erzählen!«, sage ich, während wir beobachten, wie ein paar Tänzer auf einen Musikpavillon zugehen. Sie beginnen, Walzer zu einem Song von Bruno Mars zu tanzen, den sie mit ihrem Mobiltelefon abspielen und von dem Anna mal ganz besessen war.

»Red dich nicht raus! Du benimmst dich wie ein Teenager, der dauernd auf sein Telefon schaut.«

»Was soll ich denn sagen? Es war schön, ihr wieder zu schreiben und zu hören, wie es ihr geht. Hat sich irgendwie wie früher angefühlt.«

Mir fällt auf, dass ich trotz all der Jahre in derselben Situation bin wie früher. Auch jetzt brauche ich jemanden, mit dem ich reden kann.

»Hat sie dir gesagt, weshalb sie sich damals nicht mehr gemeldet hat?«, fragt Ian.

»Nein, hat sie nicht. Ich habe sie aber auch nicht gefragt. Wie gesagt, ich wollte sie damit nicht sofort überrumpeln, aber langsam würde ich es doch gern ansprechen. Irgendwie nagt es immer noch an mir.«

»Denkst du, das ist eine gute Idee?«, erwidert Ian rasch und sieht mich an. Ein Paar geht Hand in Hand an uns vorbei und liest die unterschiedlichen Rosennamen auf den grünen Metallschildchen, die vor den Pflanzen stehen.

»Warum denn nicht?«

»Na ja … was macht es für einen Unterschied? Ihr habt doch jetzt Kontakt. Sie wird schon ihre Gründe gehabt haben.«

»Würdest du denn nicht wissen wollen, warum jemand aufgehört hat, sich bei dir zu melden? Oder nicht gesagt hat, warum er oder sie umgezogen ist?«

»Okay, aber vielleicht solltest du das nicht in einer Nachricht besprechen. Ich weiß nicht. Ist ja ein schwieriges Thema. Könnte blöd ausgehen. Wie du schon meintest, es ist schön, sich zu hören. Das willst du doch nicht ruinieren.«

»Nein, eigentlich nicht«, meine ich halbherzig und bin etwas verwirrt, dass Ian so überzeugt davon ist.

»Warum wartest du nicht wenigstens, bis du sie siehst und persönlich fragen kannst? Das wäre vielleicht schlauer?«

»Ja, aber ich weiß ja gar nicht, ob wir uns treffen. Ich habe ihr noch nicht gesagt, dass wir nach Bordeaux fahren.«

»Wie meinst du das? Wir sind doch in ein paar Tagen da, und du hast nach all den Jahren endlich die Chance …«

»Ich weiß nicht, vielleicht ist es besser, wenn wir uns nicht treffen?«

Ian sieht mich mit hochgezogenen Augenbrauen an, während das Pärchen beginnt, mit klickenden Kameras massenhaft Fotos von den Rosen zu schießen.

»Was passiert, wenn wir die Erwartungen nicht erfüllen, die wir aneinander haben? Vielleicht sind wir einfach besser als Brieffreunde.« Ich zucke mit den Schultern und schreibe die Postkarte zu Ende, um dann die Kappe auf meinen Stift zu stecken.

»Besser als Brieffreunde? Jetzt mal im Ernst. Da gibt es eine heiße Französin, die auf dich abfährt, und du willst dich mit Briefen zufriedengeben?!«

»Also weißt du, du hast dich seit damals echt überhaupt nicht verändert!«, lache ich. »Bist du eigentlich je erwachsen geworden?«

»Tss, dafür bist du völlig anders drauf als früher! Was ist aus dem Simon geworden, der auf sein Herz hört? Ich glaube dir nicht, dass du wirklich nur eine Brieffreundschaft willst.«

Ian mag nicht ganz unrecht haben, aber noch bin ich nicht bereit, das zuzugeben, noch nicht einmal vor mir selbst.

»Lass uns doch erst mal hinfahren und dann weitersehen, okay? Und überhaupt sollten wir jetzt langsam mal im Hotel einchecken, finde ich!«

32. KAPiTEL

Ich bin nicht sicher, ob man das hier wirklich als Hotel bezeichnen kann.

Sobald wir das schmuddelige, dunkle Foyer der Pension betreten haben, wird mir klar, dass eine nicht vorhandene Badezimmertür hier unser geringstes Problem sein wird.

Ich habe noch nie so viel Kram auf einem Haufen gesehen. Der Raum ist gerammelt voll mit Krimskrams, Verzierungen, Vasen, Krügen, Puppen, Büchern und Rahmen. Es sieht aus wie in einem Zeitungsartikel über einen Messie, der tot unter seinen Habseligkeiten aufgefunden worden ist. Eigentlich könnten hier auch überall Leichen begraben liegen, und niemand würde es je erfahren. Ich hoffe nur, dass uns nicht auch noch ein seltsamer Geruch auffällt.

Was hat sich Ian nur gedacht, als er hier ein Zimmer gebucht hat? Und wie sah die Pension auf den Bildern aus?

»Bonsoir!«, sagt die Besitzerin und begrüßt uns mit einem Küsschen auf beide Wangen.

Ich weiß ja, dass das in Frankreich so üblich ist, aber

meine Gäste wären völlig entsetzt, wenn ich sie so willkommen heißen würde!

»Kommen Sie doch rein!« Die Frau, die Mitte achtzig sein dürfte, spricht langsam mit starkem französischem Akzent. Der Satz klingt wie eingeübt, als hätte sie ihn vorher neben ein paar anderen Phrasen auswendig gelernt.

Sie führt uns durch ihr chaotisches Labyrinth.

Vielleicht könnte Daisy hier ja arbeiten?

Während ich beinahe stolpere, bemerke ich an einem der wenigen frei einsehbaren Teile der Wand mehrere Zertifikate für Umweltbewusstsein.

Klar, wer nichts wegwirft, entsorgt auch nie seinen Müll falsch!

»Oui, ja, ich bin große Unterstützerin von Umwelt«, sagt die alte Dame, als sie meinen Blick bemerkt. »In mein Haus, wir haben kein Licht.«

»Kein Licht?«

Sie nickt glücklich.

Wie um alles in der Welt soll ich mich ohne Licht in diesem Chaos zurechtfinden?

»Ich habe nur ein Gästezimmer«, erklärt sie.

Wahrscheinlich braucht sie alle anderen Räume für ihren Kram …

Sie führt uns zu unserem Zimmer. Ob wir unter all dem Krimskrams überhaupt unsere Betten finden werden? Erstaunlicherweise ist der Raum selbst ziemlich aufgeräumt und sauber. Wobei sogar das Zimmer eines Teenagers in diesem Haus verglichen mit dem Rest extrem ordentlich wirken würde.

»Das nettes Zimmer«, sage ich und passe mich aus irgendeinem Grund ihrem Englischlevel an, während ich den Daumen nach oben halte. Ich sehe mich um und bemerke, dass es tatsächlich kein Licht gibt, nicht einmal Steckdosen.

»Wie lange … Sie beide?«, fragt sie, zeigt auf Ian und mich und macht dann eine Kussgeste.

»O nein, wir sind nicht …«, versuche ich zu erklären, ehe Ian mich unterbricht.

»Wir sind nur Freunde. Seine Frau ist gestorben.«

»Danke, Ian.«

»Ich habe es ihr doch nur erklärt!«

Sie sieht uns lächelnd an, ohne zu verstehen, was wir sagen.

»Machen Sie keine Sorgen. Ich bin sehr … tolerant, oui?«

Ich gebe es auf, weil ich mich so danach sehne, mich einfach nur ein paar Minuten hinzusetzen und ein wenig Ruhe und Frieden zu haben. Aber sie lungert weiter in unserem Zimmer herum, und ich frage mich, ob sie je gehen wird. Anscheinend überlegt sie gerade, wie sie etwas sagen soll.

»Le soir, öh …«

»Am Abend?«, helfe ich ihr aus. Ian sieht mich beeindruckt an, weil ich es geschafft habe, ein Wort zu übersetzen.

»Ja. Ich habe Glas Wein. Ihr dazu.«

Ich bin nicht sicher, ob es an ihrem Englisch liegt, aber es klingt eher wie ein Befehl als wie eine Einladung.

»Danke, das ist nett von Ihnen. Aber ich denke, wir

werden uns in der Stadt umsehen«, sage ich, von einer Menge Handbewegungen begleitet, und deute auf die Karte.

Sie nickt, aber ich bin mir nicht sicher, dass sie mich versteht.

»Brauchen Sie, öh, Tipps?«

»Nein, wir kommen zurecht, danke!«

Sie greift dennoch nach der Karte und klappt sie auf.

»Wir. Hier.« Sie beginnt, auf verschiedene Stellen zu deuten. »Hier. Gut. Hier. Gut.« Sie verzieht den Mund. »Hier. Nein. N'y allez pas!«

»Wir gehen nicht dorthin, okay. Danke!«

Jetzt frage ich mich ja schon, was an dem letzten Ort wohl so schlimm sein mag.

»Hier ist Schlüssel. Für Haupttür. Und für Zimmer.« Sie überreicht uns zwei Schlüssel.

»Danke.«

Sie steht noch ein paar Momente lächelnd da.

»À plus tard!«, sagt sie, als sie endlich die Tür hinter sich zuzieht und uns zum ersten Mal allein in unserem dunklen Zimmer lässt.

Ich warte ein paar Sekunden, um sicherzugehen, dass sie wirklich weg ist, dann drehe ich mich sofort zu Ian.

»Darf ich dich fragen, was deine Kriterien waren, als du die Hotels gebucht hast?«

»Die Pension hier hat gute Bewertungen! Und es hieß, die Gastgeberin sei sehr nett.«

»Hm, so könnte man es auch ausdrücken!«

»Wir können nicht klingeln, sie schläft sicher schon! Bestimmt schon seit achtzehn Uhr, sie ist ja schon alt«, sage ich, während wir mit den Schlüsseln am Schloss herumfummeln und versuchen, wieder ins Haus zu kommen. Wir haben draußen zu Abend gegessen, die berühmten Fachwerkhäuser angeschaut und außerdem die beeindruckende Son-et-Lumière-Show bewundert, die ans Parlament projiziert wurde.

Die nahe gelegene Straßenlaterne spendet uns ein wenig Licht, aber keiner der Schlüssel scheint zu passen.

»Das ist doch das richtige Haus, oder?«

»Es ist das einzige ohne Licht, also vermutlich schon!«

Ein Mann kommt den Gehweg entlang und starrt uns misstrauisch an. Okay, es wirkt wahrscheinlich wirklich so, als würden wir gerade einbrechen.

»Wir sind drin!«, ruft Ian schließlich begeisterter, als ich mich fühle. So wild bin ich auf diese Chaosbude eigentlich nicht.

Auf Zehenspitzen tappen wir durch das Empfangszimmer, das jetzt in vollkommener Dunkelheit daliegt. Es ist unmöglich zu sehen, wohin wir gehen, und ich will auch nicht, dass einer der Krimskramsstapel umkippt.

»Umweltbewusstsein schön und gut, ab einem bestimmten Punkt wird es aber einfach lächerlich! Sie hätte uns doch wenigstens Taschenlampen oder Kerzen geben können«, beschwert sich Ian.

»Ich denke wirklich nicht, dass offenes Feuer hier eine gute Idee wäre«, flüstere ich zurück.

»Kannst du die Taschenlampe an deinem Telefon anmachen?«

Wir wissen beide nicht, wie das geht, also können wir nur unsere leuchtenden Bildschirme verwenden.

Ich halte das Telefon vor mich und springe vor Schreck in die Luft, als das Licht auf den Raum vor uns scheint.

Die alte Dame sitzt mit einem Glas Wein vor uns in der Dunkelheit und wartet offenbar darauf, dass wir ihr Gesellschaft leisten.

»O Gott, ich habe sie gar nicht gesehen!« Mein Herz hämmert wie verrückt.

Es wäre die pure Ironie, wenn ich jetzt vor Schreck an einem Herzinfarkt sterben würde anstatt beim Fahrradfahren.

Nachdem wir eine Viertelstunde unbeholfenen Small Talk mit ihr geführt haben, gehen wir mit dem restlichen Wein in unser Zimmer und ziehen die Tür hinter uns zu.

»Hast du die Taschen ausgepackt?«, fragt Ian, als er im Schein der Straßenlaterne seine öffnet.

»Nein, wann hätte ich das denn machen sollen?«

»Keine Ahnung, aber wo sind unsere Klamotten hin?« Er sieht verwirrt auf.

Ich öffne meine Tasche ebenfalls und sehe, dass auch meine Klamotten verschwunden sind.

»Sie hat sie aufgehängt!«, ruft Ian, als er den Schrank öffnet.

»Das ist ein bisschen merkwürdig, oder?«

»Ich weiß auch nicht, ob das echt guter Service ist oder einfach total komisch.«

»Sie hat auch unsere Waschbeutel ausgepackt und unsere Zahnbürsten rausgelegt!«, sage ich nach einem Gang ins Bad.

Ich sehe Ian an und ziehe eine Grimasse.

Er hebt gerade die Kopfkissen hoch.

»Sie hat unsere Pyjamas unter die Kissen gelegt.«

»Okay, ich schwenke um und vermute jetzt mal, dass sie uns heute Nacht umbringen wird«, sage ich und bin zum ersten Mal auf dieser Reise froh, dass wir uns das Zimmer teilen.

»Hast du geschaut, ob wir abgesperrt haben?«, fragt Ian.

»Sie hat doch bestimmt sowieso einen Schlüssel, da ist das auch schon egal.«

Wir starren auf die Tür und warten darauf, dass der Knauf sich dreht.

Auch wenn die Vorstellung, dass eine achtzigjährige Französin uns mitten in der Nacht ermordet, ziemlich gruselig ist, so ängstigt mich der Gedanke, dass ich selbst in ein paar Jahren so drauf sein könnte, noch mehr.

Immer noch arbeitend.

Immer noch allein.

Mit einem Mal erfüllt mich Mitleid mit der alten Frau – und mit meinem zukünftigen Ich.

Und während ich darüber nachdenke, dass ich schon verstehen kann, dass sie sich nach Gesellschaft sehnt, schlafe ich ein …

Von: Sylvie
An: Simon

Guten Morgen, Simon,

oh, hör mir auf mit Online-Dating! Ich finde es furchtbar! In Frankreich lernt man sich meist immer noch ganz normal im Alltag kennen, aber diese neuen Seiten, von denen du sprichst, werden auch hier immer beliebter. Ich sollte mich wahrscheinlich mehr damit beschäftigen. Seit meiner Scheidung hatte ich schon ein paar Geschichten mit Männern, aber nichts hat lang gehalten. Ich habe niemanden gefunden, mit dem ich wirklich etwas teilen kann. Und ganz sicher habe ich nicht Mr Right gefunden, oder, wie man hier sagen würde, »l'homme ideal«. Ich habe beschlossen, jetzt immer ein paar französische Ausdrücke einzubauen, damit du endlich mit dem Lernen beginnen kannst!
Klingt ganz so, als hättest du in Ian Gesellschaft gefunden! Wohin hat eure spontane Reise euch denn geführt? Das klingt aufregend. Ich hoffe, ihr habt eine schöne Zeit! Mach dir wegen der langsamen Antworten keine Sorgen, das ist doch immer noch viel schneller als normale Briefe. Ich kann mich gut daran erinnern, wie ich immer zum Postboten gerannt bin, um zu sehen, ob er einen Brief für mich hat!
Weil ich momentan bis zu den Ohren in Arbeit stecke, bin ich sehr neidisch auf eure Reise. Die Leute

vom Verlag wollen das neue Buch so schnell wie möglich herausbringen, deswegen wollen sie die Übersetzung schon bald haben.
Kambodscha war großartig. Als ich da war, habe ich auch Heuschrecken und Vogelspinnen gekostet, Scones mit Sahne und Marmelade klingen also köstlich!
Ja, ich war ein paarmal in England. In London, York und Oxford. In Edinburgh war ich auch mal – schade, dass ich es nie nach Bristol geschafft habe, trotz all deiner Empfehlungen. Ich frage mich, ob es dort wohl immer noch so aussieht wie auf deinen Postkarten?
Momentan habe ich keine konkreten Reisepläne. Ich hoffe, dass ich später im Jahr wegfahren kann, wenn alles gut läuft, aber man wird sehen. Wenn du irgendwohin reisen könntest, welches Land wäre das?

Sylvie x

PS: Ein Buch über dein Leben in der Pension mit all den verrückten Gästen klingt nach einer tollen Idee! Du solltest es unbedingt schreiben!

Von: Simon
An: Sylvie

Hi Sylvie,

ob du's glaubst oder nicht, wir sind in Frankreich gelandet, in Rennes! Das Wetter ist super. Füg gern immer ein paar französische Ausdrücke ein, und ich werde versuchen, die Sprache endlich zu lernen. Versprochen! Hier habe ich jetzt auch Gelegenheit, sie auszuprobieren.
Mir ging es früher genauso wie dir. Ich bin immer von unserem Zimmer runter zu den Postfächern gerannt, in die unsere Briefe gelegt wurden. Jeden Tag bin ich hingeflitzt, um zu sehen, ob einer gekommen ist, und war immer sehr aufgeregt, wenn ich deine geschwungene Handschrift und die französischen Briefmarken gesehen habe.
Wohin ich am liebsten reisen würde – knifflige Frage! Ich lese jede Woche den Reiseteil der Zeitung, und es gibt so viele Orte, die ich gern mal besuchen würde. Es mag ein wenig abgedroschen klingen, aber ich wollte immer mal die Pyramiden sehen und vielleicht den Nil hinabfahren. In den letzten Jahren war ich selbst nicht oft in Bristol. Auf dem Weg zu Rajs Trauerfeier sind wir durchgefahren, und es sah ganz anders aus, als ich es aus Schulzeiten in Erinnerung hatte. Anna und ihr Verlobter Ollie fahren regelmäßig und total gern nach Bristol, vielleicht sollte ich also selbst öfter vorbeischau-

en, wenn ich Zeit dafür habe. Es gibt auch viele andere Orte in Großbritannien, die ich nicht kenne. Ist es schlimm, dass ich noch nie in York war? Edinburgh und Oxford finde ich auch wunderschön.
Ich hoffe, das Übersetzen läuft gut! Ich habe mich immer gefragt, wie das funktioniert. Es muss schwer sein, einen Text genau in eine andere Sprache zu übertragen – musst du manchmal Teile ändern?
Vielleicht notiere ich ja mal ein bisschen was über mein Leben im B&B, wenn ich Zeit habe!
Jetzt will ich natürlich zu gern wissen, wie Heuschrecken und Vogelspinnen schmecken ... Ich bin nicht sicher, ob wir die in unsere Speisekarte aufnehmen sollen!

Liebe Grüße
Simon

33. KAPiTEL

Es ist nicht meine Schuld, dass mein Handy ausgegangen ist«, brüllt Ian durch den prasselnden Regen.

»Es ist aber deine Schuld, dass du eine Pension ohne Strom gebucht hast und wir die Handys nicht aufladen konnten!«

»Wenn du nicht den ganzen Morgen Sylvie geschrieben hättest, dann könnten wir jetzt deins benutzen!«

Zu unserem Ärger darüber, dass wir uns irgendwo im Nirgendwo zwischen Rennes und Redon verfahren haben, trägt das miese Wetter noch seinen Teil bei. Aus dem Himmel ergießt sich eine wahre Sintflut auf uns – als hätten die Wolken den Regen einen Monat lang nur für diesen Augenblick aufgehoben.

»Ich weiß nicht, was an Papierkarten verkehrt sein soll«, meint Ian schulterzuckend und verzieht das Gesicht, während der Regen ihm ins Gesicht peitscht. »Und ich frage mich auch, warum man diese blöden Dinger ›Smartphones‹ nennt, wenn ihr Akku so schnell alle ist. Eigentlich sollte man sie ›Trottelphones‹ nennen oder so. Wenn du mich fragst.«

Nachdem Ians Telefon auf halbem Weg der Saft ausgegangen ist und meines schon seit heute Morgen nicht mehr funktioniert, müssen wir die Stelle verpasst haben, an der wir dem Fluss nicht weiter hätten folgen dürfen.

Heute Morgen war das sonnige Flussufer noch voller anderer Radler und Fußgänger. Jetzt ist der Pfad neben dem Fluss dunkel, matschig und steinig, und die Leute sind längst weg. Wir haben versucht, dem schlechten Wetter davonzuradeln, weil wir unser Ziel unbedingt vor Einbruch der Nacht erreichen wollten. Doch wegen des Sturms ist es früher dunkel geworden, und in dem aufziehenden Nebel um uns herum ist keine Stadt, kein Wegweiser, kein einziger Mensch zu erkennen. Vor uns liegt nur ein verschwindender, rutschiger Pfad. Der Matsch spritzt an unseren Beinen hoch, während der Regen laut auf unsere Helme trommelt und uns und unser Gepäck vollkommen durchnässt.

»Wir haben also keine Ahnung, wohin wir fahren? Oder wo wir sind? Das heißt, wir können nicht mal ein Taxi rufen?« Ich muss schreien, damit Ian mich hört; der Donner rumpelt mit mir um die Wette.

Wir steigen von den Rädern, verlassen den Flusspfad und stellen uns am Rand der Landstraße unter einen Baum, der leider nicht viele Äste hat.

»Seit wann sind wir eigentlich so abhängig von unseren Telefonen? Wir haben es letztes Mal doch auch ohne geschafft«, sagt Ian und hat ganz offensichtlich alles vergessen, was auf unserer letzten Radtour passiert ist.

Frustriert stehen wir da, und keiner von uns hat eine Ahnung, was er tun soll. Zum ersten Mal seit geraumer Zeit rast ein Auto an uns vorbei, aber noch ehe wir es anhalten können, ist es auch schon durch eine riesige Pfütze gebrettert und hat uns eine weitere Dusche verpasst.

Na super! Als wären wir nicht vorher schon völlig durchnässt gewesen.

»Na toll. Vielen Dank auch!«, brüllt Ian ihm nach.

Meine Füße quietschen in meinen patschnassen Schuhen, in denen das Wasser steht.

»Hast du nicht zu Anna gesagt, dass wir älter und weiser geworden sind?«

»Was sollen wir jetzt machen?«, ignoriert Ian meine Spitze.

»Ich glaube, wir sollten erst mal nicht weiterfahren. Es ist so rutschig. Und ich glaube auch nicht, dass wir schon besonders nah an Redon sind, wir müssen also wahrscheinlich einfach im nächstbesten Ort haltmachen und dort übernachten.«

»Die nächste Stadt könnte aber noch kilometerweit entfernt sein.«

»Was schlägst du sonst vor? Sollen wir vielleicht unter einem Baum schlafen?« Ich brülle jetzt noch lauter, was sowohl an meinem Frust als auch an dem grollenden Donner liegt.

»Du lebst doch auf dem Land!«

»In einem Haus, nicht in einem Zelt. Nicht jeder, der auf dem Land lebt, ist automatisch Crocodile Dundee!«

»Sieht so aus, als wäre ganz da hinten eine Kirche.« Er deutet auf den Umriss einer Turmspitze, die in weiter Ferne über den Bäumen im Nebel aufragt. Wegen des Wetters sieht alles dunkel, unheilvoll und düster aus.

Nachdem wir weitere zwanzig Minuten mit den Elementen gerungen haben, erreichen wir den Turm. Aber die Häuser ringsherum sind alle bereits für die Nacht verbarrikadiert. Es gibt definitiv kein Hotel und keine Pension.

»Vielleicht ist die Kirche ja offen und wir können dort übernachten?«, schlägt Ian vor.

»Ist das erlaubt?«

»Keine Ahnung. Aber nimmt die Kirche Schutzsuchende nicht mit offenen Armen auf?«, fragt er, als wäre das die einzige christliche Botschaft, die er sich von unseren wöchentlichen Gottesdienstbesuchen zu Schulzeiten gemerkt hat.

»Ich kann mich leider nicht an die Gleichung von den zwei Volltrotteln erinnern, die sich beim Radfahren verirrt und vorher vergessen haben, ihre Handys aufzuladen!«

»Ach, komm schon, lass es uns einfach versuchen.« Beim Sprechen rinnt Ian das Regenwasser aus dem Mund. Er schiebt sein Rad dennoch beherzt über den Friedhof, vorbei an Unmengen von Grabsteinen. Woher kommen an einem solch beschaulichen Ort nur so viele Leichen?

»Es ist doch garantiert abgesperrt.« Ich drehe an

dem großen Metallknauf der Eingangstür, mal in die eine, mal in die andere Richtung, aber er ist zu rutschig, und meine Hände sind vor Kälte ganz taub.

Ian weiß es natürlich besser, und er schubst mich aus der Bahn, um am Knauf zu zerren. Irgendwann öffnet sich die Tür quietschend.

»Na also«, sagt er ein wenig zu selbstgefällig.

Langsam schleichen wir in die finstere Kirche. Die Buntglasfenster lassen nicht viel Licht hinein, und die Gesichter der Figuren in den Glasfenstern starren auf uns herab, während wir über die Steinfliesen tappen.

»Komm schon, ist doch nur eine Kirche, was soll schon passieren?«, sagt Ian, als er mein Zögern bemerkt.

Wie aufs Stichwort blitzt es draußen, und ein ohrenbetäubender Donnerschlag ertönt.

Wir sehen einander an.

»Wir zünden ein paar Kerzen an, dann geht das schon«, meint er lächelnd, während das Wasser weiter von unseren Gesichtern tropft.

Ich bin einfach froh, dass wir einen Moment lang dem Regen entkommen sind. Wir lehnen die Räder hinter der Tür an die Wand und schlüpfen aus unseren triefend nassen Klamotten.

»Wow, auch in den Taschen ist alles klatschnass … Wie viel haben wir noch mal für die Dinger bezahlt? Ich dachte, die sind wasserdicht!«

»Vielleicht hätten wir Glenn einfach nicht über den Weg trauen dürfen.«

Als Ian die Kerzen anzündet, höre ich über den Regen hinweg, wie sich draußen das Tor zum Friedhof öffnet und schließt.

»Psst. Ich glaube, es kommt jemand«, flüstere ich.

Rasch verstecken wir die Taschen und ducken uns hinter die Kirchbänke. Zum Glück sind die Räder in der Dunkelheit gut hinter den Türen verborgen. Die Schritte von draußen patschen rasch näher und werden lauter. Die hölzerne Klinke bewegt sich, und schon springt die Tür auf.

»Wer ist es?«, fragt Ian mich lautlos, weil ich mich auf der anderen Seite des Gangs versteckt und so den Eingang im Blick habe.

In dem gedämpften Licht kann ich nur ein paar Schuhe erkennen, die die Kirche betreten. Sie halten einen Moment inne, ehe sie im Seitengang weitergehen. Schnell hebe ich den Kopf.

»Es ist der Pfarrer!«, forme ich mit meinem Mund.

Wir liegen mucksmäuschenstill da und lauschen den Schritten, während der prasselnde Regen draußen unseren schweren Atem übertönt.

Die Schritte werden wieder lauter. Ich versuche stillzuhalten, aber der Staub des Steinbodens und der alten Kniepolster steigt mir in die Nase. Bestimmt muss ich jeden Moment niesen! Ich versuche, es zu unterdrücken, aber es geht nicht.

»Haaatschi!«

Zum Glück ertönt genau in diesem Moment erneut ein lautes Donnergrollen.

Wenn das mal nicht göttliche Fügung war!

Der Pfarrer bleibt stehen, ehe das Quietschen der

Eingangstür ertönt und sie sich erst öffnet, dann schließt – und wir schließlich hören, wie der Schlüssel im Schloss umgedreht wird.

»Okay, hiermit ist es wohl entschieden: Wir übernachten hier!«

34. KAPITEL

Damals

Mai 1975

»Im Anfang war das Wort, und das Wort war bei Gott, und das Wort war Gott.« Der betagte Geistliche, der alt genug aussieht, um selbst beim Letzten Abendmahl dabei gewesen zu sein, liest dieselbe Bibelpassage vor wie jeden Sonntagmorgen.

Simon versteht nicht, weshalb er nicht mal ein bisschen Abwechslung hineinbringt, die Bibel ist doch dick genug. Der Gottesdienst in der nahe der Schule gelegenen Kirche markiert das Ende der Woche – die Jungs, die nur unter der Woche im Internat sind, werden von ihren Familien abgeholt und dürfen die Nacht bei ihnen verbringen, während Simon, Raj und Ian ein paar Stunden Freiheit gewährt werden, ehe sie zurück in die Schule müssen.

Simon kennt den Gottesdienst quasi auswendig. Anstatt zuzuhören, riskiert er normalerweise, sich Mr Montgomerys Zorn zuzuziehen, und spielt auf einer leeren Seite des Gesangbuchs Tic Tac Toe mit Raj.

Heute aber ist er zu konzentriert auf einen neuen Brief von Sylvie, den er in der Hand hält. Wieder und wieder liest er die Zeile, in der sie schreibt, dass sie sich für das Austauschprogramm beworben hat und furchtbar aufgeregt ist, dass sie den Sommer miteinander verbringen können.

Noch kennt sie die schlechten Neuigkeiten nicht, und er muss ihr antworten und sagen, dass das alles nicht klappen wird. Dass sie sich von dem Programm abmelden muss. Dass er sie hängen lässt.

Während er dasitzt und mit halbem Ohr dem Gefasel des Geistlichen lauscht, beschließt er, dass er das nicht tun kann. Dass er sie sehen muss.

Von diesem Gedanken ist er so beherrscht, dass er heute nicht versucht, Ian beim Singen abzulenken, und auch nicht aufsieht, als dieser sich nach dem Gottesdienst hinüber zu seiner Bank beugt.

»Habt ihr Julians Schwester heute gesehen?«, fragt Ian Raj und Simon und zieht die Augenbrauen nach oben. Nachdem die anderen Jungs von ihren Familien in Empfang genommen worden sind, sind die drei Jungs die letzten Schüler in der Kirche.

»Er interessiert sich immer noch nur für Mademoiselle Sylvie«, erwidert Raj mit schiefem Blick auf Simon, der weiter gedankenverloren auf Sylvies Brief starrt.

»Ich dachte, wir hätten gemeinsam beschlossen, eine andere Schnitte für dich zu finden – jetzt, wo das mit dem Austausch nicht klappt?«

»Nee, das haben wir nicht!« Simon schüttelt den Kopf. »Ich habe außerdem letzte Woche drüber nachgedacht … Na, und ich habe eine Idee.«

»Raus damit.«

Simon wartet, bis der Geistliche an ihnen vorbeigegangen ist und sie ganz ungestört sind.

»Ich glaube, ich sollte den blöden Austausch vergessen und selbst hinfahren.«

»Nach Bordeaux? Allein? Du willst da allein hinreisen?« Raj sieht ihn neugierig an.

»Ja, warum denn nicht?«

»Wie willst du das anstellen?«, schließt Ian sich dem Verhör an.

»Du hast doch gar kein Geld dafür.«

»Und du bist noch nie allein verreist!«

»Ich fahre mit dem Fahrrad hin.«

Ian und Raj brechen in schallendes Gelächter aus. »Sei doch nicht blöd.«

»Ich meine es ernst!«, verteidigt sich Simon.

»Kannst du überhaupt Rad fahren?«

»Das kann doch jeder!«

»Aber bis nach Frankreich?«

»Es ist immer noch eine Radfahrt. Wenn auch eine lange.«

»Okay, aber …«, versucht Ian ein weiteres Problem zu finden, ehe Raj sich einschaltet.

»Wie willst du denn fahren, ohne dass dein Dad was mitkriegt?«

»Genau darüber habe ich mir den Kopf zerbrochen. Also. Dad denkt doch, dass ich drei Wochen nach Wales fahre, stimmt's? Aber ich habe das Formular noch gar nicht abgegeben. Wenn ich das also nicht tue, denkt die Schulleitung, dass ich direkt nach den Prüfungen nach Hause fahre. Und ich habe drei Wochen, in denen weder die Schule noch meine Eltern wissen, wo ich bin.«

»Drei Wochen, in denen dein Dad denkt, dass du in Wales bist, und die Schule, dass du daheim bist – und in denen du tun und lassen kannst, was du willst«, begreift Raj sofort Simons grandiosen Plan.

»Genau. Drei Wochen, in denen ich nach Bordeaux radeln, Sylvie treffen und wieder zurückkommen kann.«

»Es ist riskant. Aber es könnte funktionieren. Denke ich. Wenn du es schlau anstellst, kriegt niemand was mit. Wichtig ist, dass du vor der Reisegruppe zurück bist, dann könntest du wahrscheinlich damit durchkommen. Und du könntest den Trip sogar mit der Kohle finanzieren, die dein Dad dir für das Camp gibt. Aber wenn du erwischt wirst …«

»Ich weiß, aber darüber kann ich jetzt nicht nachdenken.« Simon verstummt.

Raj und Ian sehen ihn beeindruckt an.

»Und was ist mit der Ausrüstung, die du brauchst?«

»Die kann ich aus dem Schuppen mit der Outdoor-Ausrüstung borgen. Das fällt in den Ferien niemandem auf.«

Raj und Ian nicken fasziniert immer weiter.

»Und dann dachte ich … dass ihr vielleicht mitkommen könntet?«

»Ich weiß nicht, Si, meine Eltern würden das nie erlauben«, schüttelt Raj den Kopf.

»Okay, aber dann mach es doch einfach wie ich. Wenn du sie fragst, ob du mit in das Camp darfst, dann besorgen wir einfach Kopien der Briefe, die nach Hause geschickt werden, und geben sie unseren Eltern. Und wenn wir ihnen sagen, dass sie uns am selben Tag abholen sollen, aber selbst vor der Gruppe aus dem Camp da sind, wie sollen sie es dann je erfahren?«

»Okay, aber wir haben auch Prüfungen, und bis dahin sind es nur noch ein paar Wochen. Da bleibt keine Zeit, die ganze Reise zu planen, wir müssen doch lernen! In diesen Prüfungen müssen wir gut abschneiden!«

»Komm schon, du wirst doch die Prüfungen sowieso mit Bestnote bestehen. Und ich verspreche, dass es Spaß machen wird!«

Raj wirkt nicht sonderlich überzeugt.

»Ich bin dabei«, erklärt Ian plötzlich entschlossen.

»Ich dachte, du findest die Idee bekloppt?«

»Jetzt habe ich meine Meinung eben geändert. Du hast recht, es wird sicher toll, und was kann schlimmstenfalls passieren? Ist doch besser, als zu Hause herumzusitzen.«

Simon strahlt Ian an und wendet sich dann wieder Raj zu, als die Kirchenglocken zu läuten beginnen.

»Also, wir sind beide dabei. Raj, jetzt musst du auch.«

»Ooookay. Na gut«, sagt er besorgt.

»Haben wir eben beschlossen, dass wir zu dritt nach Bordeaux radeln?«, fragt Simon grinsend.

Als sie aus der Kapelle treten, sehen die Jungs sich an – mit aufgeregten und zögerlichen Mienen zugleich.

35. KAPiTEL

Im Licht der flackernden Kerzen und beim Klang des Regens, der mittlerweile nur noch sanft an die Fensterscheiben trommelt, ist die Atmosphäre in der Kirche beinahe ruhig und entspannt.

Ich leere unsere nassen Taschen aus und stelle die Urne neben uns, nachdem ich überprüft habe, dass kein Wasser eingedrungen ist. Dann hole ich die Reste unseres inzwischen zwei Tage alten Diebesguts vom Hotelbüfett heraus.

»Gut, dass wir die geklaut haben, oder?«, fragt Ian, als er vom Kerzenanzünden zurückkommt. Ich habe schon den ganzen Raum nach Strom abgesucht, aber keine der Steckdosen scheint zu funktionieren.

»Ich weiß nicht, ob wir uns in einer Kirche selbst fürs Stehlen loben sollten«, meine ich grinsend. »Bitte schön, jeder bekommt ein zerdrücktes Schinken-Käse-Sandwich.«

Mit diesen Worten reiche ich Ian das weniger zerquetschte.

»Oh, und wir haben auch noch eine Flasche Wein von gestern Abend!«, sagt er, während er in seiner eigenen Tasche kramt. »Brot und Wein, das passt ja hervorragend hierher ... Im Anfang war das Wort, und das Wort war bei Gott, und das Wort war Gott«, imitiert er den Geistlichen unserer Schule.

Lachend sehe ich seiner Vorstellung zu. Genau wie früher kann man Ian nicht lang böse sein. Innerhalb kürzester Zeit bringt er einen wieder zum Grinsen. Das habe ich vermisst!

»Weißt du was? Wenn du mich damals in der Schule gefragt hättest, was ich in diesem Alter mal machen werde, wäre ich niemals auf so etwas gekommen«, meine ich, als ich in mein Brötchen beiße und mich umsehe.

»Was dachtest du denn?«

»Ich weiß nicht. Wahrscheinlich nicht, dass ich in einem Lycra-Outfit in einer französischen Dorfkirche sitzen, ein gestohlenes Sandwich essen und mich vor einem Priester verstecken würde – neben der Urne mit der Asche meines alten Schulfreunds.«

»Komisch, ich habe mir unser Leben eigentlich genau so vorgestellt.«

Obwohl ich vorher so mies drauf war, muss ich jetzt einfach über unsere Lage lachen. Aus meiner Vorstellung von schicken Hotels und dem Genuss der örtlichen Kulturhighlights ist eine chaotische Übernachtung in einer Kirche geworden. Aber jetzt, wo wir hier im Kerzenlicht miteinander essen, erscheint mir das viel passender als jedes Fünfsternehotel.

»Ich wollte noch sagen ... Also, es tut mir leid, dass ich einfach abgehauen bin. Du weißt schon, damals, als wir von der Radtour in die Schule zurückgekommen sind«, sagt Ian völlig aus dem Nichts.

»Wir sind zwar in der Kirche, aber deswegen musst du doch nicht gleich beichten!«

Ian überrascht mich. Ob er jetzt darüber spricht, weil nach ein paar Tagen gemeinsamer Reise die oberflächlichen Themen abgefrühstückt sind oder weil wir uns an einem solch speziellen Ort befinden?

»Mir ist einfach aufgefallen, dass es vielleicht ein paar Dinge gibt, für die ich mich entschuldigen sollte.«

»Das ist doch Jahre her.«

»Ich weiß, aber mir tut's trotzdem leid, und …«

»Ganz ehrlich, es ist schon in Ordnung. Danke.« Ich sehe ihn an. Sein Gesichtsausdruck ist reumütig, und gleichzeitig wirkt er erleichtert, dass er sich entschuldigt hat.

»Leider können wir die Vergangenheit nicht ändern«, sage ich. »So gern wir das manchmal auch täten.«

»Das ist wahr. Darüber habe ich in den vergangenen Wochen auch nachgedacht. Meinst du, wir wären heute andere Menschen, wenn wir nicht aufs Internat gegangen wären?«, fragt Ian, während ich meinen letzten Happen verzehre.

»Die Frage ist ziemlich hypothetisch.«

»Ich weiß, aber was denkst du?«

»Letztens hatte ich mit Anna ein ähnliches Gespräch darüber, wie es auf dem Internat so war. Ich glaube, es hatte gute und schlechte Auswirkungen auf mich. Damals habe ich nie richtig verstanden, weshalb meine

Eltern mich dorthin geschickt haben. Lange habe ich gedacht, dass sie mich einfach loswerden wollten.«

»Glaubst du das immer noch?«

»Nein, ich sehe das heute anders. Wahrscheinlich hat sich meine Perspektive durch meine Vaterschaft geändert.«

»Inwiefern?«

»Hätte ich Anna aufs Internat geschickt? Nein. Aber auch ich will das Beste für sie, und so ging es meinen Eltern damals wohl auch. Mein Dad hat sich aus dem Nichts hochgearbeitet, und er dachte, dass er mir den besten Start ins Leben ermöglicht, wenn er mich auf eine gute Schule schickt. Wahrscheinlich war das seine Art, seine Liebe auszudrücken – sie hat mir vielleicht nicht gefallen, und ich hätte es selbst wohl anders gemacht, aber es war eben auch eine andere Zeit. Selbst als er nach unserer Rückkehr aus Frankreich so wütend auf mich war, hat er sich wahrscheinlich einfach Sorgen um meine Zukunft gemacht.«

»Das ist interessant. Ich habe keine Kinder, also fehlt mir da vielleicht der Einblick, aber damals habe ich mich definitiv ungewollt gefühlt. Weißt du, meine Alten und ich standen uns nie sonderlich nah. Selbst nach der Schule nicht. Sie sind weiterhin alle paar Jahre umgezogen, und ich habe sie nicht oft gesehen. Außerdem sind beide relativ jung gestorben.«

»O Ian, das tut mir sehr leid.«

»Nein, ist schon in Ordnung. Aber ich denke, das hatte einen großen Einfluss auf meine Persönlichkeit und ist der Grund dafür, dass ich mich immer aufspielen und mich in den Mittelpunkt stellen musste. Ich hatte damals den Eindruck, dass es dir und Raj nicht viel ausmacht, so abgeschoben zu werden. Ihr habt einfach die Köpfe eingezogen und weitergemacht. Ich aber hatte das Gefühl, dass ich nicht richtig dazu passe. Mir war es so wichtig, gemocht zu werden, aber außer euch beiden konnte mich niemand so richtig leiden. Ich wollte beliebt sein – und einfach ein anderer.«

»Wie Bowie?«

»Ja, genau, und jetzt schau, was ich mit meinem Leben angefangen habe. Wenn es nicht so traurig wäre, wäre es urkomisch. Ich muss wirklich nicht Tausende von Pfund für einen Therapeuten ausgeben, um zu wissen, was mein Problem ist.«

Ich sehe Ian an. So offen hat er noch nie mit mir gesprochen.

»Du betrachtest es als Problem, aber ist es nicht toll, dass du deinen Traum wahrgemacht hast? Und du bist viel gereist. Darauf bin ich neidisch.«

»So kann man es sehen, ja.«

»Und außerdem, und das sage ich nicht einfach nur so, hast du eine richtig gute Stimme. Richtig, richtig gut sogar.«

»Ich weiß, danke«, überspielt Ian seinen ehrlichen Moment wieder mit Humor.

»Hast du je überlegt, als du selbst aufzutreten?«

»Vor ein paar Jahren, ja, aber wer will schon einen alten, dicken, kahl werdenden Rotschopf auf der Bühne sehen?«

»Ich!«, sage ich lächelnd.

»Danke, es ist schön, wenigstens einen Fan zu haben!« Er nimmt einen Schluck Wein. »Wir haben uns in der Schule so gut verstanden, aber über solchen Kram haben wir nie geredet, oder?«

»Nicht wirklich. So was habe ich Sylvie geschrieben.«

»Ich dachte, bei euch ging es nur um Musik.«

»Auch, aber auch um tiefgründigere Themen. Sie hatte in der Zeit Probleme mit ihren Eltern und hatte Angst, dass sie sich scheiden lassen. Und ich habe ihr genauso von meinen Problemen erzählt.«

»Und warum hast du nicht mit uns drüber gesprochen?«

»Wahrscheinlich aus demselben Grund, aus dem du mir so etwas wie heute auch nie anvertraut hast.«

Ian sieht mich perplex an.

»Warum reden wir nicht mehr über Gefühle?«

»Na ja, vierzig Jahre lang haben wir gar nicht miteinander gesprochen!«

»Aber so generell? Also, wir Kerle?«

»Ich weiß auch nicht. Es ist mir schwergefallen, über so etwas zu reden, seit Caroline …«

»Du weißt, dass du mit mir darüber reden kannst, wenn du willst?«

Wir sprechen den Rest des Abends weiter, ehe wir schließlich auf den Kirchenbänken einschlafen, während uns die bestickten Kniepolster als Kopfkissen dienen.

Auf meinem steht unheilvollerweise »Ruhe in Frieden«.

Ich erwache vom morgendlichen Gezwitscher der Vögel.

Kein Wecker. Keine Gäste, die sich beschweren. Keine Sorgen darüber, dass Mrs Cook einen unserer Gäste beleidigt oder gar umbringt.

Das ist das wahre Leben.

Eigentlich hatte ich erwartet, dass mein Nacken steif ist, aber nein, die Kniepolster waren tatsächlich erstaunlich bequem.

Ein paar Minuten lang ist es total idyllisch, aber dann öffne ich die Augen und sehe mich um.

Der Pfarrer von gestern Abend beugt sich mit empörtem Gesicht über mich.

Mist.

Und hinter ihm hat sich augenscheinlich das ganze Dorf aufgebaut, bereit zum Gottesdienst.

Doppelmist!

Rasch springe ich auf, ehe mir einfällt, dass ich nur meine Unterwäsche anhabe. Kein Wunder, dass die gesamte Gemeinde mich entsetzt ansieht – mal abgesehen von einer alten Dame, die mich angetan mustert.

»Entschuldigung, pardon … wir … aller … wir gehen«, versuche ich zu erklären. Mir fallen die richtigen Französischvokabeln einfach nicht ein, und mein Gesicht ist puterrot angelaufen.

Panisch suche ich nach meiner Brille, und als ich mich hinunterbeuge, um auf dem Boden nach ihr zu schauen, biete ich den Umstehenden weitere Einblicke. Ians Verhalten färbt eindeutig auf mich ab!

Der Pfarrer greift nach der Brille, die auf der Kirchbank liegt, und reicht sie mir kopfschüttelnd. Dabei sieht er aus, als wäre die Brille tonnenschwer.

»Je suis désolé.« Ich verschränke entschuldigend meine Hände, aber es sieht eher so aus, als würde ich beten.

Halb angezogen suchen ich und Ian, der inzwischen ebenfalls aufgewacht ist und begriffen hat, was Sache ist, unsere Siebensachen zusammen, flitzen zur Tür und holen unsere Räder. Die Gemeinde schweigt.

Sobald die große Holztür hinter uns ins Schloss gefallen ist und wir auf den Friedhof gelangt sind, können Ian und ich nicht anders, als in schallendes Gelächter auszubrechen. Jetzt hat dieses verschlafene Örtchen auf jeden Fall ein neues Gesprächsthema!

Ian legt den Arm um mich.

»Weißt du was? Das muss das erste Mal seit Schulzeiten sein, dass ich schon so früh am Morgen in der Kirche war!«

36. KAPiTEL

Sobald ich mein Telefon wieder einschalte, piept es in einem fort wegen jeder Menge verpasster Anrufe und Nachrichten von Anna.

Ich stehe auf, um sie zurückzurufen, und lasse Ian allein in dem kleinen Straßencafé seinen Tee schlürfen, in das wir eingekehrt sind, um zu frühstücken. Wir sind die einzigen Gäste, doch aufgrund der ruhigeren Wetterbedingungen sind wir schon einigen Leuten begegnet, die sich nach dem nächtlichen Sturm wieder herausgewagt haben.

Die Besitzerin hat uns netterweise erlaubt, die Telefone aufzuladen, und hat uns auch erklärt, wo wir uns befinden. Es hat sich herausgestellt, dass wir gestern Nacht schon näher bei unserem Hotel in Redon waren, als uns klar war. Und das bedeutet zum Glück, dass wir heute weniger Extrakilometer als befürchtet zurücklegen müssen, um abends unsere Station in Nantes zu erreichen.

Anna hebt sofort ab.

»Hi Dad, ist alles okay?«, fragt sie atemlos und klingt ziemlich besorgt.

»Ja, sorry, mir geht's gut. Tut mir leid, dass du dich gesorgt hast …«

»Oh, verdammt. Ich bin so erleichtert, von dir zu hören. Hab mir echt Sorgen gemacht, dass euch was passiert ist! Du hast dich gestern überhaupt nicht gemeldet. Ich habe abends versucht, dich anzurufen, aber ich bin nicht durchgekommen.«

»Entschuldigung, Liebes, mein Akku war alle. Ich verspreche, dass so was nicht noch mal passiert.«

Weil der Wind pfeift, halte ich das Telefon dicht ans Ohr und sehe ein paar Radfahrer vorbeifahren. Einer hält an und benutzt die improvisierte Toilettenhütte. Bestimmt geht es später an diesem malerischen Ort direkt am Wasser und mit Holzsteg richtig hoch her, auch wenn die Markise jetzt vom nächtlichen Regen noch ein wenig durchhängt.

»Wie läuft es denn?«

»Oh, es ist ziemlich aufregend. Ich habe schon ganz den Überblick darüber verloren, welcher Wochentag ist. Aber hier ist es bis jetzt sehr idyllisch, und wir haben viel Spaß mit deiner Playlist!«

»Das freut mich! Wie sind die Unterkünfte?«

»Ganz gut, danke. Die von letzter Nacht war wirklich … himmlisch.«

Von unserer Notübernachtung erzähle ich ihr lieber nichts.

»Und Ian? Versteht ihr euch gut?«

»Sagen wir mal so, noch haben wir uns nicht umgebracht.«

»Das ist doch schon mal was!« Anna lacht.

»So langsam gewöhne ich mich an seine Schnarcherei und seine nächtlichen Klogänge. Nein, es läuft wirklich gut. Ich glaube, letzte Nacht hatten wir so eine Art Durchbruch. Wir sind uns zum ersten Mal wieder richtig nahegekommen.«

»Das freut mich total, Dad. Glaubst du, ihr werdet euch auch nach der Reise öfter treffen?«

»Lass uns erst mal den Trip überstehen, dann sehen wir weiter.« Glucksend sehe ich zu, wie Ian versucht, die Cafébesitzerin in ein Gespräch zu verwickeln. Der geht es aber gerade eher darum, die restlichen Spuren des Sturms zu beseitigen und die von Coca-Cola gesponserten Sonnenschirme an jedem Tisch aufzuspannen.

»Und das Radfahren an sich? Ist es auch nicht zu viel?«

»Es ist ziemlich happig, und ich glaube, mir tut jeder einzelne Körperteil weh. Morgen machen wir mal einen Erholungstag, darauf freue ich mich. Aber ich würde tatsächlich sagen, dass es eine gute Idee war. Es ist nett, mal eine Pause einzulegen, rauszukommen, Zeit zum Nachdenken zu haben.«

»Ja? Freut mich echt, das zu hören …«

Annas Stimme wird leiser, und plötzlich wird die Verbindung schlechter.

»Hallo? Bist du noch dran?«, sage ich, als ich eine gedämpfte Kabbelei höre. Ich versuche zu verstehen, was gesagt wird, höre aber nur den Satzfetzen »es ihm besser sagen«.

»Nein, das ist wirklich toll, dass ihr euch so gut versteht«, steigt Anna ein paar Sekunden später wieder ins Gespräch ein, als wäre nichts gewesen.

»War das Ollie? Was hat er gesagt?« Ich tigere auf dem gekiesten Parkplatz auf und ab, der bis auf einen grauen Renault Scénic, der wahrscheinlich der Besitzerin gehört, leer ist.

»Sorry, er hat mich nur was gefragt.«

»Es klang eher so, als hättet ihr gestritten. Ist alles okay?«

»Nein, es ist nur … es ist nichts. Mach dir um uns keine Sorgen.«

»Was ist los, Anna?«

»Ehrlich, es ist nichts, er spinnt nur rum.«

»Bist du sicher?«

»Ja, ja, wo waren wir stehen geblieben?«

»Wir haben viel zu viel über mich geredet. Dabei will ich doch wissen, wie es dir geht?«

»Alles okay. Aber es ist viel los. Blöderweise hat Daisy auch noch Windpocken bekommen, also musste ich mich heute um alles allein kümmern.«

»Wie merkwürdig, dass Daisy dieses Jahr schon drei Mal Windpocken hatte …«

»Soll das ein Witz sein? O Mann, diese Göre. Ich rufe sie sofort an und sage ihr, dass sie ihren Hintern in die Pension bewegen soll!«

»Was ist denn mit der Hochzeit?«

»Es ist … Sorry, ich muss Schluss machen, gerade ist ein Gast angekommen. Aber toll, dass es dir gut geht. Und vergiss nicht, dein Telefon aufzuladen!«

»Okay, bist du sicher, dass sonst nichts ist? Anna?«

Noch ehe ich meinen Satz beendet habe, hat sie auch schon aufgelegt.

Besorgt sehe ich auf mein Telefon. Irgendetwas stimmt hier ganz und gar nicht, und ich frage mich, was ich tun soll.

Es sind genau diese Momente, in denen ich wünschte, Caroline wäre noch da und könnte mir helfen.

37. KAPiTEL

Caroline hätte das hier absolut gehasst«, sage ich, als wir Nantes von der 360-Grad-Aussichtsplattform an der Spitze des himmelhoch aufragenden Tour Bretagne aus bewundern, von dem Ians Stadtführer sagt, es sei das dritthöchste Gebäude Frankreichs.

Da wir uns den ganzen Tag freigenommen haben, sind wir den Großteil der Stadt bereits zu Fuß abgelaufen. Dabei konnten wir einfach einer grünen Linie folgen, die auf die Straße gemalt ist und zu den Kulturhighlights, zeitgenössischen Kunstinstallationen und den wichtigsten Orten führt. Das kriegen selbst wir hin, ohne uns zu verlaufen!

Alles hier in der Stadt wirkt lustig und leichtfüßig, von den ironischen Statuen bis hin zu den Bänken in den absurdesten Größen.

Der Wolkenkratzer ist da keine Ausnahme: Ein in die Länge gezogener gigantischer weißer Vogel bildet hier oben den Tresen einer Bar. Riesige weiße Eierschalen dienen als Tische und Stühle.

»Sie mochte die Höhe nicht?«, fragt Ian, während er durch die Maschen das Panorama unter uns betrachtet.

»Sie hatte wahnsinnige Höhenangst! Ich weiß noch, wie wir in New York das Rockefeller Center besucht haben. Anna fand es toll, aber Caroline war fertig mit den Nerven. Sie hat sich nicht an den Rand der Aussichtsplattform gewagt«, erinnere ich mich. »Sorry, ich führe so eine Art Selbstgespräch.«

»Ach Quatsch, gar nicht. Erzähl mir mehr von Caroline.« Er lächelt mich an.

Mir fällt ein, dass Ian in der Kirche gesagt hat, wir sollten mehr miteinander reden, und wie schön es war, richtig mit ihm zu sprechen.

»Was soll ich sagen? Von ihrer Höhenangst mal abgesehen war sie einfach nicht zu bremsen. Sie war toll … Und die Gäste haben sie geliebt. Eigentlich sind sie ihretwegen gekommen. Sie hat immer ewig mit allen gequatscht, so lang, dass ich sie manchmal förmlich in die Küche zerren musste, um mir beim Kochen zu helfen.« Bei dem Gedanken daran muss ich lachen. »Jedes Wochenende waren Leute aus dem Dorf da. Sie hat es geliebt, Teil der Gemeinschaft zu sein.«

»Ich wünschte, ich hätte sie kennengelernt. Sie klingt großartig.«

»Das war sie. Und natürlich war sie auch eine wundervolle Mutter und Ehefrau.«

»Darf ich fragen, was passiert ist? Du muss natürlich nicht darüber reden, wenn du nicht willst.«

Ich verstumme. Es ist lang her, dass ich darüber gesprochen habe. Oder es jemandem gesagt habe.

»Nein, ist schon okay … es ist kein Geheimnis.«

Ich warte, bis ein paar Touristen an uns vorbeigegangen sind. Offenbar folgen auch sie der grünen Linie, sie sind mir schon bei einem anderen Stopp aufgefallen. Da hat uns gerade ein mechanischer, von Jules Verne inspirierter Elefant mit Wasser vollgespritzt.

Ich hole tief Luft.

»Uns ist im Cottage die Sahne ausgegangen, einer von uns musste also zum Supermarkt. Caroline hat angeboten zu fahren, und ich war einverstanden. Etwa eine Stunde später bekam ich einen Anruf, und man sagte mir, dass irgendein junger Raser zu schnell eine der kurvigen Landstraßen entlanggebrettert ist. Er hat Caroline von der Straße abgedrängt. Das war's. So einfach. Sie hat es nicht einmal mehr bis ins Krankenhaus geschafft. Ich konnte mich nicht von ihr verabschieden.«

»Das tut mir so leid«, flüstert Ian.

»Und einfach so hat sich alles auf einen Schlag geändert. Ewig habe ich mich gefragt: Warum bin nicht ich gefahren? Oder warum habe ich ihren Aufbruch nicht hinausgezögert? Warum musste es genau in diesem Moment sein? Es sind diese kleinen Zeitabschnitte, die alles verändern. Warum musste sie in diesem Sekundenbruchteil um die Ecke fahren?« Während ich spreche, beginnt meine Stimme zu zittern.

Ian zieht ein benutztes Taschentuch aus seiner Tasche und bietet es mir an.

»Tut mir leid, das ist wirklich peinlich«, schniefe ich. »Ich weiß nicht, es kommt mir vor, als hätte ich das zehn Jahre lang für mich behalten. Weil ich versucht habe, alles am Laufen zu halten und Anna zuliebe positiv zu bleiben. Es ist es das erste Mal seit Ewigkeiten, dass ich Zeit habe, über alles nachzudenken. Es ein wenig zu verarbeiten.«

»Ehrlich, mach dir keine Gedanken. Lass es raus«, sagt Ian mitfühlend und legt den Arm um meine Schulter, als meine Augen sich mit Tränen füllen. Was mögen wohl die Leute denken, die sehen, wie Ian mich vor einem riesigen Vogelschnabel tröstet?

»Die Sache ist, dass ich wirklich nicht weiß, was ich damals ohne Anna gemacht hätte. Es war so eine schreckliche Zeit für sie, sie hatte eine Woche vorher erst ihr Architekturstudium begonnen. Es sollte eigentlich die beste Zeit ihres Lebens werden, und dann musste ich ihr während ihrer Einführungswoche sagen, dass ihre Mutter gestorben ist. Ich kann mir gar nicht vorstellen, was sie durchgemacht hat.«

»Gott, das ist schrecklich.«

»Ich wollte sie überreden weiterzustudieren, aber sie hat beschlossen, das Studium abzubrechen. Sie kam zurück ins Cottage, um mir mit allem zu helfen, und dann ist sie nie zur Uni zurückgekehrt – und hat stattdessen das B&B mit mir weitergeführt. Deswegen meinte ich ja letztens, dass es schwer wäre, das Cottage zu schließen. Ich kann ja nicht einfach zu ihr sagen: Danke vielmals, dass du mir geholfen hast, aber jetzt will ich die Pension dichtmachen. Meinetwegen hat sie ihre Träume aufgegeben.«

Ian klopft immer weiter auf meinen Rücken.

»Jetzt bereust du es sicher, dass du mich gefragt hast.« Irgendwie bringe ich ein Lächeln zustande.

»Nein, gar nicht. Mir tut es leid. Ich kann mir gar nicht vorstellen, wie das alles war. Wie du danach zurechtgekommen bist. Ich weiß nicht mal, was ich sagen soll.«

Ein paar Minuten lang stehen wir still da. Ausnahmsweise weiß Ian, wann es besser ist, nicht zu sprechen. Ich starre auf die winzige Stadt zu unseren Füßen und erinnere mich an jenen schrecklichen Tag, aber auch an die guten Zeiten mit Caroline. Ich denke daran, wie glücklich wir waren und wie traurig ich seitdem bin. Ich denke an Anna und daran, was Ian gesagt hat. Wie es mir auf dieser Reise geht. An die einsame Betreiberin der Pension ohne Strom. An Sylvie. An die Zukunft. Und wie viel Spaß es mir heute gemacht hat, diese spannende Stadt zu erkunden.

»Wie viel ist denn von diesem grünen Pfad noch übrig?«, frage ich irgendwann und schnäuze mich, um dann Ian anzulächeln. »Wir müssen doch schon fast die ganze Stadt durchquert haben, oder? Sollte das nicht unser Erholungstag sein?«

»Ja, ich denke, wir haben es fast geschafft. Es gibt aber noch eine letzte Sache, die ich machen will.« Ian schlägt in seinem Reiseführer die Seite mit der Liste auf und verdeckt sie vor mir.

Nachdem wir mit dem Lift wieder nach unten gefahren sind, laufen wir von dem modernen Wolkenkratzer zu dem alten Schloss, dem Château des ducs de Bretagne, das direkt neben der Touristeninformation liegt, an dem wir unsere Runde begonnen haben und jetzt beenden. Erst auf den zweiten Blick bemerke ich, dass sogar das Schloss künstlerisch umgewandelt wurde.

Eine lange, steile Rutsche windet sich außen um das Gebäude und reicht von den Zinnen bis hinab in den Schlossgraben. Unzählige Menschen stehen an – größtenteils Kinder –, und ein paar Minuten lang bleiben wir stehen und sehen dabei zu, wie einer nach dem anderen hinabrutscht.

»Das ist die letzte Sache«, meint Ian und nickt Richtung Rutsche.

»Was? Ist die nicht für Kinder? Das können wir nicht machen, wir bleiben bestimmt stecken!«

»Nein, es ist Kunst, die ist für alle da. Komm schon, lass es uns ausprobieren!«

Noch ehe ich protestieren kann, marschiert er über die Zugbrücke und schubst vor lauter Ungeduld beinahe die Kinder aus dem Weg.

Als wir schließlich oben sind, merke ich, dass es viel höher ist als erwartet. Wir befinden uns gut zwölf Meter über der Erde!

Ich lese das Hinweisschild und hoffe, dass doch irgendwo steht, dass es verboten ist.

Die »Paysage glissé«-Rutsche ist
für Personen unter 130 Zentimetern verboten.
Es darf jeweils nur eine Person
gleichzeitig die Rutsche benutzen.
Bitte nicht barfuß, mit hohen Absätzen
oder Flip-Flops rutschen.

Das heißt wohl, wir werden rutschen.

Ich sehe zu, wie Ian sich als Erster die Rutsche hinabstürzt und dabei die Hände in die Luft reißt, als säße er in der Achterbahn. Er poltert auf dem silbernen Metall entlang, das im Sonnenlicht leuchtet.

Der junge Mann, der Aufsicht hat, nickt mir zu. Jetzt darf ich. Zögerlich laufe ich zum Einstieg der Rutsche und sehe mich um, um zu schauen, ob mich jemand beobachtet.

Unbeholfen setze ich mich, strecke die Beine vor mir aus und sehe, wie Ian mir von unten aus ermutigend zuwinkt.

Und dann stürze auch ich mich hinab.

Obwohl mir mein Körper überall wehtut, als ich hinabsause, kann ich ein Glucksen und ein Grinsen nicht unterdrücken.

Mir wird klar, dass es höchste Zeit ist, wieder ich selbst zu sein.

Und endlich wieder zu leben.

Von: Sylvie
An: Simon

Ihr seid in Frankreich! Wie seid ihr denn auf die Idee gekommen, nach Rennes zu fahren?
Wie lange bleibt ihr? Wenn ihr die Gelegenheit habt, solltet ihr einen Abstecher nach Bordeaux machen. Es wäre schön, dich zu sehen.
Okay, hier kommt dein Satz des Tages: »Je n'en crois pas mes yeux.« Das bedeutet: Ich traue meinen Augen nicht. Das kannst du sagen, wenn du während der Reise etwas ganz Besonderes siehst. Du musst mir dann Bericht erstatten!
Weißt du was? Ich war noch nie in Ägypten, da will ich eines Tages auch gern mal hin. Und nach Jordanien. Aber ich weiß, was du meinst, ich habe eigentlich mehr vom Rest der Welt gesehen als von Frankreich. Es gibt viele Orte, die näher an meinem Zuhause sind und die ich dringend besuchen muss. Ich war noch nie in Rennes, stell dir das mal vor! Es würde mich sehr freuen, wenn du mir erzählst, wie es dort ist.
Interessant, wie sehr Bristol sich verändert hat. Hier ist es genauso. Bordeaux ist ganz anders als damals in meiner Jugend. Beinahe nicht wiederzuerkennen! Es ist in den vergangenen Jahren viel beliebter bei Touristen geworden, und viele Pariser haben hier ihren Zweitwohnsitz oder kommen übers Wochenende her. Es gibt einen Hochgeschwindigkeitszug zwischen Paris und Bordeaux, also pendeln ein paar

Leute sogar. Die Veränderungen begannen so vor zwanzig Jahren. Früher gar nicht so beliebte Gegenden haben sich in »bourgeoise« Viertel verwandelt. Und auf beiden Seiten des Flusses haben jetzt überall Restaurants eröffnet. Es ist wirklich schön ... Und das sage ich nicht nur, damit du vorbeikommst!
Die Übersetzung läuft gut, danke. Ja, manchmal muss ich mir definitiv kreative Freiheit erlauben! Beim Übersetzen gibt es viele Nuancen, also kann man die Sätze nicht immer eins zu eins übertragen, besonders bei Romanen nicht.
Vogelspinnen schmecken übrigens ein bisschen wie Krabben!

Von: Simon
An: Sylvie

Bonjour Sylvie!
Lustigerweise haben wir tatsächlich geplant, in ein paar Tagen auch nach Bordeaux zu kommen. Ja, es wäre wirklich schön, wenn wir uns treffen könnten!
Sorry, dass ich nicht früher von meinem geplanten Besuch erzählt habe, aber ich dachte, es klingt vielleicht etwas komisch, wenn ich Kontakt zu dir aufnehme und dir dann direkt sage, dass ich nach Bordeaux komme ...
Ich gebe dir so bald wie möglich Bescheid, wie unsere Pläne konkret aussehen, und dann können wir etwas ausmachen, wenn du Zeit hast.

Ansonsten ist unser Trip bisher sehr ... interessant! Wir mussten mal eine Nacht in einer Kirche verbringen – frag nicht! Rennes war sehr hübsch, du solltest auf jeden Fall hin, wenn du die Möglichkeit hast! Und Nantes hat mir richtig gut gefallen.
Es ist eine wundervolle Stadt mit jeder Menge interessanter moderner Kunst, die mich ansonsten nicht so reizt. Ich habe deinen Satz ausprobiert, aber die Leute haben mich meistens einfach nur verwirrt angesehen. Wahrscheinlich brauche ich noch Nachhilfe in Sachen Aussprache! x

38. KAPITEL

Damals

Juni 1975

Simon starrt hoffnungslos auf die übergroße Uhr, die vorn in dem höhlenartigen Klassenzimmer hängt, in dem die Abschlussprüfungen stattfinden.

Sie tickt sehr laut. Jede Sekunde klingt wie ein Trommelschlag. Die Bewegung der Zeiger hat etwas Hypnotisches an sich.

Aufsicht hat Dr. Johnson, der strenge, ältliche Physiklehrer. Er patrouilliert in den Gängen auf und ab und schaut den Schülern über die Schulter. Der Takt seiner Schritte passt unangenehmerweise überhaupt nicht zu dem Ticken der Uhr.

Neil, der zwei Tische rechts von Simon sitzt, tippt mit seinem Stift auf die Tischplatte.

William, der hinter ihm sitzt, knirscht mit den Zähnen.

Es ist beinahe unmöglich, sich zu konzentrieren.

Simon bekommt Panik, weil er weiß, dass er nicht genug gelernt hat. Er hätte auf Raj hören sollen, der jetzt wie ein Besessener schreibt. Die letzten sieben Monate hat Simon damit verbracht, Briefe zu verfassen, Mixtapes aufzunehmen und einen streng geheimen

Trip durch Frankreich zu planen – und hat dabei das Lernen völlig vernachlässigt.

Durch die anderen Fächer hat er sich bereits irgendwie mogeln können, aber diese letzte Prüfung ist die schlimmste. Geschichte. Er hat bereits Angst vor der Note, noch ehe die Prüfung vorbei ist. In seinem Kopf hört er die Stimme seines Vaters, seinen Ärger und seine Enttäuschung.

Hilflos sieht er sich in dem großen Raum um und stellt fest, dass alle anderen Jungs den Kopf gesenkt haben und munter vor sich hin kritzeln. Ian ist der einzige Junge, der sich ebenfalls umschaut, und das ist alles andere als beruhigend.

Die ganze Zeit tickt die Uhr erbarmungslos weiter, und Simon hat noch immer nicht alle Fragen beantwortet.

»Ihr habt noch fünf Minuten!«, ruft Dr. Johnson.

Wieder sieht Simon gehetzt auf die Uhr. Wo sind nur die restlichen zwei Stunden und fünfundzwanzig Minuten geblieben?

Wenn es in der Prüfung darum ginge, wie man von Bristol nach Bordeaux kommt, würde er garantiert bestehen. Bei seinen regelmäßigen Ausflügen in die Bibliothek hat er die gesamte Route geplant. Im vergangenen Monat hat er sich in jeder freien Minute der »Mission Sylvie« gewidmet. Kein Wunder, dass er sich nicht an den Friedensvertrag von Versailles erinnern kann.

»Okay, das war's. Die Zeit ist um. Legt die Stifte hin«, bellt Dr. Johnson in der Sekunde, in der der Sekundenzeiger die volle Stunde vollendet. »Stifte hinlegen, habe ich gesagt. Brown, wird's bald? Wenn ich das noch mal sagen muss, kann ich die Prüfung nicht gelten lassen.«

Niedergeschlagen legt Simon den Stift weg.

Dr. Johnson sammelt die Prüfungsbögen ein, ehe die Jungs aufstehen und so lange schweigen, bis sie an der Tür angekommen sind, wo sie sofort zu plappern beginnen.

Als Simon mitbekommt, wie die anderen die Antworten diskutieren, wird ihm klar, dass er noch schlechter war als befürchtet.

»Na, wie ist es gelaufen?«, fragt Raj, als die drei Jungs sich vom Rest der Klasse entfernen.

»Das werden wir dann wohl im August erfahren.« Simon zieht eine Grimasse.

»Ach, ihr zwei! Ich will jetzt nichts mehr von den Prüfungen hören. Was sollen wir überhaupt aus der Geschichte lernen? Jetzt wird gefeiert! Wir sind fertig mit den Prüfungen! Das Semester ist vorbei! Für dieses Jahr haben wir es geschafft, und Frankreich ruft!«

»Pssst, nicht so laut!«, mahnt Simon Ian, während sie in ihr Zimmer eilen, um für ihr geheimes Abenteuer zu packen.

»Wie seht ihr denn aus?« Simon prustet los, als er von der Tasche aufblickt, die er gerade packt. Ian und Raj tragen echte Glamrock-Outfits – Schlaghosen, Seidenhemden und Plateaustiefel. »So wollt ihr nach Frankreich radeln?«

Nach fünf Jahren im Internat beherrschen die Jungs das Packen aus dem Effeff, auch wenn sie dieses Mal nicht direkt nach Hause fahren. Die meisten anderen Jungs ihres Jahrgangs bleiben hier oder fahren zu ihren Eltern, während die Teilnehmer des walisischen Camps und des Frankreichaustauschs am nächsten Tag aufbrechen.

»Wir kennen alle den Plan, richtig? Wie müssen nur so tun, als würden wir nach Hause fahren. Die Taschen für Frankreich verstauen wir unter den Betten«, erinnert Simon Raj und Ian flüsternd, damit niemand sie hört.

Raj nickt, schiebt seine Tasche unter sein Bett und geht sicher, dass die Überdecke sie komplett verbirgt.

»Wir nehmen die normalen Koffer für zu Hause mit, melden uns ab und sagen, dass unsere Eltern uns vorn an der Straße einsammeln. Dann flitzen wir zurück, klettern durch das Fenster in unser Zimmer, verstecken die Koffer unter den Betten und tauschen sie mit den Taschen für Frankreich aus. Alles klar?«

»Denkst du, in den Ferien schaut jemand unter die Betten?«, fragt Raj, der jetzt viel nervöser wirkt als vor der Prüfung, während Ian die Fenster öffnet.

»Nein. Erinnerst du dich nicht, was wir da zu Beginn des Jahres gefunden haben?«

»Einen alten Unterwäsche-Katalog!« Ian erinnert sich nur zu gut.

»Krieg jetzt keine Panik«, flüstert Simon Raj zu, der seine Nervosität spürt, als sie durch die Schule zu dem kleinen Empfangstresen in der Eingangshalle gehen.

»Wohin wollt ihr Jungs denn?« Die Stimme von Mr Montgomery ertönt hinter dem Pult.

Das war nicht Teil des Plans.

Eigentlich sollte die Schulsekretärin hier sitzen. Die nette alte Dame, die keine Ahnung von nichts hat. Nicht der Furcht einflößende Schulmarschall, der die Eingangstür bewacht.

»Wir fahren …«

»Heim. Wir fahren heim«, unterbricht Simon Raj, der kein Wort mehr herausbringt. Raj hat kein Problem damit, wie aus der Pistole geschossen Fragen zu Lenins Machtergreifung im Jahr 1917 zu beantworten, aber Mr Montgomery anzulügen ist noch mal was ganz anderes.

»Ihr fahrt nicht mit nach Wales? Ein wenig körperliche Ertüchtigung würde euch nicht schaden.«

Sie unterdrücken ein Grinsen.

»Nein, Sir, unsere Eltern holen uns gleich ab.«

Montgomery sieht sie misstrauisch an, und Simon spürt, wie ihm der Schweiß auf die Stirn tritt. Er traut sich gar nicht, zu Raj zu gucken, der bestimmt zittert wie Espenlaub.

»Habt ihr euer Zimmer denn auch ordentlich hinterlassen?«

»Ja, Sir. Wir haben alles eingepackt.« Simon deutet auf die Koffer, ehe er nach dem Stift greift und schwungvoll die Abmeldung unterschreibt.

»Ich komme mit und verabschiede euch.«

»Ist schon in Ordnung, Sir, wir …«

»Nein, ich muss doch sichergehen, dass ihr abgeholt werdet.«

Simons Miene verfinstert sich.

Er hört Raj schon klagen, dass er es ihm doch gleich gesagt habe.

Alles ist vorbei, noch ehe es begonnen hat.

Während Simon panisch versucht, einen Ausweg zu finden, plumpst plötzlich ein Tennisball vom obersten Treppenabsatz und springt auf dem Steinboden auf und ab.

»Wer war das?«, brüllt Montgomery und sieht nach oben zu den jüngeren Schülern, die den Treppenabsatz entlanglaufen. Er jagt den Übeltätern nach, immer zwei Stufen auf einmal nehmend. »Kommt sofort her!«

»Los, lasst uns verduften!«, wittert Simon ihre Chance.

Sie flitzen durch die Eingangstür und dann die Einfahrt hinunter, wobei sie dem Postmann auf seinem Fahrrad ausweichen müssen.

Nachdem sie sichergegangen sind, dass niemand ihnen folgt, schleichen sie zurück und um die Ecke des Schulgebäudes bis zum Fenster ihres Zimmers.

»Dann mal rein in die gute Stube«, fordert Ian Raj auf und deutet auf das Fenster.

»Warum denn ich?«

»Weil du der Kleinste bist!«

Raj sieht sie perplex an.

»Komm schon, je schneller wir sind, desto schneller sind wir auch wieder weg. Wenn wir uns nicht beeilen, werden wir noch erwischt!«, sagt Simon.

»Aber wenn sie uns schnappen …«

Simon und Ian heben Raj durch das Fenster, ehe er seine Beschwerde zu Ende führen kann.

»Manchmal weiß ich echt nicht, warum ich mit euch

befreundet bin«, mault Raj, als er Simon den Koffer abnimmt.

»Hast du ihn? Er ist schwer!«

Während Raj die Koffer unter den Betten verstaut und mit den anderen Taschen austauscht, in denen sich die gemopste Ausrüstung befindet, zieht Ian, der eigentlich Wache schieben soll, das Fenster nach unten und tut so, als würde er Raj im Stich lassen.

»Haha, sehr witzig.« Raj verdreht die Augen.

»Kommt schon, wir haben jetzt keine Zeit für diesen Quatsch!«, übernimmt Simon das Kommando und holt tief Luft.

Sie laufen weiter zur Rückseite der Schule, hinter die Laborräume, wo die alten Schulräder stehen. Niemand wird merken, dass sie fehlen.

Simon sieht nach links zu Ian und dann nach rechts zu Raj. Aufgereiht stehen die drei nebeneinander wie Marathonläufer an der Startlinie.

»Bereit?«

»Um es mit Alice Cooper zu sagen: ›School's out for summer!‹«, brüllt Ian, als sie den Hügel hinabradeln. Erst eine halbe Minute später fällt ihnen auf, dass sie falsch gefahren sind und noch mal an der Schule vorbeimüssen.

39. KAPiTEL

Jay winkt uns zu, als er uns entdeckt, und steckt sein Handy in seine Hosentasche.

Auch wenn Ian und ich uns wieder nähergekommen sind, ist es schön, ein anderes bekanntes Gesicht zu sehen. Obwohl wir uns nur von der Trauerfeier kennen, wirkt Jay bereits vertraut.

»Was machst du denn hier?«, scherze ich, als wir uns die Hand geben.

»Willkommen auf Noirmoutier! Ihr seid also beide noch ganz?« Lächelnd begrüßt er uns auf der Insel, auf der sich ihr Ferienhaus befindet. Ich freue mich darauf, den Ort und die Familie kennenzulernen und zu sehen, wo Raj sein Glück gefunden hat.

»So einigermaßen, auch wenn die Brücke ganz schön unsicher ist«, erwidere ich und meine damit den gepflasterten Damm, Le Passage du Gois, den wir gerade überquert haben. »Man sieht nicht oft Straßenschilder, auf denen man vor dem Ertrinken gewarnt wird!«

»Ja, es ist der längste tauchfähige Damm der Welt, glaube ich. Man kann ihn nur zweimal am Tag bei Ebbe überqueren, ihr hattet ein gutes Timing.«

»Der Ort ist also ganz schön abgeschnitten«, merkt Ian an, während er die kargen, sonnenversengten Felder betrachtet. »Ich weiß noch, wie wir damals die Küste entlanggeradelt sind und uns gefragt haben, was das für eine Insel ist.«

»Ja, ich glaube, Dad gefiel die Idee, dass die Insel eine Art geheimer Hafen ist, versteckt vor den anderen. Als wir Kinder waren, hat er sich immer Geschichten ausgedacht und gesagt, das hier sei ein magisches Königreich. Außerdem ist die Insel perfekt zum Radfahren geeignet, alles liegt in der Nähe, und sie ist vollkommen flach.«

»Der faule Kerl, kein Wunder, dass Raj sich für diese Insel entschieden hat! Er hat sich immer beklagt, wenn es während der Tour mal bergauf ging«, scherzt Ian.

»Du kommst also ganz nach deinem Vater«, sage ich und deute auf das Rad, das Jay festhält.

»Ja, auch wenn ich etwas aus der Übung bin.«

»Du denkst, du bist aus der Übung?«, lache ich.

Wir folgen Jay quer über die Insel und haben sofort das Gefühl, uns in einer völlig anderen Welt zu befinden, fernab der modernen Industriestadt Nantes. Im Gegensatz zu anderen Inseln gibt es hier keine luxuriösen Golfplätze oder riesige Hotelresorts. Es fühlt sich eher nach einer längst vergangenen Zeit an. Eigentlich wie damals, als wir zum ersten Mal in Frankreich waren.

Es scheint nicht einmal viele Autos zu geben, weil die meisten Menschen auf Fahrrädern oder mit der kleinen weißen Eisenbahn für Touristen unterwegs sind, die an all den Strandhäusern vorbei die sandige Küste entlangfährt. Wir radeln zu dritt nebeneinander und erzählen Jay von unserer bisherigen Reise, während er uns die schönsten Stellen zeigt und von der Insel erzählt.

»Das ist unseres«, sagt er nach etwa einer halben Stunde, als wir an einem großzügigen Haus ankommen. Es hat weiß getünchte Wände, Terrakottafliesen und pastellblaue Fensterläden und sieht aus, als wäre es in einem Stück von einer mediterranen Insel hierher verpflanzt worden. Es befindet sich direkt an einem Strand mit gelbem Sand und hat Blick auf das endlose türkisfarbene Meer.

»Hallo! Hallo! Das seid ihr ja endlich! Nun kommt schon rein!« Priti, die eine Sonnenbrille, große, bunte, baumelnde Ohrringe und ein rot-blau gemustertes Kleid trägt, begrüßt uns warmherzig. Es ist schön, sie lächeln zu sehen.

Rajs Töchter, die ich bei der Trauerfeier noch nicht richtig kennenlernen konnte, stehen hinter ihrer Mum.

Zara, die Ältere, hat langes dunkles Haar, trägt Creolen und eine silberne Kette über ihrem senfgelben T-Shirt. Mishtis Haar ist kürzer, und sie wirkt schüchtern, aber lächelt viel. Die Mädchen ähneln beide eher ihrer Mutter, aber man erkennt auch, dass es Rajs Töchter sind – ich weiß nicht, ob es an den Augen oder ihrem Lächeln liegt. Während sie sprechen, sehe ich sie genau an, um herauszufinden, welche Angewohnheiten sie möglicherweise von Raj übernommen haben.

»Ihr müsst doch sterben vor Hunger, das Mittagessen ist schon bereit für euch! Fühlt euch bitte ganz wie zu Hause.«

Mit leuchtenden Augen folgt Ian den Kindern hinaus zu dem Esstisch auf der Terrasse, von der aus man einen wunderschönen Blick aufs Meer hat. Ich bleibe im Haus, um Priti meine Hilfe anzubieten, aber sie besteht darauf, alles im Griff zu haben.

»Wie geht es dir?«, frage ich sie stattdessen. Das mag in Anbetracht der Situation eine blöde Frage sein, aber ich weiß noch, dass ich froh darüber war, wenn mich jemand das damals nach Carolines Tod gefragt hat, anstatt mich wie ein rohes Ei zu behandeln.

»Ich glaube, wir waren alle unsicher, ob wir dieses Jahr trotzdem hierherfahren sollen. Aber es ist wirklich schön, alle Kinder auf einem Haufen zu haben und eine Weile nicht zu Hause zu sein – und allem eine Zeit lang zu entkommen. Es ist schon ein paar Jahre her, dass wir gemeinsam hier waren. Jetzt wünschte ich, wir hätten es öfter gemacht, als die Kinder noch jung waren. Aber man muss sie eben ihre eigenen Wege gehen lassen, wenn sie flügge werden, nicht wahr?«

Ich bin einerseits glücklich darüber, dass ich Anna so lange bei mir hatte, andererseits habe ich ein schlechtes Gewissen. Wenn ich Priti so höre, frage ich mich, ob ich Anna zu lange zurückgehalten habe.

Plötzlich fällt mir ein kleines gerahmtes Bild an der Wand auf. Es zeigt uns drei auf der Radtour und ist dasselbe, das ich letztens auf dem Dachboden gefunden habe.

»Hast du das erst kürzlich aufgehängt?«, frage ich

Priti, als sie einen weiteren Teller mit Essen an mir vorbei hinaus zum Tisch trägt. Sie weigert sich immer noch, meine Hilfe anzunehmen.

»Nein, nein, das hängt schon immer hier«, sagt sie lächelnd. »Es war eines der ersten Dinge, die Raj angebracht hat, als wir das Haus gekauft und renoviert haben. Es hat ihn daran erinnert, weshalb er diese Gegend in Frankreich so liebt.«

Ich starre auf das Foto, das immer noch gemischte Gefühle in mir auslöst. Freude über die schöne Erinnerung und zugleich ein großes Bedauern darüber, dass wir nicht rechtzeitig wieder Kontakt zueinander aufgenommen haben.

»Er fände es so schön, dass ihr zwei hier seid! Raj wollte euch immer wiedersehen und hierher einladen. Das stand auf seiner ewigen To-do-Liste. Ihm war nicht klar, dass ihm keine Zeit dafür bleiben würde«, sagt Priti und lächelt mich an. Noch ehe ich etwas erwidern kann, geht sie weiter hinaus, und ich folge ihr und geselle mich zu den anderen, die bereits das Besteck in der Hand halten.

Wir genießen das herrliche Essen, das frisch aus dem Meer und von dieser Insel kommt. Ich bediene mich an dem frisch gefangenen Lachs und den Kartoffeln mit Meeresalgen, die nach den monotonen Frühstücksbüfetts in den Hotels und den geklauten Brötchen umso köstlicher schmecken. Das farbenprächtige Obst und Gemüse strahlt regelrecht vor dem türkisfarbenen Meer im Hintergrund, das von den weißen Segeln gefleckt ist.

»Es muss herrlich gewesen sein, hier die Sommer zu verbringen«, sage ich und bewundere den Ausblick.

»Ja, als Kinder war es toll, hier Urlaub zu machen. Mum und Dad haben uns erlaubt, überall allein hinzulaufen und zu radeln«, erwidert Jay.

»Solange wir nicht weiter als bis zum Bunker gingen!«, lacht Zara. Ihr Lachen klingt wie das von Raj.

»Es gibt am Strand einen Bunker aus dem Zweiten Weltkrieg. Bis dorthin durften sie herumstromern, als sie klein waren, aber nicht weiter«, erklärt Priti Ian und mir.

»Obwohl wir manchmal heimlich auf die andere Seite der Insel gegangen sind«, sagt Mishti so leise, als befürchte sie immer noch, deswegen Ärger zu bekommen.

»Was? Das wusste ich nicht!«

»Dad schon.«

Priti schüttelt gespielt entsetzt den Kopf.

»Er hat immer gesagt, dass er die Kinder in einem ähnlich freien Geist erziehen will, wie ihr ihn auf der Tour erleben durftet. Aber wenn man Kinder hat, dann macht man sich eben Sorgen um sie, nicht wahr? Man hat bestimmte Ideale, aber wenn sie nicht da sind, schiebt man Panik. Zum Glück ist es hier sehr sicher.«

»Ich wüsste gern, wie Dad in der Schule so war. Er hat ein bisschen damit geprahlt, wie rebellisch er damals war, weil er ja von der Schule geworfen wurde.«

»Es tut mir leid, Jay, dein Dad war vieles, aber sicher kein Draufgänger!« Ian und ich müssen losprusten. »Nein, ich nehme an, die Tour war der erste rebellische Akt seines Lebens.«

Während wir so plaudernd um den Tisch sitzen, wird aus dem Mittag- das Abendessen, wird der Tag zur Nacht und aus der Gegenwart Vergangenheit.

Wir schwelgen in Erinnerungen, lächeln, lachen, kosten Austern und genießen den selbst gebackenen Flan maraîchin. Ian und ich erzählen abwechselnd Geschichten aus Rajs Jugend und hören uns dann die Familiengeschichten an. Aus all den Teilchen ergibt sich ein Mosaik von Rajs Leben.

Es ist ein kleiner Schock, als wir am nächsten Morgen nach unserem idyllischen und viel zu kurzen Aufenthalt auf der Insel wieder auf unsere Räder steigen müssen. Die gesellige Nacht erinnert mich an die gemeinsamen Abendessen von Caroline und mir mit unseren Freunden und wie sehr ich das in den vergangenen Jahren vermisst habe. Hauptsächlich habe ich mir das selbst zuzuschreiben.

»Habt ihr wirklich Lust darauf, dass wir euch auf dem nächsten Abschnitt begleiten?«, fragt Priti, als sie auf ihr gelbes Rad steigt. »Raj ist jeden Sommer mit den Kindern die Küste entlanggeradelt.«

Ich blicke lächelnd zu Ian, Priti, Jay, Zara und Mishti, die alle auf ihren Rädern sitzen.

»Na klar! Das ist eine schöne Idee, und ich denke immer noch, dass ihr noch weiter mit uns fahren solltet … Oder ihr könntet den Zug nehmen und dann in Arcachon zu uns stoßen, wenn ihr nicht radfahren wollt?«

»Nein, ich glaube, Raj hätte gewollt, dass es nur ihr

beide seid. Dafür freue ich mich umso mehr, dass wir uns heute ein Stück lang anschließen. Ich bin mir aber nicht sicher, wie weit ich es schaffe.«

»Ehrlich gesagt glaube ich, dass Ian sich über ein wenig andere Gesellschaft freut«, sage ich, als ich sehe, wie er mit Jay, Zara und Mishti plaudert. Er scheint sie richtig ins Herz geschlossen zu haben.

Während wir so nebeneinanderher fahren, dieses Mal das Meer auf einer anderen Brücke überqueren, weil Flut ist, und auf einem sandigen Küstenweg an den Kiefern vorbeiradeln, wünsche ich mir umso mehr, dass Raj bei uns sein könnte.

Wir erreichen Saint-Gilles-Croix-de-Vie zur Mittagszeit und lassen uns dort die Sardinen schmecken, die Priti empfiehlt, ehe sie beschließt, dass es für sie Zeit für den Rückweg ist. Ihre Kinder entscheiden sich, sie zu begleiten.

»Ich danke euch sehr, dass ihr Raj diese Ehre erweist«, sagt sie, als wir uns zum Abschied ziemlich verschwitzt umarmen.

»Wir haben zu danken, dass wir die Gelegenheit dazu bekommen haben. Es tut mir nur leid, dass wir uns nicht früher kennengelernt haben.«

»Hoffentlich können wir das jetzt wiedergutmachen. Lass uns auf jeden Fall in Kontakt bleiben!«

»Das machen wir«, sage ich. Schließlich weiß ich, wie dringend wir beide Gesellschaft brauchen.

»Ihr seid hier beide jederzeit willkommen, wenn ihr mal eine Auszeit braucht …«

»Pass auf, was du sagst, sonst hast du in Ian bald einen neuen Dauergast«, flüstere ich Priti zu, als Ian sich gerade von den Kindern verabschiedet.

»Ich fände es toll, wenn ihr drei nächstes Mal Anna kennenlernen könntet«, sage ich zu Jay, als wir uns die Hand geben.

»Das wäre schön!«, lächelt er. »Dann hoffentlich bis bald!«

»Genießt die restliche Reise«, sagt Zara, während ich meinen Helm aufsetze. »Jetzt seid ihr auf der Zielgeraden und solltet es locker bis zum Feuerwerk am vierzehnten Juli nach Arcachon schaffen.«

»Ja! *Nothing's Gonna Stop Us Now*!« Wir grinsen bei dem Gedanken an das Lied von Starship.

40. KAPiTEL

Sobald man uns in den Konferenzraum führt, in dem die Weinverkostung stattfindet, weiß ich, dass es eine schlechte Idee war.

»Komm schon! Jay hat gesagt, dass wir unbedingt an einer Weinverkostung teilnehmen sollen, solange wir in Frankreich sind«, sagt Ian, als ich mitten im Laufen innehalte und nichts lieber will, als unseren Abend in Les Sables-d'Olonne mit hochgelegten Füßen und einer guten Mütze voll Schlaf zu verbringen.

Langsam beginne ich die unterschiedlichen Auswirkungen des täglichen Radfahrens zu spüren. Vom Sitzen auf dem Sattel habe ich wunde Stellen, meine Füße sind geschwollen, meine Gelenke schmerzen, der Wind hat meine Haut aufgebissen, meine Lippen sind aufgesprungen. All diese Probleme habe ich damals mit sechzehn gut weggesteckt. Doch dazu kommen all die Gefühle, die auf mich einströmen und mit denen ich nicht gerechnet habe. Nach den letzten Tagen mit Rajs Familie möchte ich gern alles verarbeiten und mich ein wenig entspannen.

»Ich glaube, er meinte damit eine Verkostung auf einem malerischen Weingut und nicht im Hotel«, argumentiere ich vergeblich.

»Wein ist Wein«, sagt Ian. Unsere Zeit mit Priti und den Kindern hat ihn umso mehr darin bestärkt, das Beste aus jeder Sekunde zu machen.

Die Weinprobe, von der er durch die Flyer in unserem Hotelzimmer erfahren hat, richtet sich eindeutig an ausländische Touristen. Es sind nur noch ein paar andere Gäste mit uns hier: ein deutsches Paar mit ihrem zehnjährigen Sohn, der mit Saft vorliebnehmen muss und ganz offensichtlich nicht die geringste Lust auf diese Veranstaltung hat, und zwei australische Frauen in den Fünfzigern, auf die Ian natürlich schnurstracks zusteuert.

Sie stellen sich als Melissa und Anette vor, als wären sie ein Fernsehduo.

»Ich bin Ian, und das ist Simon.«

»Macht ihr Urlaub?«, sagen beide gleichzeitig, ehe sie loskichern.

»Eigentlich fahren wir mit dem Rad nach Bordeaux«, erwidert Ian.

»Das gibt's ja nicht, wir machen auch eine Radtour!«

»Wirklich? Also wir radeln morgen nach La Rochelle.«

»Wir auch!«

»Sollen wir zusammen fahren?«, schlägt Ian diesen zwei wildfremden Frauen vor, die er gerade mal seit einer halben Minute kennt. Ich starre ihn ungläubig an, aber er ist interessierter an seiner neuen Gesellschaft.

»Klar, gerne. Hoffentlich könnt ihr mit uns mithalten!«, sagt Melissa und zwinkert ihm zu.

Glücklicherweise unterbricht der Leiter der Verkostung Ians Geflirte, als er mit den ersten Weinflaschen den Raum betritt und uns begrüßt. Unglücklicherweise ist er kein Mann der großen Worte, sodass Ian noch mehr aufdreht.

»Sollen wir es schlucken oder ausspucken?«, frage ich, ehe ich einen Schluck aus dem ersten Glas nehme.

Mel und Anette beginnen schon wieder zu kichern. Die haben wahrscheinlich schon vor der Weinprobe ausreichend Alkohol verkostet.

»Du Ferkel!«, stimmt Ian in ihr Gelächter mit ein. Eigentlich kann ich genauso gut gehen und mich zu dem deutschen Jungen setzen, der auf seinem Handy daddelt.

Der Anleiter reicht den Spucknapf den Tisch entlang, aber niemand benutzt ihn. Ian kippt sein Glas in einem Zug hinunter.

»Ich gebe Ihnen einen Moment Zeit und hole die anderen Flaschen«, sagt der Leiter, der schon jetzt die Aufmerksamkeit der Gruppe verloren hat.

»Wir gehen nachher noch aus, wollt ihr mit?«, wendet Anette sich an uns.

Noch ehe ich sagen kann, dass wir früh ins Bett müssen, weil uns morgen der längste Teil der Reise bevorsteht, ist Ian schon voll dabei.

»Ja, auf jeden Fall! Was schwebt euch denn vor?«

»Ich habe gelesen, dass es um die Ecke eine Karaokebar gibt«, sagt Melissa aufgeregt. »Das könnte lustig sein.«

»Oder …«, versuche ich, mich einzuschalten.

»Das klingt toll. Ich bin übrigens ein Tribute-Sänger«, erwidert Ian.

»Oh, echt? Und wer bist du? Warte, lass uns raten«, lässt Melissa ihn gar nicht erst zu Wort kommen.

Ich ahne schon, dass die Sache übel enden wird.

»Was denkst du?«, wendet sie sich an ihre Freundin, und beide mustern ihn.

»Vielleicht der Typ von Simply Red?«

»Mick Hucknall?« Zum ersten Mal an diesem Abend spuckt Ian seinen Wein aus.

»Ich hätte eher an Meatloaf gedacht.«

Ian sieht mich an, und ich versuche, mir das Lachen zu verkneifen.

»Ich versuche jetzt mal, nicht total beleidigt zu sein«, meint er, als die beiden Frauen vor Lachen prusten, und hält sich eine Hand vor die Augen.

»Also, was denkt ihr?«

»Oh, okay, wie hieß die noch mal? Die, die *Dreams* gesungen hat?«

»Gabrielle? Oder?«

»Sehe ich etwa aus wie Gabrielle?! Ich bin David Bowie!«

»Oh, okay. Ja, jetzt sehe ich es irgendwie auch«, sagt sie wenig überzeugend.

Eine Stunde später sehe ich Ian und Melissa dabei zu, wie sie *Under Pressure* singen.

»Bitte schön«, sage ich, als ich zurück an den dunklen Holztisch komme und etwas unsicher zwei Cocktails in flamingoförmigen Gläsern abstelle, in denen außerdem zwei pinke Schirmchen stecken. Anette und ich sind jetzt allein miteinander. Sie ist nicht ganz so quirlig wie Melissa und trägt zu ihrem dunkelblonden, schulterlangen Haar übergroße Ohrringe.

Wir passen nicht so richtig hierher. Der Rest der Bar ist voller ortsansässiger Studenten, die beim Singen der französischen Songs auf und ab hüpfen, während auf den großen Fernsehbildschirmen Fußball läuft. Ian und Melissa flirten indessen ungeniert weiter, wenn sie nicht gerade betrunken einen Song zum Besten geben. Schnell nehme ich den pinken Schirm aus meinem Getränk.

»Also, mit wem würdest du am allerliebsten mal zu Abend essen, Simon?« Anette muss schreien, damit ich sie höre, was der Frage einen aggressiven Anstrich verleiht.

Uns sind mittlerweile die Themen ausgegangen, sodass unsere Unterhaltung jetzt eher einem Vorstellungsgespräch gleicht. Ich habe den Eindruck, jetzt schon einen Drink zu viel intus zu haben, und habe Schwierigkeiten, mich zu konzentrieren.

»Geht es um tote oder lebendige Gäste?«

»Tote sind nicht die spannendste Gesellschaft, oder?«, lacht sie.

»Ich wollte eigentlich sagen, dass mein Teenager-Ich es mir nie verzeihen würde, wenn ich nicht Marc Bolan auswählen würde. Aber leider ist er schon tot.«

»Wer?«

»Kennst du nicht T. Rex?«

»Den Dinosaurier? Du willst einen Dino zum Essen einladen? Was soll der denn essen?«

Ich schüttle den Kopf.

»Nein, T. Rex war eine Band in den Siebzigern.«

»Oh, mit Musik kenne ich mich nicht aus. Ich mag Musik nicht so gern.«

»Wer mag denn keine Musik?«

»Das überlasse ich Mel, sie ist die Musikalische von uns beiden. Ich stehe mehr auf Sport.«

»Hast du schon mal von The Sweet gehört?«

Mag an den vielen Drinks liegen, aber noch will ich nicht aufgeben.

»Nein.«

»10cc?«

»Was soll das denn werden?« Sie sieht mich ebenso verwirrt an, wie ich es aufgrund ihrer mangelnden Musikkenntnisse bin.

»Aber Slate kennst du doch wenigstens, oder?«

Sie verdreht die Augen.

»Die singen dieses nervige Weihnachtslied, oder? Nee, ich mag nur Maroon 5 und Take That.«

Ich schüttle weiter ungläubig den Kopf.

»Ich gehe mal für kleine Mädchen. Bin gleich wieder da«, ruft sie, ehe ich sie weiter mit meinem Musikquiz langweilen kann.

Als sie verschwindet und sich an den Studenten vorbeiquetscht, sehe ich auf mein Telefon.

Lächelnd stelle ich fest, dass Sylvie geschrieben hat.

Von: Sylvie
An: Simon

Ich kann kaum glauben, dass du wirklich nach Bordeaux kommst. Wie aufregend! Ich finde das überhaupt nicht komisch, du hättest ruhig früher Bescheid geben können. Ich schicke dir mal meine Nummer mit, dann können wir uns am Telefon verabreden, wenn du willst. Das erinnert mich sofort an früher! Es ist toll, dass wir uns endlich kennenlernen!

Ich hatte gestern ein wenig Zeit und habe unsere alten Briefe auf dem Dachboden gefunden. Es war schön, sie zu lesen. Sie haben mich zum Lachen gebracht. Ich weiß nicht, wie viel ich dir damals in den Briefen erzählt habe, aber ich weiß noch, dass dieses Schuljahr schwierig für mich war. Ich hatte nicht viele Freundinnen an der Schule, und ein paar Mädchen haben mich gemobbt. Und daheim haben meine Eltern dauernd gestritten (sie haben sich im Jahr darauf scheiden lassen). Deine Briefe haben mir geholfen, durchzuhalten. Dafür habe ich mich nie bedankt, das möchte ich hiermit nachholen.

Auf jeden Fall hoffe ich, dich bald zu sprechen (oder zu sehen!), ehe diese Nachrichten zu richtigen Essays werden, so wie unsere Briefe damals.

Tiens-moi au courant! (Halt mich auf dem Laufenden!) x

Als ich Sylvies Nachricht lese, lasse ich zum ersten Mal die Gefühle zu, die ich damals als Teenager für sie hatte. Ich merke, dass ich ihr jetzt furchtbar gern gegenübersitzen würde.

Obwohl ich angetrunken bin, beschließe ich dummerweise, ihr zu antworten.

An: Sylvie
Von: Simon

Denke, Sylvie. Ich bin in eine Bar und Ian singt Karaoke. Ich habe unserere Briefe damals auch geliebt. Ich wünschte, du hättest nich aufgehört zu schreiben.

41. KAPiTEL

Damals

Juli 1975

Als er auf das Zelt zusteuert, zieht Ian mit dramatischer Geste zwei Flaschen Weißwein hinter dem Rücken hervor. Simon und Raj haben die letzte halbe Stunde mit dem Versuch zugebracht, das Zelt aufzubauen, und dass eine der Stangen fehlt, macht die Sache nicht leichter.

»Sieht irgendwie schief aus.« Ian betrachtet die Konstruktion skeptisch. Er sieht zu der Familie nebenan, die dasselbe Zelt als reines Taschenlager verwendet.

»Du hast doch behauptet, dass du dauernd campst und weißt, wie das mit dem Zelt geht. Und dann haust du jedes Mal ab, wenn wir es aufbauen! Wir dachten, du gehst nur aufs Klo!«

»Ich habe einen Abstecher zu den Läden gemacht, und, hallo, ihr habt wohl vergessen, was ich uns mitgebracht habe!« Wieder schwenkt er die Weinflaschen. Die Pferde auf der benachbarten Koppel scheinen daran mehr Interesse zu haben als die Jungs. Sie wiehern und strecken die Köpfe über die Hecke.

»Wie hast du es geschafft, den zu kaufen?«, fragt Simon.

»Du siehst auf keinen Fall wie achtzehn aus«, fügt Raj hinzu.

»Vor dem Laden standen ein paar Typen, und ich habe ihnen Geld gegeben, damit sie die Flaschen für uns besorgen. Fand ich sehr schlau von mir.«

»Zeig mal her.« Raj schnappt sich eine der Flaschen. »Sie sehen ganz okay aus.«

»Ja, die Blaue Nonne ist angeblich ein ganz feiner Tropfen«, blufft Ian.

»Seit wann bist du denn ein Weinkenner?«, erwidert Simon.

»Zu Hause zwitschere ich dauernd einen. Meine Eltern lassen mich beim Abendessen immer mittrinken«, brüstet sich Ian.

»Ja, na klar.« Simon und Raj sehen einander mit nach oben gezogenen Augenbrauen an. »Sind das dieselben Eltern, mit denen du immer zelten gehst?«

»Oder die, die sich bei der Schule beschwert haben, als du beim Abendmahl einen Extraschluck Wein hattest?«, lacht Raj.

»Haltet die Klappe. Ich habe in meinem Leben mehr getrunken als ihr beide zusammen, okay?« Ian setzt sich zu den anderen auf den Boden und nimmt Raj die Flasche weg. »Ich habe uns auch Fleisch mitgebracht.«

»Was für welches denn?«

»Ich bin nicht sicher, ich habe das Schild nicht verstanden. Sieht wie Rind aus, glaube ich«, antwortet Ian, als er das undefinierbare Stück Fleisch aus der blauen Tüte zieht.

»Vielleicht war es keine gute Idee, hier einkaufen zu

gehen, wenn man kein Französisch spricht«, merkt Raj an.

»Wie oft soll ich euch denn noch sagen, dass es nicht meine Schuld ist, dass ich in der Schule kein Französisch habe! Wenn wir in Deutschland wären, dann könnte ich mich mit allen fließend unterhalten.«

Simon und Raj grinsen sich an.

»Wahrscheinlich ist es Pferd. Mein Dad sagt, die Franzosen essen das dauernd«, meint Simon, während er den Gaskocher aus einer der Taschen holt.

»Igitt, ich esse doch kein Pferd!« Raj verzieht angewidert das Gesicht.

»Wie sieht Pferdefleisch denn aus?« Ian hält seinen Einkauf in die Luft und sieht dann hinüber zu der Pferdekoppel. Sofort fühlt er sich schlecht, dass er mit dem Fleisch herumgewedelt hat. »Ich bin sicher, das ist Rind. Leute, seid doch froh, immerhin ist Schluss mit den Marmeladebroten.«

»Du weißt schon, dass das Geld die ganze Reise lang reichen muss?«, meckert Simon.

»Jaja, ich bin doch nicht blöd.« Ian beginnt, die Folie vom Flaschenhals zu reißen.

»Ach nein? Du weißt schon, dass wir keinen Korkenzieher haben. Wie sollen wir die Flaschen aufbekommen?« Resigniert schüttelt Simon den Kopf.

Ian macht sich erneut auf den Weg, um einen Korkenzieher zu organisieren. Der Campingplatz in der französischen Pampa ist voller Familien, die in strahlend bunten Zelten oder Wohnwagen Urlaub machen. Am anderen Ende spielen ein paar Kinder Fußball und treiben ihren Vater in den Wahnsinn, weil sie das Auto der Familie als Ziel benutzen. Seine Verärgerung steigert sich rasch zu echtem Zorn, und er brüllt ihnen zu, dass sie ihren verdammten Ball anderswo herumkicken sollen, ehe er sein Auto gründlich nach Dellen oder Kratzern absucht.

Die Jungs haben ihr Zelt in einer Ecke des Zeltplatzes fernab der anderen aufgebaut, ohne zu überlegen, weshalb sich hier sonst niemand niederlassen wollte. Inzwischen wissen sie, weshalb. Der Boden ist uneben und sumpfig, und jedes Mal, wenn sie auf die Toilette wollen, müssen sie eine halbe Ewigkeit hin- und zurücklaufen. Obwohl sie versuchen, älter zu wirken, macht es wohl eher den Eindruck, als hätten ihre Eltern sie verbannt.

»Ich bin nicht sicher, ob wir wirklich trinken sollten«, meint Raj leise, als Ian schließlich wiederkommt.

»Wie meinst du das?« Ian nimmt schon im Gehen einen Schluck und versucht mit aller Kraft zu verbergen, wie ekelhaft der Wein schmeckt.

»Ich glaube einfach nicht, dass es eine gute Idee ist.«

»Blödsinn, wir sind in Frankreich, also leben wir wie echte Franzosen. Wir trinken Wein und essen Pferd.«

»Du hast doch gesagt, es ist kein Pferd!«

»Ich meine doch nur, dass wir im Urlaub sind und Wein trinken und Spaß haben sollten!«

»Meinetwegen, solange wir morgen rechtzeitig aufbrechen!« Simon, der gerade den Gaskocher begutachtet hat, sieht auf.

»Ja, das wird schon. Von zwei Fläschchen werden wir doch nicht besoffen!«

Als die Sonne untergeht, sitzen sie um den Gaskocher herum und nehmen abwechselnd einen Schluck aus der Flasche, während sie Musik mit ihrem tragbaren Kassettenrekorder hören. Obwohl der Wein keinem der Jungs schmeckt, trinken sie weiter. Niemand will zugeben, dass sie den Wein nicht mögen.

»Wir kochen das Fleisch doch jetzt schon ewig, oder?«, murmelt Simon leise und merkt, dass ihm schwindlig ist.

»Oh, ich habe es völlig vergessen!«, brüllt Ian.

»Wisst ihr was? Ich will gar nichts essen … Ich glaube, mir ist übel«, sagt Simon und hält sich den Kopf.

»Nicht mal das bisschen Wein verträgst du?« Jetzt lacht Ian.

»Also … jetzt wo du es sagst … Ich glaube auch nicht … dass ich mich besonders gut fühle.« Raj rülpst.

»O Gott, ihr seid solche Weicheier«, sagt Ian, als er schwankend aufsteht, um nach dem Fleisch zu sehen. Es ist völlig zerkocht.

Plötzlich stolpert er und tritt versehentlich gegen den Gaskocher. Es dauert einen Moment, bis er begreift, was passiert ist, doch da ist es schon zu spät.

Simon sieht, wie Ian der Kiefer herunterklappt, und dreht sich um, um zu sehen, wohin er starrt.

»Feuer! Feuer!« Simon deutet hilflos auf die Flamme des Gaskochers, die die Zeltwand erfasst. »Schnell!«

Bewegungslos steht Ian da, während die Leute überall die Köpfe aus den Zelten und den Campingwagen strecken und sich fragen, was der Lärm zu bedeuten hat.

»Wo sind die … Wasserflaschen?«, fragt Raj benommen.

»Die haben wir ausgetrunken! Was sollen wir machen? Was machen wir? Die Toiletten sind so weit weg!«

»Der Wein?«, schlägt Simon kleinlaut vor.

»Aber ist der nicht … der brennt doch.« Raj greift nach der Flasche.

»Mach einfach. Schütte ihn drauf!« Simons Herz rast, und in seinem Kopf dreht sich alles.

Zögernd kippt Raj die Reste des ekelhaften Weißweins über die Flammen.

Als Rauch aufsteigt und das Feuer langsam erlischt, starren alle drei Jungs auf das Zelt, an dessen Seite jetzt ein großes Loch prangt.

»Sind noch Marmeladenbrote übrig?«, fragt Ian und schaut unglücklich auf das verbrannte, nasse, dreckige Pferdefleisch, das unter den Trümmern begraben liegt.

Simon hält sich die Hand an die Stirn.

»O Gott, nie wieder Alkohol!«

42. KAPiTEL

Meine Augen schmerzen so sehr, dass ich sie kaum aufbekomme. Ich halte die Hand an meine rechte Schläfe und bete darum, dass sie zu pochen aufhört. Der gestrige Abend war definitiv ein Fehler. Mein letzter richtiger Kater ist schon Ewigkeiten her, und jetzt weiß ich auch wieder, warum.

Eine Stunde später trete ich mit meinen Taschen bepackt aus der Drehtür des Hotels und sehne mich nach nichts mehr als nach frischer Luft. Vom Frühstück habe ich im Gegensatz zu Ian, der über die Jahre offenbar gut trainiert hat, kaum etwas heruntergekriegt. Keine Ahnung, wie ich es heute schaffen soll, Rad zu fahren.

Langsam umrunde ich das Gebäude und versuche, mich zu erinnern, wo wir die Räder abgestellt haben. Irgendwann finde ich eines, und als ich es gerade aufschließen will, höre ich Ian hinter mir rufen. Ich zucke zusammen.

»Da bin ich schon!«, brüllt er, während er mit abstoßend guter Laune hinter mir hergehastet kommt. Nach dem Auschecken hat er noch einmal das stille Örtchen aufgesucht. Seiner Verdauung scheint es wieder gut zu gehen.

»Morgen. Hast du dein Rad schon?« Ich drehe mich verwirrt zu ihm um, weil an dem Geländer nur ein Fahrrad befestigt ist.

»Nein, das ist meins.« Er deutet auf den Sattel, der höher gestellt ist als meiner.

»Aber wo ist dann meins? Hat es jemand geklaut?« Ich kriege Panik und denke an unsere gestrige Rückkehr zum Hotel. Es dauert eine Weile, weil ich mich an den größten Teil des Abends kaum erinnern kann. »Ich weiß noch, dass ich unbedingt aufs Klo musste, als wir hier ankamen. Deswegen habe ich dich gebeten, meins mit anzuschließen.«

»Du hast gar nichts gesagt!«, verteidigt sich Ian.

»Doch!«

»Okay, vielleicht hast du das. Nein, du hast recht, ich habe es auf jeden Fall mit angeschlossen. Ich schwöre. Dein Rad stand neben meinem.«

»Du meinst also, jemand hat das Schloss aufgebrochen?« Ich sehe ihn misstrauisch an.

»So sieht es wohl aus«, meint Ian, ohne mich anzusehen.

Ich weiß nicht, wer schuld ist: Ian oder Glenns dämliches Schloss, für das wir ein Vermögen ausgegeben haben.

»Und was machen wir jetzt?«

»Vielleicht sollten wir mal bei der Rezeption nachfragen? Möglicherweise haben sie das Rad ja umgestellt oder wissen, wo es ist.«

Wir gehen zurück ins Hotel und warten eine halbe Ewigkeit, dass die elektrische Glastür unsere Anwesenheit bemerkt.

»Hallo noch mal«, sage ich ein wenig verzweifelt zu dem Mann am Empfang, von dem wir uns gerade erst verabschiedet haben. Dann erkläre ich ihm die Situation.

Das ist wirklich das Letzte, worauf ich gerade Lust habe! Neben den A3-Papierkarten, Stadtplänen und Fragebögen entdecke ich auf seinem Schreibtisch einen Flyer des Museums für Muscheln. Das klingt viel besser als die blöde Weinprobe.

»Nein, sorry. Ich weiß nichts von Ihrem Rad. Ich sehe mal in den Übergabenotizen nach, ob meine Kollegin etwas aufgeschrieben hat. Vielleicht hat sie das Rad bewegt oder weiß mehr. Einen Moment bitte.«

Er blättert durch mehrere Blätter an der Pinnwand.

»Sorry, da steht nichts. Ich sehe mal im Lager nach, vielleicht hat es jemand dorthin gebracht. Bin gleich zurück.« Er verschwindet in der Tür hinter der Rezeption.

»Was machen wir, wenn es weg ist?« Ich sehe zu Ian, der sein eigenes Rad fest umklammert.

»Wahrscheinlich können wir uns an die Versicherung wenden?«

Ich atme tief ein und schließe meine Augen. Am liebsten befände ich mich jetzt in einem abgedunkelten Raum in der Horizontalen. Als ich die Augen wieder öffne, ist der Rezeptionist zurückgekehrt.

»Ist es das?«, fragt er stolz.

Gott sei Dank!

Noch wird das Rad von dem Tresen verdeckt, und erst als er es hervorrollt, sehe ich es.

Es ist ein Fahrrad, ja.

Aber sicher nicht meines.

Es ist ein kleiner, rosafarbener Drahtesel mit weißen Reifen und einem hellbraunen Weidenkörbchen am Lenker. Es hat sogar pinkfarbene Glitzerwimpel, die aus den Griffen ragen.

Meine Miene verdüstert sich.

»Sorry, aber das ist nicht meins. Ich habe das gleiche wie er.« Ich deute auf Ians Rad. »Es ist identisch.«

»Oh, sorry, das hier ist das einzige, das wir da hinten haben.«

Aber das ist doch das Rad einer Teenagerin!

»Lassen Sie mich die Managerin anrufen und sehen, was sie sagt.«

Ich setze mich zu Ian aufs Sofa.

»Kann dieser Morgen noch schlimmer werden? Ich habe einen fiesen Kater, und mein Rad ist verschwunden.«

»Das sind zwei schlechte Dinge. Was wird das dritte sein?«

»Na vielen Dank! Ich weiß echt nicht, warum du uns gestern Abend dazu gebracht hast zu trinken.«

»Ich bin jetzt also schuld an deinem geklauten Rad *und* deinem Kater, oder was?«

»Ja«, murmele ich kaum hörbar.

Der Mann am Empfang redet schnell in den Telefonhörer, nickt immer wieder und sagt in einem fort

»Oui«. Nach ein paar Minuten legt er auf, und ich erhebe mich.

»Die Geschäftsführerin sagt, dass wir leider nichts tun können, wenn Ihr Rad außerhalb unseres Grundstücks abhandengekommen ist. Dieses Rad steht jetzt allerdings schon seit Wochen hier, und niemand hat danach gefragt. Wenn Sie es haben möchten, dann freuen wir uns, wenn Sie es mitnehmen.«

»Was sollen wir sonst schon machen?«, frage ich Ian, auch wenn die Frage eher rhetorisch gemeint ist. »Uns an die Polizei wenden? Und ein Neues in einem Radladen kaufen?«

»Am Sonntag? Ich glaube nicht, dass ein Radladen offen hat«, unterbricht uns der Rezeptionist.

»Es gibt also nur eine Lösung?«

Ich zucke verzweifelt mit den Schultern.

»Danke«, sage ich zu dem Rezeptionisten und beginne, das kleine rosa Fahrrad nach draußen zu schieben. Die Ironie des Aufklebers, der auf ihm klebt, entgeht mir nicht: »Cycliste professionelle.«

»Kommst du klar damit?«, fragt Ian und versucht sich das Lachen zu verkneifen, als ich mein Bein über das Rad schwinge. »Mel und Anette werden begeistert sein!«

»Das ist nicht komisch.«

»Na komm, ein bisschen schon.«

»Du bist ja auch nicht derjenige, der heute fünf Stunden auf diesem Ding strampeln muss!«

43. KAPiTEL

Weil ich mich von einundzwanzig auf drei Gänge und von Stoßdämpfung auf pinke Glitzerwimpel umstellen musste, ist mein Körper völlig im Eimer, als wir endlich in La Rochelle ankommen.

So fest ich auch in die Pedale dieses winzigen Rades getreten bin, so hatte ich doch immer das Gefühl, eher rückwärtszufahren, während Ian immer weiter und weiter vorausfuhr und versuchte, Anette und Mel zu beeindrucken. Noch schlimmer wurde die Sache dadurch, dass auf dem Küstenweg Hochbetrieb herrschte und ich mich somit vor großem Publikum zum Affen machte. Ich wurde sogar von einem jungen Mädchen überholt, das es unglaublich witzig fand, dass sie das gleiche Rad hatte wie ich.

Sobald wir in unserem neuen Zimmer eingetrudelt sind, lasse ich mich aufs Bett fallen und ziehe in Erwägung, einfach in meinem Lycra-Outfit zu schlafen. Es spielt keine Rolle, dass Ian zum ersten Mal auf der Reise ein gut gelegenes, zentrales Hotel ausgewählt hat, das sich in unmittelbarer Nähe des Hafens, der Museen und des Stadtzentrums befindet. Es ist mir alles piepegal.

»Machst du dich dann fertig?«, fragt Ian und schält sich aus seiner Fahrradkluft.

»Wofür denn?«

»Na, wir gehen wieder aus.«

»Auf keinen Fall. Ich gehe nirgendwohin.«

»Jetzt sei nicht so ein Langweiler. Anette findet dich echt nett.«

Das sagt er nur, damit ich ihr Gesellschaft leiste, während er mit Mel herumschmust.

»Geh doch, wenn es sein muss, aber ohne mich. Ich bin viel zu müde, und wir müssen morgen früh aufbrechen. Können wir uns nicht einfach einen ruhigen Abend machen?«

»Was bist du nur für ein alter Mann.« Ian geht nicht auf meinen Vorschlag ein.

Als er sich fertig macht, verziehe ich mich ins Bad. Ich brauche einen Moment für mich. Zum Glück hat dieses Bad eine Tür mit einem Schloss. Wie herrlich altmodisch.

Ich setze mich auf den Klodeckel und hole mein Telefon heraus, um zu sehen, ob Sylvie mir geantwortet hat. Als ich versuche, mich in das Gäste-WLAN einzuloggen, ploppt immer wieder eine Benachrichtigung auf.

»Bitte bestätigen Sie, dass Sie kein Roboter sind.«

Warum sollte ich einer sein?

Neun kleine, verschwommene, quadratische Bilder erscheinen.

»Wählen Sie alle Bilder mit einem Hydranten aus. Klicken Sie auf Bestätigen, wenn keines mehr übrig ist.«

Wie sollen Roboter eines Tages die Weltherrschaft

übernehmen, wenn sie nicht einmal einen Feuerlöscher erkennen können? So klug können sie nicht sein.

Ich mustere die Fotokästchen und klicke alle entsprechenden Bilder an. Das System versucht mich auszutricksen, weil es auch weiße und rote gibt. Nachdem ich fertig bin, erscheinen direkt neue Fotos. Ich wollte doch nur schauen, ob Sylvie geschrieben hat, und jetzt spiele ich mit meinem Handy »Fang den Hydranten«!

Nachdem ich sieben Boxen angeklickt habe, sind keine Hydranten mehr übrig. Ich drücke auf den Bestätigungsbutton und warte darauf, dass ich zu Facebook weitergeleitet werde. Aber nein, es erscheinen neun neue Bilder!

Du meine Güte.

»*Wählen Sie alle Bilder mit Fahrrädern aus.*«

»Was habe ich denn falsch gemacht? Ich habe doch alle Hydranten erwischt!«, flüstere ich meinem Telefon zu und werde langsam sauer.

»Warum brauchst du so lang?«, ruft Ian von draußen. »Ich breche jetzt auf!«

»Ich bin gleich fertig«, rufe ich und mache den Wasserhahn an, damit Ian nicht denkt, dass ich an meinem Telefon hänge.

»Sagst du mir noch tschüs?«

»Ja, sofort!«, rufe ich ein wenig passiv-aggressiv.

Ich beginne wahllos auf die Felder zu klicken, weil mich die Aufgabe so nervt. So schwer kann es doch nicht sein.

Verdammt, ich weiß, wie ein Fahrrad aussieht, ich habe wirklich genug davon gesehen!

Kein Wunder, dass Roboter das nicht hinbekommen. Das schafft doch niemand!

»Wählen Sie alle Bilder mit Motorrädern aus.«

»Ach du lieber Himmel … Ich bin kein Roboter, verdammt noch mal!«, brülle ich so laut, dass es selbst über das Rauschen des Wasserhahns hinweg draußen zu hören ist.

»Ich weiß ja nicht, was du da drin treibst, aber ich bin dann mal weg!«, ruft Ian.

Als die Seite von Facebook endlich lädt und ich lese, was ich gestern Nacht in der Karaokebar verzapft habe, schnappe ich nach Luft. Und dann gleich noch einmal, nachdem ich Sylvies Antwort verdaut habe.

»Ian … warte!«

Von: Sylvie
An: Simon

Hallo, Simon,

aus deiner Nachricht schließe ich, dass du einen guten Abend hattest!!
Jetzt will ich mehr über diese Karaokebar erfahren. Hast du selbst gesungen? Es ist echt lang her, dass ich das gemacht habe. Vielleicht sollte ich das an meinem Geburtstag im September ausprobieren?
Und auch wenn ich nicht weiß, ob deine Frage eher alkoholbedingt war, kommt hier meine Antwort: Ich habe nicht aufgehört, dir zu schreiben. Das warst du!
Wir sind eine Weile um das Thema herumgeschlichen, aber vielleicht sollten wir uns ihm stellen ...
Ich habe dir damals mehrfach geschrieben und erinnere mich, dass ich sogar Ian und Raj über deine Schule kontaktiert habe, um sie zu fragen, was passiert ist. Als beide ebenfalls nicht geantwortet haben, habe ich vermutet, dass du einfach keine Lust mehr auf den Kontakt mit mir hast. Weil er so abrupt abgebrochen ist, habe ich mich schon gesorgt, dass dir etwas passiert sein könnte.
Wie dem auch sei, das ist jetzt Jahre her, und wir waren noch Teenager. Das ist Vergangenheit, und jetzt ist es schön, wieder Kontakt mit dir zu haben.

Sylvie x

44. KAPITEL

Wie meint sie das, wenn sie schreibt, ich hätte mich nicht mehr gemeldet?

Sylvie hat doch aufgehört, mir zu schreiben!

Ian hat nie irgendwelche Briefe erwähnt! Er war der Einzige, der nicht von der Schule geworfen wurde. Hätte er die Briefe dann nicht bekommen müssen?

Auch am folgenden Morgen habe ich Sylvies Nachricht noch immer nicht ganz verstanden und verdaut. Ich will endlich Ian darauf ansprechen, aber es ist schon acht Uhr, und er ist noch immer nicht zurückgekommen. Eigentlich wollten wir uns schon vor einer Stunde wieder auf den Weg machen.

Ich bin besorgt.

Und wütend.

Ich tigere gerade in meinem Lycra-Outfit im Zimmer auf und ab, als mich das elektronische Piepen der Schlüsselkarte an der Tür aus meinem Gedankenstrudel reißt.

Ein verlegener Ian tappt herein.

»Wo zum Teufel hast du gesteckt? Wir wollten doch längst weg sein!«, fauche ich.

»Auch dir einen guten Morgen«, stöhnt er. Meinem Kopf mag es heute besser gehen, seinem sicher nicht. Selbst aus ein paar Schritten Entfernung kann ich seine Alkoholfahne riechen. Seine Augen, die er kaum aufbekommt, sind verquollen und blutunterlaufen.

»Ich habe den ganzen Morgen versucht, dich anzurufen, weil ich keine Ahnung hatte, wo du bist!«

»Okay, okay, beruhige dich. Und bitte schrei nicht so, ich habe ein bisschen Kopfweh.«

»Wir wollten um sieben hier los.« Ich beschließe, noch lauter zu werden.

»Wozu die Eile? Ich dachte, dieses Mal lassen wir es entspannt angehen und genießen die Sehenswürdigkeiten.«

»Meinst du Mels Sehenswürdigkeiten?«

Ohne zu antworten, setzt er sich aufs Bett und hält sich den Kopf, um dann ausgiebig zu gähnen.

»Ich muss dich etwas wegen Sylvie fragen.«

»Muss das jetzt sofort sein? Kann es nicht warten?«

»Hat sie dir geschrieben?«

»Wie meinst du das? Wann?« Er weicht meinem Blick aus.

»Nach unserer Reise damals, hast du da Briefe von ihr bekommen?«

»Warum hätte sie mir schreiben sollen?« Ian zuckt mit den Schultern, ehe er seine Fahrradkluft aus der Tasche holt. »Wir sind spät dran, also beeile ich mich mal besser und mache mich fertig.«

»Nachdem wir von der Reise zurückgekommen

sind, hast du da je Briefe für mich in der Schule entgegengenommen? Nachgeschickt wurde mir nichts.«

»Ich glaube nicht.«

»Sylvie hat gesagt, dass sie an uns beide geschrieben hat. Es ergibt irgendwie keinen Sinn, dass du von den Briefen nichts mitbekommen hast.«

Ian hält sich die Hand an die Stirn.

»Ich weiß es nicht. Da mag ein Brief von ihr gewesen sein, und vielleicht hat sie mir danach mal geschrieben. Aber es ist so lange her, dass ich mich nicht erinnern kann. Es ist jetzt Geschichte. Können wir einfach weitermachen? Jetzt sind wir deinetwegen spät dran.«

»Also hast du Post von Sylvie bekommen?«, bohre ich weiter, weil mich der Gedanke daran völlig fertigmacht. Lag ich all die Jahre falsch? War all der Kummer umsonst?

»Ich weiß nicht, warum du dich da jetzt so reinsteigerst. Ihr habt doch wieder Kontakt, und alles ist in Butter.«

»Wie meinst du das, alles ist in Butter?! Es war schon damals deine Schuld, dass wir uns nicht getroffen haben, weil du einfach keine Karten lesen kannst. Und dann sagst du mir nicht einmal, dass sie mir danach noch mal geschrieben hat! Was ist das denn für ein Mist?«

Meine Stimme wird immer lauter.

»Ich versteh's nicht – warum hast du damals nicht versucht, den Brief an mich weiterzuleiten? Oder ihr wenigstens geschrieben, um zu erklären, was passiert ist? Du hättest ihr sagen können, dass wir in Bordeaux waren, um sie zu besuchen. Oder dass ich von der Schule geschmissen wurde.«

»Ich weiß es nicht. Ich war sechzehn. Vielleicht habe ich den ersten Brief einfach an sie zurückgeschickt? Hör mal, es tut mir leid. Was soll ich denn jetzt noch sagen?«

»Du bist jetzt nicht mehr sechzehn. Bist du überhaupt nicht erwachsen geworden? Warum hast du es mir nicht wenigstens auf dieser Reise erzählt?«

»Ich habe doch in der Kirche versucht, mich zu entschuldigen, aber du hast gesagt, das wäre nicht nötig.«

»Aber damit habe ich doch nicht das gemeint! Wir haben jede Minute miteinander verbracht, haben über sie gesprochen. Warum hast du mich weiter in diesem Irrglauben gelassen? Hast du nicht gedacht, dass sie es mir irgendwann sowieso erzählen würde?«

»Ich dachte, das wäre dir egal, wenn ihr euch endlich trefft. Und wahrscheinlich … wollte ich es nicht. Ich wollte nicht, dass das zwischen uns steht.«

»Du hast also beschlossen, einfach zu lügen? So zu tun, als wäre es nie passiert? So, wie du schon dein ganzes Leben lang so tust, als wärst du ein anderer? Jemand Besseres?« Sobald ich es laut ausgesprochen habe, weiß ich, dass ich zu weit gegangen bin.

Ian steht vom Bett auf. Sein Gesicht ist rot.

»Okay, willst du wissen, wieso ich dir nichts von Sylvies Briefen gesagt habe? Weil ich ihretwegen meine zwei besten Freunde verloren habe. Dieser dämliche Trip war allein deine Idee. Wir haben mitgemacht. Und dann sind wir zurückgekommen, und was ist passiert?

Du und Raj habt euch einfach verpisst. Und ich? Ich musste noch zwei Jahre an dieser Schule absitzen und war ganz allein. Von daher hatte ich wirklich keinen Bock, ihr zu schreiben oder den Liebesboten zu spielen – weil sie unsere Freundschaft zerstört hat.«

Wir schweigen beide einen Moment lang, während ich versuche, alles zu verdauen.

»Sorry, aber wir haben nicht entschieden, uns zu verpissen, wie du es ausdrückst. Wir sind von der Schule geflogen. Du warst derjenige, der sich im entscheidenden Moment verpisst hat und uns die ganze Schuld aufgebürdet …«

»Oh, bei dir sind auch wirklich immer die anderen schuld, nicht wahr? Und es mag ja sein, dass ich mich als ein anderer ausgebe, aber immerhin habe ich das gemacht, was ich will. Und du? Du lebst doch kaum! Du sagst, ich hänge in der Vergangenheit fest, dabei befindest du dich doch selbst seit zehn Jahren in einer Art Starre! Du wirst in deinem Leben niemals weiterkommen!«

Mein Blut beginnt zu kochen, und ich fühle, wie die Anspannung, in der ich mich seit zehn Jahren befinde, endlich aus mir herausbricht. All die nervigen Hotelgäste, die Trauer um Caroline, die vielen Sorgen, die ich einfach verdrängt habe.

»Weißt du was, ich kann das hier nicht mehr. Die ganze Sache war von Anfang an eine bekloppte Idee. Warum haust du nicht einfach ab, Ian? Ist doch mal wieder an der Zeit, dass du dich einfach verdrückst!«

Ich stürme aus dem Zimmer, lasse Ian benommen

und verwirrt zurück und schlage die Tür hinter mir zu.

Wieder und wieder drücke ich auf den Aufzugknopf und hoffe, dass der Lift so schneller auftaucht. Tut er aber nicht.

Weil ich nicht warten kann, renne ich die Treppe zur Rezeption hinunter. Schließlich habe ich genug Zeit damit verplempert, auf ihn zu warten. Damit ist jetzt Schluss. Also gehe ich zu dem Lagerraum, in dem wir die Räder abgestellt haben.

Und nehme Ians Rad.

Soll er doch sehen, wie er mit dem verdammten rosa Fahrrad zurechtkommt.

Ich schiebe es aus dem Gebäude und steige auf. Weil ich keine Gesellschaft habe, stelle ich die Lautsprecher an und drehe die Musik laut auf. Ich biege aus dem Hotelparkplatz auf die Hauptstraße und mache mich auf den Weg – all die Anschuldigungen, den Kummer und die Gewissensbisse im Gepäck.

Ich achte nicht auf die hüglige Landschaft. Ich halte nicht an, um zu sehen, wie sie sich seit damals verändert hat.

Ich weiß nicht einmal, wohin ich fahre. Ich will einfach nur weg von Ian.

Irgendwohin.

Ich denke darüber nach, was passiert wäre, hätte Ian Sylvies Briefe an mich weitergeleitet.

Darüber, was er gesagt hat.

Als ich versuche, tief durchzuatmen und mich zu beruhigen, wird mir eines klar: So wütend ich auch auf

Ian sein mag, am wütendsten bin ich auf mich selbst. Ich bin wütend, dass er recht hat.

Schneller und schneller trete ich in die Pedale.

Als ich an einer Kreuzung ankomme, sehe ich das heranrasende Auto nicht.

Ich höre es nicht einmal.

Nicht, ehe es zu spät ist.

45. KAPiTEL

Damals

Juli 1975

»Ich glaube, wir werden sterben«, flüstert Simon. Das Herz hämmert in seiner Brust.

»Hör auf damit! Es war auch überhaupt nicht witzig, als Ian so getan hat, als würde er einen Bären sehen«, erwidert Raj desinteressiert.

»Pssst, ich tue nicht nur so! Ich habe wirklich was gesehen.« Simon ist totenblass, und er sieht sich ängstlich in dem französischen Wald um.

Mit feuchten Händen schiebt er sein Rad den Pfad entlang, der im dichten Gras kaum zu erkennen ist. Der Farn reicht den Jungen bis an die Hüften, und abgebrochene Äste versperren ihnen den Weg. Die ausladenden Kiefern, die über ihnen aufragen, stehen jetzt noch dichter beisammen, und der schmale Streifen blauen Himmels, an dem sie sich bis jetzt orientiert haben, ist kaum mehr zu sehen.

Die angepeilte Abkürzung durch den Wald war anscheinend nicht die beste Idee.

»War wahrscheinlich nur ein Vogel«, meint Ian cool.

»Nein, es war was Großes. Das schwöre ich.«

Während Simon sich verteidigt, raschelt es laut in einem Baum, und alle drei Jungs springen vor Schreck in die Höhe. Ian am höchsten.

»Seht ihr, ich habe euch doch gesagt, dass es nur ein Vogel ist!«, sagt Ian und geht schnell weiter über den unebenen und verwilderten Waldboden. Er hofft, dass die anderen seinen riesigen Schreck nicht bemerkt haben.

»Ich hab's wieder gesehen. Ich glaube … ich glaube … es ist ein … Tiger«, sagt Simon, der jetzt wie angewurzelt stehen geblieben ist. Er deutet mit dem rechten Arm in eine Richtung.

»Ein Tiger? So ein Dünnpfiff. Was soll der denn in einem französischen Wald?« Ians Stimme klingt jetzt nicht mehr so prahlerisch wie vorhin, sondern etwas zittrig. »Es gibt doch keine Tiger in Frankreich, oder, Raj?«

»Nein. Die findet man nur in der Wildnis Indiens, Chinas, Südostasiens und Russlands.«

»Siehst du, Simon, Raj weiß alles, und er sagt, es gibt hier keine Tiger.«

Alle starren in die Richtung, in die Simon immer noch zeigt, um herauszufinden, ob irgendeine Bewegung zu erkennen ist.

»Was ist, wenn einer ausgebrochen ist? Oder vielleicht ist es ein Tier, das wie ein Tiger aussieht. Ich weiß nicht. Wir sollten wirklich umkehren.«

»Du bist so ein Angsthase«, lacht Ian, obwohl ihm selbst die Hände zittern.

»Halt doch die Klappe! Warum hast du uns auch zu dieser Abkürzung überredet? Es war eine bescheuerte

Idee, durch den Wald zu fahren!«, faucht Simon ihn an. Die Anspannung und der Schlafmangel machen sich langsam bemerkbar.

»Findet ihr es nicht komisch, dass wir sonst niemanden auf diesem Weg gesehen haben?«, fragt Raj, als sie sich weiter umsehen. In welche Richtung sie auch schauen, sie sehen nichts als Bäume.

Plötzlich hallt ein knurrendes, keuchendes Brüllen durch den Wald.

Die Jungen erstarren.

»Wie hast du das gemacht, Si?«, fragt Raj nervös.

»Ich hab nix gemacht!«

»O Shit. O Shit. O Shit«, sagt Ian hyperventilierend, als er in etwa hundert Metern Entfernung etwas Orangefarbenes aufleuchten sieht. »Es ist … es ist … da drüben.« Mit zitterndem Finger deutet Ian auf das rätselhafte Etwas.

Panisch sehen die Jungs sich an.

»Komm schon, Raj, du bist doch unser Superhirn. Was sollen wir machen? Rennen oder lieber ganz ruhig stehen bleiben?«, fragt Simon gehetzt. Seine Stimme bebt ebenso sehr wie sein Körper.

»Ähm, ich weiß nicht.«

»Wie schnell können die rennen?«

»Sehr schnell. Wahrscheinlich so um die fünfunddreißig Stundenkilometer.«

»Und wie schnell sind wir mit den Rädern?«

»In diesem Gras? Nicht sehr schnell.«

»Sollen wir auf einen Baum klettern?«

»Tiger können das auch. Sie könne auch super sehen

und hören und gelten als die stärksten und gefährlichsten aller Katzen.«

»Okay, du Genie. Wir haben es verstanden. Wir sind geliefert.« Ian ist jetzt bleich wie ein Gespenst. »Und … und … woher wissen wir, dass da nicht noch mehr von ihnen sind? Sie könnten überall sein. Wir werden aufgefressen werden. Wir werden sterben.«

»Ich will nicht sterben. Das war alles deine Idee, Ian!«, erwidert Raj.

»Pssst, seid doch mal ruhig!«, flüstert Simon. »Lasst uns ganz leise sein. Vielleicht geht das Vieh ja weg.«

Die Jungs stehen so still, wie es ihre zitternden Beine zulassen.

»Wenn wir jetzt wirklich sterben sollten, dann möchte ich euch nur sagen, dass ich euch beide liebe und ihr die besten Freunde seid und dass es mir leidtut, dass ich diese Abkürzung vorgeschlagen habe«, schluchzt Ian.

»Und wenn ich das hier nicht überleben sollte, dann vererbe ich dir meinen Kassettenrekorder, Si. Und dir meine Magazinsammlung, Ian.«

»So feierlich dieser Moment auch sein mag, ist es vielleicht nicht der beste für ein Gespräch …«

Raj macht einen Schritt zurück und tritt dabei auf einen Zweig auf dem Boden. Sofort leuchtet zu ihrer Rechten wieder etwas Orangefarbenes auf.

»WEG HIER!«

Als der Tiger erneut brüllt, springt Ian auf sein Rad und brettert so schnell er kann durch den Wald.

Raj und Simon bleibt nichts anderes übrig, als ihm zu folgen. Alle drei radeln panisch dicht an dicht hintereinanderher. Ein weiteres Brüllen erschüttert das Laub der Bäume. Der Boden erbebt.

»Jagt er uns nach?«, ruft Ian keuchend, während Raj an ihm vorbeischießt und wie ein Besessener in die Pedale tritt. Noch nie in seinem Leben ist er so schnell gefahren.

»Ich weiß es nicht, fahr einfach weiter!«, erwidert Simon und betet, dass er den Tiger nicht wieder hören muss.

Ian dreht sich dennoch um.

»O Gott, ja, tut er. Shit. Shit. Shit. Wir werden sterben.«

Während er zurück zu dem riesigen Tier schaut, bemerkt er den Ast nicht, der vor ihm in den Weg ragt und sich in seinem Vorderrad verfängt. Abrupt bleibt das Rad stehen, Ian fliegt zu Boden. Er schrammt sich den Arm auf und schreit vor Schmerz. Simon hält an.

Er holt tief Luft, ehe er sich umdreht. Wird er gleich sehen, wie sein Freund von einem Tiger verschlungen wird?

Nein. Er sieht nur, wie Ian sich am Boden krümmt.

»Steh auf! Ian, steh auf!«

»Ich kann nicht!« Ian liegt jetzt stockstarr, was wahrscheinlich eher an seiner Angst als an der Verletzung liegt.

»Verdammt noch mal, Ian.« Simon springt vom Rad und rennt zu ihm.

»Du musst aufstehen!«

»Fahrt ohne mich weiter.«

»Sei nicht bescheuert! Hoch mit dir, sofort!«

Verzweifelt versucht Simon, seinen Kumpel hochzuziehen. Schließlich gelingt es ihm. Die beiden springen wieder auf die Räder und radeln um ihr Leben, bis sie das Licht am Ende des Waldes sehen. Sie drehen sich nicht ein einziges Mal mehr um – nicht bevor sie am Waldrand angekommen sind und auf dem Asphalt zusammenbrechen.

»O mein Gott. Ist er weg? Sind wir in Sicherheit?«, brüllt Ian und bekommt kaum Luft. Auf einmal ist das Geräusch zufallender Autotüren und Babygeschrei zu hören.

Sie sehen auf und entdecken Raj, der vor ihnen steht und ein Grinsen kaum verbergen kann.

»Was ist denn bitte so lustig? Wir wären fast gestorben!«, sagt Simon, dessen Herz immer noch hämmert wie verrückt.

»Nein, wären wir nicht.«

»Doch! Der Tiger hätte uns fast erwischt. Si hat mir das Leben gerettet.«

Raj schüttelt den Kopf.

»Es war ein Zoo!«

»Hm? Wie meinst du das?«

»Der Tiger war nicht im Wald. Wir sind an der Rückseite eines Tierparks entlanggeradelt, genauer gesagt am Tigergehege. Offenbar hat uns ein Zaun von dem Vieh getrennt, deswegen ist es nie näher gekommen.«

Simon und Ian sehen einander an, nicht sicher, ob sie lachen oder weinen sollen. Dann schauen sie sich um.

Überall auf dem Parkplatz stehen Schilder, die auf den Eingang des Zoos de la Palmyre hinweisen.

46. KAPiTEL

Als ich die Augen aufschlage, sehe ich Ians Gesicht über mir.

Sieht so die Hölle aus?

Ich schaue mich langsam um, ohne meinen Kopf zu bewegen. Anscheinend bin ich im Krankenhaus. Der Raum ist spärlich möbliert, und die Wände sind in leuchtendem Pink gestrichen. Das einzige Fenster geht auf eine Backsteinwand hinaus. Neben der Heizung steht ein wackliger blauer Klappstuhl, auf dem Ian wahrscheinlich gesessen hat. Der restliche Raum ist mit allen möglichen Apparaten gefüllt: Wagen, ein rollbarer Tisch; an den Wänden reihen sich Steckdosen aneinander. Die Zeiger der Uhr stehen auf elf, aber ich weiß nicht, ob es morgens oder abends ist.

»Deinetwegen hatte ich fast einen Herzinfarkt!«, brüllt Ian mir ins Gesicht, als hätte der Unfall mich taub gemacht. Er hält einen Wegwerfplastikbecher in der Hand, den er vor lauter Aufregung beinahe über mir auskippt.

»Nicht doch. Bringt doch nichts, wenn du auch im Krankenhaus landest«, erwidere ich. Meine Augenlider flackern immer noch, weil ich mich erst mal ans Licht gewöhnen muss. Leider reichen die Schmerzmittel – was auch immer man mir gegeben hat – nicht ganz aus, um die Schmerzen zu betäuben, die ich am ganzen Körper spüre.

»Ich habe dir doch gesagt, dass noch eine dritte schlimme Sache passieren wird.«

»Na, vielen Dank. Warum musste ich die denn alle abbekommen? Das ist doch nicht fair.«

»Wie geht es dir?«

»Ich fühle mich, als hätte mich ein Auto überrollt.«

»Sehr witzig.«

»Was haben sie gesagt?«, frage ich.

»Sie haben ein paar Scans gemacht, und der Doktor soll jeden Moment kommen, um mit dir zu sprechen. Es sieht aber ganz so aus, als hättest du nur ein Bein verloren.«

Ich greife entsetzt nach unten. Beide Beine sind noch da.

»Was ist mit dem Fahrer?« Ich versuche, mich zu erinnern, was passiert ist, aber es ist alles verschwommen.

»Mach dir keine Sorgen, dem geht es gut. Er hat dich einfach nicht gesehen.«

Ian hockt sich aufs Bett, und das ist der endgültige Beweis dafür, dass beide Beine noch da sind. Er sitzt nämlich drauf.

Als er sieht, wie ich zusammenzucke, rückt er schnell beiseite.

»Ich hätte besser aufpassen sollen.«

»Ja, du hast echt Schwein gehabt. Das Fahrrad allerdings nicht. Du scheinst echt wild entschlossen zu sein, die Reise nicht mit dem Rad zu beenden. Ich bin dir nachgefahren, sobald du abgehauen bist, obwohl ich auf dem kleinen rosa Ding nicht gerade eine Rennsau war.«

Ich blinzle und versuche, mich an irgendetwas zu erinnern. Ich höre Autoreifen quietschen. Spüre, wie mein Körper über die Straße rutscht.

»Und du hast mich gefunden?«

»Ja. Es war echt Furcht einflößend, dich da so auf dem Boden liegen zu sehen. Der Unfall musste gerade erst passiert sein. Zum Glück hatte mein Telefon noch Saft, und ich konnte den Notarzt rufen.«

»In deinem perfekten Französisch?«

»Brauchst dich gar nicht lustig zu machen, ich habe dir das Leben gerettet!«

»Dann sind wir jetzt wohl quitt.«

Wir lächeln, weil wir die Anspielung beide verstehen. Und weil wir wissen, wie weit wir füreinander gehen würden.

»Ich habe außerdem Anna angerufen und ihr alles erzählt. Auch, dass du zwar im Krankenhaus bist, dass es dir aber gut geht und ich mich melde, wenn du wach bist. Natürlich macht sie sich große Sorgen.«

»Oh, na klar. Danke, dass du sie angerufen hast. Es tut mir übrigens echt leid, Ian. Dass ich dein Rad genommen habe und einfach abgehauen bin.«

»Du musst dich nicht entschuldigen … Das sollte besser mal ich tun. Das mit den Briefen tut mir leid. Es gibt keine Entschuldigung dafür. Ich weiß nicht, warum ich ... Ich war wahrscheinlich einfach sauer auf Sylvie. Wegen dieser Reise habe ich zwei Freunde verloren. Und vielleicht war ein Teil von mir auch eifersüchtig. Ich war neidisch, dass eine Frau dir so tolle Briefe schreibt. Aber ich hätte es dir erzählen sollen, als wir uns wiedergetroffen haben. Es war nur ... Wenn ich ehrlich sein soll, habe ich nicht so viele Freunde und habe mich so sehr auf diese Reise mit dir gefreut. Da wollte ich dich nicht gleich wieder verlieren. Als du erwähnt hast, dass du Kontakt zu Sylvie aufgenommen hast, habe ich gehofft, ich könnte meinen Fehler wiedergutmachen. Indem ich dir helfe, sie endlich zu treffen.«

Seine Ehrlichkeit bringt mich zum Lächeln.

»Ist schon okay, ich verstehe das. Und du hast recht: Ohne dich wäre ich nicht aus der Pension weggefahren und würde dieses Abenteuer hier gar nicht erleben, das mich vielleicht zu Sylvie führt. Ich bin also sehr dankbar dafür. Ehrlich.«

»Es tut mir auch leid, dass ich gesagt habe, du würdest in deinem Leben nicht weiterkommen. Ich weiß, dass die vergangenen Jahre verdammt schwer für dich gewesen sein müssen.«

»Nein, du hattest schon recht. Es ist Zeit, mein Leben wieder zu leben. Auch wenn ein Autounfall nicht der beste Start ist.«

Als die Tür sich öffnet, hören wir auf zu reden. Ich versuche, den Kopf zu heben, aber mein Nacken schmerzt sofort. Ein Arzt – jung, dunkelhaarig und lächerlich attraktiv – kommt herein.

»An englische Patienten sind wir hier schon gewöhnt. Aber normalerweise kommen die wegen eines Sonnenstichs und nicht wegen eines Autounfalls«, meint er lächelnd. »Wie geht es Ihnen?«

»Ich hatte eigentlich gehofft, das könnten Sie mir sagen«, bringe ich heraus und bin schon wieder müde. Ian kehrt zu seinem Klappstuhl zurück, um dem Arzt Platz zu machen, der einen Blick auf sein Klemmbrett wirft.

»Ich habe mir eben Ihre Scans angesehen, und es sieht so aus, als hätten Sie keine ernsten Verletzungen. Sie haben einen fiesen Schnitt an Ihrem Kopf und ein paar schlimme Prellungen am Körper, aber es sind keine Knochen gebrochen. Sie hatten großes Glück.«

»Das ist gut, oder?«, quakt Ian dazwischen.

»Es kann sein, dass Ihnen in den nächsten Stunden übel sein wird, dass Ihre Sicht verschwommen ist und Sie Kopfschmerzen bekommen. Am besten ruhen Sie sich aus.«

»Wie lang muss ich im Krankenhaus bleiben?«

»Wir müssen Sie über Nacht dabehalten, und dann müssen Sie sich ein paar Tage daheim schonen.«

»Aber wir radeln doch nach Arcachon«, unterbreche ich ihn.

Er sieht mich an, als wären die Folgen meiner Gehirnerschütterung schlimmer als befürchtet und als hätte ich vollkommen den Durchblick verloren.

»Ich fürchte, Sie können gerade nirgendwohin radeln«, erwidert der Arzt.

»Aber wir müssen in zwei Tagen die Asche unseres Freundes in Arcachon verstreuen …«

»Und Sylvie sehen!«, ruft Ian grinsend.

»Ich würde Ihnen wirklich stark davon abraten, in den nächsten Wochen aufs Fahrrad zu steigen«, sagt der Arzt jetzt ganz streng.

»Wir haben aber nicht ein paar Wochen Zeit, wir müssen am 14. Juli in Arcachon sein. Und dann muss ich zurück nach England, weil meine Tochter heiratet.«

Wieder sieht der Arzt in seine Unterlagen.

»Wenn ich Sie wäre, dann würde ich mich hier von uns im Auge behalten lassen. Wenn Sie bereit sind, fliegen Sie nach Hause, lassen es die kommenden Wochen über ruhig angehen, versuchen, Stress zu vermeiden, und genießen die Hochzeit Ihrer Tochter.«

Ich sehe vollkommen zerstört zu Ian und fühle mich, als würden wir Raj im Stich lassen.

Mit seiner vernichtenden Einschätzung verurteilt der Arzt unsere Reise erneut zum Scheitern.

47. KAPITEL

Ich verabschiede mich am Telefon von Anna und bedeute Ian, der durch die Tür linst, dass er wieder hereinkommen kann. Wie er sein Gesicht so ans Glas drückt, erinnert er mich daran, wie er zu Schulzeiten immer ins Klassenzimmer gespäht hat. Fast erwarte ich, dass er mir die Zunge herausstreckt.

»Danke«, sage ich, als er mit zwei Gläsern Wasser hereinkommt und mir eines reicht.

»Wie geht es dem Töchterchen?«

»Sie ist natürlich ziemlich besorgt, aber auch erleichtert, dass es nicht ganz so schlimm um mich steht. Schließlich konnte ich immer noch ein paar schreckliche Dad-Jokes machen.«

»Ja, es hätte schlimmer kommen können.«

»Hast du die Witze etwa mitgehört?«

»Nein, du Vollpfosten. Ich meine den Unfall.« Er verdreht die Augen.

»Auf jeden Fall, und ich bin echt froh, dass ich solches Glück hatte. Dennoch macht es mich völlig fertig, dass diese Reise jetzt auch beim zweiten Anlauf in einem vollständigen Desaster geendet ist! Es ist furchtbar, dass wir nicht nach Arcachon können. Wenn ich nicht einfach abgehauen wäre …«

»Hätte, hätte, Fahrradkette«, philosophiert Ian, der neben meinem Bett steht. »Ich vermute mal, wir müssen die Reise dann einfach später im Jahr beenden?«

»Aber wir wollten doch zum Feuerwerk dort sein! Darum ging es doch.«

»Dann eben nächsten Juli?«

»Wer weiß, was bis dahin passieren wird? Wir können nicht so lang warten.« Erschöpft sehe ich zu ihm.

»Deine Herzensdame solltest du auch nicht so lange warten lassen. Es hat ja dank mir schon lang genug gedauert.«

»Ich weiß nicht. Denkst du, jemand versucht uns etwas mitzuteilen?«

»Und was soll das sein? Dass Sport Mord ist und wir besser hätten fliegen sollen?«

»Ich frage ich mich einfach, ob das Treffen mit Sylvie aus irgendeinem Grund nicht sein soll«, seufze ich, während ein paar Nonnen beim Vorbeigehen durch das Fensterchen in der Tür blicken.

»Sei nicht albern.«

»Na ja, es ist total schön, wieder Kontakt mit ihr zu haben, und es fühlte sich ganz natürlich an. Als ich ihr neulich in der Karaokebar geschrieben habe, habe ich zum ersten Mal noch etwas anderes gespürt. Mehr.«

»Ja?«

»Ist natürlich bekloppt, ich weiß. Wir haben uns ja noch nie getroffen, und selbst wenn hieße das ja noch längst nicht, dass sie dasselbe empfindet. Aber weißt du, da fühle ich zum ersten Mal etwas für eine andere Frau, und peng, schon passiert so etwas. Vielleicht ist das ein Zeichen von Caroline?«

»Wie bitte? Ist das dein Ernst?«

»Warum denn nicht?«

»Jetzt sag bitte nicht, dass du das wirklich glaubst. Wenn du weiter solchen Bockmist erzählst, hole ich direkt wieder den Arzt her! Mit deinem Kopf scheint was nicht zu stimmen.«

»Ich glaube einfach, dass jemand oder etwas mich von einem Treffen mit Sylvie abhalten will«, erkläre ich.

»Wenn Caroline dir wirklich irgendein mystisches, magisches Zeichen senden würde, dann würde sie das anders machen, glaub mir. Sie würde dich nicht ins Krankenhaus befördern! Du wurdest doch nicht angefahren, weil du eine andere Frau gut findest.«

Ich nicke schlicht und sehe dann auf das Gerät neben mir, das ein merkwürdiges Piepgeräusch von sich gibt.

»Es ist bestimmt komisch, aber du darfst so etwas empfinden. Anna hat doch auch schon versucht, dich zum Daten zu überreden, oder? Sie findet auch, dass es in Ordnung ist, wenn du eine neue Frau kennenlernst. Und der Meinung wäre Caroline bestimmt auch.«

»Meinst du? Ich weiß es nicht. Es gab keinen langen Prozess des Abschiednehmens, in dem wir Gespräche über ihre Wünsche für die Zeit nach ihrem Tod führen konnten oder in denen sie mir ihren Segen geben konnte, einfach mein Leben zu leben. Ich verstehe schon, was du sagst – aber ich weiß nicht, ob es ganz so einfach ist. Das meinte ich, als ich letztens sagte, ich sei mir wegen des Treffens mit Sylvie nicht sicher. Ich weiß nicht, ob es das Richtige ist. Ob ich es riskieren will, mich in jemanden zu verlieben.«

»Ich verstehe, wie schwer das alles sein muss, aber lass dich von der Vergangenheit nicht aufhalten. Du musst nach vorne schauen – wenn es auch mit jemandem aus der Vergangenheit ist, ach, du verstehst schon, was ich meine!«

»Ach, es ist ohnehin sinnlos. Du hast ja gehört, was der Arzt gesagt hat. Es ist vorbei.«

»Vielleicht muss das nicht sein? Ich hab da eine Idee …«

48. KAPITEL

Sitzt du auch wirklich bequem?«, fragt Ian, als ich vorsichtig auf den Fenstersitz rutsche.

»Ja, alles bestens, danke«, erwidere ich in dem Versuch, den Schmerz zu überspielen.

Ian stemmt unsere Taschen in das Fach über unseren Sitzen. Seine neue Rolle als Pfleger nimmt er offenbar sehr ernst. Er versucht, das Verstauen des Gepäcks mühelos aussehen zu lassen, kommt aber wegen des Gewichts ziemlich ins Wanken.

»Hast du genug Platz für die Beine?«

»Mir geht's gut, ehrlich. Danke dir«, erwidere ich und bedeute Ian, sich neben mich zu setzen, ehe er sich noch wehtut oder jemand seinen Platz wegschnappt. Eigentlich sollte diese Reise uns doch fitter machen – ich will nicht, dass wir beide als Invaliden nach England zurückkehren!

»Arcachon, wir kommen!«, sagt Ian lächelnd, als er sich endlich auf seinen Platz setzt.

Der Arzt hat zwar gesagt, dass wir unsere Reise mit dem Rad nicht fortsetzen können, aber vom Zug war nie die Rede.

Und deswegen sitzen wir jetzt im 14-Uhr-47-Zug nach Arcachon. In den etwa vier Stunden, die die Fahrt dauert, können wir die Kilometer der verlorenen Tage wieder reinholen, sind rechtzeitig zum Feuerwerk da und erwischen auch unseren Heimflug von Bordeaux aus in ein paar Tagen.

Obwohl wir extrafrüh eingestiegen sind, um auch wirklich einen Sitzplatz zu bekommen, ist im Zug schon der Teufel los. Der Gang ist verstopft mit Leuten, die ebenfalls versuchen, ihr Gepäck in die Fächer zu wuchten. Es herrscht die unvermeidliche Verwirrung über die Platzreservierungen. Irgendjemand sitzt auf dem falschen Platz oder auf dem richtigen Platz, aber im falschen Wagen, was alle anderen ausbremst. Ein Mann wedelt mit den Fingern in der Luft, und es ist nicht klar, ob er damit die Wagennummer anzeigt oder einfach nur flucht.

Ich schaue aus dem Fenster und sehe Menschenmassen über den Bahnsteig schwappen. Familien, die in La Rochelle ankommen, Tagesausflügler, die den Bus zur Île de Ré nehmen. Glucksend beobachte ich, wie ein liebeskranker Teenager vom Bahnsteig aus seiner vermeintlichen Freundin zuwinkt und nicht merkt, dass sie in einen anderen Wagon gegangen ist. Stattdessen winkt er einer sehr geschmeichelt wirkenden älteren Dame, die sich fragt, wer ihr neuer Verehrer ist. Er hört nicht auf zu winken, bis er von einem strengen Sicherheitsmann angebrüllt wird, er solle von der Bahnsteigkante zurücktreten. Dann setzt sich der Zug langsam in Bewegung und verlässt den Bahnhof.

»Hast du Sylvie schon geschrieben, dass wir morgen in Bordeaux sind?«

Seit er mir die Sache mit Sylvies alten Briefen gestanden hat, scheint ihm genauso sehr an unserem Treffen gelegen zu sein wie mir.

»Noch nicht.«

»Worauf wartest du? Ich dachte, wir hätten beschlossen, dass ihr euch trefft. Wir haben zwei Tage in Bordeaux, da habt ihr doch jede Menge Zeit.«

»Ja, ich weiß. Ich bin nur etwas nervös deswegen.«

»Das ist vor Dates ganz normal.«

»Es ist kein Date! Es sind nur zwei alte Freunde, die sich endlich treffen. Immer mit der Ruhe! Aber … Was, wenn im echten Leben die Chemie zwischen uns nicht stimmt? Das Treffen hatte einen ganz schön langen Vorlauf, da sind die Erwartungen natürlich hoch!«

»Das findet ihr nur raus, wenn ihr euch trefft. Also los jetzt, lad sie auf dieses superplatonische Date ein! Sag ihr, dass du sie morgen am …« Ian blättert in seinem Reiseführer. »Dass ihr euch vor der Oper trefft.«

»Soll ich noch was schreiben?«

»Na, die Uhrzeit!«

Aus irgendeinem Grund bringt uns das beide dazu, auf die Uhr zu schauen.

Hi Sylvie. Sorry, dass es so lange gedauert hat – hinter mir liegen ein paar ziemlich verrückte Tage. Ich bin morgen in Bordeaux. Hast du Zeit, mich um 12 Uhr vor der Oper zu treffen? Wäre toll, dich zu sehen, wenn du noch keine anderen Pläne hast.

Ich höre auf zu tippen und lese die Nachricht laut vor.

»Ist das okay?«

»Perfekt.«

Erleichtert lehne ich mich zurück.

Die Teenagerin gegenüber hört mit ihren Kopfhörern so laut Musik, dass das gesamte Abteil jedes Wort des Liedes verstehen kann, das sie gerade hört. Sie hält ihr Handy in die Luft, macht ein Selfie nach dem anderen und betrachtet die Bilder prüfend, ehe sie sie verwirft und eine neue Pose ausprobiert – mal mit dem Fenster auf dem Bild, mal ohne Fenster, mal in die Kamera blickend, mal nicht.

Immer wieder blitzt ihre Kamera, als wir an Feldern voller Sonnenblumen vorbeirasen, die zu einer gelben Fläche verschwimmen.

»Schön hier, oder?«

»Ja, wunderschön.« Auch Ian sieht aus dem Fenster. »Wie nett, dass wir die Landschaft genießen können und nicht nur mit den Strömen von Schweiß auf unserem Gesicht beschäftigt sind.«

Wir rasen durch eine Gegend, in der wir letztes Mal mit dem Rad unterwegs waren, und versuchen, Orte wiederzuerkennen. Dafür fährt der Zug aber zu schnell.

»Fühlt sich trotzdem ein bisschen wie Schummelei an, oder?«

»Ich glaube, ich habe irgendwo mal gelesen, dass in einer frühen Tour de France ein Radfahrer disqualifiziert wurde, weil er beim Zugfahren erwischt wurde.«

»Wundert mich ja fast, dass Lance Armstrong das nicht auch versucht hat«, grinst Ian und fügt dann hinzu: »Wir haben dem Radfahren doch eine faire Chance gegeben, dafür, dass wir solche alten Knacker sind.« Er klopft anerkennend auf mein Bein, ehe er merkt, dass er mir damit wehtut.

»Aber wir haben es nicht geschafft, die Reise mit unseren Rädern zu beenden. Ob wir das wirklich als Erfolg verbuchen können?«, scherze ich.

»Hm, aber immerhin leben wir beide noch.«

»Und Raj ist auch noch bei uns.«

»Könnte nicht besser laufen, was?«

Auf dem Tisch vibriert mein Telefon.

»Was schreibt sie?!«, fragt Ian sofort, noch ehe ich das Handy in die Hand genommen habe.

Du bist in Bordeaux?! Morgen?! Wie wundervoll! Aber ja, ich habe mittags auf jeden Fall Zeit.

Ich halte Ian den Bildschirm vor die Nase, und er zwinkert mir zu.

Perfekt. Ich freu mich auf dich. Dann bis morgen um 12!

Ich schicke schnell die Nachricht ab, ehe ich die Augen schließe und für den Rest der Reise nach Arcachon entschlummere – und natürlich von unserem Treffen träume.

49. KAPiTEL

Damals

Juli 1975

Ungläubig starrt Simon auf das Schild, das die Jungs im Badeort Arcachon willkommen heißt.

»Was? Wir waren doch fast in Bordeaux! Du hast uns in die falsche Richtung gelenkt!«

»Es sah aus, als müsste man nur geradeaus fahren, und das haben wir gemacht«, ruft Ian verteidigend.

»Ja, aber wir sind eindeutig zwei Stunden lang die falsche Straße entlanggeradelt. Du solltest doch auf die Karte schauen«, stöhnt Simon, als ein blauer Renault 12 hupend an ihnen vorbeifährt – immerhin haben sie mitten auf der Straße angehalten.

Um nicht überfahren zu werden, schieben sie ihre Räder an den Straßenrand. Raj nimmt Ian schnell die Landkarte ab und bereut, es nicht schon vor drei Stunden gemacht zu haben.

»Schau! Als wir von dem Küstenweg gekommen sind, hätten wir eigentlich links abbiegen müssen, nicht rechts! Wie hast du das nur wieder hinbekommen?« Raj weiß nicht, ob er lachen oder weinen soll. Er fährt mit dem Finger auf der Karte von Bordeaux nach Arcachon, um Simon zu zeigen, wo sie sich befinden.

»Ich wusste doch, dass wir in die falsche Richtung fahren!«

»Keine Ahnung, warum ihr mir die Schuld gebt. Ihr hättet doch selbst auf die Karte schauen können! Egal, ich wollte hierherkommen.« Ian sieht auf das Schild. »Ich habe gehört, Arscha... Arcachon ist richtig schön.«

»Ach ja, wer sagt das?«

»Kennt ihr nicht.«

»Du meinst also, du hast uns nicht versehentlich Kilometer von unserem eigentlichen Weg weggeführt, wenn wir jetzt eigentlich schon in Bordeaux sein könnten? Sondern du hast einfach beschlossen, dass wir diesen Ort besuchen sollten, und wolltest uns damit überraschen?!«

»Ganz genau.«

Beide sehen Ian skeptisch an und glauben ihm kein Wort.

»Dann sollten wir uns wohl einen Platz zum Zelten suchen und morgen nach Bordeaux weiterfahren?«, sagt Raj zu Simon und wirft einen Blick auf seine Uhr.

Simon nickt, enttäuscht, dass sich sein Treffen mit Sylvie verzögert.

»Schaut doch, wie schön es hier ist. Ich dachte, wir könnten erst mal an den Strand, ehe wir nach Bordeaux fahren«, verteidigt Ian sich weiter, ohne auf ihre Unterhaltung zu achten.

Die Jungs sehen geradeaus auf den wunderschönen Sandstrand. Plötzlich fallen Ian fast die Augen aus dem Kopf, und er tippt aufgeregt auf Rajs Arm.

»Jetzt verstehe ich, warum du uns diesen Umweg hast machen lassen …«, keucht Raj, als zwei Frauen ohne Oberteil aus dem Wasser kommen.

»Ich habe es doch gesagt, Kumpel … Vertraut mir einfach, ich weiß schon, was ich tue.«

»Seht ihr! Die anderen Leute wissen auch, dass das hier der Ort der Orte ist«, sagt Ian, als die drei über den vollgepackten Strand stapfen, an dem sich Hunderte, vielleicht Tausende Leute befinden. Ein paar wedeln mit der französischen Flagge, andere tragen Outfits in Rot, Weiß und Blau. Eine fröhliche, festliche Stimmung liegt in der Luft.

»Heute ist der vierzehnte Juli, der Nationalfeiertag! Darum ist hier so ein Trubel«, sagt Raj selbstgefällig.

»Woher weißt du nur all diesen Kram? Das ist so merkwürdig!«, sagt Ian lachend, als sie sich auf ein freies Stückchen Strand setzen. »Ich habe davon noch nie gehört.«

Plötzlich landet ein Wasserball neben ihnen, und eine blonde Frau kommt auf sie zu.

»Pardon, sorry«, sagt sie.

»Kein Ding«, sagt Raj, als er ihr mit rotem Kopf den Ball reicht.

»Kommt ihr aus England?«

»Ja.«

»Ach, schön. Wir kommen aus München in Deutschland.«

»Deutschland? Ian spricht fließend Deutsch. Stimmt doch, oder?« Simon dreht sich zu ihm.

»*Freut mich, dich kennenzulernen*«, sagt das Mädchen lächelnd auf Deutsch.

Ian erstarrt, was Raj und Simon furchtbar lustig finden.

»Ähm, ja.«

Das Mädchen bricht in Gelächter aus.

»*Wollt ihr euch zu uns setzen?*« Sie zwinkert Ian zu und übersetzt den Satz dann ins Englische.

»Ja, ja, das würden wir gern, danke«, antwortet Simon an seiner Stelle.

Die drei können ihr Glück kaum fassen und folgen dem Mädchen zu einer Gruppe von sechs deutschen Mädchen und Jungs, die vor ihnen im Kreis sitzen und rauchen und Bier trinken. Wahrscheinlich sind sie alle um die achtzehn oder neunzehn Jahre alt, aber im Vergleich zu den unreifen Internatsschülern mit den großen Augen wirken sie zehn Jahre älter. Das blonde Mädchen stellt sie ihren Freunden vor.

»Was macht ihr in Frankreich?«, lallt ein anderes Mädchen zwischen zwei Zügen.

Sie reicht die Zigarette Raj, der sie ahnungslos ansieht.

»Wir radeln nach Bordeaux. Simon trifft morgen seine französische Brieffreundin, in die er verliebt ist …«, erklärt Raj, ehe er einen Zug von der Zigarette nimmt und sofort zu husten beginnt. Kichernd nimmt ihm das Mädchen die Zigarette wieder ab. Anscheinend findet sie seine Reaktion süß.

»Aber wir zwei sind Singles«, fügt Ian schnell hinzu, laut genug, damit alle Mädchen ihn hören.

»Das ist cool. Wir machen einen Roadtrip. Fahren einfach so durch Europa und schauen, wohin es uns verschlägt. Wie alt seid ihr?«

»Achtzehn … Ja, wir sind achtzehn«, erwidert Ian rasch und zwinkert Raj zu.

»Und was macht ihr?«

»Wir gehen noch …«

»Ich bin Sänger«, unterbricht Ian Simon.

»Echt? Und was singst du so?«

»Alles!«

»Na dann mal los.«

Erschrocken stellt Ian fest, dass er ein williges Publikum hat.

»Ehrlich?«

»Ja, leg los!« Die deutschen Jugendlichen beginnen zu klatschen.

»Jürgen, du spielst Gitarre!«

Ein kräftiger Junge greift nach seiner Gitarre und beginnt zu spielen.

»Kennst du das?«

Es sind die ersten Akkorde von *Starman*.

Mehr Ermutigung braucht Ian nicht. Er beginnt zu singen, erst noch zögerlich, aber als die Gruppe zu johlen beginnt, kommt er in Fahrt. Beim Refrain ist er bereits aufgestanden und legt eine richtige Show hin, während er gleichzeitig die anderen dazu animiert mitzusingen. Er hatte noch nie ein solches Publikum, und noch nie hat eine so große Gruppe von Menschen in seinen Gesang mit eingestimmt.

Plötzlich wird Ians Auftritt von einem lauten Knall

unterbrochen, und als der schwarze Himmel plötzlich von Feuerwerk erleuchtet wird, beginnen alle zu jubeln.

Simon blickt in den Himmel, ehe er Ian anlächelt, der seinen Moment in vollen Zügen genießt. Noch breiter wird sein Grinsen, als er sieht, wie Raj im Schein des Feuerwerks ein Mädchen küsst. Er weiß, dass sein großer Moment morgen kommt. Heute freut er sich einfach, dass seine Freunde Spaß haben.

Dass sie endlich einen Ort gefunden haben, an den sie passen.

Den Rest des Abends verbringen sie damit zu singen, zu tanzen, sich zu unterhalten, zu knutschen, zu trinken – und erwachsen zu werden.

Als der Strand langsam leerer wird und die Jungs sich von ihren neuen Freunden verabschieden – und Raj sehnsüchtig seiner deutschen Angebeteten nachsieht –, bleiben sie allein auf der hohen Sanddüne zurück, die über dem Wasser aufragt.

Da ihr Zelt diese Bezeichnung aufgrund des immer größer werdenden Lochs eigentlich nicht mehr verdient, entscheiden sie sich gegen einen Aufbau und wickeln sich stattdessen einfach in die Plane ein.

»Wisst ihr was? Ich glaube, das ist der tollste Ort, an dem ich je war.« Raj liegt im Sand und blickt ehrfürchtig in den blinkenden Sternenhimmel.

»Also bist du jetzt doch froh, dass ich euch hierhergebracht habe?«

»Ja, natürlich, Ian!« Raj verdreht die Augen.

»Ist schon ein bisschen besser, als im Zimmer herumzuhocken, oder?«

»Ein kleines bisschen.« Simon fährt mit den Fingern durch den feinen weißen Sand und blickt hinab auf die heranrollenden Wellen.

»Wer hätte vor ein paar Wochen gedacht, dass wir an einem Strand in Frankreich übernachten würden?«

»Und wer hätte gedacht, dass wir den ganzen Weg hierher mit dem Rad zurücklegen?«, fügt Ian hinzu.

»Könnt ihr euch vorstellen, was die anderen sagen würden, wenn sie wüssten, dass wir hier sind?«, sagt Ian.

Raj betrachtet die wunderschöne Umgebung. »Sie würden uns einfach nicht glauben!«

50. KAPiTEL

Als wir in Arcachon ankommen, versinkt die Sonne gerade hinter der Dune du Pilat, der höchsten Wanderdüne Europas. Ein gelbes Leuchten liegt über dem Sand und dem Meer. Die Schatten der Kiefern ziehen sich in die Länge und werden immer blasser, bis sie ganz verschwunden sind. Der Sand ist voller Fußspuren anderer Nachtschwärmer, die gekommen sind, um zu feiern und das Feuerwerk anzusehen.

Ich humple die steile Düne hinauf, wobei Ian mich an der Hand hält, um mich wenn nötig zu stützen. An den Füßen spüren wir den warmen Sand.

»Wir haben es geschafft!«, rufe ich, als wir oben angekommen sind. »Wir haben es geschafft!«

Ich grinse wie ein Honigkuchenpferd und freue mich wirklich über unsere Leistung. Okay, das hier ist nicht der Mount Everest, aber dass wir die Strecke nach Arcachon zumindest teilweise noch einmal mit dem Rad zurückgelegt haben, macht diesen Moment mehr als besonders.

»Daran habe ich nie gezweifelt.« Sogar Ian hat Mühe, bei diesem Satz ernst zu gucken.

Glucksend denke ich an die Hindernisse dieser Reise, die sogar noch holpriger war als die erste Radtour.

»Ich hatte befürchtet, dass es sich hier sehr verändert haben könnte. Aber mein Gott, es ist immer noch wunderschön!« Ian schnappt nach Luft, als wir über dieselbe ausladende Bucht blicken, in der wir damals unter den Sternen geschlafen haben. Auch der Sonnenuntergang ist genauso atemberaubend wie an jenem Abend.

»Würdest du immer noch behaupten, dass du uns damals absichtlich hierhergeleitet hast?«, frage ich schmunzelnd.

»Na klar, da habe ich nichts dem Zufall überlassen!« Ian gluckst.

Ein paar Minuten lang halten wir inne, um wieder zu Atem zu kommen und die herrliche Aussicht zu genießen.

Nach einer Weile laufen wir Sand kickend die Düne entlang, bis wir eine Gegend am Meer erreichen, in der es menschenleer ist. Ian, der die Urne in der Hand hält, sieht mich fragend an.

»Sollen wir?« Er klingt zögernd.

»Wollen wir vorher vielleicht etwas sagen?«, schlage ich vor.

»Ja, gute Idee.« Ian wendet sich an die Urne, als würde er direkt mit Raj sprechen. »Raj, mein Lieber. Du warst die schlauste Person, die mir je begegnet ist, schon als Teenager. Danke für unsere gemeinsame Zeit … für unsere Verbindung. Es war damals nicht immer leicht, aber du hast mir stets den Rücken freigehalten. Ich weiß nicht, was ich noch sagen soll, aber wir freuen uns sehr, dass wir das hier für dich machen durften.«

Während er spricht, lege ich meinen Arm um Ian. Dann greife ich in meine Tasche und ziehe einen alten Kassettenrekorder hervor.

»Was hast du denn da?« Ian sieht mich verwirrt an. »Kein Wunder, dass deine Tasche so schwer war!«

»Ich habe auf dem Dachboden eine alte Kassette gefunden, konnte mich damals aber nicht überwinden, sie anzuhören. Jetzt scheint ein guter Moment dafür zu sein.« Ich wende mich ebenfalls an die Urne. »Ich weiß noch, dass ich nie wieder mit dir reden wollte, nachdem du diese Kassette überspielt hast. Und jetzt wünsche ich mir nur noch, noch einmal mit dir sprechen zu können.«

Während Ian überlegt, was ich meine, drücke ich auf Wiedergabe. Schon erklingt Rajs Teenager-Stimme.

»Soll ich dich einem Sommertage gleichen?
Maßvoller bist und holder du von Sinn.
Maiknöspchen kann der raue Sturm erreichen,
Und Sommerfreuden fliehen bald dahin.«

Als wir hören, wir Raj durch das Sonnet von Shakespeare stolpert, können wir ein Grinsen nicht unterdrücken. Still stehen wir da und hören einfach zu.

»Des Himmels Strahlenaug, oft glüht's zu heiß,
Oft ist sein golden Angesicht umnachtet;
Was schön, entsinkt des Schönen Zauberkreis,
Weil Zufall und Natur nach Wechsel trachtet.

Dein Sommer soll einst ohne Wechsel dauern,
Der Schönheit Recht dir nie verloren sein,
Nie wandeln sollst du in des Todes Schauern,
Der Ewigkeit wird dieses Lied dich weihn.

So lang ein Mensch noch lebt, ein Auge sieht,
So lang lebt dies, und du in diesem Lied.«

Sobald Rajs Stimme verstummt ist, klickt der Kassettenrekorder, und man hört die zweite Strophe von Elton Johns *Crocodile Rock.*

»Darum ging es mir. Das ist es, was er gewollt hätte«, meint Ian lächelnd.

Ich muss lachen, und gleichzeitig rollt mir eine Träne über die Wange.

»Mach's gut, mein Freund.«

Ich lasse die Musik weiterlaufen, während wir beide eine Handvoll Asche aus der Urne nehmen und sie mit dem Wind hinaus aufs Meer wirbeln lassen.

In diesem Moment wird mir klar, dass ich mich nicht nur von Raj verabschiede, sondern auch von Caroline.

»Es macht einen schon nachdenklich, oder?«, sagt Ian unvermittelt, als wir im Sand sitzen und hinaus aufs Meer blicken. Die Urne steht jetzt leer neben uns, und die Kassette ist auch an ihrem Ende angelangt.

Unter normalen Umständen hätte Ians Spruch mich zum Lachen gebracht, aber in diesem Fall trifft er den Nagel auf den Kopf.

»Absolut.«

»Du weißt schon, dass du ein Glückspilz bist, oder?«, sagt Ian.

»Ich habe schon jahrelang nicht mehr das Gefühl gehabt, Glück zu haben.«

»Ich weiß. Aber du hattest offenbar eine tolle Ehefrau, hast eine wunderbare Tochter, und wer weiß, vielleicht findest du morgen heraus, dass du noch eine echte Seelenverwandte hast.«

Ich sehe ihn lächelnd an. Ja, ich sollte aufhören zu trauern und mich über das freuen, was ich habe.

»Na ja, und auch Raj hat erfolgreich Karriere gemacht und hatte eine tolle Familie. Es war so schön, sie alle kennenzulernen, auch die Besucher der Trauerfeier. Aber was habe ich vorzuweisen?«

»Du hast deinen Traum gelebt, hast die Welt bereist, warst an Orten, von denen ich nur träumen konnte. Ich bin extrem neidisch auf all das, was du erlebt hast, während ich nur Zeit totgeschlagen habe.«

»Aber wer wird das hier für mich tun? Wer kommt zu meiner Trauerfeier? Mit wem kann ich Dinge teilen?«

»Was ist denn mit den Unmengen weiblichen Fans in all den Häfen?«

Ian sieht mich unschlüssig an.

»Vielleicht habe ich da ein klein wenig übertrieben. Ich war wahrscheinlich seit – wie lange mag es sein – zwanzig Jahren mit keiner Frau mehr zusammen. Und selbst wenn, wollten sie ja doch nur mit David Bowie schlafen … Als mich mal eine im Bett so genannt hat, hat es mir endgültig gereicht!«

Ich unterdrücke ein Lachen.

»Und was ist mit dieser Mel? Die fand jedenfalls nicht, dass du wie David Bowie aussiehst – und ich glaube nicht, dass sie Gabrielle abschleppen wollte!«

»Nein, sie war nett, aber da ist nichts gelaufen ... Ich weiß auch nicht ... Ich glaube, ich würde gern eine Frau finden, mit der ich mein Leben teilen kann. Gott, habe ich das gerade wirklich gesagt? Schön, dass mir das mit sechzig auch mal klar wird.«

Ich lächle ihn an.

»Und viele Freunde, mit denen ich mich unterhalten kann, habe ich auch nicht gerade«, fährt er fort.

»Da bist du nicht der Einzige. Caroline war die Gesellige von uns. Sie hat dauernd Leute zu uns eingeladen und hat für uns beide Freundschaften geschlossen. Wenn man älter wird, lernt man nicht so leicht neue Leute kennen.« Ich muss grinsen. »Und dann hockt man eben wieder mit den alten Leuten da.«

Ian grinst zurück. »Ich will jetzt nicht zu schmalzig klingen, aber es war schön ... mit dir diese Reise zu machen.«

»Du hast recht, es war ...« Irgendwie fällt mir nicht das passende Wort ein.

»Verrückt?«

»Ja, es war definitiv verrückt. Hätte nicht gedacht, dass wir unsere erste Reise auch in puncto Chaos so perfekt imitieren würden!«

»Wäre doch öde gewesen, wenn alles nach Plan gelaufen wäre.«

»Wahrscheinlich! Nee, mal im Ernst, es war gut.

Wenn man älter wird, wird man auch ängstlicher, oder? Dinge, die man als Kind ohne mit der Wimper zu zucken durchzieht, macht man dann einfach nicht mehr. Sogar Radfahren wird Furcht einflößender, erst recht, wenn man eine Art Tour de France macht! Diese Reise, auf der wir unseren ersten Kater hatten, zum ersten Mal im Ausland waren, Raj zum ersten Mal geknutscht hat und du deinen ersten öffentlichen Auftritt hattest … Ich glaube, damals dachten wir, dass der Trip uns erwachsen gemacht hat. Aber jetzt frage ich mich, ob das nicht erst diese Reise geschafft hat.«

»Glaubst du, Raj sieht uns von irgendeiner Wolke aus zu und freut sich, dass wir einander wiedergefunden haben?«, fragt Ian.

»Ich denke, Raj hat an die Reinkarnation geglaubt«, meine ich lächelnd. »Aber bestimmt wäre er glücklich, uns so zu sehen, wo auch immer er jetzt sein mag. Und du bist jetzt eben wieder bei mir hängen geblieben.«

»Sollen wir schon mal ausmachen, wo wir uns in vierundvierzig Jahren wiedersehen?«, fragt Ian.

»Ich glaube, das geht auch ein bisschen eher.«

»Okay, dann in vierzig?«

Ich lache.

»Ob wir dann überhaupt noch radeln können? Vielleicht lassen wir's nächstes Mal lieber bleiben. Irgendwie sind Drahtesel einfach nicht unser Ding, oder? Wir können ja auch was anderes machen. Und vielleicht kriegt dann doch jeder sein eigenes Zimmer. Oder wir nehmen wenigstens eins, in dem die Toilette eine Tür hat.«

»Ja, auf jeden Fall. Wie wär's mit Angeln? Sind wir jetzt in dem Alter? Oder Golf? Oder wir schauen ein Cricket-Turnier an! Was macht man denn sonst so mit sechzig?« Ian zuckt mit den Schultern.

»Wir dürfen machen, was wir wollen!«

»Wie sagte Bowie noch so schön? ›Ich weiß nicht, was ich jetzt anstelle, aber ich verspreche, dass es nicht langweilig wird.‹«

»Und was sagt Ian Pratt?«

Ian blickt hinaus aufs Meer und denkt nach.

»Ian Pratt sagt, dass es schon ulkig ist, dass unser Lieblingsort auf der Reise einer war, der gar nicht eingeplant war. Vielleicht heißt das, dass wir mehr Risiken eingehen sollten?«

»Sehr philosophisch!« Ich schmunzle.

Wir sitzen im Sand, bis die Dunkelheit sich über uns senkt. Erst unterhalten wir uns noch, und dann schweigen wir. Es genügt uns, einfach dazuhocken, die Welt zu betrachten und unseren Gedanken nachzuhängen. Wir schauen hinüber zu einer Gruppe Jugendlicher, die den Abend genießt, und lächeln, als über uns das Feuerwerk explodiert und den Himmel erleuchtet. Es ist fast, als würden Raj und Caroline ihn mit Glitzer und Gold krönen.

51. KAPiTEL

»So kann ich Sylvie unmöglich unter die Augen treten«, sage ich verzweifelt zu Ian, als ich mich im Spiegel unseres Hotelzimmers in der berühmten Winterstadt von Arcachon betrachte.

Ein Haus hier in der Gegend ist extravaganter und exzentrischer als das andere. Leuchtende Farben, geschmückte Balkons, Türmchen, Säulengänge, ungewöhnliche Dächer, einmalige Treppenhäuser – es herrscht ein kompletter Stilmix. Hier haben die Architekten ihrer Fantasie freien Lauf gelassen. Der Raum ist ähnlich farbenfroh gestaltet und eine kunterbunte Mischung an Möbeln und Armaturen – ein hölzerner Klapptisch, ein Vintage-Schaukelstuhl und eine Reihe gerahmter Cartoons an den pastellblauen Wänden.

»Wie denn? Alt?«, erwidert Ian irgendwann.

»Sehr komisch. Ich bin knallrot und sehe aus wie ein verdammter Hummer!«

Auch wenn der gestrige Abend am Strand ein wunderbarer Tribut an Raj war und Ians und meiner Freundschaft gutgetan hat, war das unerwartet starke Licht der untergehenden Sonne gar nicht gut für meinen Teint.

»So schlimm ist es doch gar … Doch, ist es«, sagt er, als er den Blick von irgendeinem merkwürdigen französischen Fernsehquiz löst und zu mir herübersieht.

»Na klasse. Ich bin also nicht nur am ganzen Körper zerschrammt und habe einen Verband um den Kopf, sondern bin auch noch rot wie eine Tomate.«

»Mögen Frauen keine vom Kampf gezeichneten Männer? Ich dachte, du machst einen auf Shabby Chic.«

»Und mit wem habe ich gekämpft, mit der Sonne vielleicht? Das ist das erste Mal, dass Sylvie mich sieht, und ich sehe so aus!«

Niedergeschlagen betrachte ich mein Spiegelbild. So wollte ich Sylvie wirklich nicht das erste Mal begegnen.

»Ist schon okay, es gibt bestimmt ein einfaches Gegenmittel. Mal sehen, wie man einen richtig, richtig schlimmen Sonnenbrand behandelt«, meint Ian grinsend, während der französische Moderator weiter Fragen stellt, die keiner von uns versteht.

Er greift nach seinem Telefon und beginnt zweihändig zu tippen, während ich weiter meinen bemitleidenswerten Zustand im Spiegel betrachte.

»Was, wenn ich auf den Hochzeitsfotos immer noch so aussehe?«

Ian hat kein Talent im Multitasking und ist zu beschäftigt mit seiner Recherche, um zuhören zu können. Er scrollt durch einen Artikel und spricht mit sich selbst.

»Anscheinend musst du Mango essen.«

»Mango? Was soll das denn bringen? Und wie viel

davon? Sprechen wir von einem Schnitz oder einer ganzen Baumladung?«

»Hör mal, ich bin kein Mangoexperte, aber so steht es nun mal da.«

»Gibt es noch andere Vorschläge?«

»Der gefällt dir wohl nicht? Okay, dann …« Erneut murmelt er vor sich hin. »Das hier könnten wir versuchen.«

»Was denn?«

»Ich muss es erst mal lesen!«

Ich schüttle lachend den Kopf.

»Wir müssen dich mit Rasierschaum bedecken.«

»Auwei, was soll das denn? Rasieren wir den Sonnenbrand dann einfach ab?«

»Hier steht, dass der Schaum eine kühlende Wirkung hat, wenn man ihn eine halbe Stunde drauflässt«, verkündet er und legt das Handy weg.

»Wirklich?«

»Willst du weiter wie eine Tomate aussehen oder nicht?«

»Schon gut.«

Ich habe schon tausendmal selbst Rasierschaum aufgetragen, aber aus irgendeinem Grund besteht Ian darauf, das zu übernehmen. Er verschmiert, während ich auf dem Bett sitze, übertrieben energisch den Schaum auf meinen Wangen, als wolle er mir eine Gesichtsmassage verpassen.

»Aua, das genügt. Danke.« Ich ducke mich weg, als er auf die wunden Stellen meines Gesichts zu klopfen beginnt.

»Wehe, das funktioniert nicht.« Beim Sprechen schlucke ich ein bisschen Schaum. »Jetzt sehe ich aus wie ein rosiger Weihnachtsmann.«

»Halt einfach still, dann entfaltet der Schaum seine heilende Wirkung!«, sagt Ian und wäscht sich die Hände. Er scheint felsenfest an seine Internetentdeckung zu glauben. Plötzlich klingelt sein Telefon, und er starrt auf den Bildschirm, um zu sehen, wer anruft.

»Es ist Anna!«

Er reicht mir das Handy, und ich besudele es über und über mit Schaum, als ich es mir ans Ohr halte.

»Hallo, mein Schatz. Alles okay?«

»Ähm, nicht so richtig, Dad. Es ist einfach alles schiefgelaufen.«

52. KAPiTEL

Bei Annas Worten erstarre ich.

»Was ist los? Geht es dir gut?«, sage ich hektisch und befürchte instinktiv das Schlimmste.

Sie antwortet nicht. Ich höre nur, dass sie heftig atmet.

»Anna? Ist dir etwas zugestoßen? Gibt es ein Problem mit dem Cottage? Den Gästen?«

»Nein, nein. Da ist alles in Ordnung«, erwidert sie kleinlaut und mit bebender Stimme.

»Was ist es dann?«, versuche ich, das Problem aus ihr herauszukitzeln.

»Die Hochzeit!«, sagt sie und bricht in Tränen aus.

So aufgewühlt habe ich sie seit Jahren nicht erlebt.

»Was ist denn mit der Hochzeit?«, frage ich und stehe auf, um zum Fenster zu gehen.

»Sie wurde abgesagt, Dad.« Sie schluchzt. »Die Hochzeit wurde abgesagt. Sie findet nicht statt. Ich wollte dich echt nicht stören, aber ich weiß nicht, was ich machen soll, und du …«

»Ist schon gut, ist schon gut, ich bin da«, versuche ich, sie zu beruhigen. Ian sieht mich besorgt an.

»Ich hab versucht, dich anzurufen, aber du hast wieder nicht abgehoben.«

»Tut mir leid, ich weiß nicht, ob mein Telefon an ist. Aber jetzt bin ich da. Erzähl einfach, was passiert ist.«

Ein paar Sekunden lang ist die Verbindung unterbrochen, und ich verstehe sie nicht. In der Hoffnung, dass es hilft, gehe ich im Raum auf und ab. Aber ich bin nicht sicher, ob ich schlechtes Netz habe oder ob es am miesen Empfang im Cottage liegt. Ich bleibe im Sonnenlicht stehen, das durch das Dachfenster hereinfällt.

»Sorry, Anna. Ich verstehe dich nicht richtig, aber ich kann heute zurückkommen, wenn du willst.«

»Dad, du musst wirklich nicht …«

»Ich habe doch gleich gedacht, dass ich dich nicht mit der Pension allein lassen sollte, zusätzlich zu allem anderen. Es ist zu viel.«

»Es ist okay, ehrlich.«

»Anna, ich will aber. Ich schaue gleich mal nach, ob ich heute noch einen Flug bekomme. Wahrscheinlich kann ich schon heute Nachmittag da sein«, sage ich nach einem Blick auf die Uhr und versuche auszurechnen, wie lange wir inklusive des Weges zum Flughafen von Bordeaux nach Hause brauchen.

Ian wirkt jetzt noch besorgter.

»Bist du sicher?«, fragt Anna.

»Natürlich. Wir haben Rajs Asche schon verstreut, und wenn wir jetzt etwas eher als geplant zurückkommen, ist das kein Problem!«

Ich sehe zu Ian, um herauszufinden, ob es ihm auch recht wäre.

Er nickt, ohne zu wissen, was los ist.

»Es tut mir leid«, sagt Anna und atmet heftig.

»Dir muss nichts leidtun. Du musst dich für nichts entschuldigen. Alles wird gut, versprochen. Ich sehe jetzt nach den Flügen, okay?«

»Danke«, stößt sie schluchzend hervor.

»Mach's gut!«

Ich lege das Telefon weg und lasse mich aufs Bett sinken.

Ich hätte sie nicht im Stich lassen dürfen. Ich wusste doch, dass etwas nicht stimmt.

Als Ian sich erkundigt, was Anna gesagt hat, kann ich nur geradeaus starren. Ich mache mir Sorgen um meine Tochter, Sorgen um Ollie, Sorgen wegen dem, was zwischen ihnen vorgefallen ist.

Und dann beschleicht mich erneut ein Gedanke: Vielleicht soll das Treffen mit Sylvie einfach nicht sein.

53. KAPiTEL

Während ich Ian die Sachlage erkläre, tropft mir der Rasierschaum vom Gesicht.

»Es gibt einen Flug um elf und einen um sechzehn Uhr«, sage ich, während ich auf Ians Handy die Website von easyJet durchforste. Es dauert eine Weile, bis ich mich zurechtfinde und Herr der aufpoppenden Fenster geworden bin, die mich vor Cookies warnen. »Wir brauchen eine Stunde bis nach Bordeaux und danach wahrscheinlich noch mal fünfzig Minuten zum Flughafen.«

»Moment mal, wir haben es bis hierher geschafft, und du sagst mir jetzt, dass du Sylvie nicht treffen wirst? Nach alldem? Als ich genickt habe, dachte ich, Anna wäre schwer krank oder so. Aber in diesem Fall reicht es doch sicher, wenn wir morgen zurückfliegen.«

»Natürlich hätte ich Sylvie furchtbar gern kennengelernt, aber Anna braucht mich. Sie ist verzweifelt! Ich hab dir doch gesagt, dass zwischen ihr und Ollie etwas nicht stimmt. Zwischen den beiden herrscht schon seit Monaten eine gewisse Spannung.«

Ob Ian sich wohl wirklich vorstellen kann, wie es sich anfühlt, eine Tochter in Not zu haben?

»Aber du hast seit Jahren auf diesen Moment gewartet. Du musst das dir selbst zuliebe tun!«

»Es soll eben einfach nicht sein.«

»Wag es ja nicht, mir jetzt wieder mit irgendwelchen Zeichen zu kommen! Den früheren Flug schaffen wir heute sowieso nicht mehr. Du kannst Sylvie also trotzdem kurz treffen, ehe wir zum Flughafen aufbrechen.«

Ich sehe Ian an. Er gibt einfach nicht auf.

»Aber ist es nicht komisch, wenn ich da auftauche und sage: ›Huch, eigentlich muss ich direkt wieder los.‹? Und ich werde in Gedanken bei Anna sein und …«

»Du kannst tausend Ausflüchte finden, wenn du willst. Aber schau mal, letztes Mal habe ich dir dein Treffen mit Sylvie versaut. Und ich lasse nicht zu, dass du es dieses Mal selbst tust! Bis du zurück in England bist und vernünftig mit Anna geredet hast, kannst du ohnehin nichts tun. Sieh es doch mal so, würdest du lieber …«

»Wir sind keine sechzehn mehr, Ian. Deine albernen Fragen bringen mich jetzt auch nicht weiter«, seufze ich und versuche, meine Gedanken zu sortieren.

»Hör mir doch wenigstens zu!«

»Ich nehme die hundertbeinige Spinne«, sage ich sarkastisch.

»Du sollst mir zuhören, hab ich gesagt!«

Ich atme laut aus.

»Würdest du lieber kurz Sylvie sehen und herausfinden, ob ihr auch im echten Leben eine Verbindung habt? Oder eine Stunde im Flughafenterminal totschlagen, zurück in dein Cottage fahren und dich dann den

Rest deines Lebens fragen, was gewesen wäre, wenn? Schon wieder?! Hatten wir uns nicht versprochen, unser Leben zu leben?«

»Seit wann sagst du so kluge Sachen?«

»Schon immer, du Flachzange!«

Wenn mein Gesicht wegen des Sonnenbrands nicht so schmerzen würde, würde ich jetzt lachen.

»Okay, ich buche also den Flug um sechzehn Uhr, dann habe ich wahrscheinlich eine Stunde Zeit für Sylvie.«

Wieder greife ich nach dem Telefon und öffne versehentlich das andere Fenster mit den Mitteln gegen Sonnenbrand. Ich kneife die Augen zusammen und lese neugierig.

»Was ist los? Gibt es keine Plätze mehr?«

»Da steht, dass man Mentholschaum nehmen soll!«

»Was?«

»*Wenn Sie unter Sonnenbrand leiden, versuchen Sie es doch mal mit Mentholschaum*«, lese ich laut vor.

»Ja, na und?«

»Das ist kein Mentholschaum!«

»Ist das wichtig?«

»Ja, weil es das Menthol ist, das die kühlende Wirkung hat! Ich habe jetzt also völlig grundlos wie ein Schneemann hier herumgesessen!« Mit diesen Worten nehme ich ein bisschen Schaum von meinem Gesicht und werfe ihn nach Ian.

Eine Stunde später sitzen wir mit neuen Flugtickets, Mangoschnitze essend, im Zug nach Bordeaux.

54. KAPiTEL

Das Grand Théâtre de Bordeaux, eines der schönsten Theater der Welt und ein Wahrzeichen der Stadt, erhebt sich stolz vor mir. Das neoklassizistische, rechteckige Bauwerk aus dem achtzehnten Jahrhundert sieht einfach prachtvoll aus, wie ein Tempel. An der Vorderseite befinden sich zwölf korinthische Säulen und eine Balustrade, die mit zwölf griechisch geprägten Statuen geschmückt ist.

Ich stehe vor dem Theater und schaue über den Place de la Comédie, um die Menschenmenge, die durch die Stadt flaniert, nach Sylvie abzusuchen.

Es ist jetzt zehn vor zwölf. Ian, der auf der anderen Seite des Platzes neben Gordon Ramsays vornehmem Restaurant Stellung bezogen hat, winkt mir begeistert zu. Wir haben uns darauf geeinigt, dass ich Sylvie allein sehe und wir uns in einer Stunde wieder hier treffen, aber es scheint ganz so, als würde er mich heimlich beobachten, bis Sylvie kommt.

Ich lächle ihn an, bis eine Straßenbahn zwischen uns hindurchfährt und ich ihn aus dem Blick verliere. Die Straßenbahnen kreuzen immer wieder den Platz und fahren durch die Stadt, als wäre Bordeaux eine riesige Modelleisenbahnlandschaft.

Neben mir auf den Stufen stehen ein paar Mittzwanziger. Der Mann, ein Engländer, und die Frau, eine Französin, reden aufeinander ein, als hätten sie sich gerade nach langer Zeit wiedergesehen. Er trägt ein hellblaues Hemd mit nach oben gerollten Ärmeln und beige kurze Hosen, sie eine kurze Jeanshose und ein gestreiftes T-Shirt, dazu eine große Sonnenbrille. Der Mann wirkt unbeholfen und kann seinen Blick gar nicht von ihr lösen. Es ist ziemlich offensichtlich, dass er sie mag.

Eine Touristengruppe, die im Opernhaus an einer Führung durch die spektakuläre Konzerthalle teilnehmen will, fegt mich beiseite. Danach sehe ich wieder auf den Platz und hoffe, dass Sylvie auftaucht.

Ob ich sie wohl erkennen werde? Und sie mich? Ich sehe definitiv nicht mehr so aus wie als Sechzehnjähriger auf dem Foto, das ich ihr damals geschickt habe – besonders jetzt nicht mit dem Sonnenbrand und dem Verband. Vielleicht hätten wir uns schreiben sollen, was wir anhaben.

Eine Frau, deren Gesicht unter einem Sonnenhut verborgen ist, nähert sich langsam, und einen Moment lang denke ich, dass es sie sein könnte. Sie lächelt mich an und dreht sich dann um. Nein, das war sie nicht.

Ob Sylvie auch wirklich kommt? Es war alles ziemlich überraschend. Vielleicht hat meine Spontaneität sie abgeschreckt. Ich atme flach, meine Handflächen sind feucht, und mein Herz hämmert wie verrückt –

genau wie vor all den Jahren, als ich an ihre Tür geklopft habe. Hoffentlich ist sie dieses Mal da.

Die Uhr schlägt zwölf.

Und dann sehe ich sie. Mein Herz, mein Bauchgefühl, alles sagt mir, dass es sie ist.

Sie ist pünktlich.

Sylvie läuft quer über den Platz und blickt auf, erst noch unsicher, und sieht mir dann direkt in die Augen. Als sie lächelt, werde ich sofort in die Vergangenheit zurückkatapultiert. Zurück zu jenem schwarz-weißen Passbild.

Sie ist noch genauso hübsch wie als Teenager. Ihr dunkles Haar trägt sie jetzt kürzer und zu einem modischen Bob mit Seitenscheitel geschnitten. In den Augenwinkeln hat sie Lachfalten, und sie trägt, genau wie ich, eine Brille. Ihre Augen sind immer noch leuchtend und funkelnd. Und ihr Lächeln ist strahlend.

Wir lächeln einander an, als wären wir enge Freunde und nicht zwei Menschen, die sich noch nie begegnet sind.

Mir fällt auf, dass ich sie jetzt zum ersten Mal in Farbe sehe.

Ihren roten Lippenstift. Ihre goldenen Ohrringe. Ihre blauen Augen.

Sie kommt quer über den Platz auf mich zu, und ich gehe die Stufen hinunter.

Als wir uns einander nähern, wird mir klar, dass all die Aufregung als Teenager, der Liebeskummer, die Planung, die Reise quer durch Frankreich, der Ärger mit meinen Eltern und der Rauswurf aus der Schule, durch die wahrscheinlich mein ganzes Leben beeinflusst wurde, zu diesem Moment geführt haben.

Für die anderen Menschen, die auf den Stufen der Oper sitzen, an uns vorbeilaufen oder in die Trambahn steigen, ist das hier wahrscheinlich nichts anderes als eine völlig alltägliche Minute ihres Lebens. Aber Sylvie und ich haben seit Jahrzehnten auf diesen Augenblick gewartet. Das Drama findet nicht auf der Bühne statt, sondern hier draußen auf dem Bürgersteig.

»Hallo, Simon«, sagt sie.

55. KAPiTEL

Hallo, Sylvie«, sage ich herzlich, als wir uns zum ersten Mal umarmen und sie mich auf beide Wangen küsst.

Sobald wir uns losgelassen haben und einen Schritt zurückgetreten sind, kann ich nicht anders, als sie zu bewundern – mehr als die Architektur hinter ihr.

Keiner von uns weiß, was er oder sie sagen soll.

»Je n'en … crois pas … mes yeux«, breche ich die Stille und hoffe, dass ich die Wörter richtig ausgesprochen habe.

Sie lacht. Hoffentlich einfach aus einem Gefühl heraus und nicht wegen meines Akzents!

»Sehr gut! Es ist zwar nicht ganz wie bei Colin Firth in *Tatsächlich, Liebe*, aber es freut mich, dass du jetzt einen französischen Satz draufhast«, meint sie lächelnd. »Ich kann meinen Augen ja selbst kaum trauen und fassen, dass wir uns tatsächlich endlich treffen.«

Ihr Englisch ist elegant und fließend, und es ist nur noch eine Spur des französischen Akzents hörbar, an den ich mich so gut erinnere.

»Wir haben uns ganz schön Zeit gelassen, was?«

»Auf jeden Fall.« Als sie lächelt, funkeln ihre Augen.

»Es ist … schön, dich mal leibhaftig vor mir zu haben«, stottere ich, weil ich immer noch ganz überwältigt von der Situation bin. »Ich weiß gar nicht, wo ich anfangen soll.«

Ich lache nervös. Auch wenn ich sechzig bin, fühle ich mich gerade wie sechzehn.

»Vielleicht damit, was du hier machst?« Verwirrt mustert sie mich von Kopf bis Fuß. »Hattest du einen Unfall?«

»Es ist eine ziemlich lange Geschichte.«

»Zum Glück mag ich lange Geschichten«, meint sie lächelnd und deutet auf die Straße vor uns. »Sollen wir spazieren und währenddessen reden?«

Als wir gemeinsam den Platz hinter uns lassen, erzähle ich ihr von der Trauerfeier, meiner Wiederbegegnung mit Ian und der Idee, nach Arcachon zu radeln. Dabei entdecke ich meinen Kumpel, der immer noch hier herumlungert und mich anstrahlt. Er streckt zwei Daumen nach oben, während wir die Trambahnschienen überqueren und in eine Straße voller Geschäfte abbiegen. Zu unserer Linken befindet sich ein Apple Store, zu unserer Rechten ein Laden, der die süße Spezialität der Region verkauft, Canelés.

»Wo seid ihr denn losgefahren?«

»In England. Bei meinem Cottage.«

»Nicht dein Ernst!«

»Doch, ehrlich. Na ja, zumindest bis La Rochelle, da hatte ich einen kleinen Unfall, wie du siehst.«

»Oje! Was ist passiert?«, fragt sie und ist viel zu höflich, mich auf mein verbranntes Gesicht anzusprechen.

»Ich habe ein Auto übersehen! Als ich schrieb, dass die letzten Tage ziemlich verrückt waren, meinte ich auch, dass ich im Krankenhaus lag.«

»O Gott. Geht es dir jetzt wieder gut? Und solltest du überhaupt herumlaufen?« Sie legt mir die Hand auf die Schulter.

»Ist schon okay, danke. Zum Glück war es nichts zu Ernstes. Unsere Radtour hat der Unfall aber trotzdem beendet. Deshalb sind wir mit dem Zug nach Arcachon gefahren, was ehrlich gesagt viel leichter war.«

Sie wirkt noch verwirrter als zuvor.

»Darf ich dich fragen, wie ihr auf Arcachon gekommen seid? Es ist natürlich ein sehr schöner Ort, aber warum wolltet ihr gerade dahin?«

Einen Moment lang frage ich mich, ob ich es ihr sagen soll.

»Tatsächlich machen wir diese Reise schon zum zweiten Mal. Wir sind als Schüler mit dem Rad hierhergefahren und haben eine Nacht in Arcachon verbracht. Raj war total glücklich dort, und deswegen dachten wir, es wäre ein passender Ort, um seine Asche zu verstreuen«, sage ich schüchtern, weil ich weiß, welche Frage als Nächstes kommen wird.

»Wirklich? Wann war das?«

Ich sehe sie an.

»Es ist ein bisschen peinlich, aber eigentlich sind wir damals deinetwegen hergefahren.«

Sie hält mitten im Schritt inne.

»Was soll das heißen? Wann?«

»In dem Sommer, nachdem wir uns geschrieben und gehofft haben, wir könnten an diesem Austausch teilnehmen …«

»Ja.« Sie nickt.

»Nachdem die Prüfungen vorbei waren, sind wir auf unsere Räder gestiegen, um dich zu sehen.«

»Nein, das seid ihr nicht!«

»Doch.«

Wir stehen jetzt voreinander auf der Straße und starren uns an, während um uns herum die Touristen mit Pappbechern und Big Macs aus dem McDonald's strömen.

»Was ist passiert?«

»Ihr seid umgezogen.«

Es dauert ein paar Sekunden, dann sieht Sylvie mich an, als hätte es Klick gemacht.

»In deinem Haus haben wir jemand anderen angetroffen, na ja, und dann mussten wir wieder kehrtmachen.«

Mit offenem Mund versucht sie, diese Erkenntnis zu verdauen.

»Du wusstest nicht einmal, dass wir umgezogen sind?«

»Nein. Nein, das wusste ich nicht. Anscheinend sind wir genau am Tag darauf in Bordeaux angekommen.«

»Ich weiß noch, dass das alles total plötzlich passiert ist. Wir hatten das Haus ja nur gemietet, und mein Vater wollte umziehen. Ich habe dir das auf jeden Fall geschrieben … O Gott …« Sylvie sieht völlig verstört aus.

»Du bist den ganzen Weg hierhergeradelt … Das tut mir so leid. Ich hatte keine Ahnung. Hast du deswegen aufgehört zu schreiben? Das könnte ich schon verstehen, nach der Enttäuschung.«

»Nein, so war es nicht. Wir … oder zumindest Raj und ich wurden bei unserer Rückkehr erwischt und sind vom Internat geflogen. Ich habe also deine Briefe nie bekommen und auch deine neue Adresse nie erfahren. Und deswegen konnte ich dich nicht kontaktieren.«

»Aber ich habe Ian auch geschrieben.«

»Ja, das habe ich eben erst erfahren, durch deine Nachricht letztens.« Ich verdrehe die Augen.

»Ich dachte, du wärst derjenige, der den Kontakt abgebrochen hat. Aber du hattest einfach meine Adresse nicht! Außerdem habe ich in diesem Sommer auch von dem Collège, wie es bei uns heißt, aufs Lycée gewechselt. Und die Adresse der neuen Schule hattest du natürlich auch nicht.«

»Und ich dachte immer, *du* hättest aufgehört zu schreiben …«

»Ach, ist das schrecklich. All die Jahre! Ich kann es nicht glauben. Wenn du je den Brief mit meiner Adresse bekommen hättest …«

»Oder wir einen Tag eher in Bordeaux angekommen wären …«

Schweigend gehen wir eine Weile nebeneinanderher.

»Sorry, dass ich gleich mit einer solchen Bombe ankomme«, scherze ich schließlich.

»Ich weiß. Was soll ich danach auch noch groß sagen? Ich versuche nur … Ich weiß auch nicht … Ich kann nicht fassen, dass du extra mit dem Rad hergekommen bist, um mich zu sehen. Das war … wow … so süß von dir.«

»Vielleicht auch eher dumm als süß – ich hätte es dir vorher sagen sollen! Das war die am schlechtesten geplante Überraschung aller Zeiten, vermute ich.«

Wir laufen die scheinbar endlose kopfsteingepflasterte Einkaufsstraße entlang, und ich denke lächelnd über alles nach.

»Was habt ihr denn gemacht, als ihr vor all den Jahren hier wart?«, fragt Sylvie ein paar Momente später.

»Nichts! Wirklich rein gar nichts. Wir sind ein paarmal um die Kathedrale herumgeradelt und haben uns dann auf den Heimweg gemacht.«

Sylvie schlägt die Hände vor ihr Gesicht.

»Dann schulde ich dir definitiv eine kleine Tour … Hast du Lust?«

»Das bringt mich zu der anderen Sache.«

Als wir auf einem weiteren hübschen gepflasterten Platz ankommen – auf dem Bäume aus riesigen Pflanzenkübeln aus Terrakotta wachsen, eine Mutter ihrem Kleinkind nachjagt und eine Gruppe von Touristen um eine erhaltene römische Säule herumsteht –, erkläre ich Sylvie die Situation mit Anna und dem Flughafen.

Sie lächelt verstehend. »Nach all den Jahren haben wir also nur eine Stunde zusammen. Zum Glück weiß ich genau, wohin ich dich bringe«, meint sie schließlich, und sofort wünsche ich mir, wir hätten mehr Zeit.

56. KAPiTEL

Wir haben uns in eine von Bordeaux' vielen wuseligen Gässchen gewagt, in denen die Einheimischen auf der Straße an Tischen sitzen und trinken, essen und rauchen. Vor den Restaurants stehen Tafeln, die die Mittagsangebote anpreisen, und die Leute strömen aus den kleinen Geschäften, während Mopeds zwischen Familien hindurchschießen, die Fotos machen. Die Stadt sieht ganz anders aus, als ich sie von unserem Kurzaufenthalt hier in Erinnerung hatte. Die Gebäude sind sauberer – die Spuren der industriellen Verunreinigung wurden heruntergeschrubbt –, und die Stadt ist definitiv mehr für Besucher gerüstet.

»Ist das …«, frage ich Sylvie, als wir stehen bleiben und ich die mintgrüne Fassade des Laden vor uns betrachte. »Ist das der Plattenladen, den du immer in deinen Briefen erwähnt hast?« Ich schüttle den Kopf. Vielleicht spinne ich ja auch.

»Ja, genau! Das ist er. Ich habe dir doch gesagt, dass ich ihn dir eines Tages zeige«, meint Sylvie lächelnd.

Ich bin ganz gerührt, dass sie sich an die Details unserer Briefe genauso gut erinnert wie ich.

»Wow, es gibt ihn immer noch.«

»Ja, und da wir nicht viel Zeit haben, muss das der erste Ort in Bordeaux sein, den ich dir zeige.«

»Selbstverständlich!«

»Vergiss also die berühmten Sehenswürdigkeiten …«

»Ich glaube, um die sind wir letztes Mal schon genug herumgeradelt, ist okay«, meine ich lächelnd.

Ich folge Sylvie in den Plattenladen, der aussieht wie aus der Zeit gefallen. Ein Paradies für Musikliebhaber! Tausende von Platten stehen dicht an dicht in den Regalen und werden von roten Markierungen getrennt. Die Wände sind mit Postern britischer und französischer Rockstars geschmückt, es läuft Musik von den Rolling Stones, und die Kunden sehen in rasender Geschwindigkeit mit geübten Fingern die Platten durch. Es sind nicht nur die üblichen Musiknerds, die hier stöbern, sondern auch eine Gruppe junger, hip aussehender Jugendlicher, die viel cooler wirken als wir damals in diesem Alter.

»Es ist schon lustig, dass Platten so ein Comeback erlebt haben«, meine ich.

»Ich weiß, sogar meine Söhne interessieren sich plötzlich für meine Plattensammlung und wollen sich Alben borgen«, sagt sie, und setzt bei dem Wort »borgen« mit den Fingern Anführungszeichen in die Luft. »Anscheinend machen die sich gut auf Instagram!«

»Es ist total toll, diesen Laden endlich zu sehen!«

»Ja, ich habe hier früher all mein Taschengeld verbraten. Ich weiß noch, wie ich mir hier meine erste Platte gekauft habe.«

Wir laufen in dem gemütlichen Laden herum und inspizieren jeden Plattenstapel.

»Schau mal, was ich gefunden habe! Hast du dir das Album denn letztlich gekauft?« Sylvie hält die schwarze Hülle von T. Rex' »Bolan's Zip Gun« in die Luft.

Ich bin beeindruckt, dass Sylvie sich daran noch erinnern kann.

»Ja … nein«, bringe ich vor Überraschung und Aufregung die Worte durcheinander. »Ich habe es nie gekauft. Raj hat ein paar der Lieder für mich aus dem Radio aufgenommen, aber die Platte hatte ich nie.«

Sie reicht mir das Album, wobei unsere Finger sich kurz streifen. Die kleine Berührung bringt mein Herz zum ersten Mal seit Jahren zum Flattern.

Ich schaue mir die Rückseite an, lese die Tracklist und erinnere mich daran, wie gern ich diese Platte haben wollte. Wie ich monatelang darauf gespart habe.

Als ich mit den Fingern über ihre abgenutzten Ecken streiche, denke ich darüber nach, was für ein Leben diese Platte wohl seit 1975 geführt haben mag und wie es sie hierher nach Bordeaux verschlagen hat.

Sylvie beginnt mit dem Mann hinter dem Tresen eine Unterhaltung auf Französisch.

Er nickt und deutet dann auf einen Punkt am anderen Ende des Ladens.

Ich blicke zwischen den beiden hin und her und versuche zu verstehen, wovon sie reden.

Es ist das erste Mal, dass ich Sylvie Französisch sprechen höre. Ihre Stimme, ihr Ton sind ganz anders als auf Englisch.

»Wir dürfen uns da drüben die Platte anhören, wenn du magst«, sagt sie zu mir.

»Ehrlich?«

Ich nicke dem Ladenbesitzer zu und lächle ihn an, aber er begutachtet bereits eine neue Ladung Platten, die eben abgegeben worden ist.

Wir gehen zum Plattenspieler und nehmen die Rolling-Stones-Platte ab, die gerade noch gelaufen ist. Vorsichtig ziehe ich das T.-Rex-Album aus der Hülle und setze die Nadel an den äußeren Rand der Platte.

Als der Opener *Light of Love* einsetzt, muss ich sofort lächeln. Es ist, als wäre ich zurück in die Vergangenheit versetzt worden.

Ich sehe Sylvie an, eine Frau, die ich heute zum ersten Mal getroffen habe, mit der ich jahrzehntelang keinen Kontakt hatte und von der ich dennoch das Gefühl habe, sie sehr gut zu kennen.

»Ich würde sie dir gern schenken«, sagt sie, als der erste Track endet. »Ist doch das Mindeste, wenn du damals den ganzen Weg hierhergeradelt bist.«

»Wirklich?«

»Ja. Dann wird mein schlechtes Gewissen vielleicht ein kleines bisschen kleiner. Und immerhin hast du dein ganzes Taschengeld für die Briefe an mich und wahrscheinlich auch die Reise ausgegeben – ich bin also der Grund, weshalb du die Platte nie kaufen konntest.«

»Das ist sehr lieb, danke. Kaufst du dir auch was?«

»Nein, mein Sohn würde mir die Platte ja doch nur für ein Fotoshooting klauen!«

Als wir draußen wieder ins Sonnenlicht treten, ich

mit der Platte unter dem Arm, brauchen meine Augen einen Moment, um sich an die Lichtverhältnisse zu gewöhnen.

»Gibt es etwas Bestimmtes, das du gern sehen würdest, oder möchtest du einfach weiterschlendern?«, fragt Sylvie und überlegt, welche Richtung sie auf unserer längst überfälligen Bordeaux-Tour einschlagen soll.

»Ich sollte lieber die Zeit im Auge behalten.« Ich werfe einen Blick auf meine Armbanduhr und ziehe die Augenbrauen nach oben. »Ich habe Ian gesagt, dass wir uns um eins wieder vor der Oper treffen … Und das war eigentlich schon vor fünf Minuten. Es ist nur, dass unser Flug …«

»Ist okay, verstehe ich schon. Es gibt einfach so viele andere Orte, die ich dir gern gezeigt hätte«, sagt Sylvie.

Wir stehen unbeholfen da, beide ein wenig enttäuscht. Ich nicke und habe das Gefühl, ich sollte noch mehr sagen.

»Dann muss ich wohl ein andermal wiederkommen«, bringe ich irgendwann heraus, was jetzt nicht ganz so bestimmt klingt, wie ich es wollte.

»Ja, unbedingt! Aber warte bitte dieses Mal nicht so lang.« Sie lächelt. »Und du weißt ja, dass du jetzt auch fliegen kannst. Du musst nicht Radfahren.«

»Echt? Das war mir gar nicht klar.« Ich muss lachen, während wir uns weiter in die Augen sehen.

Ich wünschte, wir hätten noch eine Stunde. Oder wenigstens fünf Minuten.

»Ich hoffe, dass mit deiner Tochter alles in Ordnung ist und die Hochzeit doch stattfinden kann!«

»Danke, ich gebe dir Bescheid ... Oh, fast hätte ich es vergessen!«, sage ich und greife in meine Tasche. »Das habe ich dir mitgebracht. Sorry, bin ein bisschen spät dran damit.«

Ich reiche ihr eine Kassette, und sie sieht sie verwirrt an und wendet sie in den Händen.

»Was ist das?«

»Das Mixtape, das ich dir noch geschuldet habe. Mit meinen Lieblingsliedern. Weißt du noch? Ich wollte es dir eigentlich persönlich überreichen, und weil das nicht geklappt hat, lag es Ewigkeiten auf meinem Dachboden herum. Jetzt haben wir beide etwas, das wir anhören können.«

Sylvie betrachtet das Cover-Kunstwerk, das ich als Teenager angefertigt habe.

»Ich weiß gar nicht, was ich sagen soll. Danke.« Gerührt lehnt sie sich zu mir und gibt mir einen langen Kuss auf die Wange. »Das ist so schön.«

Sie dreht die Kassette um und beginnt, die Songtitel vorzulesen.

»*You're My Best Friend* von Queen, *You're The First, My Last, My Everything* von Barry White, *She* von Charles Aznavour, *Let Me Be The One* ...«

»Ich war nicht gerade subtil«, unterbreche ich sie, ehe sie etwas sagen kann. Ich spüre, wie mir das Blut in den Kopf steigt, aber vielleicht sieht man das wegen des Sonnenbrands gar nicht.

Sie lacht, dann blickt sie lächelnd zu mir auf, und ihre Augen funkeln.

Ein hupendes Moped unterbricht unseren Moment

und zwingt mich, von der Straße zu treten, um nicht überfahren zu werden.

»Okay, ich beeile mich wohl mal besser«, sage ich bedauernd. Ich wünschte, ich müsste noch nicht los. »Es geht einfach diese Straße hinunter, oder?«

»Ja, ich kann dich auch bringen.«

»Wo musst du denn lang?«

»Eigentlich hier«, sagt sie und deutet in die entgegengesetzte Richtung. »Aber es macht mir nichts aus.«

»Nein, ist schon in Ordnung. Ich finde den Weg.« Wir verhalten uns genauso unbeholfen, wie wir es wahrscheinlich auch damals mit sechzehn getan hätten.

»Dann ist das wohl unser Abschied. Vielleicht sollten wir auch sagen: Au revoir.«

Sylvie küsst mich auf beide Wangen. Ihr Haar kitzelt an meiner Haut.

»Au revoir.«

Widerstrebend laufe ich in die entgegengesetzte Richtung, ehe ich mich noch einmal umdrehe und sie in die Ferne davongehen sehe.

57. KAPiTEL

»Dad, wie siehst du denn aus?«, ruft Anna, als sie uns in der Ankunftshalle des Flughafens in Empfang nimmt. »Wer hat noch mal behauptet, ein bisschen Sport würde dir guttun?«

Keine Ahnung, was sie mehr schockiert, meine Verletzungen oder der Sonnenbrand. Aber sie ist sehr viel direkter als Sylvie!

»Mach dir um mich mal keine Sorgen. Wie geht es dir?«, frage ich sie, als sie mich fest an sich drückt. Ich zeige ihr nicht, dass die Umarmung wehtut, und Anna hält mich eine ganze Weile fest.

»Ich dachte, du passt auf ihn auf?«, neckt sie Ian, als sie mich endlich loslässt. Meine Frage ignoriert sie.

Anna wirkt müde, aber gefasster als am Telefon. Nur ihre wunden, blutunterlaufenen Augen zeigen, dass etwas nicht stimmt. Da sie das Hochzeitsthema gerade noch vermeidet, beschließe ich, damit zu warten, bis wir im Auto sitzen und es in Ruhe besprechen können.

»Komm, lass uns von hier verschwinden«, sage ich, als wir hinaus auf den Parkplatz gehen. Der französische Sonnenschein ist vom nassen, windigen britischen

Wetter abgelöst worden, und ich bin froh, dass wir nicht zurück nach Dorset radeln müssen.

»Unfassbar, dass ihr es geschafft habt, ohne die Räder zurückzukommen! Die waren doch superteuer!«

Anna schüttelt den Kopf und macht im Kofferraum Platz für unsere Taschen.

»Ja, das war nicht die klügste Investition«, sage ich, als Ian mir bedeutet, dass ich auf dem Vordersitz Platz nehmen soll.

Ich schiebe den Sitz ganz nach vorne, weil Ian schon jetzt ziemlich eingequetscht wirkt und den Kopf einziehen muss, um nicht an die Decke des Autos zu stoßen.

»Also, erzählt ihr mir von der Reise?«, fragt Anna, nachdem sie eingestiegen ist und den Motor startet, um den Parkplatz so schnell wie möglich zu verlassen. Die Gebühren hier sind nämlich horrend.

»Es war …«

»Über die Reise können wir später reden«, unterbreche ich Ian, ehe er richtig loslegen kann. »Lass uns über dich sprechen, Liebes. Erzähl mir alles, was passiert ist. Ich habe es am Telefon nicht richtig verstanden.«

»Ähm …« Unauffällig nickt sie Richtung Ian, und mir wird klar, dass sie seinetwegen noch nicht mit der Sprache herausgerückt ist.

»Macht euch um mich keine Gedanken, wenn ihr jetzt ein Vater-Tochter-Gespräch führen wollt. Tut einfach so, als wäre ich nicht da«, sagt Ian, der zwischen den Sitzen hindurchspäht und ganz und gar nicht so wirkt, als wäre er nicht da.

»Okay, danke«, meint Anna unsicher, als sie die

Schranke passiert und wir den Parkplatz verlassen. »Ich fühle mich ja schon ein bisschen blöd, dass ihr meinetwegen früher zurückkommen musstet. Tut mir leid.«

»Ach, sei nicht albern. Ich habe dir doch gesagt, dass ich jederzeit zurückkomme, wenn es ein Problem gibt. Du hast natürlich Priorität. Also, was ist passiert? Hast du beschlossen, die Hochzeit abzusagen? Oder Ollie?«

Anna sieht mich verdutzt an. »Weder noch! Der Veranstaltungsort hat mir heute Morgen abgesagt, sie haben anscheinend versehentlich doppelt gebucht. Ich habe zwar keine Ahnung, wie sie das hingekriegt haben, aber sie meinten, wir könnten keinesfalls an diesem Tag heiraten und dass sie auch in den kommenden Monaten keinen Termin anbieten können. Und als wäre das nicht genug, hat auch noch die Band abgesagt, weil der Sänger eine Kehlkopfentzündung hat.« Sie verstummt. »Du dachtest, einer von uns hätte die Hochzeit abgeblasen? Aber wie kamst du darauf?«

»Ich weiß nicht, als du anriefst, war die Verbindung immer wieder unterbrochen, und da dachte ich … Ihr wollt also noch heiraten?«

»Natürlich, Dad. Natürlich wollen wir heiraten. Deswegen war ich ja so aufgewühlt. Wir dachten zwar kurz, dass es ein schlechtes Zeichen sein könnte und über der Hochzeit ein Fluch liegt oder so. Aber ich kann gar nicht glauben, dass du das dachtest!«

»Du warst in letzter Zeit irgendwie nicht du selbst, und ihr seid beide so seltsam gewesen, wenn ich euch zusammen gesehen habe. Ich dachte, dass vielleicht was passiert ist.«

Sie schweigt.

»Schau mal, ich mag nicht deine Mum sein, aber du kannst auch mit mir über solche Dinge sprechen.

»Dad, das ist es wirklich nicht.«

Wieder schweigt sie, während ein Auto uns mit rasender Geschwindigkeit überholt, sodass das Wasser aus den Pfützen nur so spritzt.

»Ich weiß nicht, wie ich es sagen soll.«

»Du kannst mir alles sagen, Anna.«

Sie wirkt zögerlich und öffnet zwar den Mund, bleibt aber stumm.

»Ehrlich, zwischen mir und Ollie gibt es kein Problem. Das würde ich dir schon sagen ... eigentlich geht es um dich.«

»Um mich?«

»Ich habe kein Problem mit dir oder so. Oje. Es ist nur so, dass Ollie schon seit ein paar Monaten will, dass ich mit dir über etwas rede. Und ich war nicht sicher, wie, und ob es das Richtige ist, es dir zu sagen und es zu machen. Er fand eben, du solltest es wissen, und wusste auch, dass mich das stresst, und deswegen war es zwischen uns so angespannt.«

»Aber was solltest du mir sagen?«

Mir schießen alle möglichen Szenarien durch den Kopf.

»Okay.« Sie holt tief Luft. »Und, na ja, es ist nicht so, dass ich es dir nicht sagen wollte, es ist nur ...«

»Anna, bitte, spuck es aus!«

»Also, letztes Jahr oder so dachte ich, dass ich beruflich gern irgendwie weiterkommen würde. Bei Ollie läuft es so gut in der Arbeit, und … versteh mich bitte nicht falsch, ich arbeite supergern mit dir zusammen und liebe unser B&B, wir haben ja auch echt Spaß, aber ich bin nicht sicher, ob ich das, na ja, für immer tun möchte. Und mir ist aufgefallen, dass es jetzt fast zehn Jahre her ist, seit Mum …«

Ich nicke immer wieder und frage mich, worauf das hinauslaufen wird.

»Und ich wollte ja eigentlich immer Architektin werden, dachte aber, dass der Zug abgefahren sei. Aber Ende letzten Jahres habe ich, warum auch immer, mal die Unis und Studiengänge angeschaut. Und ein paar davon nehmen auch sogenannte Spätstudierende an. Zu denen zähle ich jetzt offenbar, weswegen ich mich echt steinalt fühle.«

Ich versuche, sie zu unterbrechen, aber wie jedes Mal, wenn sie nervös ist, sprudelt es nur so aus ihr heraus.

»Die Sache ist die: Ich habe mich beworben.«

»Das ist …«

»Und ich habe einen Studienplatz bekommen.«

»Wo?«

»In New York«, sagt sie leise.

»Na ja, jetzt sag doch was.« Anna löst den Blick kurz von der Straße, um mich anzusehen, während der Scheibenwischer sich hektisch hin- und herbewegt.

Ich schweige.

»Dad, weinst du? Deswegen … deswegen wollte ich es dir nicht erzählen. Ich wusste, dass du dich aufregen würdest.«

Vorher habe ich jahrelang nicht geweint, und jetzt passiert es beinahe jeden Tag.

»Ich rege mich nicht auf … Ich … ich bin so stolz auf dich, Anna. Warum sollte ich mich denn aufregen?«

»Na, weil ich wegziehe? Auf einen anderen Kontinent?! Oder weil du mit der Pension dann ganz allein dastehst?«

»Versteh mich nicht falsch, natürlich wühlt mich die Neuigkeit auf, weil ich dich unglaublich vermissen werde. Aber das ist nichts im Vergleich dazu, wie sehr es mich für dich freut! Ich weiß, was das bedeutet. Du hättest … du hättest schon vor zehn Jahren studieren sollen.«

Ich verstumme kurz, um mich zu sammeln.

»Ich bin dir so dankbar dafür, dass du so lange bei mir geblieben bist und mir geholfen hast. Aber ich will dich nicht länger zurückhalten. Und ich will nicht, dass du meinetwegen deinen Traum nicht verfolgst.«

»Dad, hör auf, sonst fange ich gleich wieder an zu heulen.«

»Ich bin auch gleich so weit.« Ian streckt seinen Kopf nach vorn.

»Ich dachte, du hörst uns nicht zu!« Ich lächle ihn an, während mir die Tränen nur so übers Gesicht strömen.

»Ach ja, stimmt, sorry.« Er zieht den Kopf wieder ein.

»Ich wusste nicht, wie ich es dir sagen soll. Ich wollte. Ich habe auch ein paarmal versucht, das Thema anzuschneiden. Als wir den Songcontest geschaut haben, habe ich Ollie vorher gesagt, dass ich es dir erzähle, aber dann hast du von eurem Trip angefangen. Und ich wollte dir vorher nichts davon sagen, weil ich dachte, dass du dann vielleicht gar nicht erst fährst oder die Reise nicht genießen kannst, irgendwie so.«

»Es tut mir leid, dass du dich so gefühlt hast. Ich wünschte, du hättest das Gefühl gehabt, dass du mit mir darüber sprechen kannst. Ich will alles wissen!«

»Es ist so toll, Dad. Der Studiengang an der Parsons School of Design nennt sich ›Architektonische Gestaltung‹ und gilt weltweit als einer der besten.«

»Wow, das ist ja toll! Ich habe doch immer gesagt, dass du furchtbar talentiert bist. Und dann auch noch New York – du wirst dort eine fantastische Zeit haben. Warte mal, sind wir damals nicht bei unserer Reise in die USA an einer Uni vorbeigekommen?«

»Ja, genau, das war die Parsons School of Design! Mum hat zum Spaß gesagt, dass sie einfach hineingeht und mich direkt dort einschreibt.«

»Sie hatte immer recht.«

»Und was die Sache noch besser macht: Ich bekomme ein Stipendium. Sie fanden nämlich mein Portfolio und meinen Essay richtig gut. Ich zeige dir den Kram mal, wenn wir daheim sind.«

»Ja, bitte, ich will es unbedingt sehen. Aber was ist mit Ollie? Was macht er?«

»Er hat sich für eine Versetzung beworben, und es hat geklappt. Seine Firma hat auch in New York Büros, es ist also alles in bester Ordnung.«

»Wie aufregend für euch. Es freut mich wirklich so sehr. Es gibt allerdings eine Bedingung …«

Anna sieht zu mir.

»Du musst jedes Jahr zum Eurovision Songcontest zu Besuch kommen!«

»Aber selbstverständlich!« Sie lächelt.

Ein paar Momente sitze ich da und versuche, die Neuigkeiten zu verdauen. Ich frage mich, wie es mir mit der Vorstellung, dass sie weggeht, geht. Und was mein Dad in dieser Situation getan hätte. Ich spüre, wie die letzten Wochen meine Sicht auf die Dinge verändert haben. Und ich frage mich, was das für mich bedeutet.

Plötzlich scheint sich alles zu fügen.

»Warte mal, hast du deswegen versucht, mich mehr unter die Leute zu bringen und mich zum Online-Dating zu überreden?«

Sie sieht mich verlegen an.

»Ich wollte doch nicht, dass du allein dastehst.«

»Er ist nicht allein, er hat doch jetzt mich!« Wieder streckt Ian den Kopf nach vorn.

»Ich dachte, du hörst nicht zu!«, scherze ich erneut, ehe ich Ian breit angrinse. Im Grunde meines Herzens bin ich ihm dankbar.

»Ehrlich, mach dir keine Sorgen um mich. So süß es auch ist, aber ich will dich nicht ausbremsen oder aufhalten. Aus dir ist eine fantastische Frau geworden, und ich weiß nicht, was ich ohne dich an meiner Seite getan hätte. Aber jetzt musst du raus und dein Leben leben!«

»Aber was ist mit dem Cottage? Das kannst du allein doch nicht betreiben.«

»Vielleicht befördere ich Daisy!«, scherze ich.

»Dad, kannst du vielleicht mal eine Sekunde lang ernst bleiben?«

»Sorry. Tatsächlich ist das ein Thema, über das wir auf der Reise gesprochen haben und über das ich nachgedacht habe.«

»Das Cottage?«

»Ja. Was hältst du davon, wenn wir es verkaufen? Es muss ja nicht gleich morgen sein. Aber vielleicht irgendwann, wenn wir einen passenden Käufer gefunden haben?«

Anna sieht mich an.

»Ich hätte nicht gedacht, dass du das willst.«

»Irgendwie hatte ich Angst, dass ich Mum dadurch hängen lasse. Dass ich die Pension ihr zuliebe weiterführen muss. Und ich war auch nicht sicher, wie du das siehst, schließlich wollte ich dich nicht feuern!«

»Natürlich, ich weiß, dass Mum das Cottage geliebt hat. Das tun wir alle. Aber es gab in ihrem Leben so viel mehr als das – wir müssen nicht für immer daran festhalten. Wir haben doch so viele andere schöne Erinnerungen, die kann uns niemand nehmen.«

»Das ist wahr«, nicke ich.

»Wo würdest du denn dann leben?«

»So weit bin ich noch nicht gekommen, aber ich glaube einfach, dass …«

»… es jetzt für uns beide Zeit für einen Neuanfang ist?«

»Ganz genau.«

»Ach Gottchen, ist das süß. Jetzt fange ich auf jeden Fall an zu heulen!«, murmelt Ian.

»Ich dachte, du hörst nicht zu!«, sagen Anna und ich gleichzeitig, und alle lachen.

»Wow, bist du vielleicht erwachsen geworden. Du heiratest, ziehst nach Amerika …« Ich lege meine Hand auf Annas Knie.

»Eins vergisst du dabei aber.«

»Was denn?«

»Wir haben immer noch keinen Ort für unsere Hochzeit. Das ist das Problem!«

Einen Moment lang senkt sich Stille über das Auto.

»Ich habe eine Idee«, meine ich dann lächelnd.

58. KAPiTEL

»Die spontane Neuplanung einer Hochzeit, die Dekoration des Cottage und dann auch noch der Zeltaufbau im Garten, also für mich klingt das nicht völlig stressfrei! Ich dachte, der Arzt hätte gesagt, dass du dich mindestens zwei Wochen lang schonen sollst?«, sagt Anna zu mir, während ich die Metallleiter festhalte, die auf den Dachboden führt.

»Der Unfall ist jetzt fast zwei Wochen her, und ich halte ja auch nur eine Leiter fest. Diese Art von Stress verkrafte ich gerade noch!« Ich lächle sie an.

Das Cottage mit dem wunderschönen Garten und dem herrlichen Blick bietet sich perfekt für die Trauung an, und so kann die Hochzeit doch stattfinden! Wir müssen es nur noch schaffen, bis zum großen Tag alles herzurichten. Zum Glück hatten wir die Zimmer bereits für Freunde und Familie reserviert, das ist also kein Problem.

Obwohl meine Verletzungen schnell heilen, soll ich mich offiziell weiter ausruhen, weswegen Anna mich nicht die Leiter hinaufsteigen lässt. Ollie geht oben die Kisten durch und sucht nach der passenden Dekoration. Da ich mich vor Mäusen fürchte, ist es mir so ohnehin lieber.

»Es gibt hier jede Menge coole Deko!«, ruft Ollie nach unten.

»Dann ist es ja gut, dass ich den ganzen Kladderadatsch aufgehoben habe!«

Als er eine Kiste nach der anderen hinunterreicht, wird mir klar, mit wie viel Ballast über dem Kopf ich hier seit Jahren lebe – im übertragenen wie im wörtlichen Sinne.

»Ja. Das wird schön. Die können wir draußen benutzen. Ian, kannst du die Lichterkette aufhängen, du weißt schon, an der Fassade bei den Fenstern?« Anna hat sich in eine professionelle Eventmanagerin verwandelt.

»Sehr wohl, Ma'am«, sagt Ian und salutiert, als er die Treppe hinunterspringt, um ihrem Befehl nachzukommen.

Ich lächle ihm nach und freue mich, dass Ian sich dafür entschieden hat, zu bleiben und uns zur Hand zu gehen.

Dass das ganze Dorf sich zusammengetan hat, um in Sachen Catering auszuhelfen, rührt mich sehr – denn das hätte Mrs Cooks Kapazitäten wahrhaftig gesprengt. Selbst Daisy ist aufgetaucht, um zu helfen. Partyplanung scheint ihr sehr viel mehr zu liegen als ihre Arbeit als Zimmermädchen.

»Keine Ahnung, was hier drin ist, hier steht nichts drauf«, meint Ollie, als er einen weiteren Karton hinunterreicht.

Anna sieht mich an, als sollte ich es wissen.

»Fragt mich nicht, ich habe doch gesagt, dass die meisten Kisten ein Mysterium für mich sind!«

Anna nimmt den Karton von Ollie entgegen und stellt ihn auf dem Teppich ab, ehe sie das Klebeband mit der Schere öffnet.

»Oh, schaut mal, das ist von Mum«, sagt Anna, als sie den Karton durchsieht.

»Es tut mir leid, dass wir ihre Sachen nicht vorher sortiert haben. Irgendwie schien es nie der richtige Zeitpunkt zu sein.«

»Ist schon gut, Dad. Weiß ich doch. Schau mal, wie hübsch die sind. Sind das nicht …?«

Sie hält mir ein Paar Perlenohrringe vor die Nase.

»Das sind Mums alte Ohrringe.«

»Ja, die hat sie geliebt. Ich weiß noch, dass sie die immer zu besonderen Anlässen herausgeholt hat. Auf dem Foto von dem Essen zu meinem achtzehnten Geburtstag trägt sie die auch.«

Es ist eines der letzten Bilder, das es von uns dreien zusammen gibt.

»Wenn ich mich recht entsinne, hat sie die von ihrer Mutter bekommen.«

Anna nimmt die Creolen ab, die sie gerade trägt, und ersetzt sie durch Carolines Perlenohrringe. Sie streicht ihr Haar zurück, damit ich den Schmuck sehen kann.

»Sie stehen dir!«, sage ich bewundernd.

Anna geht zu dem Spiegel oben am Treppenabsatz und betrachtet sich darin, während sie den Kopf hin und her wendet.

»Du siehst wunderschön aus, Anna.«

Sie lächelt und denkt nach.

»Denkst du, ich könnte die bei der Hochzeit tragen?«

»Natürlich! Mum hätte das so gefreut! Da hast du dein ›etwas Altes‹.«

Während Anna weiter ihr Spiegelbild betrachtet, wartet Ollie mit einer Kiste in der Hand ab, weil er den Moment nicht zerstören will.

»Ich wünschte so sehr, sie könnte dabei sein«, sagt Anna und sieht mich im Spiegel an.

»Ich auch, und wie. Sie wäre so stolz auf dich. Nicht nur wegen der Hochzeit oder des Umzugs nach New York, sondern auch auf die Frau, zu der du geworden bist.«

59. KAPiTEL

Als der Abend anbricht, stehen Anna und ich vor dem Cottage und bewundern die Arbeit aller Helfer.

Es ist wirklich wunderschön geworden. Die Gartenmöbel haben wir zu Sitzreihen formiert und in der Mitte Platz für einen Gang gelassen, der zu einer mit weißem Stoff, Blumen und Lichterketten geschmückten Pergola führt. Die wunderschöne Aussicht auf die Landschaft, den Hügel und das Meer bildet den perfekten Hintergrund. Auch das Cottage wurde mit Lichtern geschmückt, und es gibt viele hübsche kleine Details wie zum Beispiel die Tafel, die normalerweise als Speisekarte dient und auf der jetzt in kalligrafischer Schrift *Willkommen zu Annas und Ollies Hochzeit* steht.

»Ist doch toll, was man mit alter Dekoration so alles zaubern kann«, sagt Anna begeistert. Das Elend der abgesagten Location ist längst vergessen.

»Das liegt aber auch an deinem Gestaltungstalent! Es sieht wirklich toll aus.«

»Viel besser als der andere Veranstaltungsort!«

»Auf jeden Fall. Wenn das Zelt geliefert ist, ist erst

einmal alles unter Dach und Fach, oder?« Ich blicke zum Ende des Gartens, an dem wir Platz für das Zelt gelassen haben. Dort wird das Abendessen stattfinden, und später kann dort getanzt werden.

»Ich muss nur zum millionsten Mal den Sitzplan durchgehen … Und dann ist da noch die Sache mit der Band. Ich weiß immer noch nicht, wie wir es mit der Musik machen sollen.« Anna seufzt.

»Überlass das mal mir, ich kümmere mich darum.« Ich lege meinen Arm um sie, während eine leichte Meeresbrise durch den Garten streicht. »Wie geht es dir denn jetzt mit allem?«

»Gut. Ich bin aufgeregt. Und ein bisschen nervös.«

»Mach dir keine Sorgen, das ist ganz normal. Ich kann auch immer noch nicht ganz glauben, dass du heiratest. Verrückt, wie schnell du erwachsen geworden bist! Es kommt mir vor, als wäre es gestern gewesen, dass ich dich huckepack den Hügel hochgeschleppt habe oder du nackt im Meer geplanscht hast.«

»Warum habt ihr mich nackt baden lassen?« Anna sieht mich verstört an.

»Du hast immer darauf bestanden, deinen Badeanzug auszuziehen, damit er nicht nass wird!«

»Wie alt war ich da?«

»Oh, ich weiß nicht, vielleicht sechzehn?«, scherze ich.

»Das erwähnst du in deiner Rede besser nicht«, antwortet sie und verdreht die Augen.

»Es gibt doch noch viel schlimmere Geschichten!« Sie schüttelt den Kopf.

»Tut mir echt leid, Dad, dass ich das mit New York nicht vorher erzählt habe.«

»Nein, ich verstehe das schon. Es waren so lange nur wir beide. Ich hoffe, du weißt jetzt, dass du mir alles erzählen kannst.«

»Und was ist mit dir? Wie ich höre, bin ich nicht die Einzige, die Geheimnisse hat«, neckt mich meine Tochter.

»Was? Hast du was auf dem Speicher entdeckt?«

»Liegt da etwa etwas Verfängliches herum?«, fragt sie gespielt entsetzt. »Nein, Ian hat es mir erzählt.«

Verwirrt sehe ich sie an.

»Na, das von Sylvie!«

»Oh.«

»Oh?«

»Ich habe ihm gesagt, dass er dir nichts erzählen soll!«

»Und warum hast du nichts gesagt, Dad?«

»Ich weiß, dass du die treibende Kraft hinter der Kontaktaufnahme warst … Aber ich war mir nicht sicher, wie es mir damit geht. Ich wusste nicht, ob es merkwürdig ist, mich mit einer Frau zu treffen, die ich schon vor deiner Mum kannte.«

»Damit habe ich kein Problem, ehrlich. Es freut mich für dich!«

»Danke.« Ich lächle. »Es war schön, ihr wieder zu schreiben.«

»Ian hat mir auch verraten, dass ihr euch bei dem Treffen gut verstanden habt.«

»Ja, es war toll, ihr nach all den Jahren im echten Leben zu begegnen. Unser Treffen in Bordeaux war super, aber etwas kurz.«

»Ich weiß, wie blöd, dass ich euren Plan versehentlich durchkreuzt habe! Wenn ich das gewusst hätte, hätte ich dich natürlich nicht gebeten, früher zu kommen … Warum hast du denn nichts gesagt?«

»Weil du immer an erster Stelle kommen wirst, Anna. Ganz egal, wo du bist.«

Die Möwen über uns beginnen laut zu kreischen, und sie greift nach meiner Hand.

»Dad, wenn wir diese Sache mit dem Neustart wirklich durchziehen wollen, dann sollten wir es richtig machen. Es klingt, als hättest du in Sylvie vielleicht eine neue gute Freundin gefunden, und vielleicht ja sogar mehr?«

»Jetzt aber mal langsam mit den jungen Pferden!«

»Okay, ich möchte bloß sagen, dass ich nur eines will – und Mum wäre es ähnlich gegangen: Dass du glücklich bist.«

»Glaubst du?«

»Ich weiß es.«

Wir blicken auf die Landschaft, während die Sonne langsam versinkt. Dann schaue ich hinauf zu der Bank auf dem Hügel und lächle in mich hinein.

»Warum lädst du sie nicht zur Hochzeit ein?«, ruft Anna plötzlich und ist von der Idee ganz aufgeregt.

»Sylvie?«

»Ja, natürlich Sylvie.«

»Ich weiß nicht. Ist das nicht ein bisschen übertrieben?«

»Dad, du bist mit dem Rad nach Frankreich gefahren, um sie zu sehen. Im Vergleich dazu ist eigentlich gar nichts übertrieben.«

Ich gluckse. Da hat meine liebe Tochter wohl recht.

»Aber du heiratest doch schon in ein paar Tagen. Das ist ziemlich knapp, und ich bezweifle, dass sie einfach so alles stehen und liegen lassen kann.«

»Du weißt doch sicher besser als jeder andere, wie wichtig es ist, nicht zu lang zu warten! Sieh dir doch Mum und Raj an. Wer weiß, vielleicht sind wir alle nicht so lange da, wie wir denken. Wenn sie nicht kommen kann, kann sie nicht kommen, aber du könntest sie fragen. Aber bitte beeil dich und mach es, ehe ich den Sitzplan noch mal umbaue!«

»Ich denke mal drüber nach, danke dir. Ich hab dich lieb, Anna.«

»Ich dich auch, Dad.«

Als wir zurück ins Cottage gehen, um mit Ollie und Ian einen Spieleabend zu machen, bewundere ich Carolines Lieblingssonnenblumen, die während unserer Reise zu blühen begonnen haben.

»Mums Blumen sind aufgegangen!«, sage ich und deute auf die goldgelben Blumen, die über dem Fensterbrett aufragen.

»Ja, sie sind superschön, oder? Wusstest du, dass Sonnenblumen für einen Neubeginn stehen?« Anna lächelt. »Vielleicht ist es ein Zeichen.«

»Vielleicht.«

Von: Sylvie
An: Simon

Simon, ich hoffe, du hattest einen guten Rückflug und mit Anna und der Hochzeit ist alles in Ordnung? Es war so schön, dich zu sehen. Lass uns in Kontakt bleiben, und gib mir Bescheid, wenn es dich je wieder nach Frankreich verschlägt.
Sylvie x

Von: Simon
An: Sylvie

Hi Sylvie,

Danke dir – ja, wir sind heil wieder angekommen, und mit der Hochzeit läuft zum Glück auch alles gut. Es gab keinen Streit, sondern nur ein Problem mit der Location – sodass die Feier jetzt in unserem Cottage stattfindet.
Sorry, dass meine Antwort so spät kommt, aber du kannst dir ja sicher vorstellen, dass es hier drunter und drüber geht! Ich fand es auch sehr schön, dich zu sehen, und habe es sehr bedauert, nicht länger bleiben zu können – besonders, nachdem ich so viele Jahre auf unsere Begegnung gewartet habe.
Es klingt jetzt vielleicht ein bisschen verrückt, aber ich habe mich gefragt, ob du bei der Hochzeit am Freitag meine Begleitung sein möchtest? Das ist

jetzt natürlich sehr kurzfristig, und ich verstehe, wenn du nicht kannst oder willst.
Aber wenn du einen Flug bekommst, könntest du hier in der Pension übernachten, und nach der Hochzeit könnte ich dir Dorset und Bristol zeigen.
Vielleicht könnten wir so endlich den Austausch nachholen, den wir als Teenager nicht machen konnten?
Es würde mich freuen, bald von dir zu hören!

Simon x

60. KAPiTEL

Es ist ein heller, warmer Sommerabend, und vom Meer her weht eine sanfte Brise, während die Sonne, die den ganzen Tag über geschienen hat, langsam versinkt. Das Cottage und der Garten, die wir mit allen auf dem Dachboden auffindbaren Lichterketten geschmückt haben, könnten nicht schöner aussehen. Es mag nicht alles ganz nach Plan gelaufen sein, aber die entscheidenden Dinge haben geklappt. Und bei meiner Rede gab es sogar ein paar Lacher!

»Wie konntest du die Band denn überzeugen, doch aufzutreten? Ich dachte, die hätten abgesagt«, fragt Anna aufgeregt und lehnt sich zu mir herüber, während die Tische beiseitegeräumt werden, um Platz zum Tanzen zu schaffen. Ich sitze rechts neben ihr, Ollie links, und wir alle strahlen um die Wette.

»Es war ja nur der Sänger krank. Also habe ich die Band gefragt, ob sie unabhängig davon trotzdem kommen würde, und habe, na ja, einen neuen Sänger aufgetrieben.«

»Wie hast du das bloß geschafft? Wo hast du ihn gefunden?«

»Ach, es ist ein alter Freund von mir«, sage ich lächelnd.

Ich deute auf Ian, der ausnahmsweise mal ganz ordentlich gekleidet ist und einen schwarzen Smoking trägt. Dass wir beide auf der Reise ein bisschen abgenommen haben, hat sich definitiv positiv auf seine Gesamterscheinung ausgewirkt!

»Ian?!«, erwidert Anna und sieht mich entsetzt und wenig überzeugt an. Sie zieht die linke Augenbraue nach oben.

»Es ist ein großes Privileg, er tritt heute zum ersten Mal als er selbst auf! Und er hat den ganzen Vormittag mit der Band geprobt.«

»Aber ist er gut …?«

»Denkst du vielleicht, ich würde ihn bei deiner Hochzeit auftreten lassen, wenn er das nicht wäre? Er ist fantastisch, versprochen«, erwidere ich und merke, dass ich ihm das nie so deutlich gesagt habe.

»Guten Abend, alle zusammen!«, spricht Ian ins Mikrofon, um zu testen, ob es funktioniert. Wir drehen uns zur Band, und das Zelt verwandelt sich beinahe auf einen Schlag in eine Disco.

»Ich bin … ich bin Ian Pratt«, sagt er stolz. Zum ersten Mal im Leben steht er unter seinem eigenen Namen auf der Bühne. »Und hier hinter mir stehen die fantastischen Dorset Dreamers! Genug der Worte, ich möchte hiermit Braut und Bräutigam dazu auffordern, für den ersten Tanz nach vorn zu kommen.«

Alle applaudieren und jubeln, während sie einen Gang für Anna und Ollie zur Tanzfläche freimachen.

Als die Band zu spielen beginnt, grinst Ian. Nachdem er all die Jahre als Bowie-Kopie aufgetreten ist und sich zum ersten Mal dafür entschieden hat, als er selbst zu performen, haben sich Anna und Ollie ausgerechnet *Heroes* von David Bowie für ihren ersten Tanz ausgesucht. Immerhin kennt er den Text perfekt.

Lächelnd sehe ich Ian beim Singen zu und dann Anna und Ollie beim Tanzen. Ich weiß gar nicht, auf wen ich stolzer bin!

Kann sein, dass ich voreingenommen bin, aber ich finde Anna wunderschön in ihrem modernen, rückenfreien, elfenbeinfarbenen Kleid. Das braune Haar trägt sie hochgesteckt, und ihr Make-up ist so dezent, dass es ihre natürliche Schönheit nur umso mehr betont. Carolines Ohrringe blinken im Lichtschein. Ich kann gar nicht aufhören zu grinsen, wenn ich sie und Ollie so glücklich zusammen sehe.

Als Schülerin hat Anna sich nie fürs Tanzen interessiert, aber so wie sie und Ollie sich miteinander auf der Tanzfläche wiegen und drehen, ist klar, dass sie geübt haben. Als der Refrain einsetzt, fordern sie alle zum Mittanzen auf.

Lachend sehe ich, wie Mrs Cook und Sue als Erstes auf die Tanzfläche stürmen. Da hat Ian doch glatt seine ersten eigenen Groupies gefunden.

Während alle fröhlich miteinander feiern und Ian in seinem neuen Songrepertoire schwelgt, trete ich einen Schritt zurück und gehe aus dem Zelt. Ich laufe immer weiter und steige langsam den Hügel zu der Schlossruine hinauf. Während Ians Stimme zu mir herüberhallt, ist der Rest der Landschaft genauso still und friedlich wie immer. Ich sehe hinüber zu den Kühen, die sich fragen, was der Trubel beim Cottage zu bedeuten hat.

Als ich oben angekommen bin, setze ich mich auf die Bank und denke darüber nach, was sich in den letzten Monaten alles verändert hat. Mein Blick fällt auf das Cottage, das ich jetzt mit anderen Augen sehe. Ich muss lächeln und denke, dass es nicht nur Carolines Traum war, darin eine Pension zu eröffnen, sondern auch, dort eine glückliche Familie zu gründen. Und das ist uns gelungen.

Ich schaue hinaus aufs Meer, auf die heranrollenden Wellen in der Ferne, und denke an die Zukunft.

»Hier steckst du also.« Als ich die Stimme höre, geht ein Ruck durch meinen Körper.

Ich war so in Gedanken vertieft, dass ich gar nicht bemerkt habe, dass Sylvie den Pfad hinaufgekommen ist.

»Wie geht es dir?«, frage ich und gehe auf sie zu, strecke meine Hand aus und helfe ihr beim letzten Teil des Aufstiegs.

»Diese Schuhe eignen sich nicht so richtig fürs Bergsteigen. Wow, was für ein Ausblick!« Wir setzen uns auf die Bank, und sie bewundert die Aussicht. »Ist ja fast so schön wie in Frankreich!« Sie zwinkert mir zu.

»Tut mir leid, dass ich heute gar nicht so viel Zeit mit dir verbringen konnte. Da lade ich dich zu der Hochzeit ein, und dann bin ich die ganze Zeit damit beschäftigt, mit irgendwelchen Leuten zu plappern …«

»Hey, du musst dich nicht entschuldigen. Ich verstehe das vollkommen und habe mich sehr gut amüsiert. Wobei eine Frau mich in ein regelrechtes Kreuzverhör verwickelt hat, fast so, als würde sie mich interviewen.«

Offenbar hat Shirley bereits ihre Titelstory für die nächste Ausgabe der *Gazette*.

Sylvie schenkt mir ein süßes Lächeln.

»Du bist also froh, dass du gekommen bist?«

»Natürlich. Du bist der einzige Mann, der je fast tausend Kilometer mit dem Rad gefahren ist, um mich zu sehen, und das nicht einmal, sondern zweimal ... Wie hätte ich da Nein sagen können?« Sie lächelt. »Ich hatte nicht erwartet, dass sich mein Wochenende so gestalten würde, aber das finde ich gut! Und du? Konntest du das Fest genießen?«

»Ja, es war wunderbar. Ich wünschte nur, Caroline hätte das auch sehen können ... Sorry, ist es merkwürdig, wenn ich so etwas zu dir sage?«

»Nein, gar nicht. Du kannst über Caroline sprechen, so viel du willst. Kann sein, dass ich über meinen Ex nicht ganz so viel rede, weil er ein Volltrottel ist ... Aber tu dir keinen Zwang an.« Wieder lächelt sie.

»Danke.«

»Ehrlich, mit mir kannst du über absolut alles reden.«

»So wie früher.«

»Genau.«

Wir sehen hinab auf das Zelt, das nachts wegen der bunt aufleuchtenden Discolichter ganz anders aussieht.

»Ich habe mir gedacht, dass wir morgen, wenn alle weg sind, einen Ausflug nach Bristol machen könnten.

Dann zeige ich dir die Stadt und meine alte Schule … Vielleicht können wir uns sogar drinnen umsehen, und ich zeige dir, wo ich dir immer geschrieben habe und …«

»Das wäre sehr schön«, unterbricht sie mich und legt ihre Hand auf meine.

»Gut. Dann lass uns lieber wieder hinuntergehen, ehe die noch einen Suchtrupp losschicken.«

Als wir durch das kleine weiße Tor zurück in den Garten treten – das Tor, das Ian beinahe zerstört hat, als er vor ein paar Wochen zurück in mein Leben gerumpelt ist –, beginnt die Band gerade erneut zu spielen.

Ich erkenne das Lied schon an den ersten Tönen.

»Und als Nächstes kommt was für die alten Knacker unter uns. *Hot Love* von T. Rex, und ich widme es Simon, dem Vater der Braut«, verkündet Ian über das Mikrofon und zwinkert mir zu, als er uns ins Zelt kommen sieht.

Anna lächelt mich an.

»Möglich, dass ich mir vorhin einen Song bei der Band gewünscht habe«, flüstert Sylvie mir zu. »Zeit, dass wir all den Jungspunden mal zeigen, wie man es so richtig krachen lässt. Hast du Lust, mit mir zu tanzen?«

»Und wie!«

DANKSAGUNG

Als ich vor vier Jahren an einem Schreibworkshop teilnahm und davon träumte, ein Autor zu werden, hätte ich nie im Leben geglaubt, dass ich eines Tages die Veröffentlichung meines Debütromans mit David Nicholls und Mike Gayle feiern würde. Noch weniger habe ich geahnt, dass die Veranstaltung auf Zoom und inmitten einer Pandemie stattfinden würde.

Obwohl *Du kannst kein Zufall sein* in einer sehr merkwürdigen Zeit und ohne die traditionellen Highlights erschien (es gab keine Releaseparty, die Buchhandlungen waren geschlossen und so weiter), war es für mich eine große Freude, im Verlagswesen eine solch großartige Community zu finden.

Während ich nun *Als Simon Brown sich ein Herz fasste* in Quarantäne in meiner Wohnung geschrieben habe, den bekanntermaßen schwierigen zweiten Roman, war ich so dankbar für die Kameradschaft anderer Debütautor*innen und die Unterstützung erfahrener Schriftsteller*innen.

Ich möchte außerdem folgenden Personen ganz herzlich danken:

Stephen Burrough, dessen reale Radtour durch Frankreich mich zu diesem Roman inspiriert hat.

Florie Fournol dafür, dass sie mein Bordeaux-Guide und meine Frankreichexpertin ist.

Rebecca Hilsdon, Clare Bowron und allen von Penguin Michael Joseph für ihre Beratung und Expertise und dafür, dass sie mir geholfen haben, diese Geschichte auf die bestmögliche Art zu erzählen.

Hannah Ferguson und dem ganzen Team von Hardman & Swainson für ihre Hilfe, ihren Rat und die Ermutigung.

Meiner Familie und meinen Freunden – ich hoffe sehr, dass wir ordentlich zusammen feiern können, wenn dieses Buch in die Läden kommt!

Und dann seid da natürlich noch ihr, die Leser*innen. Tausend Dank, dass ihr nach meinem Buch gegriffen habt, es auf Social Media gepostet und mir diese tollen Nachrichten geschickt habt!

Manchmal ist die große Liebe nur einen Münzwurf entfernt

James Bailey

DU KANNST KEIN ZUFALL SEIN

Roman

Josh hat alles erreicht: Eine tolle Freundin. Einen Job. Eine Wohnung. Und ein Kaninchen.

Doch als er in der Silvesternacht im berühmten Riesenrad London Eye seiner Freundin einen Antrag macht, verliert er mit einem Schlag alles. Denn sie sagt nicht nur Nein, sie setzt ihn auch gleich noch vor die Tür. Als Josh mit seinem Kaninchen Jeremy zurück zu seinen Eltern zieht, steht eine Sache für ihn fest: Ganz eindeutig kann niemand schlechter über sein Leben entscheiden als er selbst. Und so beschließt er, ein Jahr lang jede Entscheidung dem Zufall zu überlassen und eine Münze zu werfen. Doch dann lernt er am Rande des Londoner Marathons die Frau seiner Träume kennen – und verliert sie sofort wieder aus den Augen. Kann es die Münze schaffen, die beiden zusammenzubringen?

DROEMER